BURKHARD DRIEST | Brennende Schuld

Das Buch

Ibiza im August: Ein nächtlicher Sturm bringt der Insel nicht den erhofften Regen, sondern spült eine entstellte Leiche an den Strand. In einer Höhle unter dem Meer findet Kommissar Costa zwei weitere Opfer – verbrannt auf einem antiken Altarstein. Die Höhle hat einen Zugang zum Gelände der Nekropolis, der phönizischen Totenstadt im Herzen der Stadt Ibiza. Hier trifft Costa Dr. Laureana Sanchez, eine Koryphäe auf dem Gebiet der Geschichte Karthagos. Mit ihrer Hilfe entziffert die Polizei die geheimnisvolle Inschrift auf dem Opferstein. Doch ist das die richtige Fährte?

Als Costa den nächsten Verdächtigen verhaften will, beginnt das Inferno: Der Wald steht in Flammen, und das Löschflugzeug bringt keine Rettung, sondern weiteres Verderben ...

Ein neuer Fall für den »bärbeißigen, männlichen, handfesten Kommissar Costa« (Elke Heidenreich)

Der Autor

Burkhard Driest, 1939 in Stettin geboren, hat nach dem Jurastudium als Schauspieler und Dozent an der Deutschen Film- und Fernsehakademie in Berlin gearbeitet. Er schrieb zahlreiche Drehbücher und Librettos und den viel beachteten Roman »Die Verrohung des Franz Blum«, der mit ihm in der Hauptrolle verfilmt wurde. Nach Stationen in Hollywood und Dublin lebt Burkhard Driest heute mit seinen Kindern Johanna und Julian auf Ibiza, wo auch seine beiden ersten Kriminalromane »Roter Regen« und »Liebestod« spielen. »Brennende Schuld« ist sein dritter Roman mit Hauptkommissar Toni Costa.

Lieferbare Titel

»Liebestod« (978-3-453-35166-0)

»Brennende Schuld« (978-3-453-29029-7)

»Liebestod« (978-3-453-00623-2)

BURKHARD DRIEST

Brennende Schuld

Roman

Diana Verlag

FSC
Mix
Produktgruppe aus vorbildlich
bewirtschafteten Wäldern und
anderen kontrollierten Herkünften

Zert.-Nr. SGS-COC-1940
www.fsc.org
© 1996 Forest Stewardship Council

Verlagsgruppe Random House FSC-DEU-0100.
Das für dieses Buch verwendete
FSC-zertifizierte Papier *München Super*
liefert Mochenwangen Papier.

Taschenbucherstausgabe 12/2007

Umschlaggestaltung | Hauptmann & Kompanie Werbeagentur,
München–Zürich, Teresa Mutzenbach
unter Verwendung eines Fotos von Getty Images
Herstellung | Helga Schörnig
Satz | Leingärtner, Nabburg
Druck und Bindung | GGP Media GmbH, Pößneck
Printed in Germany 2007
978-3-453-35225-4

www.diana-verlag.de

Für Beatrice

prolog

Früh am Morgen war die Luft noch kühl. Mit hochgekrempelten Hosenbeinen stand er im flachen Wasser. Sein Blick folgte den silbrigen Reflexionen der Wellen. Seine Hand schnellte nach vorne und packte den roten Panzer. Die kleinen Beine des Krebses zappelten, als er ihn zu den anderen in den Korb warf.

Schon vor der Morgendämmerung war er vor Aufregung aufgewacht. Seine Eltern wollten heute mit ihm zur Beerdigung fahren – und das Mädchen mit den Zöpfen würde auch dort sein. Wenn er schon groß wäre, würde er sie heiraten, aber als er sie das letzte Mal getroffen hatte, glaubte sie ihm nicht, dass er Krebse fangen konnte. Sie lachte ihn aus und brachte ihn damit fast zum Weinen. Er hatte Fäuste und Zähne zusammengepresst und sich geschworen, ihr das zu beweisen.

Ihm war ganz schwindlig vor Glück, denn er hatte schon elf Stück.

Auf der anderen Seite des Wassers teilte sich das Schilf. Seine Mutter befahl ihm, sofort zu kommen, die Beerdigung beginne um zehn. »Dein Hemd ist schmutzig, und die Hose habe ich auch umsonst gebügelt. Wo sind deine Schuhe? Mach jetzt!«

Eine Beerdigung war ein Familienfest, da musste man pünktlich, gekämmt und sauber angezogen erscheinen.

Er quetschte seine nassen Füße in die Lederschuhe, schnappte den Korb mit dem wimmelnden Getier und rannte zur Brücke. Beim Laufen überlegte er, wer gestorben war, aber es fiel ihm nicht ein. Nur das Mädchen mit den Zöpfen interessierte ihn. Er sah sie schon vor sich, wie sie in seinen Korb schaute und dann zugeben musste: »Es stimmt, du kannst Krebse fangen.«

Er konnte seine Mutter sehen, wie sie die Blumen auf dem Rücksitz verstaute und das große Holztor der Schreinerei verschloss, über der ihre Wohnung lag. Nun setzte sie sich auf den Beifahrersitz des VW-Käfers und schminkte sich, während sie auf ihn wartete. Der Vater ließ den Motor aufknattern und hupte dreimal, was ihn aus seinen Gedanken aufscheuchte.

»Du willst doch wohl nicht die Krebse mit in die Kirche nehmen?« Resolut entrang ihm seine Mutter den Korb und brachte ihn in die Werkstatt.

Hilflos sah er zu, wie die Mutter seinen Plan zerstörte. Traurig hauchte er die Scheibe an und malte einen Mädchenkopf mit Zöpfen hinein.

Dann wand er behutsam seine halb geöffnete Hand aus der Hosentasche und setzte den kleinen Krebs auf das Plastikpolster. Er stellte sich ihren Gesichtsausdruck vor, wenn er ihr das Tier auf die Handfläche setzen würde. Das war noch besser als im Korb. Der Krebs spazierte zu den Blumen.

Es war eine lange Fahrt. Als sie vor der kleinen weiß getünchten Kirche hielten, vor der sich die Trauergesellschaft versammelt hatte, sagte seine Mutter: »Wir sind natürlich wieder mal die Letzten.«

Er entdeckte Margarita, eine dünne Frau mit ovalem Gesicht und einer Nase wie die Hexen in seinen Märchenbüchern. Sie trug ihr Haar wie eine Königin zu einem dicken schwarzen Knoten gebunden und nickte ihnen kurz zu. »Eine bescheidene Person«, sagte seine Mutter beim Aussteigen.

Er kletterte aus dem Auto, und sein Herz schlug laut. Er zog die Augenbrauen zusammen, als könnte er sie dadurch in seinen Blick zwingen.

Oma Josefa redete auf Margarita ein, und dann sah er *sie*. Ihm wurde heiß, er fühlte den Krebs zappeln, und am liebsten wäre er gleich hin, aber da standen schon andere um sie herum. Erst seine Großtante Turia, dann Onkel Joan und nun auch noch die ganzen Planells, Lucas mit Frau Soledad, Bruder und Schwägerin des Toten, und ihre Kinder Mateo und Lola.

Beim Strandfest zum Geburtstag seines Onkels Joan hatte er sich ihr genähert. Ihr gelangweilter Blick zeigte ihm, dass er für sie nicht zählte. Er hatte zu zittern begonnen und ihr von den Krebsen erzählt. Sie hatte gelacht: »Du hast Angst vor Krebsen.«

Als sie sich endlich in die Kirche drängten, stahl er sich von seinen Eltern fort und versuchte, den Platz neben ihr in der ersten Reihe zu bekommen, aber sein Cousin Rafal packte ihn am Nacken und schob ihn in die Reihe vor sich. Eigentlich mochte er Rafal, aber jetzt hasste er ihn, weil er nicht stark genug war, sich gegen ihn zu wehren.

»Im Januar gehe ich zur Guardia Civil«, flüsterte ihm Rafal ins Ohr. »Und dann krieg ich ein Motorrad.«

Das Mädchen in der ersten Reihe schaute zu ihm. Sein Nacken brannte: Sie erinnerte sich. Vielleicht würde sie nach der Kirche auf ihn warten. Dann könnte er ihr den Krebs geben.

Der Pfarrer sprach einen Psalm und schwenkte seinen Arm zum Sarg des Verstorbenen.

»Hast du schon einmal eine Leiche gesehen?« Rafals Atem drang warm in sein Ohr.

Er schüttelte erschrocken den Kopf.

Das Mädchen saß wieder ganz still, und er hoffte, sie würde sich noch einmal nach ihm umdrehen.

»Die sind grau und steif. Und voller Würmer, die fressen ihnen das Fleisch von den Knochen. Am Schluss bleibt nur ein Totenkopf übrig, wie auf der Piratenflagge.«

Er schauderte. Seine Hand umschloss den Krebs fester. Das Tier zwickte ihn heftig, und er ließ es wieder los. Er sah, wie sich das Mädchen bewegte – er erhob sich, um genauer zu sehen. Sie presste ihre Hände gegen die Schläfen.

»Schhht!« Rafals Mutter wandte sich um und legte einen schwarz behandschuhten Zeigefinger auf ihre Lippen.

Rafals Stimme wurde leiser. »In der Höhle von Trasilio haben sie einen gefunden, der war schon verwest. Ihm fehlte eine Hand.«

Rafals Mutter zischte noch einmal.

Rafal grinste lässig und setzte eine fromme Miene auf.

In die erste Reihe kam Bewegung. Das Mädchen mit den Zöpfen sprang auf und lief schluchzend aus der Kirche.

Der Weg führte steil bergan von der Kirche bis zum Friedhof. Alle folgten schweigend dem Sarg. Plötzlich kam Laureana, das Mädchen mit den Zöpfen, und reihte sich ein.

Rafal war so langsam gegangen, dass sie die Letzten waren und er seine Geschichte fortsetzen konnte. »Sie haben alles abgesucht, aber die Hand des Toten haben sie nicht gefunden. Und jetzt kommt's: Du kennst doch Miguel, der in meiner Klasse ist?« Er schüttelte den Kopf. »Na, egal. Jedenfalls hat Miguel einen kleinen Bruder. Und einen Schäferhund. Miguel kommt von der Schule nach Hause, und da sitzt sein kleiner Bruder und spielt mit einer halb verwesten Männerhand. Der Hund hatte sie rangeschleppt, und der Kleine hatte natürlich keine Ahnung, was das war.« Er stieß ihn in die Seite: »Hoffentlich ist er kein Daumenlutscher gewesen.«

Er machte schnelle Schritte und entkam Rafal. Der Rücken des Mädchens war nun dicht vor ihm, die schwarzen Schleifen an ihren Zöpfen zum Greifen nahe. Er würde an einem Zopf ziehen, und wenn sie sich umdrehte, würde er den Flusskrebs präsentieren.

Er langte zu, und sie zischte ihn empört an: »Was willst du?«

»Nichts.« Er schnurrte in sich zusammen und starrte zu Boden.

Das Krabbeln in seiner Hand hatte aufgehört. Der Krebs regte sich nicht mehr.

Sie drehte sich noch einmal um, und als sie seine Tränen sah, zog sie ein Gesicht: »Du brauchst nicht zu weinen, da ist nichts im Sarg.«

Sein Vater, sein Onkel Lucas und zwei Männer mit dem Abzeichen der Falange stellten den Sarg ab. Er wollte gerade fragen, warum der Tote gestorben war, als sich eine Frau nach vorne drängte, »Mörder!« schrie und auf den Sarg spuckte.

Einer der Falange-Männer zerrte die Frau weg. Er schimpfte mit der Fremden, und der Vater sperrte mit ernstem Gesicht das Friedhofstor zu.

Er zupfte Rafal am Arm: »Was meint die Frau?«

»Es gibt Leute«, erklärte Rafal, »die sagen, dass Onkel Trasilio einen Fehler gemacht hat. Und dabei sind Menschen umgekommen.«

Nach dem Begräbnis war er sehr müde. Trotzdem wollte er alles mitbekommen, was vorne im Auto gesprochen wurde. Er legte sich quer auf den Rücksitz und lauschte.

»Prats hätte die Genehmigung zur Sprengung gar nicht geben dürfen«, sagte seine Mutter.

Der Vater sagte leise: »Trasilio war sein Freund. Und Trasilio wollte sprengen.«

»Gerade deswegen hätte ihn Prats vor seinem Ehrgeiz schützen müssen.«

»Aber es gibt Leute, die sagen, Prats kannte die Gefahr und hat die Genehmigung extra gegeben, damit Trasilio verunglückt und er dann Margarita ganz für sich haben kann.«

Der Vater hupte laut. Er richtete sich auf. Sein Vater fuhr schneller als sonst und hätte fast ein Huhn erwischt, das über die Straße flatterte.

»Es stand sogar in der Zeitung, dass die Frau eines der Opfer gesagt hat, Prats wollte eigentlich Trasilio töten.«

Sein Vater hielt sich am Steuer fest und sah stur geradeaus.

»Jeder dachte, Trasilio ist in der Höhle, als die Höhle explodierte. Wenn Prats die Sprengung ausgelöst hat, hat er auch gedacht, Trasilio ist drin.«

Der Vater hupte laut, obwohl nichts auf der Straße war.

Die Mutter lachte. »Siehst du Gespenster?«

Sein Vater antwortete nicht.

»Ich mochte Trasilio sowieso nicht. Er war ein Prinzipienreiter, ehrgeizig und besessen von dem Totenkram. Leid tut es mir nur um seine Tochter. Sie ist so ein aufgewecktes Kind.«

Die starre Abwehr des Vaters und das gleichmäßige Brummen des Motors machten ihn bleiern müde. Ihm fielen die Augen schon zu, als er die Mutter noch sagen hörte: »Die Kleine soll dabei gewesen sein, als er sich erhängte.«

kapitel ***eins***

Costa öffnete die Augen und blinzelte in die Sonne. Das Meer, das in der Nacht den Sand eingesogen und dafür Algen und Strandgut in der Bucht verstreut hatte, war noch nicht wieder ruhig. ›Alte See‹ nannten die Fischer diese mächtige Dünung ohne den Hauch eines Windes. Der Sturm der vergangenen Nacht hatte keine Erlösung gebracht, weder für die Insel, die weiter auf Regen warten musste, noch für Costa. Nackt hatten sie in Karins Bett gelegen, und seine Lust war mit dem Wind gewachsen, der gegen die Scheiben drückte. Ihm hatte es gefallen – eins mit den Urgewalten, ungestüme Leidenschaft. Aber Karin war aus dem Bett gesprungen und auf den Balkon gerannt, um das Inferno mit ihrer neuen Kamera festzuhalten.

Es war erst zehn und der Strand von Figueretas noch menschenleer. Im September, Anfang nächsten Monats, wenn die meisten Touristen wieder abgereist waren, würde die riesige Party stattfinden, die *fiesta de la buena temporada*, das Fest der Rückeroberung der Insel durch die Einheimischen. Alle würden betrunken sein, Feuerwerkskörper in den Nachthimmel schießen und die alten Lieder von der *illa tan pobra*, der ach so armen Insel, grölen. Er freute sich darauf, in zwei Wochen mit Karin auf der *fiesta* gemeinsam mit den lebenslustigen Arbeitern und Kellnern zu tanzen.

Vor der schilfgedeckten Strandhütte machte sich der Besitzer an den Läden zu schaffen und sammelte die Palmenwedel ein, die der Wind heruntergerissen hatte.

Kinder spielten am anderen Ende des Strandes in der Brandung. Costa richtete sich auf.

Kreischend sprangen sie über Wellen, hoben Muscheln auf, hüpften wieder ins Wasser und bauten Wälle im feuchten Sand.

Sie liefen hinter einem Jungen her, der eine Plastikhand trug. Er hielt sie voller Ekel weit ab vom Körper, als wäre sie echt. Manchmal drehte er sich um, hob sie hoch und machte einen Schritt auf die ihm folgende Horde zu. Sie stoben schreiend auseinander, aber sobald er seinen Weg fortsetzte, waren sie alle wieder hinter ihm.

Costa sah wieder in die Dünen. Er wollte sich diesen Sonntag der Entspannung und der Liebe mit Karin nicht nehmen lassen. Der Sturm und ihre Fotografiererei hatten ihm schon die vergangene Nacht verdorben.

Neulich hatte seine Mutter gesagt, wenn du immer meckerst, dass sie keine Zeit für dich hat, dann mach Schluss mit ihr. Es war eine dieser typisch ärgerlichen Unterhaltungen gewesen, denn er hatte gar nicht davon gesprochen, dass *sie* keine Zeit für ihn habe, sondern dass *sie* sich immer darüber beschwere, *er* habe neben seinem Beruf keine Zeit für sie. Heute aber hatten sie beide Zeit, heute würde er sich nicht von Albernheiten wie einer Plastikhand ablenken lassen. Er kannte diese Scherze von seinen Kindern. Einmal hatten sie ihm beim Essen eine ziemlich echt aussehende Plastikraupe in den Salat geschmuggelt. Ein anderes Mal hatten sie im Restaurant eine Klebemasse unter der Decke angebracht, die langsam und unheimlich die Wand herunterkroch, bis sie plötzlich in seinem Blickfeld auftauchte und ihn ekelte.

Ein dunkelhäutiger Schmuckverkäufer ging am Wasserrand entlang, blieb stehen und sah sich um. Es war zu früh. Noch gab es keine Kundschaft für billige Uhren, goldene Armreife, Sonnenbrillen und handgeschnitzte Totems. Er stellte seine Tasche ab und wandte sich dem Meer zu. Auch später, als Costa wieder hinsah, stand er noch so, als würde er warten, dass ein Schiff käme, um ihn abzuholen.

Er beugte sich über Karin, aber sie drehte sich lachend zur Seite, zog mit einer schnellen Bewegung ihre Kamera aus der Tasche und fotografierte ihn. Er schnitt trotzig eine Grimasse und schaute wieder zum Strand.

Ein älteres Pärchen richtete sich umständlich auf zwei Liegen ein. Er wandte sich wieder Karin zu und berührte ihre Schläfe mit den Lippen.

»Nimmst du mich mit?«, fragte sie gedehnt in die Hitze hinein.

»Wohin?«

»Zur Taufe.«

»Wenn du möchtest.«

»Wer ist noch eingeladen?«

Costa zuckte die Achseln. »Alle.«

»Josefa?«

»Bestimmt. Sie wird immer zuerst eingeladen.«

»Und wieso hat der umtriebige Rechtsanwalt dich zum Paten für sein Enkelkind erwählt?«

»Weil ich Josefas Enkel bin.« Er sagte es, um sie zu ärgern, denn er war nach El Cubano der direkte Erbe seiner reichen Großmutter, und Karin verstand nicht, dass er nicht ganz entschieden seinen Platz im Familienunternehmen einnahm.

»Da wäre ich nicht so sicher. Dein Vater erbt nichts. Und Josefa weiß, wie auch Campaña und jeder andere, dass du die Verliererlinie fortsetzt.«

Es war ein Fehler gewesen, Sticheleien wollte er heute vermeiden. »Es war nur ein Scherz.«

Sie richtete sich auf. »Ein Scherz? Dann gehst du gar nicht zur Taufe bei den Campañas?«

»Doch. Antoni Campaña hat mich angerufen, und im Büro lag eine schriftliche Einladung. Ein Brief von Montse.«

»Campañas Tochter will, dass du Pate ihres Kindes wirst?«

»Ja. Die Patin wird die Tochter von Jaume Prats sein.«

»Dem Inselrat?« Sie richtete sich auf. »Kennst du sie?«

»Nein.«

»Laureana Sanchez. Das ist sie. Ich habe dir beim Frühstück von ihr erzählt. Sie ist die Leiterin des archäologischen Museums, die auch die Ausgrabungen an der Nekropolis macht.«

»Und?« Er merkte, wie sein Widerstand gegen ihre aufgekratzte Stimmung wuchs.

»In der letzten Ausgabe war ein Artikel von mir über die Ausgrabungsarbeiten. Aber du liest meine Sachen ja nicht.«

Er wollte etwas zu seiner Verteidigung sagen, aber sie gab ihm keine Gelegenheit dazu. Sie erwähnte die Ausgrabungsarbeiten zum ersten Mal. Die Beschäftigung mit der Geschichte Ibizas gehörte zu seinen unerledigten Hausaufgaben, seit er in seine Heimat zurückgekehrt war. Er würde sich gerne jetzt am Sonntag in aller Faulheit das Leben der Karthager oder Phönizier, der Römer oder der Muslime, die hier bis in die Mitte des 14. Jahrhunderts geherrscht hatten, schildern lassen, wenn sie so gut darüber Bescheid wusste. Was danach gekommen war, konnte er selbst immer noch spüren, die Herrschaft der christlichen Kastilianer, deren Nachfolge schließlich Franco angetreten hatte. Das kannte er aus seiner Kindheit besser als sie, die in Niedersachsen und Berlin aufgewachsen war.

»Du hast mir nichts von dem Artikel gesagt. Er hätte mich interessiert.«

»Das kannst du nachholen, wenn du Laureana Sanchez triffst. Sie ist spezialisiert auf die Jahrhunderte vor Christus bis zur Herrschaft der Römer. Sie ist eine berühmte Wissenschaftlerin und kann dir alles haarklein auseinander setzen.«

Das fand er übertrieben. Er wollte sich nicht mit einer Wissenschaftlerin befreunden, nur um etwas über die Ursprünge der hiesigen Kultur zu erfahren. »Mich interessiert sie nicht.«

»Das ist dumm«, belehrte sie ihn küssend. »Laureana Sanchez hat Licht in die dunkle und geheimnisvolle Zeit der punischen Geschichte gebracht. Dieser Wissenschaftlerin verdankt die Insel es, dass Ibiza heute weltweit das am meisten untersuchte Zentrum punischer Kultur ist«, fuhr Karin fort.

Costa drehte sich auf die Seite und streckte sich wohlig in der Sonne aus.

Der Schmuckverkäufer hatte sich in den Sand gehockt und ordnete sein Sortiment. Er nahm die Brillen und Ringe in die eine Hand, das Tableau mit den Uhren in die andere. Zwischendurch wischte er sich den Schweiß von der Stirn und warf einen Blick zur Hütte, die immer noch nicht geöffnet war.

»Das archäologische Museum ist neben dem in Cagliari auf Sardinien und dem in Tunesien das bedeutendste karthagische Museum der Welt«, erläuterte Karin. »Es ist eine Schande, dass du noch nicht dort warst. Du kannst die komisch verzierten Straußeneier sehen, das Symbol der Wiederauferstehung und des Lebens, die unter den Grabbeigaben in der Nekropolis gefunden wurden. Die Sanchez hat darüber publiziert; auch über die blutigen Riten und die magischen Kulte der Karthager. Sehr spannend. Eine wirklich tolle Frau«, sagte sie, und Costa gähnte behaglich. Er schaute zwei Möwen nach, die über dem Wasser kreisten.

Karin stupste ihn an: »Holst du uns was zu trinken?«

Er hatte ebenfalls Durst und ging hinüber zur Hütte.

Der Besitzer machte sich im Halbdunkel des Inneren am Grill zu schaffen.

Der afrikanische Schmuckverkäufer stand an der Bar, vor sich ein Bier. Als Costa kam, wollte er ihm seine mit Tand gefüllten Hände entgegenstrecken, stockte aber, als er seinen Blick sah.

Mit der Zeit entwickeln sie ein Gespür für uns, dachte Costa. Kein Wunder, wenn man zu fünft oder mehr in ein winziges Zimmer gesperrt ist, drangsaliert von einem Drückerchef, der einem nur einen Bruchteil des Gewinns zum Leben lässt, ausgeraubt von der Policia Local, die die Ware regelmäßig beschlagnahmt, um sich die besten Stücke herauszupicken. Dabei ging es ihnen noch besser als den vielen illegalen Bauarbeitern aus Nordafrika, denn die Händler hatten immerhin eine begrenzte Aufenthaltsgenehmigung, durch die sie existent waren. Viele derjenigen, die mit den Booten der Schlepperbanden über das Mittelmeer kamen, ertranken oder erstickten in engen Verschlägen. Hier auf der

Insel lebten sie dann in fensterlosen Schuppen, wurden unter Planen auf Ladeflächen zur Arbeit gebracht und wieder abgeholt. Sie schufteten für einen Hungerlohn.

Er schob dem Schmuckverkäufer ein Bier hin.

»*Gracias*«, sagte er und prostete ihm zu.

Costa nahm die Flasche Wasser und tanzte barfuß über den glühenden Sand zurück. Er setzte sich neben Karin und nahm einen tiefen Schluck. Auf dem Fuß des Sonnenschirms, beschwert mit Karins Handtasche, lag der *Diario* vom heutigen Sonntag. Auf der Titelseite waren ihre Fotos von den Sturmschäden.

Er legte den Arm um sie, um ihr in die Augen zu schauen. Sie sah an ihm vorbei zu den Felsen am linken Ende der Bucht. »Sieht aus wie ein Mensch«, sagte sie. »Ist der nicht zu nah an den Klippen?«

»Ich sehe nichts.« Er zog sie fester an sich.

»Lass doch mal.« Sie sprang auf. »Da treibt einer im Wasser.«

»Ein Schnorchler.«

»Er bewegt sich aber nicht.«

»Ein fauler Schnorchler.« Costa streckte sich aus und griff zur Zeitung. »Brandgefahr durch Trockenheit hält an« verkündete die Schlagzeile. Touristen und Einheimische wurden davor gewarnt, Zigarettenkippen aus dem Wagen zu werfen, im Wald zu rauchen oder mit erhitztem Auspuff auf einer verdorrten Wiese zu parken. Da es seit fünf Monaten nicht geregnet hatte, waren auch Unterholz und Flechten ausgetrocknet. Die fünf Feuerwachtürme der Insel blieben ständig besetzt, damit beim ersten Rauchwölkchen Alarm geschlagen werden konnte. Der schwere Orkan der vergangenen Nacht hatte keinen Regen gebracht, aber Schäden in Millionenhöhe verursacht.

»Deine Fotos sind gut geworden.«

»Finde ich auch. Pro nationale Veröffentlichung bekomme ich dreihundert Euro. Unser neuer Chef will aus dem verschlafenen Provinzblättchen, wie er es nennt, eine erfolgreiche Zeitung machen. Wir sind nicht das Eigentum der Partido Popular, meinte er, knallharte Recherche und schonungslose Aufklärung seien unser Auftrag.«

»Schonungslose Aufklärung?« Costa grinste. Die war nur mit Zustimmung von Gouverneur Matares und El Cubano möglich. Sie würden sich von einer Inselzeitung nicht in die Suppe spucken lassen. Aber sollte er sie jetzt darüber belehren? Er richtete sich auf.

Sie blickte noch immer zu der Stelle, wo der Strand aufhörte und die Felsen begannen. »Es ist doch zum Schnorcheln viel zu flach. Er kann sich an den scharfen Felsen verletzen«, sagte sie.

Costa seufzte. »Er wird schon aufpassen.«

»Und wenn er tot ist?«

Costa zog die Augenbrauen hoch. »Ich bin nicht im Dienst, Liebling. Endlich mal nicht. Also erfinde keine Leiche.« Da sie den Witz nicht weiterspann, sondern streng aufs Meer schaute und mit ihrer Leichentheorie offenbar Ernst machen wollte, fügte er hinzu: »Deine Sucht nach Kriminalfällen nervt mich sowieso.«

»Meine Sucht nach Kriminalfällen?«, wiederholte sie empört.

»Finde ich. Ja.«

»Kriminalfälle sind auch Teil *meines* Jobs.«

»Schon, aber du hängst dich manchmal so in meine Arbeit rein, dass es nicht immer leicht ist, höflich dabei zu bleiben.«

»So«, sagte sie, stand auf, band sich ihr Strandtuch um und ging in die Richtung der Klippen.

Er ließ sich zurücksinken. Er hielt es aber nicht lange aus, sondern schaute ihr nach. Sie marschierte tatsächlich auf die Felsen zu.

Das Geschrei der Kinder hatte aufgehört. Sie waren damit beschäftigt, einen Kanal vom Wasser zur Sandburg zu graben.

Der Schmuckverkäufer ging auf das ältere Paar zu, hockte sich vor ihre Liegen und schwenkte eine Kette.

Costa schirmte seine Augen mit der Hand gegen die Sonne ab. Nun stand sie auf den Klippen und suchte nach dem Schnorchler.

Er schüttelte die Handtücher aus und ging zu ihr.

Sie sah ziemlich elend aus und machte eine Geste, als wolle sie ihn zurückhalten, ließ den Arm aber sinken.

Er brauchte einen Moment, um zu verstehen, was er sah. Erst glaubte er, den Rest eines großen Fisches zu erkennen, der von einem Kutter aus über Bord geworfen worden war. Aber Karin hatte Recht gehabt, und sein Magen zog sich zusammen. In dieser Postkartenbucht an einem solchen Bilderbuchsonntag schwappte ein Klumpen menschlichen Fleisches gegen die Felsen des Mühlenhügels.

kapitel zwei

Die Glocke der Kirche von San Vincente läutete am 9. November 1969 dreimal. Ein erbärmlicher, dünner Klang. Das Verschwinden ihres Vaters erfüllte sie mit Wut. Bald schon hatte sich die Wut versteinert und lag nun wie eine Grabplatte über der Möglichkeit, dass ihr Vater tot sein könnte. Er war es nicht.

Anfangs weinte sie noch, doch schon als sie erfuhr, dass die Beerdigung in der Nähe der Unglückshöhle stattfinden würde, erfüllte sie der erste Hass, wenn auch noch so schwach, dass sie ihn in Hohn verwandeln konnte. *Schade*, dachte sie, *in der Stadt wäre das Theater schöner gewesen.*

»Anders können wir die Leute von der Zeitung nicht fern halten«, behauptete die Mutter. »Onkel Jaume hat alles arrangiert.«

Sie fror in ihrem dünnen schwarzen Kleid. Die Novembersonne verschwand immer wieder hinter hastig ziehenden Wolken. Kalt und feucht kam der Wind von der See, als sie vor der Kirche warteten. Endlich erschien der Pfarrer auf der fernen Kuppe der Straße.

Der dicke Rafal Gonzales, der auch auf ihre Schule ging, näherte sich ihr, verlegen an seinem schwarzen Pullover zupfend, und sagte, es tue ihm leid. Seine Mutter hatte ihn geschickt. Alle Kinder nannten ihn ›den Bischof‹, weil er so dick war, dass ihm keine Jacke passte. Sie fragte ihn, was ihm leidtue. Er hatte diese Frage weder erwartet, noch verstand er sie. Sie sah seine Verlegenheit und lächelte. Das machte die Sache noch seltsamer. Er grinste ein bisschen blöd, legte den Kopf schräg, zupfte mit zwei Fingern an seinem Pullover und sagte: »Na, das.«

Auf einem Fahrrad kam der Geistliche mit wehenden Röcken angefahren, und übergab sein Vehikel einem Jungen aus dem

Dorf, der die Glocken läuten sollte. Der Geistliche wandte sich mit der erhobenen linken Hand an die wartende Trauergesellschaft, während er mit der rechten in seiner Soutane nach dem Kirchenschlüssel suchte. »Der Gegenwind«, rief er entschuldigend. »Ich habe den Berg kaum geschafft.« Dann schloss er auf, und alle folgten ihm.

Sie nahmen in der ersten Reihe Platz. Ihre Mutter beugte sich vor und sagte zu Onkel Jaume etwas von Soledads teurem Kostüm. Onkel Jaume drehte sich um, sie tat das auch, konnte aber nichts erkennen, sondern sah nur den dicken Rafal und neben ihm den Kleinen, der sie immer so komisch ansah, wie sie fand, und einmal schon behauptet hatte, er könne Krebse fangen. Als sie ihrer Mutter das erzählt hatte, antwortete die, er sei ein Mischling, weil sich sein Vater eine blonde Frau aus Deutschland mitgebracht habe und dass der Kleine nie wissen werde, wo er hingehöre. Sie hatte danach zwei Einträge über ihn in ihr Tagebuch gemacht, wo sie ihn mit einem extra dafür erfundenen Adjektiv beschrieb, was so viel hieß wie *ganz lieb* oder *knuddelig*, und hinzugefügt, wenn er nicht den Fehler hätte, immer so zu gucken und wegen der Krebse zu schwindeln.

Als Erstes stimmten sie ein Lied an, das sie nicht mitsang, obwohl die Mutter sie zweimal knuffte. Dann kam die Rede des Pfarrers, aber als Onkel Jaume nach vorne ging, um auch zu sprechen, täuschte sie einen Weinkrampf vor und lief hinaus. All die Reden und Beileidsbezeugungen empfand sie als unerträgliches Gejammer. Sie lief bis zu der niedrigen Mauer, hinter der die Felsküste steil zum Meer abfiel.

In der klaren Herbstluft konnte sie die kleine Insel Tagomago sehen. Sie zählte die Häuser in der Bucht darunter – fünf. Sie drehte sich auf den Absätzen ihrer Sonntagsschuhe und hoffte, sie würden abbrechen. Mitten in der Bewegung blieb sie stecken und fixierte die Felsen mit den windzerzausten Büschen. Der Gesang wurde lauter. Gleich würde sich die Kirchentür öffnen.

Sie machte einen Handstand und beobachtete die dünnen Rauchfahnen aus den Kaminen, die sich im Himmel auflösten wie der brüchige Gesang der alten Frauen aus der Kirche.

Sie hörte Schritte, die sich näherten. Damit ihr der Rock nicht über die Augen fiel, hielt sie den Saum des Kleides mit den Zähnen fest. Aber, wer es auch war, er kam von hinten, sie konnte ihn nicht sehen. Für einen Moment dachte sie, es wäre ihr Papi, so vertraut war ihr der Gang, aber als sie auf die Füße sprang, erkannte sie, dass es sein Bruder war. Ihre Freude verflog, ihr Gesicht wurde verzerrt, leer und spöttisch.

»Ich weiß, wie dir zumute ist«, sagte er. »Er ist schließlich mein Bruder. Aber glaub mir, da, wo er ist, geht es ihm gut.«

Sie nickte und dachte, *du hast ja keine Ahnung, weil du seinen Schmerz nicht fühlst.*

Dann öffneten sich beide Flügel der Kirchentür. Der Gesang wurde noch lauter, und der Sarg, von dem sie wusste, dass er nur mit Steinen gefüllt war, wurde von vier Männern herausgetragen. Onkel Jaume und die Mutter folgten als Erste. Auch sie, dessen war sie sich gewiss, wussten von dem leeren Sarg und dem ganzen Mummenschanz.

Ihr Onkel Lucas nahm sie fest bei der Hand und zog die Widerstrebende mit sich. Als sie den Trauerzug erreicht hatten, reihte er sich ein und schob sie zwischen die Mutter und Onkel Jaume. Dessen Hand fuhr aus der Tasche hoch zu seinem Gesicht. Sie sah, wie er sich mit dem Tuch den Schweiß von der Stirn wischte. Er schwitzte, obgleich es ein so kühler Tag war. Sie wollte ihn auf ihre Beobachtung aufmerksam machen, beugte sich beim Gehen ein wenig vor und blickte ihn unverwandt an. Er wich ihrem Blick aus. *Du trägst Steine spazieren, wir brauchen uns nichts vorzumachen,* dachte sie. *Du weißt es, Mutter weiß es und ich auch.*

Ihre Mutter, die einen Strauß Blumen trug, zog eine rote Rose daraus hervor und gab sie ihr. Dabei beugte sie sich zu ihr herunter und flüsterte: »Ich habe Vater nicht umgebracht.«

Die Mutter richtete sich wieder auf, und alle gingen gleichmäßig und langsam voran und stießen kleine Nebelwölkchen in die kalte Luft.

Sie dachte grimmig daran, dass die Mutter sich verteidigt hatte, ohne dass sie bisher von ihr beschuldigt worden war. *Ich habe nicht einmal behauptet, dass er tot ist,* dachte sie. Sie sah ihre Mutter an. Ihre Backenknochen schienen mehr hervorzustehen als sonst, und ihr Blick kam aus einer größeren Tiefe. Sie fragte sich, was in ihrer Mutter vorging. *Auffällig ist ihr Mund. Das ist kein Beerdigungsmund. Auch sonst ist er groß, wenn sie lacht. Doch wenn sie ernst ist und ungeschminkt, wirkt er wie ein kleiner Schmetterling. Heute nicht. Und ihre Augen sind so schwarz. Zum Tode ihres Mannes zu Tode geschminkt.*

Der Junge, der ihr den Krebs zeigen wollte, den er für sie gefangen hatte, war näher gekommen und musste nur noch ein Ehepaar überholen, bis er hinter ihr war.

Er war zwei Jahre jünger als sie, und daher nannte sie ihn in ihren Tagebucheintragungen ›Knirps‹. Sie wusste jetzt, dass der Knirps genau hinter ihr war. Sie hatte es schon erraten, dass er das versuchen würde, als sie mit Onkel Lucas auf den Trauerzug zugegangen war. *Ich spüre, dass er was von mir will, aber er soll es für sich behalten*, dachte sie, und schon zog er an ihrem rechten Zopf. Sie fuhr herum und fauchte ihn an: »Was willst du?«

Er erschrak und wich zurück, wurde aber von den Nachrückenden weitergeschoben. Sie ließ ihn etwas aufrücken, drehte noch einmal den Kopf und zischte: »Aber natürlich weißt du Knirps nichts zu sagen.«

Er begann zu weinen, und als sie sich wieder umdrehte und es sah, nahm sie blitzschnell seine Hand und flüsterte ihm zu: »Es gibt keinen Grund, zu weinen.«

Die Mutter hatte das gehört und fasste sie hart an der Schulter. Der Weg führte steil nach oben, die Grabkammer war schon geöffnet. In die Öffnung passte der Sarg genau hinein. Ein Geruch stieg ihr in die Nase, sie meinte, es wäre die Blume in ihrer Hand. Sie hob sie ein wenig und verbarg sie dann angeekelt hinter dem Rücken. *Wie billiges Parfüm.* Ihr wurde übel, sie wollte sich aber nicht erbrechen und atmete tief ein und aus, bis ihr schwindlig wurde.

Die Träger setzten den Sarg vor dem Grabhaus ab, und als er den Boden berührte, traf sie das dumpfe Rumpeln wie ein Stoß in den Magen.

Der Pfarrer begann mit der Einsegnung.

Ihre Mutter weinte, und Onkel Jaume wischte sich den Schweiß ab.

Hätte ich versuchen sollen, den Sarg zu öffnen, damit alle sehen, dass er leer ist? Dazu bin ich nicht stark genug. Sie würden mich festhalten und später sagen, dann warf sich das arme Kind auf den Sarg des Vaters, wenn wir sie nicht zurückgehalten hätten, wer weiß.

Die Verschleierung der Wahrheit von dem Moment an, als sie den Lärm aus ihres Vaters Arbeitszimmer hörte, die Mutter herauskam und sie nicht hineinlassen wollte, bis jetzt hier zur Gruft schien ihr lückenlos. Keine Sekunde hatten sie sie aus den Augen gelassen. Offenbar hatten sie beschlossen, was sie sehen durfte und was nicht. Sie fühlte sich sogar nachts durch das kleine Loch in der Wand beobachtet. Immer wieder hatte sie gefordert, ihrem Vater gegenüberzutreten, tot oder lebendig, aber sie sagten, sie dürfe den Leichnam nicht sehen, weil sie ihn als Lebenden in Erinnerung behalten solle. *Können Menschen so lügen?*, fragte sie sich immer wieder.

Eine Frau in den derben Witwenkleidern der Landbevölkerung drängte sich zwischen die Trauernden, als sie sich um den Sarg zusammendrängten. Zuerst sah es aus, als würde sie in Tränen ausbrechen, doch dann spuckte sie auf den Sarg und schrie: »Mörder!«

Jaume Prats zerrte sie weg vom Sarg, weg vom Friedhof.

Der Vater des Knirpses schloss das Eingangstor und die »nette Feier«, wie sie es nannte, konnte weitergehen. Die alte Matriarchin Josefa nahm sie und drückte ihren Kopf an sich.

Sie wusste, dass ihre Intelligenz der Alten schon ein paar Mal aufgefallen war, insbesondere, wie verrückt sie auf Fremdworte war und dass sie die seltsamsten Sachen auswendig lernte. Aber dennoch hatte die Alte, die sie alle *die Piratin* nannten, sicher keine Antwort erwartet, als sie einmal gefragt hatte, was ein Oxymoron sei.

»Eine gute Piratin«, war ihre Antwort gewesen, was Josefa mehrmals mit ihren Schwestern amüsiert diskutiert hatte.

»Dein Vater war kein Mörder«, sagte Josefa nun tröstend zu ihr. »Es war ein schrecklicher Unfall.«

Das Gesicht in den weichen Falten des Kleides der Alten vergraben, hörte sie die Worte wie aus weiter Ferne.

kapitel drei

Die Taucher der Küstenwache untersuchten den Küstenabschnitt in einem Radius von mehreren hundert Metern. Schwarze Schlauchboote schossen hin und her, und am Himmel kreiste ein Hubschrauber.

»Unbekleidete männliche Leiche, circa fünfzig Jahre alt, einssiebzig groß, Haut am Rücken teilweise abgelöst.« Torres beugte sich ohne Mundschutz dicht über die Leiche und diktierte seinen Befund.

Costa hatte den Gerichtsmediziner aus einer sonntäglichen Matinee in C'an Ventosa gerufen. Torres war sehr ungehalten, den Genuss der Serenade von Albéniz unterbrechen zu müssen, und hatte gedroht, sein Mobiltelefon in Zukunft zu Hause zu lassen. Leutnant Elena Navarro, der Spurenexperte Xico Palomo und der Bischof waren bereits eingetroffen. Sie hatten den Strand abgesperrt und verhörten das Ehepaar, den Schmuckverkäufer und den Budenbesitzer. Xico, der im Team ›der Surfer‹ genannt wurde, kniete im Sand. Er hatte etwas gefunden, das er in eine Klarsichttüte steckte.

»Muskelstränge im mittleren Rücken durchtrennt, mehrere Frakturen im Schulterbereich«, verkündete Torres. Ihn kümmerte die Tatausführung nicht, er regte sich nur auf, wenn sie allzu dilettantisch war und das Opfer völlig sinnlos leiden musste. Ob es sich hier so verhielt, würde Torres erst nach der Obduktion wissen, aber Costa schien der Täter auf jeden Fall grausam vorgegangen zu sein.

»Die Schürfwunden und Brüche hat ihm meiner Meinung nach das Meer beigebracht«, murmelte Torres, ohne seinen Habichtblick von der Leiche zu nehmen. »Die Haut ist vom Salzwasser abgelöst worden. Aber gebraten haben sie ihn schon vorher. Dreh ihn mal vorsichtig um.«

Costa zog sich Handschuhe über und packte die Leiche behutsam am Schulterblatt. Aus den Augenwinkeln sah er, dass sich Karin abwandte und die Augen schloss. In ihrem Gesicht kämpften Ekel und Neugier. Obwohl sie die Leiche gefunden hatte, war ihre Anwesenheit nicht mehr nötig. »Warum gehst du nicht?«, fragte er und meinte es fürsorglich.

Sie nahm die Kamera und richtete sie auf das Gesicht der Leiche.

Es war ausdruckslos und auf seine Bestandteile reduziert. Die Muskeln und Nerven, die den Mund bewegt hatten, waren durchtrennt, scharfkantige Felsen hatten das Bindegewebe bis auf die Wangenknochen durchschnitten. Er hatte ein Auge verloren und stattdessen ragten die Scheren eines Krebses heraus. Das andere Auge saß geplatzt in seiner Höhle – eine geschälte Litschi. Ein Stück des Kopfes um das linke Ohr herum war völlig unversehrt. Die Haut auf der Stirn lag in Sorgenfalten, was allerdings auch parallel liegende Schnitte sein konnten. Zwei der Vorderzähne waren herausgebrochen, und in der Lücke hatte sich Seetang verfangen. Das Nasenbein war zerschlagen, der rechte Nasenflügel abgerissen.

Torres versperrte Karin die Sicht, als er die Lippen des Toten zurückzog, um die Zähne zu sehen. Sie fotografierte sofort los, als Torres die Hand zurückzog.

»Nicht mehr viel zu erkennen«, sagte er. »Aber eines ist seltsam. Die Farbe der Leichenflecken unter den intakten Hautteilen deutet auf Erfrierungen hin.« Er machte einen Sprung und ergriff Costas Arm, um sich festzuhalten. Beide schwankten auf der Klippe hin und her, und Karin machte auch davon ein Foto.

Costa roch die Vorliebe des Arztes für Rotwein. Hatte er sich schon um den Verstand gesoffen? »Wir haben 40 Grad im Schatten, Jaime.«

Torres richtete sich auf, er überragte Costa um einen Kopf. »Ich spreche nicht von der Todesursache. Die wissen wir erst nach der Obduktion. Habt ihr die rechte Hand gefunden?«

Der Surfer schwenkte eine Klarsichttüte mit blassem Fleisch. »Das fand ich dort drüben in der Sandburg. Die Kinder haben wohl damit gespielt.«

Torres murmelte: »Genau wie bei der anderen Hand.«

»Was meinst du?« Costa warf wieder einen schnellen Blick zu Karin, die noch weitere Fotos gemacht hatte.

»Die Fingernägel sind abgebrochen.« Er hielt ihm die Hand hin. »An beiden Händen. An einigen Fingern ist das Fleisch bis auf die Knochen runter. Fingerabdrücke können wir vergessen. Und hier. Holzsplitter. Zuerst dachte ich an ein Surfbrett oder ein Holzboot. Aber jetzt nehme ich an, er war eingeschlossen, und sein Peiniger hat ihn alleine gelassen.«

Elena und der Bischof hatten das Gebiet weiträumig vom Küstenschutz sperren lassen und kamen von ihrem Kontrollgang zurück.

»Wir sollten ihn fortschaffen, bevor sich der Strand mit Touristen füllt«, riet Elena. »Die Presse hat sich immerhin noch nicht blicken lassen.«

»Welches kranke Arschloch macht denn so was?« Der Bischof biss ein Stück von seinem *bocadillo* ab. »Sieht aus wie abgebrüht, aber noch nicht zerlegt. Hat man ihn gehäutet, Torres?«

Das war zu viel für Karin. Sie verstaute die Kamera und ging davon.

»Heute Abend?«, rief Costa ihr nach.

Ohne ein Wort ging sie weiter. Costa lief ihr hinterher und ergriff ihren Arm:

»Versprich mir, die Fotos nicht zu veröffentlichen.«

Sie nickte, ohne innezuhalten.

Langsam ging Costa zurück. Sie würde denken, er wäre ihr nur nachgelaufen, weil er nicht wollte, dass sie die Fotos veröffentlichte. Tatsächlich aber hatte er eine letzte Gelegenheit gesucht, um noch einen Einklang zwischen ihnen herzustellen. Jedenfalls musste er aufpassen, dass seine angespannte Beziehung zu Karin ihn nicht von der Arbeit ablenkte. Für die Aufklärung des Falles brauchte er jetzt seine ganze Konzentration.

kapitel vier

An Tagen wie diesen wünschte sich Costa in sein altes Büro am Kreisverkehr nach San José zurück, das er für sich alleine gehabt hatte. Doch der windschiefe Bau der Guardia Civil war im letzten Jahr mitsamt den Kasernen für die *cabos*, die niedrigen Dienstgrade, abgerissen worden, und die Kriminalpolizei hatte ein modernes Großraumbüro bezogen. Es brauche sich vor keinem anderen in Europa zu verstecken, meinte sein Vorgesetzter Lopez Santander, der vermutlich noch nie eines in Berlin oder Paris gesehen hatte.

Nun saßen Costa und seine Teamkollegen an einem modernen Konferenztisch in einer klimatisierten Halle mit Rauchverbot, und er presste sich die Handflächen in rhythmischen Abständen auf die Ohren, wie er es oft als Kind getan hatte, um die Außenwelt zum Stottern zu bringen. Diesmal testete er, ob sich die Tonlage seines Tinnitus an den der Klimaanlage angleichen ließe.

Sie ließ sich nicht. Sein nächster Schachzug war, sich auf das hohe Zischen der Klimaanlage zu konzentrieren, »richtig hinhören«, hatte ihm der Polizeipsychologe geraten. Der anwachsende Lärm in dem Großraumbüro machte das unmöglich. Immer mehr Mobiltelefone begannen allmählich überall hinter den dünnen Stellwänden ihr Konzert. Die Spanier sind das lauteste Volk der Welt, ihnen selbst fällt das nicht auf. Die Kollegen schrien sich Grüße und Fußballwetten zu, lachten laut über Witze oder suchten unter Knattern und Rauschen Sender auf ihren Kofferradios. Costa wandte sich an Elena. »Was haben wir?«

Sie begann mit der für sie typischen präzisen Auflistung der Fakten. Die Identität des Toten hatte bisher nicht bestimmt werden können. Auch die Aufnahmen, die der Polizeifotograf gemacht hatte, weckten keine großen Hoffnungen. Ein Zeichner würde versuchen müssen, die fehlenden Teile mit Fantasie zu ergänzen.

Costas durchgeschwitztes Hemd verwandelte sich unter dem Gebläse der Klimaanlage in einen eiskalten Umschlag. Eine Muskelverspannung war ihm so gut wie sicher. Er konnte Elena kaum verstehen.

Vielleicht waren es die Unstimmigkeiten mit Karin, die ihn so unmotiviert und erschöpft machten. Oder befürchtete er, dass er diesen Fall nicht lösen könnte und er ihm für Monate an Händen und Füßen kleben würde? Es gab Fälle, denen man nicht nahe kam und die man auch nicht loswurde. War dies so einer? Oder war seine Beziehung zu Karin so ein Fall?

Er schlug Elena vor, in die Gerichtsmedizin zu fahren, sobald Torres mit der Autopsie beginnen würde.

»Erwartest du, dass er seinen Ausweis verschluckt hat?«, fragte sie.

Er nahm ihre spöttische Bemerkung zum Anlass, sie in Ruhe zu betrachten. Dabei lächelte er ein wenig, denn er mochte sie. Besonders ihr Selbstbewusstsein, mit dem sie sich gegen weniger qualifizierte männliche Kollegen durchsetzte. Er mochte, wie sie sich bewegte, ihren wachen Verstand und knappen Humor.

»Was ist mit seinem Gebiss?«, sagte er und wischte sich den kalten Schweiß von der Stirn. »Ist das nicht auch eine Art Ausweis?«

»Daran habe ich schon gedacht«, sagte der Surfer. »Wir haben achtundfünfzig Zahnärzte auf Ibiza, aber nur zwei machen Panorama-Radiografien. Wenn wir bei denen nicht fündig werden, heißt das, wir müssen alle Karteikarten vergleichen – unten rechts eine Krone, oben fehlt der Schneidezahn und so weiter. Das kann dauern. Ich denke, wir sollten die Bevölkerung über die Medien warnen, dass ein Irrer auf der Insel Amok läuft.«

Alle erhoben sich plötzlich, weil Teniente Coronel Lopez Santander den Raum betreten hatte.

»Behalten Sie Platz. Was gibt's?«

Costa setzte ihn kurz ins Bild.

Santander zwirbelte nachdenklich seinen Schnurrbart. Er schien geradezu erbost, wie es dieser Mann hatte wagen können, sich mitten in der Hochsaison umbringen zu lassen. »Wir vertragen keine Publicity dieser Art. Der Inselrat hat im letzten Winter zwanzig Millionen Euro für die Förderung des Fremdenverkehrs ausgegeben, und trotzdem sind die Übernachtungszahlen rückläufig. Die Deutschen haben ohnehin genug Horrormeldungen über Bauwut und Autobahnen in ihrer Presse verbreitet. Der einzige Monat, in dem Ibiza ausgebucht ist und alle Geld verdienen, ist der August. Es wäre fatal, jetzt mit Spekulationen über mordende Irre die Leute zu vergraulen.« Plötzlich schien er eine Eingebung zu haben. »Der Mann war nackt, sagen Sie? Ein Sexualverbrechen vielleicht. Haben Sie die homosexuelle Subkultur schon durchleuchtet?«

Costa schüttelte den Kopf. »Der Mann befand sich nicht in einem Darkroom, als er starb, sondern in einem Kühlhaus. Die Grausamkeit der Tatausführung lässt eher auf einen Psychopathen oder Bandenkrieg schließen. Wenn man jemanden so zurichtet, soll das vielleicht andere abschrecken. Anzeichen für einen sexuellen Missbrauch haben wir außerdem nicht gefunden. Seine Geschlechtsteile waren noch das Unversehrteste an ihm.«

»Wie dem auch sei«, Santander sog beleidigt die Luft durch die Nase ein, »wir haben uns verstanden. Keine Presse. Guten Tag, meine Herren.«

»*Bueno*«, sagte Costa und wandte sich an seinen Vetter. »Versuche, genügend Leute zu kriegen, und lass sie die Zahnärzte abklappern. Vielleicht haben wir dann in den nächsten Tagen ein Ergebnis.«

»In den nächsten Tagen«, sagte der Bischof grinsend und tat so, als hätte er sich an einem Sonnenblumenkern verschluckt, den er gerade mit den Zähnen knackte – seine Angewohnheit, die Zeit zwischen den Mahlzeiten zu überbrücken. Mit der Hand schob er einen Schalenhaufen von seinen Unterlagen. »Manchmal glaube ich, du denkst, du bist noch in Hamburg. Mal abgesehen von den Personalkürzungen im Frühjahr sind unsere Streifen mit Brandschutz und Kontrollen im Westend von San Antonio beschäftigt. Pubcrawling, die neueste Masche. Die Kinder zahlen vorher bei einem Veranstalter und können dann überall so viel saufen, wie sie wollen. Die Folgen kannst du dir vorstellen. Als der Erste zu klassischer Musik in den gerade eingeweihten Springbrunnen am Paseo gekotzt hatte, war Bürgermeister Clapes so sauer, dass er seitdem jeden Abend die dreifache Anzahl Polizisten durch die Straßen schickt.« Er blätterte in seinen Papieren. »Fünf kann ich vielleicht kriegen. Mit viel Glück.«

Zur Gerichtsmedizin fuhren sie alle, Elena mit in seinem Wagen, der Surfer mit Radal in dessen Frontera, denn der Bischof passte weder in Costas Seat noch in den alten Porsche des Surfers. Er war endlich dem Eisgebläse entkommen und wollte die nächste Gelegenheit nutzen, sich zu Hause umzuziehen. Jedenfalls fühlte er sich jetzt wohler, und ihm fiel Elenas angenehm frisches Parfüm auf.

»Ich habe eben zwei Zitronen ausgepresst«, sagte sie lachend. »Das meinst du wohl.«

Sie sah geradeaus, so dass er mit einem Seitenblick ihre gut geschnittene Wangenpartie betrachten konnte. Die zwei obersten Knöpfe der Khakibluse waren geöffnet. Er dachte an den Satz eines Abteilungsleiters in Hamburg – je attraktiver die Kolleginnen sind, desto schwieriger ist die Situation.

Sie bemerkte sein Lächeln und fragte ihn mit einem burschikosen Zwinkern, ob etwas an ihr nicht stimme.

»Doch, alles klar. Und bei mir?«

»Bei dir stimmt die Freundin nicht.« Das kam im selben Ton, als würde sie sagen, ich glaube, wir haben nicht genug Benzin.

Trotz des unübersichtlichen Verkehrs sah er sie kurz an, ob das ein Witz war. Aber es schien keiner gewesen zu sein.

»Was meinst du damit?«

»Dein Chef kommt rein und sagt, keine Presse, insbesondere keine Fotos, und du bringst deine Freundin mit an den Tatort und lässt sie alles ablichten, noch bevor unser Fotograf da ist. Sie fotografiert auch für den *Diario*, eine ganze Serie über die Nekropolis.«

»In dem Artikel, den ich gelesen habe, waren keine Fotos.«

»Die kamen am nächsten Tag, eine ganze Serie.«

Costa war erstaunt, wie gut sie informiert war. Ob sie immer wusste, was in den Zeitungen stand, oder ob sie sich speziell für Karin interessierte? Etwa aus Eifersucht?

Das wäre ihm die angenehmste Erklärung gewesen.

»Liest du immer alles in den Zeitungen?«

»Nein, aber die Nekropolis ist erst kürzlich zum Weltkulturerbe erklärt worden. Das sind Dinge, die man doch wissen sollte, oder?« Sie sah ihn fragend an.

Er gab ihr Recht.

»Karin hat mir versprochen, die Fotos nicht weiterzugeben.«

»So?«

Er überhörte nicht den Spott in ihrer Stimme.

»Ich kann sie nur darum bitten. Sie ist Journalistin und kann Fotos machen, wo und wann sie will, wenn der Tatort nicht abgesperrt ist. Er wird auch nur abgesperrt, um das Verwischen von Spuren zu verhindern.« Er ließ sie nicht zu Wort kommen. »Wenn sie ein Teleobjektiv hat und den Tatort gar nicht betreten muss, kann man ihr weder das Fotografieren verbieten noch die Fotos abnehmen.« Er fügte noch mit Nachdruck hinzu: »Das nennt man Pressefreiheit.«

»Wenn sie die Fotos nicht veröffentlichen will, warum hat sie sie dann gemacht, frage ich ja nur.«

»Weiß ich nicht. Bin kein Motivforscher.«

»Gab es irgendetwas, was ihr aufgefallen ist und uns nicht?«

Er war am ersten Kreisverkehr von Ibiza angekommen. Ein Wagen nahm ihm die Vorfahrt, und er hupte wütend.

»Vielleicht kann sie uns bei der Identifikation des Toten helfen?«, sagte sie.

Costa verzichtete auf eine weitere Bemerkung.

kapitel fünf

Im Licht der Neonlampen sahen sie die Verletzungen so deutlich, dass Costas Fantasie versagte. Er konnte sich nicht vorstellen, wie sie entstanden waren. Sie wirkten wie für eine Schau künstlich hergestellt. Fleisch und dunkelbraunes Blut, wirkungsvoll platziert auf einem Edelstahltisch. Costa hatte schon oft darüber nachgedacht, ob der allein stehende, kinderlose Pathologe einen besonderen Hang zum Morbiden hatte. Das Gegenteil schien der Fall: Torres liebte das Leben, Konzerte von De Falla und Ravel, Gespräche über Kunst und Wein, Pferderennen und Feste. Bei aller Skepsis fand er seinen Beruf wichtig und war der festen Überzeugung, dass ihn jemand so gut wie möglich machen musste. Costa nahm das so hin. Er schätzte Torres' Ansichten und Kompetenz, und das war das einzig Wichtige.

Auch jetzt hatte der Arzt schnell und effizient gearbeitet, die Leiche bereits geöffnet, die erforderlichen Körperflüssigkeiten entnommen und seinen Befund geschrieben. »Beim Gesicht konnte ich leider auf die Schnelle nicht viel machen. Ich habe versucht, die Muskeln wieder zusammenzunähen und die Nase aufzubauen. Er war übrigens Brillenträger. Hier, hinter den Ohren sieht man deutlich die Druckstellen. Seine Leber ist völlig in Ordnung, aber seine Lunge hätte ihn früher oder später umgebracht. Ein Raucher.«

Costa trat einen Schritt näher an den Tisch. Der Geruch von Verwesung und Formaldehyd stach ihm in die Nase. Wie viele solcher Leichen er in den Jahren seines Berufes gesehen hatte, konnte er nicht sagen. Aufgeschlitzt, verfault, zerstückelt oder äußerlich unversehrt. Machte ihm das den Tod alltäglicher? Er sah zu den anderen. Was in Elena vorging, wusste niemand. Der

Surfer hatte sich auf den Drehstuhl des Doktors gesetzt und wackelte mit der Sitzfläche hin und her. Und der Bischof? Wahrscheinlich war es für ihn kein Unterschied, ob er ein Schwein schächtete oder einer Leiche gegenüberstand. Den Appetit hatte es ihm bislang noch nie verdorben.

Elena Navarro starrte auf den Fliesenboden. »Gestorben ist er in der Nacht zum Sonntag, richtig?«

Torres nickte. »Zwischen acht Uhr abends und Mitternacht. Es ist keine Totenstarre eingetreten, dafür waren zu viele Muskelstränge zerstört.«

Der plötzliche Wechsel von Leben zu Tod, der Messerstich, der aus einem Individuum einen Kadaver machte, gab Costa jedes Mal das Gefühl, als stünde sein Herz für einen kurzen Moment still. Gestern Abend noch war Leben in diesem Körper gewesen, ein Tourist vielleicht, ein Familienvater. Gut möglich, dass er in einem der Restaurants im Hafen Botafoch gegessen hatte, eine urlaubsgebräunte Ehefrau im Arm, amüsiert über die Kinder, die versuchten, dem Kellner ihre Speiseeiswünsche klar zu machen. Womit hatte das Verhängnis begonnen? Hatte der Killer ihm aufgelauert? Eine Abrechnung? Und standen seinem Team noch weitere Leichen dieser Art bevor?

Aber wer war er überhaupt gewesen? Die notdürftig hergerichtete Karikatur eines menschlichen Gesichts würde sicher keinen Aufschluss darüber geben.

»Ich wette, keiner von euch kommt auf die Todesursache«, unterbrach Torres seine Gedanken.

Alle sahen ihn gespannt an.

»Erstickt«, sagte Torres. »Eine Kohlendioxydvergiftung. Und die Erfrierungen, die uns ja so unbegreiflich sind, entstanden erst nach seinem Tod.« Torres schaute in die Runde. »Was sagt uns das?« Er machte eine gewichtige Pause und ein paar Schritte durch den Obduktionsraum.

»Mach's nicht so spannend, Torres«, sagte der Surfer.

»Nun, ich gebe zu, auch ich bin nicht sofort darauf gekommen. CO_2 – Verbrennungen – Erfrierungen – Erstickungstod.« Wieder eine Pause. »Trockeneis.« Er sang das Wort förmlich, berauscht von seinem Scharfsinn. »Trockeneis. Dieser Mann ist in einen Kühlraum mit Trockeneis eingeschlossen worden. Nach ungefähr zehn Minuten ist er durch die austretenden Gase des schmelzenden Eises ohnmächtig geworden. Vorher muss er versucht haben, sich aus seinem Gefängnis zu befreien. Dabei hat er sich die Nägel abgebrochen und seine Finger bis auf die Knochen abgeschabt. Nach etwa weiteren zehn Minuten ist er erstickt. Dann hat man ihn entkleidet und nackt auf das Trockeneis gelegt. Daher die Hautablösungen und starken punktuellen Erfrierungen.«

Der Surfer fand als Erster die Sprache wieder. »Das heißt, irgend so ein Metzger hat den Mann in seinem Kühlhaus eingesperrt und ihn dann im Meer versenkt?«

Torres machte eine unbestimmte Geste. »Er muss mit einer Waffe gezwungen worden sein, denn es gibt keine Hämatome. Er wurde weder gefesselt noch durch Schläge betäubt. Alle Hautabschürfungen und Frakturen sind dadurch entstanden, dass er von den Wellen gegen die Klippen geschmettert wurde. Ich schätze, etwa neun Stunden lang. Wäre der Sturm nicht gewesen, hätten wir ihn frühestens in zwei Wochen gefunden.«

Costa warf nochmals einen Blick auf das Etwas, das einmal ein Mensch gewesen war. »Also haben wir nichts.«

»Vielleicht meldet ihn ja jemand als vermisst.«

Elena ging nachdenklich um den Tisch. »Wie kam er aus einem Kühlraum ins Meer, ohne dahin geschleppt worden zu sein?«

»Seine DNA könnte uns weiterhelfen, sofern er aktenkundig ist«, schlug Costa vor.

»Die habe ich bereits an die Datenbank in Barcelona geschickt. Aber eine vollständige Rekonstruktion des Gesichtes ...« Torres schüttelte den Kopf. »Es gibt eine Methode aus den Vereinigten

Staaten. Zunächst müsste ich seinen Konstruktionstypus klären. Körperlich gearbeitet hat er anscheinend nicht, dafür sind die Muskeln zu wenig ausgebildet. Anhand seiner Weichteildicken, für die es Messwerttabellen gibt, werde ich Abstandstücke aus Weichplast auf den fehlenden Stellen auftragen. Anschließend müsste er dann aus verschiedenen Perspektiven, frontal und seitlich, fotografiert und gezeichnet werden.« Unvermittelt fragte er Costa: »Ihr wart schon bei den Zahnärzten? Der Zahnstatus ist wie ein Fingerabdruck.«

Bevor Costa antworten konnte, rief der Bischof: »Ich hab's! Die Schleppnetzfangflotten.«

Alle sahen ihn verständnislos an.

»Die Trawler vor der Drei-Meilen-Zone. Sie frieren ihren Fang direkt an Bord ein. Wäre doch möglich, dass er ein Matrose war, der über Bord geworfen wurde, nachdem ihn jemand im Kühlhaus gekillt hat. Leuten, die unsere Fische einfrieren, traue ich alles zu.«

»Wenn man ihn über Bord geworfen hätte«, dachte Costa laut, »läge er jetzt zweihundert Meter tief hinter Es Palmador bei den Fischen, Sturm hin oder her. Trotzdem ist an der Idee was dran. Vielleicht ist ja eines der Schiffe näher als erlaubt an der Küste gewesen.«

Während die anderen wieder nach San Antonio zurückfuhren, blieb er in Ibiza. Er hatte Karin eingeladen, mit ihm ein paar Tapas am Hafen zu essen. Weder auf den gestrigen Tag noch auf den verpatzten Abend hatte er angespielt. Jeder unnötige Satz hätte zu *Es war nicht meine Schuld, dass* ... überleiten können, was er unbedingt vermeiden wollte. Jetzt saßen sie sich gegenüber, er dem Hafenausgang und dem Meer zugewandt, sie mit Blick auf Altstadt und Burg. Er hatte ihr die Wahl der Plätze überlassen, aber sie war mit irgendetwas innerlich so beschäftigt, dass sie einfach den Stuhl heranzog und sich setzte. Er schätzte den weiten Blick aufs Meer und freute sich, wenn Möwen in der Nähe waren, die er beobachten konnte.

Nachdem sie bestellt hatten, lobte er anerkennend ihren scharfen Blick, mit dem sie gestern die Leiche entdeckt hatte.

»Habt ihr schon mehr herausgefunden?« Sie trug das dünne, roséfarbene T-Shirt, das er ihr geschenkt hatte, und hatte eine Spange mit Marienkäfern ins Haar geklemmt. Er betrachtete lächelnd ihre vollen Lippen, dunkelbraunen Augenbrauen und langen Wimpern. Sie vermittelte sehr stark den Eindruck von Unabhängigkeit und Sinnlichkeit. Man konnte annehmen, dass sie allein lebte und One-Night-Stands liebte, was hoffentlich nicht stimmte.

Er sagte, ihr Problem sei, die Identität des Toten herauszufinden. Die Befragung der Zahnärzte erwähnte er nicht.

»Hast du gestern noch etwas getrunken?«, fragte sie.

»Ja. Eine Flasche Mahou.«

Sie lachte. »Bravo.«

Er gab ihr Recht. Die Weisheit kam immer hinterher.

»Habt ihr schon eine Computeranimation von dem Toten?«

»Nein.«

»Das wäre doch der einfachste Weg, die Hotels und Restaurants abzuklappern.«

»Nein. Alles, was an Personal da ist, bewacht den Straßenbau.«

Sie hielt es für den Gipfel der Kurzsichtigkeit, auf dieser idyllischen Insel Straßen zu bauen. Sie schaute nach dem Kellner.

»Warum hast du die Leiche eigentlich unbedingt fotografieren wollen?«, fragte er. »War doch abstoßend.«

In der kühlen Art, die einen schroffen Gegensatz zu ihrer Sinnlichkeit bildete, sagte sie: »Solche Motive sind am schwersten zu fotografieren. Der Leser soll in die Geschichte hineingezogen werden, ohne ihn zu schocken. Das wollte ich halt mal ausprobieren.«

Er konnte sich beim besten Willen nicht in die Arbeit von Journalisten hineinversetzen, die die widerlichsten Grausamkeiten zusammentrugen, um die Aufmerksamkeit des Publikums zu erheischen. Das Fernsehen war voll von solchen Bildern. Er erinnerte sich an das Foto eines knienden Vietnamesen, der von einem Offizier erschossen wurde, das um die ganze Welt ging.

Er fragte, ob sie mit ihren Resultaten zufrieden sei.

Sie hatte den Strohhalm zwischen den Lippen und saugte an ihrem Zitronencocktail. Das Glas war schon fast leer, und der Strohhalm machte ein gurgelndes Geräusch, dabei schlug sie die Augen auf und strahlte ihn an. Als das Glas leer war, fuhr sie mit ihrer Zunge langsam über die Lippen, um auch noch den letzten Rest auszukosten. »Dieser Daikiri könnte mich süchtig machen. Möchtest du auch mal probieren, ich lad dich ein.«

Er wollte eigentlich nicht, stimmte aber zu. Die Art, wie sie den Kellner herbeiwinkte und die Bestellung aufgab, machte ihn eifersüchtig.

»Es sind deine ersten Leichenfotos. Würdest du sie mir abtreten? Als Erinnerung?«

Sie schaute ihm einen Moment intensiv in die Augen. »Ja. Wenn du eine Prognose abgibst, wer der Mörder ist.« Sie lächelte wieder, herausfordernd, bevor sie hinzufügte: »Und wenn die Prognose richtig ist.«

»Du meinst so in der Art – es war jemand aus seiner Familie oder jemand aus seinem beruflichen Umfeld oder jemand aus dem Umfeld seiner privaten Vergnügungen oder ein völlig Fremder, ein Zufall?«

»Ja. War es zum Beispiel jemand von der Insel oder ein Tourist?«

Er war sich nicht sicher, ob er sich über sie oder sich selbst ärgerte, weil die Fotos ihn in eine prekäre Lage bringen konnten. Doch mit einer Anweisung, alle diesen Fall betreffenden Fotos der Mordkommission zu übergeben, würde er bei ihr nichts erreichen. Schon mehrmals hatte sie ihm unmissverständlich klar gemacht, dass sie ihn als ihren Mann liebe, dass sie aber nicht Drohungen der Guardia weichen würde, nur weil er dort Beamter sei. Und für das Erzwingen der Herausgabe der Fotos gäbe es keine Rechtsgrundlage. Ohne richterlichen Beschluss ginge das nicht, und den würden sie auf keinen Fall bekommen. (Er wollte auch nicht darüber nachdenken, ob er ihn überhaupt beantragen würde, wenn es gegen sie ginge. Die Antwort wäre Nein gewesen.)

»Es war ein Fremder«, sagte er.

»Von der Insel?« Sie wartete gespannt.

»Ja.« Die Antwort war beliebig. Er wollte nur sehen, wohin ihr Spiel führte.

»Es war jemand aus seinem beruflichen Umfeld«, sagte sie. »Und nicht von der Insel.«

Sie sahen sich einen Augenblick an, dann platzten sie vor Lachen, weil sie begriffen, dass es nur um ihre berufliche Eitelkeit gegangen war.

Er schaute auf die Uhr, es war schon später Nachmittag. Er winkte den Kellner herbei und verlangte die Rechnung. Während sie warteten und sich für den Abend verabredeten, kam der aufgeregte Anruf des Bischofs, um ihn schon wieder mit seiner Schleppnetztheorie zu nerven.

Karin hasste es, wenn er ihre Unterhaltungen mit einem Telefongespräch unterbrach. Er wusste das, aber er musste erreichbar sein. Sie stand auf, gab ihm einen Kuss und verschwand.

»Die Küstenwache. Letzte Nacht ist in der Cala Salada ein Fangschiff auf Grund gelaufen. Ich hatte also doch Recht, du wirst sehen«, triumphierte er.

Wenn der Bischof Recht hätte, wäre die Sache ein Kinderspiel: Der Täter könnte sich noch an Bord befinden. Die Papiere des Opfers müssten in dem Fall beim Kapitän liegen, bereit zur Einsicht, und in der Koje des Vermissten ließ sich mit Sicherheit genug DNA für einen Vergleich finden. Schön wäre es, sie könnten den Täter gleich mitnehmen, dann ein, zwei Anrufe noch, eine abschließende Sitzung, die Pressekonferenz (schnell und kompetent wie immer, würde Santander sagen), und der Fall wäre *pan comido*, gegessen. Und wenn nicht? Dann würde er auf einen Zufall hoffen müssen.

Wenig später fuhr Costa mit dem Bischof im Licht der gleißenden 18-Uhr-Sonne steile Serpentinen hinab in die kleine Bucht hinter San Antonio. Die ganze Fahrt über hatte er den inständigen Wunsch, den Fall jetzt gleich aufzuklären, damit er genug Zeit hätte, das Grundproblem mit Karin in Ruhe auszuräumen. Er bemerkte, dass hinter diesem Wunsch nichts anderes steckte, als mit ihr zusammen zu sein. Seine Obsession, mit der er Fälle aufkläre, sei krankhaft, hatte sie gesagt. Gut, gebe Gott, dass diese Obsession dazu führen würde, die Mörder des *Seemanns*, wie sie den Toten im Team jetzt nannten, gleich zu verhaften. »Meinst du, wir schnappen sie jetzt?«

»Sicher«, sagte der Bischof und schob sich eine kandierte Feige in den Mund.

Schon von weitem sahen sie zwischen den Kronen der Pinien das havarierte Boot. Wie ein schiefes Hochhaus steckte es zwischen den engen Felsen. Kräne und Kühlwagen waren eilig an den Strand gebracht worden, um die Ladung zu löschen und den Riesen vom Gewicht zu befreien, das ihn in den Sand drückte. Weiter draußen auf See warteten Schleppkähne.

Sie bahnten sich ihren Weg durch das Gewusel der Arbeiter, die große Fische verluden. Die Menge der Fernsehkameras, Fotografen und Schaulustigen war größer als bei der Ansprache von Gouverneur Matares zum Dreikönigstag.

Eine äußerst wacklige Plattform, die an einer Seilwinde befestigt war, beförderte den Bischof und Costa auf das zwanzig Meter höher gelegene Deck. Der Einsatzleiter der Küstenschutzpolizei begrüßte sie damit, dass Kapitän und Offiziere unter Arrest gestellt worden seien. »Wir haben ihnen bereits Blutproben abgenommen«, fügte er zu Costas Verwunderung hinzu.

»Blutentnahmen?«

»Die Havarie war Stunden vor dem Sturm. Aufgrund der Warnung suchte das Schiff Schutz in der Bahia. Es war zwar schon dunkel, aber mal unter uns, *teniente*: Es braucht schon einen ordentlichen Rausch, um die Hafeneinfahrt von San Antonio bei ruhiger See um drei Kilometer zu verfehlen.«

Alkohol am Ruder? Darauf wäre Costa natürlich nicht gekommen.

Der Einsatzleiter ging voraus und führte sie unter Deck.

»Das Schiff läuft unter französischer Flagge, aber die Mannschaft besteht ausnahmslos aus Senegalesen. Spricht einer von euch Französisch?« Er blieb an der Treppe nach unten stehen und sah sie an. Costa nickte.

Die Tür zur Messe wurde von zwei Bewaffneten bewacht. Bevor der Einsatzleiter sie öffnete, sagte er: »Sie fangen Roten Thun für eine Firma in Tunis. Die Papiere sind, soweit ich sehen konnte, in Ordnung. Viel Spaß.« Dann machte er die Tür auf und schob sie hinein.

Die Luft im Raum war stickig und schal, obwohl die Klimaanlage auf Hochtouren lief. Der Fischgeruch, der schon an Deck überwältigend war, raubte Costa den Atem. Etwa zwanzig junge farbige Männer saßen an den Tischen des Aufenthaltsraumes und taxierten die beiden Polizisten misstrauisch.

»Wer ist der Kapitän?«, rief der Bischof. Einer der Männer, genau wie die anderen mit weißem T-Shirt, Gummihose und Stiefeln, erhob sich.

»*Hablas español?*«, schnauzte der Bischof. »Nein? Habe ich mir gedacht. Unser Meer könnt ihr leer fischen, aber unsere Sprache zu lernen ist zu viel verlangt.«

Der junge Kapitän begann sofort mit Händen und Füßen auf sie einzureden und protestierte dagegen, dass sie hier schon seit heute Morgen festgehalten wurden. Seine Mannschaft habe sich nicht einmal waschen können. Er sei als Kapitän für alles verantwortlich, was schief ging, aber seine Leute möge man entlassen.

Costa musterte ihn. Er schien ihm nicht der Typ, der sich betrank. »Wir wollen erst die Kühlräume sehen. So lange müssen alle an Deck bleiben. Und Sie begleiten uns. *Claro?*«

Der Kapitän stimmte zu.

Auf dem Weg zu den unteren Decks fragte er, worum es gehe, die Guardia Civil sei doch nicht für Schiffsunglücke zuständig.

»Wir ermitteln in einem Mordfall«, erwiderte Costa. »Es wäre möglich, dass das Opfer von diesem Schiff stammt. Fehlt bei Ihnen irgendjemand?«

»Niemand«, sagte der Kapitän. »Die Mannschaft ist vollständig. Sie können es anhand der Musterrollen überprüfen.«

»Niemand ist über Bord gegangen, und trotz des waghalsigen Manövers und der Sauferei ist auch niemand an Bord zu Schaden gekommen«, polterte der Bischof.

Der Kapitän schien zu ahnen, wovon der Bischof sprach, und erklärte erregt, er habe noch nie in seinem Leben Alkohol getrunken, und an Bord dieses Schiffes gebe es auch keinen. Der Grund für die Havarie sei gewesen, dass die Hafeneinfahrt von San Antonio in der letzten Nacht nicht vorschriftsmäßig gekennzeichnet war und er nach Karte fahren musste. Deswegen habe er beinahe die Isla Conejera gerammt und Schiff und Ladung nur retten können, indem er in die sandige Bucht fuhr.

Selbst der Bischof sah ein, dass sie umsonst hierher gefahren waren. Dennoch stellte er die Frage nach dem Trockeneis.

Als Costa dem Kapitän das übersetzt hatte, erklärte dieser mit einem Kopfschütteln, auch wenn der dicke Kollege keine Schwarzen leiden könne und meine, sie wohnten noch in Höhlen, sehe er doch selbst die Dieselmotoren und Stromkabel. »Trockeneis verwenden wir schon seit Jahrzehnten nicht mehr«, sagte er mit einem wütenden Blick auf den Bischof.

kapitel sechs

Ihr Vater blieb für sie auf rätselhafte Weise verschwunden. Die Mutter, der ihre Schwierigkeiten mit dem Verlust des Vaters Sorgen bereiteten, versuchte, sie zu trösten, indem sie sagte, dass der Vater verreist sei. Wenn sie dann darauf bestand, ihn anzurufen, behauptete die Mutter, er liege irgendwo in einem Krankenhaus und könne nicht telefonieren.

Um der Mutter klar zu machen, dass sie Abende ohne ihren Papi nicht leiden konnte, verweigerte sie das Abendessen. Die Mutter füllte ihr den Teller und zwang sie, alles aufzuessen. Immer schweigender wurden die gemeinsamen Tafelrunden, denn in dieser Stimmung sprach auch Jaume nicht mehr. Das tat der Mutter sehr leid, denn er hatte eingewilligt, sie noch vor Ablauf des Trauerjahres zu heiraten, was seinem Ruf als Politiker sicher schadete.

Die Kleine wurde immer verschlossener, aber ihr zukünftiger Stiefvater schien sie dennoch zu mögen. Er verständigte sich mit ihr auf eine knappe und sehr pragmatische Art. Stets ging es nur darum, was zu tun oder zu lassen war.

Ihre Stimmungen und ein Teil ihrer geheimen Gedanken vertraute sie ihrem Tagebuch an. *Am traurigsten ist, dass ich nicht in Papis Bett schlafen kann, bis er wiederkommt. Manchmal erscheint er mitten in der Nacht, aber ich weiß nicht, wann. Sein Zimmer ist abgeschlossen, und immer wenn ich an der Tür rüttele oder klopfe, kommt Mutter und sperrt mich in mein Zimmer. »Nichts da«, sagt sie jedes Mal, »Papa schläft.«*

Ich hasse sie dafür. Manchmal sagt sie, Papa schläft, manchmal ist er nicht da, und manchmal ist er tot, ich sei doch auf seiner Beerdigung gewesen. Sie tut das, um mich zu ärgern, aber die

Wahrheit ist: Sie hat ihn zusammen mit Onkel Jaume gekidnappt. Das Verbrechen wurde vor elf Tagen begangen. Als ich danach in die Küche kam, hatten Mutter und Onkel Jaume schon Stellung bezogen. Ich war überrascht, Jaume zu sehen. Er saß auf dem Stuhl und knackte Pistazien, schob sie in den Mund und kaute. Er war ganz damit beschäftigt, während Mutter mit verschränkten Armen am Spülbecken lehnte.

An jenem Morgen trug die Mutter einen Schottenrock, den ihr Jaume Prats gerade aus England mitgebracht hatte.

»Wo bist du gewesen?«, hatte die Mutter sie misstrauisch gefragt.

»Ich möchte ihn sehen«, sagte sie unnachgiebig.

Die Mutter schüttelte den Kopf. »Jetzt habe ich die Verantwortung, und du musst hören, was ich sage.«

»Ich muss ihm was sagen«, rief sie aufgeregt.

»Er ist tot«, sagte die Mutter. »Setz dich. Du brauchst heute und morgen nicht zur Schule. Er ist tot.«

Sie setzte sich. Es war still in der Küche, nur das Knacken und Kauen der Nüsse war laut.

»Papi hat gesagt, er wird mich informieren, wenn etwas Besonderes ist«, beharrte sie und fing an zu weinen, weil sie immer mehr der Meinung war, die Mutter und Onkel Jaume hätten sich etwas Ungeheuerliches ausgedacht. Sie sagten, ihr Papi sei tot, aber für sie gab es keinen Beweis dafür.

Die Mutter legte ihr die Hand auf die Schulter, und sie fragte sich, warum sie wollen, dass sie denkt, Papi ist tot.

Jaume Prats sagte der Mutter, sie solle ihr etwas zu trinken geben, worauf sie ein Glas Orangensaft bekam. Eine halbe Stunde lang sah sie den Saft an, dann hörte sie Stimmen und Schritte. Leute liefen den Flur entlang, liefen wieder zurück, und die Mutter sagte: »Sie bringen Vater jetzt weg.«

Sie sprang auf, aber die Mutter war schneller, stand vor der Küchentür und ließ sich nicht zur Seite schieben. Sie boxte und schlug auf sie ein, aber die Mutter wehrte ihre Hände ab, fasste ihre Handgelenke und hielt sie fest.

Einer der Sanitäter betrat die Küche. »Wir haben die rote Decke mitgenommen.«

Sie wusste es. Sie hatten die rote Decke geholt, aber nicht ihren Papi.

Sie hatte keinen Grund zu weinen, aber im Bett abends weinte sie doch. Sie hätte sonst nicht einschlafen können.

Am nächsten Tag hatte sie nicht zur Schule müssen, durfte aber das Haus nicht verlassen.

Neun Tage nach der Beerdigung ließ man sie zum ersten Mal ins Freie, wenn es ihr auch nur erlaubt war, zu Tante Turia zu laufen, die oberhalb der Nekropolis wohnte. Sie war nicht wirklich mit ihr verwandt, sie nannte sie nur ›Tante‹, weil sie ihr so vertraut war. Vertrautheit setzt Offenheit voraus, doch seit dem Verschwinden ihres Vaters teilte sie auch Tante Turia keine Geheimnisse mehr mit.

Verwandt mit Tante Turia war vielmehr der Knirps, dessen Großtante sie war, nämlich die Schwester seiner Großmutter Josefa. Dort hatten sich die beiden auch kennen gelernt, und dort hatte er ihr von seiner Kunst, Krebse zu fangen, aufgeregt und unbeholfen berichtet. Sie hatte ihm seinen Bericht nicht geglaubt, weil sie die Sprache viel besser beherrschte und ihm alle Widersprüchlichkeiten und falschen Formulierungen entgegenhalten konnte. Sie war nicht nur zweieinhalb Jahre älter als er, was zwischen sieben und neun eine Menge ausmacht, sondern sie war auch scharfsinniger und intelligenter. Vermutlich wusste sie, dass er die Dinge zwar falsch beschrieb, aber nicht im Sinn hatte, etwas Falsches zu sagen oder zu lügen. Sie hatte über ihn gelacht, aber jetzt, nach dem Verschwinden ihres Vaters, war das Lachen bitter und ihr Hohn verletzend.

»Ach, der Lügner«, sagte sie, als sie ihn in Turias Wohnzimmer auf dem Fensterbrett sitzen sah. Er blickte hinunter auf das Meer, sprang aber sofort auf, als er ihre Stimme hörte. Dabei stolperte er und fiel auf ein Knie.

»Was sagst du?«, fragte Turia.

»Er wollte auf die Beerdigung Krebse mitbringen, er hatte aber keine, weil er gar keine fangen kann.«

Der Knirps wollte ihr erklären, dass er einen Krebs in der Tasche für sie dabeigehabt hatte, aber sie ließ ihn nicht zu Wort kommen.

»Warum hast du denn geweint?«

»Weil der Krebs tot war.« Er wollte noch erklären, dass er ihn in seiner Tasche nicht erdrücken wollte, aber sie war schneller und sagte: »Dann war ja wenigstens einer tot.«

Turia wusste nicht, was sie meinte, aber es kam ihr wie ein Streit vor. Sie mochte den kleinen Toni, den Enkel ihrer Schwester. Seine Mutter war zwar eine deutsche Hippiefrau, die ihren Mann betrogen und dann schließlich verlassen hatte, aber Klein-Tonis Schuld war das ja nicht, und er war im Unterschied zu hiesigen Kindern nicht stolz oder verschlossen. (*Er lacht und weint die Leute an*, schrieb sie in ihr Tagebuch.)

»Bitte zankt euch nicht. Ich mach euch gleich etwas zu essen.« Damit verschwand Turia in der Küche.

Als sie ihr folgte, weil sie offenbar nicht mit dem Jungen spielen wollte, fragte Turia sie, was los sei.

»Er hat dicke Lippen und schaut mich immer so glasig an«, sagte sie. »An seiner Nase erkennt man den Mischling, nicht nur an seinen blonden Haaren.«

»Was hast du denn gegen die Nase?«, fragte Turia.

»Eine Nase wie aus Mehlteig hat ein Spanier nicht. Und seine Nasenlöcher sind zu rund.«

Turia lachte und sagte, sie sollten zusammen im Garten spielen, sonst gebe es nichts zu essen.

Am Tisch, als Turia in der Küche das Dessert anrührte, zwang sie den Kleinen, seinen Teller leer zu essen, so wie die Mutter es neuerdings mit ihr zu tun pflegte. Er wollte ihr ausweichen, aber sie hielt ihn fest und sagte, er dürfe nicht unter den Tisch kriechen und ihr als Krebs in die Waden kneifen.

»Das will ich auch gar nicht«, sagte er, schon den Tränen nahe.

Sie fasste seine Schulter so hart, wie sie es von der Mutter kannte, und zischte ihm zu: »Stimmt, du bist ein Krebs, aber du darfst mir nicht in die Waden zwicken.«

Er fing zu weinen an und versuchte, seinen Platz zu verlassen, aber sie hielt ihn am Handgelenk fest. »Nichts da! Es wird aufgegessen.«

Nach dem Essen – er hatte schon längst alles vergessen und lachte wieder – erzählte er ihr mit viel Mühe und Stocken eine Geschichte, die er vom Fischer Pep Forn gehört hatte, der ihn manchmal mit hinaus zum Angeln nahm. Seine Wangen glühten, und er fand es so spannend und wichtig, dass sie es nicht über sich brachte, ihn zu stoppen oder gar zum Weinen zu bringen.

Tatsächlich hatte er nicht Unrecht gehabt mit der Wichtigkeit seiner Botschaft für sie, denn als sie abends nach Hause kam, schrieb sie alles, was sie noch erinnern konnte, in ihr Tagebuch.

Der Knirps hat mir von dem Fischerboot erzählt, das im Frühjahr untergegangen ist. Wollte er mir Angst machen?

Er war ja selbst nicht dabei, er hat es nur gehört, und der andere, der es ihm erzählt hat, war auch nicht dabei. Es waren andere Fischer, die diesen guten Fang gemacht haben. Sie wollten nicht aufhören, auch als sie ein Unwetter heraufziehen sahen. Sie hatten die größten Bonitos an Deck gezogen, die es im Meer gibt und die viel zu schwer waren für das Boot. Aber die armen Fischer wollten immer mehr und noch mehr. Bei Es Palmador traf sie eine Welle mit so großer Wucht, dass alles über Bord rutschte, Männer und Fische, und das Boot am Riff zerschlagen wurde.

Die fünf Toten haben sie gleich gefunden, den Kapitän aber erst später. Er hat sich am Ruder festgebunden, um das Schiff halten zu können. Das Meer, wild wie nie, hat ihn mit dem Tau erdrosselt und dann am Riff zerschnitten. Und dann hat es ihn verschluckt.

Obgleich sie ihn inzwischen gefunden haben, denkt seine Frau noch immer, ein anderes Boot hat ihn vielleicht mit nach Marokko genommen, und er lebt da in einem Fischerdorf.

Ich habe dem Knirps gesagt, dass er den Kapitän befreien soll, dann kommt er zurück zu seiner Frau, und sie muss nicht mehr warten. Aber er hat gelacht und gesagt, das kann man nicht. Das kannst du nicht, habe ich gesagt, aber er hat mir nicht geglaubt. Also werde ich mir morgen weiches Holz besorgen und das Boot und die Männer und den Kapitän schnitzen.

19. November 1969
Die Arbeit ist nun getan. Alles ist so geworden, wie ich es wollte. Dabei habe ich mir immer wieder überlegt: Warum hat sich der Kapitän ans Ruder gebunden? Es gibt nur eine Antwort: Er hat alles immer richtig gemacht und wollte die Schmach nicht ertragen.

Lieber sterben.

kapitel ***sieben***

Karin hatte am Abend kochen wollen. Doch als er vor ihrer Tür stand, kam sie ihm schon ausgehfertig entgegen.

»Ich habe den Geburtstag von Susanne ganz vergessen. Sie und ihr Mann haben uns heute ins La Oliva eingeladen. Ihre Eltern kommen auch.«

Sie fuhren nach Ibiza-Stadt und parkten seinen Wagen in einer Seitenstraße der Vara de Rey. Hand in Hand schlenderten sie über die Plaça del Parque, wo sie eine Weile einem Feuerschlucker zusahen. Dann spazierten sie über die mächtige Zugbrücke durch die Stadtmauern hinauf in die Altstadt.

Karin blieb stehen. »Stell dir vor, wir gehen hier über das gleiche Pflaster wie damals die Phönizier.« Sie schaute über die romantische mittelalterliche Kulisse hinunter zum Meer. »Die waren eines der faszinierendsten und fortschrittlichsten Völker der Antike.«

Ihm fiel ein, dass er sich nach seiner Rückkehr auf die Insel immer wieder vorgenommen hatte, die Geschichte seiner spanischen Heimat eingehender zu studieren. Er hatte bisher einfach nicht die Zeit gefunden, nicht einmal die, Karins Artikel zu lesen. Daher zeigte er sich interessiert. Dies war eine Gelegenheit, einen netten Abend zu haben und das Versäumte nachzuholen. Außerdem fand er die Geschichte viel interessanter, wenn Karin sie ihm erzählte. Manches beschrieb sie so lebendig, dass er alles anders sah als sonst und jeder Stein plötzlich eine Geschichte und ein Geheimnis hatte.

Dalt Vila war ein Labyrinth aus engen, verwinkelten und steilen Gassen, wo die Zeit stehen geblieben zu sein schien: winzige Balkone, eng behangene Wäscheleinen zwischen den Häusern, streunende Hunde und Katzen, alte Männer, die auf kleinen Holzstühlen in Hauseingängen saßen, schwatzende Hausfrauen. Auf dem höchsten Punkt der Altstadt war die Kathedrale bereits hell erleuchtet.

»Ibiza ist seit jeher ein magisches Stück Erde, das unter dem heiligen Schutz der punischen Götter steht«, schwärmte sie, als sie auf die kleine historische Plaça de Vila kamen, wo sich das Restaurant La Oliva mit ibizenkisch-provenzalischer Küche befand. »Vielleicht wurde deshalb behauptet, dass die Karthager der afrikanischen Metropole es vorzogen, die letzten Jahre ihres Lebens auf der Insel zu verbringen. Sie wollten in der geheiligten Erde Tanits sterben.«

Costa hatte Susanne mit ihrem Mann und ihren Eltern entdeckt und zog sie an den Tisch. Die Geburtstagsrunde begrüßte Susanne mit einer Flasche Champagner. Obwohl in dem Restaurant mit seinen alten Holzbalken, den ibizenkischen Figuren und der maurischen Dekoration eine urige Atmosphäre herrschte, entschieden sie, draußen zu essen statt in dem klimatisierten Raum. Susanne ließ die Speisekarten bringen, und jeder bestellte Vor- und Hauptspeise.

Susannes Eltern waren zum ersten Mal auf der Insel, und sie lenkte das Thema auf Karins letzten Artikel über die Ausgrabungsarbeiten in der Nekropolis.

Susanne erklärte den Eltern erst einmal, dass sie ihren Geburtstag hier auf der Akropolis feierten. »Die Stadt der Lebenden«, sagte sie lachend und hob ihr Glas. »Die Stadt der Toten, also die Nekropolis, ist einen Hügel weiter, und beide sind durch einen Erdgraben getrennt. Sie liegen sich spiegelbildlich gegenüber, denn die Phönizier stellten sich das Leben nach dem Tod wie ihr vorheriges Leben vor: der gleiche Alltag hüben wie drüben. Die gleichen Beziehungen, die gleichen Lieben, und die Grenze war durchlässig, man konnte von der anderen Dimension in die unseres Lebens zurückkehren. Auf jeden Fall waren die beiden Städte, die der Lebenden und die der Toten, durch einen Grabenbruch getrennt. Beide liegen hier an der Steilküste zum Meer nebeneinander. Eine hohe Küstenstraße verbindet sie. Ein schöner Spaziergang, den solltet ihr mal machen.«

»Darüber also schreiben Sie? Das ist wirklich interessant«, sagte Susannes Mutter.

Susanne erklärte ihr, dass Karin sich schon immer für Geschichte interessiert habe, das Thema aber bei den Zeitungen bislang nicht so eine Rolle gespielt habe. »Es wird auch in den deutschen Zeitschriften auf der Insel ein immer aktuelleres Thema. Die Nachfrage nach Geschichte hier ist wirklich groß.«

»Dass die ersten Siedlungen von den Phöniziern gegründet wurden, weiß ja sogar ich«, sagte der Vater. »Ich weiß nur nicht, wo Phönizien liegt.« Er lächelte und goss allen noch einmal Champagner nach.

»Es lag im Libanon, etwa da, wo heute Beirut ist.«

»Eine heiß umkämpfte Gegend«, sagte der Vater.

»Das war es auch schon damals 700 vor Christus«, erklärte Susanne. »Deswegen sind die Phönizier ja emigriert und haben nach und nach die östlichen Mittelmeerküsten besiedelt. Sie sind bis nach England gekommen. Karthago in Tunesien war die erste große Siedlung, aber Ibiza mauserte sich auch bald zu einer bedeutenden Stadt in der westeuropäischen Antike. Die Phönizier brachten aus dem Osten Glasgefäße, Zedernholz, die kostspieligste aller Farben – Purpur –, parfümierte Öle und Salben für Körperpflege und Bestattungsriten. Die Römer warfen nieder und verwalteten, aber die Phönizier lernten, tauschten aus und lehrten. Dadurch blühte Ibiza auf.«

»Das war also Ihr letztes Thema«, sagte der Vater, der mit Karin in einen persönlicheren Kontakt kommen wollte. Diese allgemeinen Geschichtsausführungen schienen ihn nicht sehr zu fesseln.

Karin ging auf seinen Flirtversuch nicht ein. »Das Thema waren die Ausgrabungsarbeiten an der Nekropolis, aber mein eigentliches Interesse gilt der Frau, die diese Forschungsarbeiten leitet. Ich muss zugeben, ich bin vollkommen fasziniert von ihr. Ich bewundere ...«

Der Vater unterbrach sie. »Wie heißt sie denn?«

»Dr. Laureana Sanchez. Sie ist *die* Koryphäe auf dem Gebiet der punischen Geschichte. Aber das ist nicht der Grund, ich bewundere sie, weil sie ein Leben führt, das von Unbedingtheit gekennzeichnet ist. Mich haben solche Frauen immer fasziniert. Wenn man ihr gegenübersteht, spürt man intensiv ihre Entschiedenheit. Sie ist nicht eine von den ibizenkischen Sonnenpflanzen, nicht eine aus der Fun-Gesellschaft, die von nichts weiß und gerade deswegen fröhlich ist.«

»Sieht sie denn interessant aus?«, fragte der Vater.

Costa hatte das dritte Glas Champagner getrunken, saß bequem zurückgelehnt, die Hände im Schoß. Er hatte sich vorgenommen, das Essen entspannt zu genießen und sich auf keinen Fall irgendeine Führungsrolle bei der Unterhaltung aufdrängen zu lassen. Für seinen Geschmack lief das gut, und er amüsierte sich über die zunehmend angestrengten Versuche des älteren Herrn, der vor seiner Pensionierung Leiter der Finanzverwaltung in Paderborn gewesen war. Er wollte an dem Geburtstag seiner Tochter seine angestammte Rolle spielen, doch immer wieder bemühte er sich vergeblich, dem Tischgespräch eine andere Wendung zu geben. Costa verfolgte die Unterhaltung amüsiert.

»Wie die Archäologin aussieht? Sie erinnert mich an die römische Darstellung von Dido, der Gründerin Karthagos. Auch wenn sie nah ist, wirkt sie wie eine ferne Erscheinung. Erhaben.«

»Wie unsere Kanzlerin.« Er lachte glucksend.

Costa konnte ein Grinsen nicht unterdrücken, denn so eine Bemerkung hätte ihm von Karin eine scharfe Replik eingebracht.

»Sie ist Spanierin. Aber man merkt ihr an, was sie tut, das ist vielleicht die Ähnlichkeit zu Dido. Sie erforscht die Geschichte, und das, was sie tut, ist das Durchwühlen eines Berges, auf dem sie steht und der dreitausend Jahre hoch ist.«

Er unterbrach sie wieder. »Klingt ja alles wunderbar, aber was macht sie denn konkret?«

Costa versuchte sich die Frau vorzustellen, von der Karin so angetan war. Ob sie wohl offen und sympathisch war?

»Sie überzeugte eine Gruppe geschichtsbewusster Ibizenker, den Antrag zu stellen, die Nekropolis von der UNESCO zum Weltkulturerbe erklären zu lassen. Dieser Versuch stieß auf heftigen Widerstand der Lokalpolitiker, die auf dem Gelände ein Einkaufszentrum bauen wollten. Es sah so aus, als ließe sich das nicht verhindern. Aber die Sanchez schaffte es auf der Jahrestagung des World Heritage Committee im letzten Herbst in Marokko mit einer einzigen Rede, das Komitee auf ihre Seite zu bringen. Hätten die Phönizier 700 vor Christus nicht Ibiza besiedelt, dann hätte sich das Römische Reich ungehindert ausdehnen können, war ihre These. Durch ihr Handelsimperium verbanden sie die Kulturen des Mittelmeeres, verlangten aber keine Unterwerfung wie die Römer. Sie schützten die Seewege militärisch und begannen den Krieg gegen Rom. Ibiza war der wichtigste Stützpunkt für die phönizische Eroberung Europas.«

Karin machte der Geburtstagsrunde klar, dass sie ohne die Karthager weder das Glas kennen würden, noch ein Alphabet hätten. »Die Karthager brachten das Wissen von der Gewinnung von Purpur, sie brachten ihre Kultur, ihre Götter, ihren Totenkult auf diese Insel, wo nur ein paar Ureinwohner auf den Affenbrotbäumen saßen. Sie waren die wirklichen Helden der Sagen Homers, aber sie hinterließen nur wenige Schriftstücke. Also konnte man ihre Leistungen nur durch die Rekonstruktion der Artefakte begreifen. Die Nekropolis von Ibiza ist noch vor Karthago im heutigen Tunesien weltweit der größte Fundort für diese Artefakte. Nachdem Ibizas Akropolis schon Weltkulturerbe war wie zum Beispiel die ägyptischen Pyramiden, schaffte sie es, auch die Nekropolis unter diesen Schutz zu stellen. Und endlich bekam sie Geld von der UNESCO für die umfangreichen Ausgrabungsarbeiten und um das Gelände vor Grabräubern zu schützen. Sie gab ihren Lehrstuhl an der Universität von Madrid auf und wurde Direktorin des archäologischen Museums und des Museo Monografico am Mühlenhügel, um die Arbeiten persönlich zu leiten. Ihre erste Pressekonferenz in Ibiza war ein Paukenschlag.«

Währenddessen hatte der Vater zweimal versucht, mit Karin ein anderes Gespräch zu führen, aber sie hatte ihn abgeblockt. Nun sagte er herausfordernd: »Was verkündete sie denn so Aufregendes?«

Karin quittierte seine mangelnde Bereitschaft, einer großartigen Frau Bewunderung entgegenzubringen, mit einem Lachen. »Sie sagte, Ibiza sei auf dem besten Wege, sich zu zerstören. Die Phönizier hätten zum Beispiel schon ein ausgefeilteres Bewässerungssystem gehabt als die heutige Regierung mit ihren armseligen Entsalzungsanlagen und der miserablen Infrastruktur. Jedenfalls gefiel das den Rechten gar nicht. Ihr Vater ist bei der Partido Popular und im Inselrat.«

Das konnte Costa sich gut vorstellen – die Konservativen empörten sich über alles, was ihren Geschäften hinderlich sein konnte.

Dem Vater fiel nichts anderes mehr ein, als sie zu fragen, ob sie denn nie an den Strand gingen. Dabei wandte er sich auch an Costa und goss aus der dritten Flasche Champagner ein.

»Aber klar«, sagte Karin lachend, »am Sonntag erst waren wir am Strand.«

Die Eltern von Susanne hatten noch nichts von der Strandleiche gehört, und Karin erzählte nach dem Muster *Stellt euch vor, was einem alles am Strand passieren kann* ... von der Sturmnacht, dem darauf folgenden Morgen am Strand, wie sie das Stück Fleisch gesichtet habe und dann als Fotografin tätig wurde. Als sie dem Vater mit derselben groben Art, in der er seine Fragen gestellt hatte, beschrieb, was sie durch das Objektiv ihrer Kamera gesehen hatte, hielt die Mutter den Handrücken abwehrend gegen ihre Stirn und seufzte, wenn sie so etwas ins Visier nehmen müsste, würde sie lieber auf das Fotografieren verzichten. Der Vater aber war keineswegs abgeschreckt, er wandte sich mit großem Interesse Costa zu und wollte nun genau wissen, was nach Meinung der Polizei vorgefallen war und wie sie den Mörder zu fangen gedenke.

Costa war nicht danach, einen Fall, in dem er unter Ausschluss der Öffentlichkeit ermittelte, in diesem Kreis zu erörtern.

»Geht ihr nach dem Essen noch ins Pacha?«, fragte er unvermittelt in die Runde.

Karin blickte ihn verärgert an.

Wieder kam er darauf, dass es ein Fehler war, sie so nahe an seine Arbeit heranzulassen.

»Wenn die Damen wünschen, gerne«, sagte Susannes Vater fröhlich und verlangte die Rechnung.

Costa verabschiedete sich damit, dass er morgen sehr früh eine Besprechung im Büro habe, auf die er sich noch vorbereiten müsse.

Als er zu Hause ankam, war es schon nach eins. Er öffnete eine Flasche Mahou und blickte von seinem winzigen Balkon hinunter auf die Straße. Die Lichter der Bars erloschen gerade. Er hörte das Klirren von Gläsern, die eingeräumt wurden, und das Lachen der Pärchen, die sich eng umschlungen auf den Weg nach Hause oder in eine der Diskotheken machten.

Er warf einen Blick auf sein Fahrrad, das in einer Ecke des Balkons vor sich hinrostete, und nahm sich vor, es für den Herbst instand zu setzen.

Mit dem letzten Schluck zog er Schuhe und Strümpfe aus, Hose und durchgeschwitztes Hemd, stopfte alles in die Waschmaschine und ließ sich aufs Bett fallen.

Einschlafen konnte er nicht.

Die Fiebertemperaturen hielten die Insel gefangen. 37 Grad noch in der Nacht. Er wälzte sich herum, und sein schweißnasses Haar klebte am Kopfkissen. Das Gesicht tauchte wieder vor ihm auf, die zerstörte Nase, die von Garnelen zerfressenen Schleimhäute und die blicklosen Augen.

Er drehte sich zur Seite. Kein Lüftchen bewegte die Vorhänge. In der Küche sprang rumpelnd der Motor des Kühlschranks an.

Er gab das Bemühen einzuschlafen auf und spazierte durch die Bilder des Sonntags, wie er hätte sein sollen: Mit Karin im Sand liegen, Abendessen in einem Strandrestaurant, lachen, flirten und dann, von der Sonne erhitzt und vom Wein gelöst, ins Meer stürzen und sich am Strand lieben.

Allmählich versank sein Bewusstsein in Erschöpfung und Hitze, und im Traum sah er eine Familie am Strand, er freute sich, weil er dachte, es seien Karin und seine beiden Kinder – er spürte seinen Wunsch, es mögen die drei sein –, aber als er näher kam, war es die Familie des *Seemanns*. Eine schwarzhaarige junge Frau saß neben dem geschundenen Körper, sie streichelte liebevoll den Arm, an dem die Hand fehlte. Du musst aufpassen, sagte sie. Du hast empfindliche Haut, und zu viel Sonne bekommt dir nicht. Die Kinder, ein etwa neunjähriges Mädchen und ein älterer Junge, vielleicht elf, bauten eine Sandburg. Die Frau holte ihre Kamera heraus und machte ein Foto. Dann kam ein Sturm auf, irgendwas am Himmel bedrohte Costa, und er wachte auf. Er sah zur Uhr. Nur wenige Minuten waren vergangen. Ohne Licht zu machen, tastete er sich in die Küche. Die Beleuchtung des Kühlschranks stach ihm in die Augen, als er vergeblich nach einer Flasche Wasser suchte. Er spülte sich im Badezimmer den Mund mit Leitungswasser. Einmal, kurz nachdem er aus Deutschland auf die Insel zurückgekehrt war, hatte er vergessen, dass man es nicht trinken sollte, und war mit einer Kolik bestraft worden.

Die Wäsche war durchgelaufen, er stellte die Maschine aus. Dabei fiel die leere Flasche Mahou um, polterte auf den Boden und traf seinen Fuß. Wütend trat er sie gegen die Wand.

kapitel **acht**

Costa kniff die Augen zusammen und suchte die Küstenlinie ab. Die Bucht von Figueretas erstreckte sich von den Felsen des Mühlenhügels im Osten bis zum Ende der Stadt, wo sie in die Playa d'en Bossa überging. Es war später als gestern, die Sonne stand schon fast im Zenit, und der Strand war voller Menschen. Am Horizont ließ flimmerndes Aluminiumgrau Meer und Himmel verschmelzen.

In der Sitzung am Morgen hatten sie wieder die Erfrierungen des *Seemanns* diskutiert. Das Thema schob sich bei diesen feuernahen Hochsommertemperaturen wie von selbst in den Vordergrund. Dieses Mal verkündete der Surfer mit dem Stolz des Nachtschwärmers, dass in den Diskotheken für die Shows jede Menge Trockeneis verwendet würde. Der Bischof bot sich an, die Kühlfirmen der Insel zu überprüfen und jeden auffälligen Besteller zu notieren.

Costa wies den Surfer an, die Akten der letzten Jahre auf die Frage hin durchzuarbeiten, ob auf Ibiza, Mallorca oder an der Costa Brava Psychopathen straffällig geworden waren, auf die das Muster dieses Falls passte. Der Surfer wollte den Auftrag an Elena abschieben, aber Costa bestimmte, dass sie zusammen mit ihm noch einmal den Fundort des *Seemann*s unter die Lupe nehmen sollte.

Das Dringlichste war die Identifizierung des *Seemanns.* Torres hatte angeboten, eine Totenmaske herzustellen, und Costa wollte eine Aktion bei den Zahnärzten mit einem Phantombild oder einer Fotorekonstruktion des Toten unterstützen. Außerdem könnte man zugleich Hotels und Restaurants nach ihm abklappern lassen.

Elena war schon vorgefahren und wartete auf den Klippen. Sie stand genau dort, wo gestern Karin gestanden hatte, und winkte. Costa zwängte sich zwischen Sonnenschirmen und Liegen hindurch.

»Sieh mal«, sagte sie und zeigte auf etliche bonbonfarbene Ballons, die auf dem Meer trieben. Ein Kindergeburtstag, dachte er sofort. Zuerst binden die Kinder die Ballons an die Bäume in der Nähe ihres Hauses, damit die Gäste es finden – denn Hausnummern gibt es auf der Insel kaum –, und dann werfen sie sie ins Meer.

»Es geht kein Lüftchen, aber trotzdem treiben die Ballons zügig in eine Richtung«, sagte sie. »Komm, wir gehen mal der Strömung nach.« Ohne zu warten, kletterte sie auf die Felsbrocken, die sich links der Bucht auftürmten und in die Grundmauern der Burg von Ibiza übergingen. Er folgte ihr, musste aber immer wieder eine Pause einlegen, um Luft zu holen und sich den Schweiß von der Stirn zu wischen.

Für Elena hingegen schien es ein Spaziergang zu sein, und er erinnerte sich, dass sie im letzten Jahr beim Triathlon den dritten Platz bei den Frauen belegt hatte. Vier Kilometer Schwimmen, hundertzwanzig Kilometer Radfahren und dreißig Kilometer Laufen. Sie hatte nur sechs Stunden gebraucht. Santander hatte anschließend in einer Ansprache verkündet, dass das Licht dieses glorreichen Sieges von Leutnant Navarro auch auf die Guardia strahle, die solch vortreffliche Beamte in ihren Reihen habe. Vor drei Jahren, als Costa Elena entgegen allen Unkenrufen in sein Team geholt hatte, war Santander von einer solchen Beurteilung Elenas weit entfernt gewesen. Im Gegenteil, Santanders Worte klangen ihm noch in den Ohren. »Costa, machen Sie keinen Fehler, keiner lässt sich von einer Frau was sagen. Ständig muss man auf seine Worte achten. Ist sie hübsch, werden die Männer abgelenkt, ist sie hässlich, will keiner mit ihr arbeiten. Glauben Sie einem erfahrenen Beamten, Costa, das gibt nur Theater.«

Costa hatte nicht darauf gehört. Sie war in Köln aufgewachsen, hatte dort auch ihren Polizeidienst begonnen und die letzten Jahre beim Rauschgiftdezernat gearbeitet. Ihre Biografie ähnelte seiner. Auch sie war anfangs in Spanien zur Schule gegangen, dann mit ihren Eltern nach Deutschland gekommen, wo sie Abitur machte. Schließlich war sie zur Polizei gegangen, wenngleich sie sich früher als er entschieden hatte, nach Spanien zurückzukehren.

Dazu sah sie gut aus, selbst dann, wenn man sie nachts aus dem Schlaf rief. Sie scheute keine Schwierigkeiten, dort, wo alle noch zögerten. Sie hatte gute Ideen, war kooperativ, und Intrigen waren ihr fremd. Auffällig war einzig, dass sie offenbar keinen Freund hatte, seit er sie kannte. So blieb nicht aus, dass es bei der Einheit das Getuschel gab, sie sei lesbisch. Das schien ihr nichts auszumachen. Sie war Einzelgängerin. So stand es auch in ihrem Personalbogen.

Mittlerweile waren sie auf der Seeseite der Burg, deren metergroße Quader über ihnen in den Himmel ragten. Vor vielen hundert Jahren hatte sie der Maurenkönig Yebisah aus den Steinbrüchen der Insel schlagen lassen, mit Pferden waren sie mühsam hinauftransportiert und mit Seilen zu einer uneinnehmbaren Mauer getürmt worden. Sein liebestoller Bruder hatte den kastilianischen Christen einen geheimen Tunnel in die Burg verraten und ihnen damit zur Eroberung der Insel verholfen. Der Preis für diesen Verrat war eine schöne Sklavin, die ihm sein königlicher Bruder nicht überlassen wollte. Der Anführer der christlichen Streitmacht versprach, sie ihm nach Einnahme der Stadt zu übergeben. Die Stadt fiel, und damit war die Herrschaft der Araber im 13. Jahrhundert beendet. Der König wurde erschlagen, und sein verräterischer Bruder bekam die schöne Sklavin aus Granada als Lohn.

Costa fiel ein, dass auch Elena aus Granada war.

Sie kniete gerade auf einem vorgelagerten Felsen am Ende

ihres Weges. Ab hier hatten die Gezeiten die Küste der Insel unterspült. Ohne Bergsteigerausrüstung war ein Weiterkommen unmöglich. Costa setzte sich neben sie, um langsam wieder zu Luft zu kommen. Er schaute den winzigen Krebsen zu, die in den Salzwasserpfützen wimmelten. Das Meer war ruhig, keine Welle schlug an den Stein, nur ein leichtes Kräuseln bewegte die moosigen Pflanzen, wenn das Wasser sich zurückzog – türkis, wo der Grund sandig war, dunkelblau über den Seegraswiesen.

Unter den Überhängen aus roter Erde war das Wasser schwarz. Elena ließ ein Papiertaschentuch herunterfallen und beobachtete, wie es ein Stück hinaus aufs Meer trieb. Erst schneller, dann langsamer.

»Hier unten ist eine Höhle«, sagte sie. »Von da kommt die Strömung. Vielleicht eine Süßwasserquelle.«

Er kraxelte weiter in Richtung der Höhlenöffnung, stellte den Test selbst noch einmal an und gab ihr Recht.

»Kannst du tauchen?«, fragte sie ihn.

»Besser als du«, entfuhr es ihm in kindischem Ehrgeiz, mit dem er seine schlechte Kondition wettmachen wollte.

Er hielt die Strömung für zu schwach, aber er hatte Lust, mit ihr zu tauchen.

Auf der Fahrt zum Depot der Küstenwache, wo man ihnen Anzüge, Gasflaschen und starke Lampen aushändigte, schwiegen sie. Erst auf der Rückfahrt fragte er, woran sie dachte.

»An den Traum, von dem du am Strand erzählt hast. Unser *Seemann* war in deinem Traum so eine Art netter Familienvater. Sollte das vielleicht deine ersehnte Familienidylle mit Karin und deinen beiden Kindern sein?«

Er blickte sie irritiert von der Seite an.

»Ich meine, wäre doch verständlich.«

»Was wäre daran *verständlich*?«, sagte er wenig amüsiert.

Sie grinste ihn fröhlich an und sagte: »Da hast du Sabine gegen Karin ausgetauscht und dich selbst zu dem gemacht, was du deiner Meinung nach für deine beiden Frauen bist.«

»Nämlich?« Sein Ton war nun schon leicht genervt.

»Zu einem Behinderten.« Sie lachte.

»Sehr witzig. Darauf wäre ich wirklich nicht gekommen«, sagte er säuerlich. »Aber vielleicht gar nicht so schlecht, wenn man einmal von dem unbedeutenden Umstand absieht, dass der Knabe in meinem Traum kein Gesicht hatte. Eine heile Familie, stimmt, davon habe ich immer geträumt. Und Karin als glückliche und liebevolle Mutter meiner Kinder, super. Müsste ich vielleicht doch eine andere suchen, oder?«

Weil sie nicht reagierte, fuhr er fort: »Gut, suchen wir eine andere, dürfte ja kein Problem sein. Das einzige Problem, ich müsste vorher möglicherweise noch herausfinden, wie und wo ich mein Gesicht verloren habe. Oder?«

Sie berührte ihn kurz an der Schulter. »Entschuldige. Tut mir leid. Du hast ein Gesicht, das alle Frauen lieben. Ich würde kein neues suchen.« Zum ersten Mal, seit er sie kannte, platzte sie mit einem lauten Lachen heraus.

»Bueno«, sagte er grinsend, »alles klar.«

Vor ihnen auf dem Sandweg tauchte eine Touristenfamilie auf.

Er fuhr langsamer, weil der weiße Sand auf dem Weg ziemlich pudrig war. Sie warf ihm einen ironischen Blick zu. »Achtung, Familie voraus! Das Fortpflanzungsgrüppchen nicht einnebeln!«

Er fand es unnötig, dass sie als Single gegen die Familie polemisierte. Es würde genügen, wenn sie ihm den Hof machte, dachte er verärgert. Außerdem hatte der Traum gar nichts mit ihm zu tun. Es war nur eine Ahnung, in welchen Umständen das reale Opfer gelebt hatte. Wenn ihn eine Sache sehr beschäftigte, fand er die Lösung manchmal im Traum oder Halbschlaf. Er erinnerte sich an einen Fall, in dem unter den Zeugen ein Zwilling gewesen war, der seinen Bruder viele Jahre lang gesucht hatte. Eines Morgens war er wieder zu einer Anhörung gekommen und hatte Costa von einem Traum erzählt, in dem er erfuhr, wo und unter welchen Umständen sein Bruder gerade lebte. Costa hatte sich sehr dafür interessiert und ihn gebeten, ihm Nachricht zu geben, falls der Traum ihn tatsächlich zu seinem Bruder führen würde. Wochen später rief der Mann an und erzählte ihm, er habe seinen Bruder gefunden. Costa fragte ihn bis ins Einzelne aus – viele Details aus dem Traum hatten sich in der Wirklichkeit wiedergefunden.

Dennoch verwarf er den Gedanken, die Touristenhotels nach einer Familie mit zwei Kindern zu durchkämmen. Die Frau hätte sicher schon eine Vermisstenanzeige aufgegeben. Der Surfer hatte bereits alle Polizeidienststellen vergeblich abtelefoniert.

Einmal mehr fielen ihm die gelben Felder und dürren Sträucher auf. »Die Insel braucht dringend Regen.« Als Elena nicht darauf reagierte, begann er, wieder einmal darüber nachzudenken, was der Grund sein könnte, dass Karin sich in den letzten Wochen so verändert hatte.

Sie hatte sich Costa immer als Teil einer mächtigen ibizenkischen Familie gewünscht, als jemanden, der die Privilegien genießen konnte, die ihm seine Herkunft ermöglichte. Jedes Mal, wenn El Cubano sich über seines Neffen schlecht bezahlten Job mokierte und ihm anbot, sich die Taschen auf die gleiche Art zu füllen wie Josefa, er selbst, Campaña und alle anderen, hatten Karins Augen geleuchtet.

Sie hatte sich stark gemacht für Cubano und sich immer dafür eingesetzt, das Verhältnis zwischen ihm und seinem Onkel zu verbessern. Stattdessen hatte Costa eines Tages gegen ihn wegen Mordes ermittelt. Es war kein Verfahren gegen ihn eröffnet worden, aber nur, weil der Mord verjährt gewesen war.

Karin hatte damals auf der falschen Seite gestanden. Er hatte ihr das längst verziehen, aber sie sich selbst vielleicht nicht. Jedenfalls war sie nicht mehr so herausfordernd gewesen, nachdem sie erleben musste, dass er mit den Vorbehalten gegen seinen Onkel Recht gehabt hatte. Anfangs gefiel ihm das; sie war ruhiger, fast milde geworden. Aber in den letzten Tagen kam es ihm eher so vor, als würde sie seine Forderung, Privates von Beruflichem zu trennen, als Drohung auffassen. Nach dem Schema: Wenn du dich nicht aus meinem Beruf raushältst, mache ich mit dir Schluss. Jedenfalls hatte er das Gefühl, dass sie eine solche Grenze nicht akzeptierte und ihn genau an dieser Grenze testete. Die Mühe kann sie sich sparen, dachte er. Der Gedanke, sie könnte zu den Leuten gehören, die ihn unterschätzten, bereitete ihm echten Verdruss.

Sie waren auf einen Felsen vor der Höhle hinuntergeklettert, und diesmal fühlte Costa sich gut. Der zweite Aufstieg und dann der Abstieg über die Klippen waren ihm trotz der schweren Ausrüstung leicht gefallen, seine Lungen waren frei, und er spürte Kraft in den Muskeln.

Elena prüfte mit ernstem Gesicht die Ventile der Sauerstoffflaschen und die Manschetten. Immer wieder gefiel ihm die Art, wie sie auf die Welt zuging. Die Aufklärung eines Mordfalls bewältigte sie mit dem gleichen Pragmatismus, mit dem sie ihr Motorrad reparierte.

Er bemühte sich, nicht hinzusehen, während sie T-Shirt und Jeans auszog und nur mit einem Slip bekleidet in den Neoprenanzug stieg. Ihr Körper war schlank und durchtrainiert. Er selbst hatte Schwierigkeiten mit dem Gummizeugs. Er hatte Fett angesetzt, und der Schweiß machte das Gummi widerspenstig.

Sie warf ihm eine Dose Puder zu. »Wenn schon Gummi, dann auch pudern«, rief sie, und er war sich nicht sicher, ob sie das doppelsinnig meinte. Sie beide kannten *pudern* als einen Ausdruck für vögeln. Er war sich bei ihr eben vieler Dinge nicht sicher.

Unter Wasser fühlte er sich nicht länger unbeholfen. Die stille Schwerelosigkeit dieser Welt war ihm von klein auf vertraut. Solange die Luft nicht ausging, war alles einfach und schön. Als Kind hatte er allerdings auch anderes ausprobiert. In mondlosen Nächten hatte er mit Taschenlampe und selbst gebastelter Harpune bei Sa Punta gefischt. Ohne Taucherbrille, denn wie die anderen Kinder des Dorfes war er es gewohnt, mit offenen Augen zu tauchen. Die größte Mutprobe bestand darin, in die Höhlen zu leuchten, sich von meterlangen Muränen erschrecken zu lassen, trotzdem aber mit einer ibizenkischen Brasse, einem *sargo* oder einer *corva*, auf der Spitze des Pfeils aufzutauchen. Natürlich waren die schlafenden Fische leichte Beute, weswegen diese Art von Sport streng verboten war. Es drohte eine Ohrfeige und der Verlust der Beute. Manchmal musste er still im Wasser ausharren, bis *cajón* – so nannten sie den Dorfpolizisten wegen seiner Ähnlichkeit mit einer hohlen Kiste – seinen Rundgang beendet hatte. In seiner kindlichen Vorstellung glich die zu erwartende Bestrafung einer mittelalterlichen Anprangerung.

Die Tauchausrüstung aber, die sie jetzt benutzten, verwandelte alles in ein beschauliches Gleiten über Felsen in blauen Stufen hinab ins Dämmerlicht der Seegraswiesen. Schwärme silbriger Fischchen schossen in akkurat geformten Schwärmen an ihm vorbei. Schnellen Drehungen folgte ein scheinbar ungeordnetes Auseinanderstieben, doch im Bruchteil einer Sekunde war die ursprüngliche Formation wieder da.

Elena, die vor ihm schwamm, deutete auf die Felswand, an der sich ein Tintenfisch fast unsichtbar fortbewegte. Sein tellergroßer Kopf wurde von den fließenden Bewegungen der Arme getragen, die sich mit den Wellen der Dünung an die unterseeischen Gebirge schmiegten.

Das Licht der Außenwelt verblasste, und sie waren auf ihre

Stablampen angewiesen. Der Meeresgrund stieg an. Gewaltige bemooste Steinquader, wie die Bauklötze eines Riesenkindes auf den Boden geworfen, gingen über in glatt gewaschene Plateaus. Er fühlte eine starke, eiskalte Gegenströmung. Elena hatte mit ihrer Vermutung Recht gehabt.

Er tauchte auf.

Als er seine Brille abnahm, fand er sich in einer Höhle wieder. Elena hatte bereits ihre Flossen abgelegt und erwartete ihn im Schein ihrer Lampe. Sie leuchtete auf die Wasseroberfläche, wo ein merkwürdiger Fremdkörper trieb: ein Bürostuhl mit Aluminiumbeinen und hölzerner Sitzfläche. Er versuchte ihn zu erreichen, aber die Strömung hatte ihn schon zu weit fortgetragen.

Die Höhle war etwa vier Meter hoch, zwanzig Meter breit und verlor sich nach hinten im Dunkel. Die einzigen Lichtquellen waren die Kegel ihrer Lampen und die irisierenden Reflexionen der Wasseroberfläche an der Decke.

Vorsichtig erkundeten sie das Terrain. Außer dem Geräusch fallender Wassertropfen und dem leisen Klatschen des Meeres weit hinter ihnen war es totenstill. Costa betastete die Höhlenwand und winkte Elena zu sich. »Das ist Beton«, sagte er. Das riesige unterirdische Gewölbe trug seine Stimme weit in die Dunkelheit, warf sie wie einen weichen Ball hin und her, ließ sie zurückkehren und mit sonorem Hall an ihren Ohren platzen, so dass sie sich wie zwei Kinder ansahen und lachen mussten. Das Echo nahm das Gelächter auf, und es wurde immer lauter und fremder.

Während sie unbeweglich standen, bis alles verklungen war, ließ er den Lichtkegel seiner Stablampe die Wände hinauf- und hinunterwandern. Plötzlich blitzte etwas. Er leuchtete dorthin und erkannte eine Edelstahltür. »Was hältst du davon?«

»So was bringt man hier nicht unter Wasser rein. Es muss noch einen zweiten Zugang geben.«

»Was liegt über uns?«

»Ich denke, wir sind hier irgendwo unterhalb des Mühlenhügels, außerhalb der alten Stadtmauern.«

Er nickte. Das war auch seine Vermutung.

Die Stahltür stand offen. Dahinter war ein abgetrennter Raum von der Größe einer Garage. In der Mitte sah er einen großen Metalltisch, am Boden umgestürzte Regale und zwei weitere Stühle, die auf der Seite lagen. Vorsichtig gingen sie hinein, und er leuchtete alles ab. In einer Ecke entdeckte er ein paar verwaschene Papierfetzen. Er nahm einen auf und hielt ihn ins Licht. Es waren bunte Aufkleber, die vom Wasser durchweicht, getrocknet und verkrumpelt waren. Die Schrift war kaum noch zu erkennen. »Not for commercial purpose«, buchstabierte er.

»Das war der Sturm«, sagte Elena leise. »Hat hier drinnen ganz schön getobt.« Sie richtete ihre Lampe auf die Umgebung der Tür. »Sieh dir das an!«

Die Stahltür war in einen weiß lackierten Holzrahmen gefasst. An vielen Stellen war der Lack zerkratzt, zerstört oder zerschlagen worden. Costa ging nahe heran und betrachtete die Beschädigungen genau. Es sah aus, als hätte jemand mit einem Stein versucht, in das Holz zu schneiden. Es war kein sehr hartes Holz, an manchen Stellen war der Betreffende drei oder vier Zentimeter tief eingedrungen, es war überall gesplittert. Auf einigen Lackpartien waren rostbraune Streifen. Der hier verzweifelt gegraben hatte, musste sich wie ein zu Tode geängstigtes Tier Finger und Hände blutig gerissen haben.

Er leuchtete nach unten. Dort lag ein spitz zulaufender, kleiner Felsbrocken. Costa bückte sich. Auch daran meinte er getrocknetes Blut erkennen zu können.

Er richtete sich auf. »Hat Torres an den Händen und Fingern unseres Seemanns nicht Holzsplitter festgestellt?«

»Ja.«

Er nahm ihren Arm und führte sie noch einmal durch dieses

unheimliche Verlies. »Wenn hinter dieser Stahltür etwas besonders kalt aufbewahrt werden soll, braucht man Trockeneis, denn Stromkabel sind hier nirgends zu sehen. Und wenn dies das Lager für Trockeneisblöcke war? Und man aus irgendeinem Grund den *Seemann* hier eingesperrt hatte? Ich weiß nicht, wie lange, aber jedenfalls so lange, bis er an den Trockeneisgasen erstickt ist. Vorher aber hat er noch versucht, durch die einzige Öffnung hinauszukommen, und die Schwachstelle war das relativ weiche Holz des Türrahmens. Ich bin sicher, dass die Spurensicherung dort Blut von ihm finden wird. Was meinst du?«

Sie standen einen Moment ganz still, und er hörte ihren Atem, bevor sie fragte: »Wenn er hier eingesperrt war, wie ist er dann ins Meer gekommen?«

»Als der Sturm kam, schoss das Wasser in die Höhle. Wahrscheinlich war hier alles komplett überflutet. Gut möglich, dass die Tür dem Druck nicht standgehalten hat. Der Sog hat dann die Leiche mitgerissen und durch den Tunnel nach draußen gespült. Vielleicht ist der Mörder aber auch vom Sturm überrascht worden, musste fliehen und konnte deswegen die Tür nicht mehr schließen. Wie dem auch sei – als der Sturm nachließ, lag der Tote im flachen Uferwasser vor der Höhle und wurde von der Strömung zu unserem Fundort getragen.«

Langsam gingen sie in das Innere der Höhle, wobei sie mit ihren Lampen jeden Zentimeter der Wände und des Bodens absuchten.

Hinter zwei vorspringenden Felsen, die wie ein urzeitliches Portal wirkten, öffnete sich birnenförmig ein großer Raum. Einen Moment blieben sie stehen. Costa fühlte sich wie in dem Science-Fiction-Film, den er einmal mit seinem Sohn gesehen hatte: zwei Kinder, die ehrfürchtig die Höhle des Riesen Swop betreten. Er suchte mit seinem Scheinwerfer das Ende der Höhle, aber das Licht verlor sich im Dunkel. Elena leuchtete zur Decke und stieß ein erschrecktes Seufzen aus. Tausende von Stofflappen hingen an der Decke. »Fledermäuse«, flüsterte sie. »Sei leise.«

Elena machte ihm ein Zeichen, und sie gingen vorsichtig weiter. Etwas knackte unter seinem Fuß, und sie zischte: »Vorsichtig!«, aber es war zu spät, er verlor das Gleichgewicht und landete auf seinem Hintern. Er blickte sofort nach oben – Elenas Lichtkegel war auch schon da, aber bis auf ein paar kleine Bewegungen blieben die Fledermäuse ruhig. Er wollte sich aufrichten und fühlte ein Stück glattes Holz unter seiner Hand. Er hielt es in den Schein seiner Lampe und sah, dass es ein Oberschenkelknochen war.

Elenas Lichtstrahl tastete den Boden hinter ihm ab. »Oh Gott«, hörte er sie angewidert flüstern. Er wandte sich um. Leere Augenhöhlen starrten ihn an, der lippenlose Mund grinste. Ein Stück des Kiefers war verkohlt.

»Es sind noch mehr da«, hauchte sie.

Costa erkannte Rippen, den Teil eines zweiten Schädels, einen Ellbogen. Dazwischen lag ein angesengter Leinengürtel, der ihn sofort vermuten ließ, dass die Knochen zu Menschen gehörten, die vor gar nicht so langer Zeit hier verbrannt worden waren.

Was für ein Massaker hatte hier stattgefunden?

Elena hatte schon die nächste Entdeckung gemacht. Sie stand vor einem Steinblock, groß wie eine Badewanne, mit einer Einbuchtung in der Mitte. Ringsherum lief ein Vlies von Ornamenten. »Sieht aus wie ein phönizischer Opferstein«, raunte sie.

»Woher weißt du das?«, flüsterte er zurück.

»Habe ich in dem Artikel über die Ausgrabungen gesehen. Deine Freundin hat da eine Menge Abbildungen präsentiert. Nur das hier«, sie kratzte etwas von der Oberfläche ab und drehte es zwischen Daumen und Zeigefinger zu einem Kügelchen, »ist wohl neueren Datums.« Sie schnupperte an dem Stein und einem der Knochen. »Das ist Paraffin. Die armen Leute sind hier verbrannt worden.«

»Vor zweitausend Jahren oder vorgestern?«

Sie zog ein zweifelndes Gesicht und roch noch einmal an dem Stein. »Eher vorgestern. Aber das wird für den Surfer und Torres nicht lange ein Geheimnis bleiben.«

Eine Sekte, die Menschen opferte? Welcher Gott oder welches Wesen sollte damit geehrt werden?

Er leuchtete den Stein ab und sah, dass auf dem Vlies eine Reihe von Buchstaben zu sehen war, aufgemalt mit brauner Fingerfarbe: immer wieder die gleichen Buchstaben, m-o-l-k, die sich rundherum wiederholten.

Elena kniete neben ihm. »Das ist mit Blut geschrieben.«

Seine Hand hatte etwas ertastet. Er hätte es in der rauchgeschwärzten Kuhle des Altars nicht sehen können – ein steinernes Amulett, nicht viel größer als ein Päckchen Streichhölzer. Was es genau darstellte, konnte er im Moment nicht erkennen. Es war eine Libelle, ein Insekt mit großen Flügeln oder ein Vogel.

»Es wurden Werkzeuge und Zement benutzt, um einen hermetisch abgeschlossenen Raum zu bauen«, sagte Elena. »Irgendwo muss es einen gut versteckten Zugang von der Landseite aus geben.«

»Die Fledermäuse kennen ihn.«

»Was ist der Sinn? Warum hier in der Höhle und nicht irgendwo in einer abgelegenen Finca?«

»Die Verbindung zum Meer vielleicht.«

Sie nickte. »Könnte sein.«

Ein Geräusch unterbrach ihre getuschelte Unterhaltung. Regungslos lauschten sie. Als ob eine unsichtbare Tür geöffnet worden wäre, hörten sie aus der Ferne ein dumpfes Dröhnen. Es wurde lauter und klang wie ein Lastwagen, der durch einen Tunnel rast.

Über ihnen begann eine ungeheure Bewegung. Eine schwarze Welle löste sich von der Decke. Tausende von Flügeln ließen die Luft erzittern

»Raus hier!«, schrie Costa.

kapitel ***neun***

Auf der Spitze des Mühlenhügels blieb Costa stehen, um nachzudenken. Sie waren durch den unterirdischen Wasserweg wieder zurück zum Meer getaucht, hatten die Küstenwache benachrichtigt und auf den Surfer gewartet, der begeistert in Costas Tauchanzug stieg, um sich die Höhle anzusehen. Costa und Elena hatten sich am Ufer absetzen lassen und waren die Felsen hinaufgekraxelt, um zu sehen, was über der Höhle lag. Oben angekommen, wandten sie sich noch einmal um. Die Sonne lag gleißend auf dem Meer. Sie waren so hoch, dass die Wellen wie zu Stein erstarrt schienen.

Sie überquerten die Carretera Ramon Muntaner und setzten ihren Weg über eine Geröllstiege fort, bis sie die Carretera de Luci Oculaci an der Steilküste erreichten. Auf der anderen Seite lag ein riesiges, leicht abschüssiges Areal, jetzt braun und verdorrt, im Frühjahr überwuchert von Blumen. Ein verwilderter Park, der in der flimmernden Mittagshitze aussah wie eine riesige Trompe-l'œil-Arbeit, wie man sie in griechischen Restaurants sieht: Säulen, Steinquader, Schafe, Zypressen, Schäfer mit Hund, in der Ferne das Meer. Dicht drängten sich die Häuser an den Maschen- und Stacheldrahtzaun, der dieses Gebiet umgab. Aber nicht der Zaun, sondern eine unsichtbare Macht schien die Häuser davon abzuhalten, von der Natur Besitz zu ergreifen.

Elena hatte Recht gehabt, sie befanden sich außerhalb der Stadtmauer oberhalb des Museums.

»Die Nekropolis der Phönizier«, sagte sie hinter ihm. »Die Stadt der Toten.«

»Ich sehe förmlich den guten El Cubano: Ein alter Friedhof?

Von dieser Größe und auf dem teuersten Terrain mitten in der Stadt? Carlos, lass uns da einen Supermarkt hinsetzen.«

Elena grinste.

Er blickte auf das Ausgrabungsfeld, auf dem rechts wie eine Herde Ziegen große, weiße Steine lagen und links eine zum Teil überwachsene Finca. Sie war augenscheinlich nicht mehr bewohnt.

»Auf diesem Gelände hat das neue Wahrzeichen Ibizas – der Baukran – keine Macht«, erklärte sie und nahm für einen Moment die Haare aus dem Nacken, um sie auf dem Kopf festzuhalten. »Die Vereinten Nationen haben es vor kurzem zum Weltkulturerbe der Menschheit erklärt. Es ist die größte phönizische Grabstätte der Welt außerhalb Karthagos. Fünftausend Gruften hat man bisher entdeckt, und je tiefer sie graben, desto mehr werden es.«

Elena sprang über die niedrige Natursteinmauer, wo der Draht zur Seite gedrückt war. Durch dichtes Gestrüpp kletterten sie talwärts. Sie wandte sich nach ihm um. »Es gab einen ausführlichen Artikel im *Diario* darüber. Und über die neue Direktorin, die dies alles ermöglicht hat.«

Ja, Costa wusste Bescheid. Nur hatte er den Artikel immer noch nicht gelesen.

Das Buschwerk lichtete sich. In Dutzenden von Höhlen arbeiteten Menschen, trugen Erde ab, klopften mit kleinen Hämmern, reinigten mit feinen Pinseln, sortierten und ordneten Steine und Scherben.

Ein Mann in blauer Arbeitskluft kam hastig auf sie zu. »Sie dürfen hier nicht herumlaufen. Wie sind Sie hereingekommen?« Staub zog eine weiße Linie auf seiner Unterlippe.

Costa zog seinen Ausweis.

»Auch in diesem Fall möchte ich Sie bitten, den offiziellen Weg einzuhalten. Sie befinden sich auf einer historischen Ausgrabungsstätte von unschätzbarem Wert.« Er lächelte freundlich. An der Sprache erkannte Costa den Studenten. »Vielleicht zertritt Ihr

Schuh gerade den Beweis, dass Hannibal in Ibiza geboren wurde. Wäre doch schade, oder? Das Büro«, er wies auf einen weißen Quader am Fuß des Berges, »befindet sich im Museum. Sprechen Sie mit Direktor Sanchez.«

Die kühle leere Halle des Museums war eine Wohltat. Da niemand zu sehen war, suchte Elena die Ausstellungsräume nach einem Wächter oder einer Angestellten ab. Costa klopfte an die Tür des einzigen Büros und trat ein. Auch hier war niemand. Die Jalousien der Fenster waren zum Schutz vor der Augustsonne geschlossen und warfen ihr Zebramuster auf Boden, Schreibtisch und Schränke. Costas Blick fiel auf die Post. Es waren Briefe mit der Adresse des Museums, zu Händen Dr. Sanchez. Einer sah aus wie ein privater Brief. Costa zog ihn hervor. Er trug als Aufschrift *L. Sanchez, Via Romana 38.*

»Ja, bitte?«

Er wandte sich um und stand einer Frau gegenüber, die sich durch Haltung und Tonfall als Angestellte des Museums auswies. Sie trug ein lindgrünes Kostüm mit figurbetontem Blazer. Ihr kastanienbraunes Haar fiel ihr auf die Schultern. Trotz ihrer Schuhe mit flachen Absätzen war sie nicht kleiner als Costa. »Teniente Costa, Guardia Civil. Dr. Sanchez?«

Die Frau lachte sympathisch. »Nein, nein. Ich bin ihre Sekretärin. Señora Sanchez wird erst morgen wieder hier sein. Wenn Sie möchten, kann ich einen Termin eintragen. Gegen elf?«

Er nickte.

»Kann ich ihr mitteilen, worum es geht?«

Er überlegte, ob er ihr sagen sollte, dass sein Interesse nicht der Ausgrabungsstätte, sondern den Gängen und Höhlen darunter galt. Irgendwo auf dem Gelände musste sich ein Zugang befinden, wahrscheinlich in Straßennähe, denn er und Elena hatten eindeutig das Motorengeräusch eines Autos gehört. Er schüttelte den Kopf, bedankte sich und verließ das Museum.

Costa erklärte Elena, dass Karin ihm erzählt habe, diese Sanchez sei etwas schwierig, jedenfalls habe sie kein Interview mit ihr gekriegt, vielleicht könnte es ihnen auch so ergehen. Elena sagte, man könnte sie auch vorladen lassen, aber er hatte lieber aussagewillige Zeugen und bevorzugte in widrigen Situationen ein diplomatisches Vorgehen. Er schlug vor, sich erst mal bei seiner Großmutter zu erkundigen, die sie kenne.

Elena fand die Idee gut, und er rief Josefa an. Die alte Dame ließ sich nicht auf lange Erklärungen ein, sie sitze gerade mit ihrer Schwester Catalina beim Lunch, er möge sofort kommen, sie sehe ihn ohnehin zu wenig.

Costa willigte ein, und Elena wollte ins Büro und mit dem Bischof noch einmal die bisherigen Ergebnisse durchgehen.

Vor dem Museum schoss ein Motorrad so schnell an ihnen vorbei, dass sie zurückspringen mussten. Das Geräusch war ohrenbetäubend.

»Eine Enduro, fünfzig Kubikzentimeter, mit abmontiertem Auspuff«, sagte Elena. »So was fährt doch kein Erwachsener.«

kapitel ***zehn***

»Die arme Laureana.« Seine Großmutter und ihre Schwester saßen ihm gegenüber bei einem leichten Mittagessen auf der schattigen Terrasse von Josefas Finca in Montañas Verdes. Josefa war in diesem Jahr neunzig geworden, Catalina vierundneunzig. »Die arme Laureana«, wiederholte Josefa, und Catalina seufzte.

»Du willst sie also treffen. Ihr beiden habt euch seit der Beerdigung von Trasilio Sanchez nicht mehr gesehen. Erinnerst du dich daran? Du warst noch sehr klein.«

Costa schüttelte den Kopf. »Keine Ahnung. Aber warum sagst du ›die arme Laureana‹?«

»Sie meint das Unglück«, sagte Catalina.

»Was für ein Unglück?«, fragte Costa.

Catalina seufzte, und Josefa sagte: »Ihr Vater hat sich erhängt, als sie neun war.«

»Turia war aber immer der Meinung, dass er doch noch ...«

»Für ein kleines Mädchen ist das fürchterlich«, unterbrach Josefa ihre Schwester.

»Ja, sie hat sehr an ihm gehangen. Viel mehr als an ihrer Mutter.«

»Kinder lieben immer beide Eltern«, sagte Josefa und nahm Catalina den Zwieback aus der Hand, den sie schon seit zehn Minuten hielt. »Ich weiß noch, wie sie mal bei mir waren, der Professor, seine Frau und die Kleine. Es muss Anfang September gewesen sein, denn wir saßen zusammen auf der Gartenterrasse, und Laureana pflückte ein paar Weintrauben. Trasilio Sanchez war sehr aufgekratzt, weil er Gelder für weitere Ausgrabungen in Es Culleram bekommen hatte. Von mir wollte er auch immer Geld. Ich muss sagen, dass mir seine Pläne gefielen. Dazu muss man verstehen, dass er 1959 eine Berühmtheit geworden war, weil er in karthagischen Schriftrollen Beweise dafür gefunden hatte, dass die Höhle ursprünglich ein Tempel phönizischer Götter, nämlich des Baal Hammon und der Göttin Tanit gewesen war. Vorher war Es Culleram einfach nur ein Platz für Schmuggler gewesen, für Tabak und Melasse. Zehn Jahre lang hat er sich damit beschäftigt, und während dieser Zeit wurde Laureana geboren. Ich bin sicher, er hat sie schon mit in die Höhle genommen, als sie noch nicht laufen konnte. Seit 1907 hatten sich Archäologen mit der Höhle beschäftigt, fanden Terrakottafiguren, sogar auch einen mysteriösen Goldschatz, aber im September 1969 war Trasilio ganz sicher, dass er endlich den großen Opfersaal entdeckt hat. Er hatte mich kurz zuvor besucht, und seine Aufregung übertrug sich auf jeden von uns, sogar auf Laureana, sein kleines Ebenbild. Ich bezweifle, dass sie jemals mit Puppen gespielt hat, aber jeder Fund ihres Vaters war ein Schatz für sie, mit dem sie sich stundenlang beschäftigen konnte.«

Catalina gab ihr Recht, Kinder seien wie Schwämme, sie saugten alles auf, was von ihren Vorbildern komme. Jeder habe sehen können, wie viel Laureana mit ihrem Vater und wie wenig sie mit ihrer Mutter gemein hatte.

»Warum hat er sich erhängt?«, fragte Costa.

»Erfolg ist die eine Sache, aber wer kann schon in die Seele eines Menschen schauen?«, sagte Catalina.

Josefa nahm ihr die Gabel aus der Hand, mit der sie herumfuchtelte. »Trasilio Sanchez war schwer depressiv«, sagte sie. »Margarita hat mir erzählt, dass sich sein Vater auch erhängt hat. Zwanzig Jahre vor ihm.«

Costa dachte an seinen melancholischen Vater, der nur aufblühte, wenn er sonntags mit seinen Freunden schmachtende Boleros spielte.

»Aber Jaume Prats hat auch seinen Teil dazu beigetragen.«

Costa verstand nicht. »Laureanas Stiefvater? Der Inselrat der Rechten?«

»Der Partido Popular«, verbesserte ihn seine Großmutter.

»Trasilio war ein guter Junge«, sagte Catalina. »Aber es gab für ihn immer nur die Vergangenheit.«

»Es musste gesprengt werden«, unterbracht Josefa sie, »und Jaume Prats war der damalige Brandschutzbeauftragte. Er überwachte persönlich die Durchführung der Sprengung.« Sie nippte an ihrem Glas Champagner. »Dann passierte das Unglück: Fünf Arbeiter starben, weil irgendetwas falsch berechnet worden war. Trasilio Sanchez war zwar auch in unmittelbarer Nähe, aber er überlebte als Einziger. Man gab ihm die Schuld an dem Unglück.«

»Trasilio Sanchez und Jaume Prats waren Freunde. Prats hätte die Sprengung nicht genehmigen dürfen«, sagte Catalina.

»Worin bestand Prats' Schuld?«, fragte Costa.

»Ich bin sicher, er hätte alles aufklären und Trasilios Unschuld beweisen können. Aber Prats hat geschwiegen.«

Catalina schnaufte verächtlich. »Und als Krönung heiratete er kurz danach die Witwe. Nicht mal das Trauerjahr hat er eingehalten.« Ärgerlich klopfte sie mit dem Messer auf den Tisch. Josefa nahm es ihr ab.

»Jedenfalls war Laureana vor dem Tod ihres Vaters ein kesses, aufgewecktes Mädchen«, erzählte sie, angeregt vom Champagner. »Sie war lebenslustig und rebellisch. Das gefiel mir. Ein bisschen sah ich mich da als junges Mädchen. Den dunkelblauen Faltenrock ihrer Schuluniform hatte sie eigenhändig gekürzt, aber vorne mehr als hinten. Dadurch, dass der Rock hinten die Kniekehlen bedeckte, vorne die Knie aber nicht, sah es verwegen aus. Darunter trug sie Strumpfhalter, was bei allen Mädchen ihres Alters Furore machte. Manchmal steckte sie sich ein rotes Band an die Uniform, wie das Fähnchen eines Banderillos beim Stierkampf, und niemand wusste, was es zu bedeuten hatte. Sie war auch mit Mädchen befreundet, die ebenfalls als schwierig galten. Natürlich waren sie nur lebenslustig oder ausdrucksstärker als andere, aber man hatte damals für so etwas nichts übrig. Sie schnatterte überall mit, war lustig und war immer die Anführerin einer kleinen, lärmenden Gruppe. Später, nach Trasilios Tod, hat sie sich völlig verwandelt. Sie gab nie mehr etwas von sich preis. Ihr Schweigen lähmte jede Spontaneität. Sie wusste sich Respekt und Ansehen zu verschaffen, aber es hatte etwas Unerbittliches.

Ich erinnere mich, als ihre Mutter mich das letzte Mal besuchte, kurz vor ihrem Tod – wann war das? Sie ist fünf Jahre nach Trasilio gestorben, also 74 oder so. Sie musste schon lange irgendwelche Medikamente nehmen. Sie brachte Laureana mit. Sie war vierzehn und trug ein schwarzes ibizenkisches Kleid mit Schürze. Ihre Mutter wusste, dass Kinder mir immer eine gute Unterhaltung sind. Als sie hereinkam, legte sie ihre Hände auf Laureanas Schultern, steuerte sie auf mich zu und erwartete, dass das Kind vor mir einen Knicks machte. Die Kleine stand aber nur da und starrte mich an. Ich stellte ein paar Fragen, aber kein Wort kam über ihre Lippen. Sie ist doch immer so lebenslustig und bunt gewesen, sagte ich. Margarita lächelte sphinxhaft und sagte: Früher. Das Kind verzog das Gesicht, weil die Mutter ihre Schultern so fest hielt. Als Strafe. Ich forderte sie auf, das Kind gehen zu lassen und sich zu mir zu setzen. Als sie sich verabschiedete, rief sie ihre Tochter, die ein Messer in der Hand hielt. Sie nahm es ihr weg und sagte, es sei von Trasilio, er hätte es manchmal zum Schnitzen benutzt, die Kleine sei auch ganz talentiert. Sie hat sich aber darüber aufgeregt, dass sie immer dieselben Figuren macht. Mir schien es ein richtiges Problem zu sein. Diese Beständigkeit hat sie sicher von ihrem Vater, denn wenn man etwas gut lernen will, muss man es üben. Immer wieder dasselbe. Das Publikum will immer wieder etwas anderes hören, will sich zerstreuen, aber der Künstler erprobt sich immer wieder am selben. In den Augen des Publikums hat Picasso verschiedene Perioden gehabt und verschiedene Motive benutzt, aber er selbst hat gesagt, ich male immer dasselbe.«

Sie nahm die silberne Klingel vom Tisch und läutete. Als das Mädchen erschien, bat sie um eine weitere Flasche Champagner.

Costa interessierte, was Trasilio Sanchez für ein Mensch gewesen war. Beide stimmten darin überein, dass er beharrlich und jähzornig gewesen war, verbohrt in seine Sache. Sie beschrieben ihn als einen kräftigen Mann mit tiefen dunklen Augen und knapp über den Augenhöhlen liegenden schwarzen Augenbrauen, einer breiten Stirn und einem ausdrucksvollen Gesicht.

»Turia war überzeugt, dass der Professor nicht tot war«, sagte Catalina, und Costa begriff, dass sie das schon vorhin hatte sagen wollen, bevor sie von Josefa unterbrochen worden war. Auch jetzt schien Josefa das für Unsinn zu halten.

»Turia hat immer an Geister geglaubt. Ihrer Meinung nach gab es keine Trennung zwischen Diesseits und Jenseits.«

»Und Turia konnte beide Welten wahrnehmen.«

Darauf ging Josefa nicht ein. »Bis auf den Besuch nach Trasilios Verschwinden habe ich Margarita nicht mehr gesehen. Sie hat sich ja gleich mit Jaume Prats verheiratet. Ich denke, dass gerade ihre Unscheinbarkeit die Attraktion für die beiden egozentrischen Männer war. Der Professor, der verrückte Wissenschaftler, und Jaume Prats, der besessene Machtmensch.« Sie hob ihr Glas und trank es in einem Zug leer.

kapitel elf

Er brauchte die Via Romana vom Museum aus nur einen Block hinaufzugehen, um Nummer 38 zu finden. Das zweistöckige Haus war in den dreißiger Jahren gebaut worden. Die Fassade war bis auf den weißen Sockel hellgelb, aber Regengüsse und Hitze hatten ihre Landschaften hineingemalt.

Die hellgrünen Holzjalousien waren geschlossen, auch die Türen der schmalen Balkone mit den schmiedeeisernen Balustraden. Die Haustür aus dunklem Holz stand halb offen. Irgendetwas ließ ihn zögern. Er war nicht angemeldet, und vielleicht mochte Señora Sanchez Überraschungsbesuche nicht. Aber dann gab er sich einen Ruck. Das Treppenhaus war kühl und feucht, die Wände aus grauem Marmor, die Treppe knarrte. Als sich seine Augen an das Dunkel gewöhnt hatten, sah er im ersten Stock ein Messingschild. Prof. Dr. T. Sanchez stand an der Tür.

Er klingelte, und erst nach einer ganzen Weile, er wollte schon wieder gehen, öffnete sich die Tür einen Spalt.

Die Augen, die seinem Blick standhielten, waren klein und hart. Ihre Wimpern bewegten sich kaum.

Die Frau hatte hervorstehende Backenknochen, und ihre Wangen wirkten fast hohl. Ihre Lippen aber waren groß und sinnlich. Ungewöhnlich für ein Gesicht mit dünnen Augenbrauen, gelblich papierener Haut und mattem Ausdruck. Hatte er sie geweckt? Costa war aus sengendem Licht und großer Hitze in das Haus getreten, doch nun begann er zu frösteln.

Er hatte die Frau noch niemals gesehen. Kein Wiedererkennen, keine Erinnerung.

»Teniente Costa, Guardia Civil«, sagte er. »Dr. Sanchez?«

Als sie seine offizielle Bezeichnung hörte, belebte sich ihr

Gesicht. »Polizei? Kommen Sie herein, bitte.« Als sie das Tuch, das ihren Hals verdeckte, zurückschlug, um ihn hereinzubitten, sah er ihren Silberschmuck, der in unregelmäßig geformten Ketten fast einen kleinen Panzer über ihrer Brust bildete.

Der Hauptraum lag nach spanischer Art gleich hinter der Eingangstür und wurde von einem großen Esstisch beherrscht, um ihn herum standen acht Stühle mit hohen Lehnen in braunem Kunstleder.

»Eine schöne Wohnung«, sagte Costa, um die seltsame Situation aufzulockern.

»Deswegen sind Sie wohl nicht gekommen.«

Auf einer Kommode befanden sich Ausgrabungsstücke. Sie waren nicht besonders ausgestellt, sondern waren da, weil es sie in diesem Haushalt gab, genau wie die Zierteller aus Porzellan mit Motiven aus Asturien und Andalusien auf dem Wandregal.

Er beugte sich vor. Auf demselben Bord standen fünf kleine Figuren, Kinderspielzeug, seltsam gekrümmt, als würden sie sich vor Verzweiflung krümmen. Jedes Mal, wenn er hinsah, schien es ihm, als hätten sie sich bewegt.

Er wies auf die Figuren: »Phönizisch?«

Sie lächelte geheimnisvoll. Dann legte sie den Kopf schief: »Wie kann ich Ihnen helfen? Mit einem Kurs in ibizenkischer Geschichte?«

Ursprünglich hatte er gedacht, sie als Freundin der Familie anzusprechen, doch ihr Tonfall brachte ihn davon ab. Er sah sie als die Erbin des großen Archäologen Sanchez, der in dieser Wohnung plötzlich so nah war. Costa nahm sich vor, später noch einmal nachzurechnen, wie lange das Unglück von Es Culleram eigentlich her war. Die fremdartigen Eindrücke, die Sätze und die Atemlosigkeit dieser Frau erstaunten ihn. Diese berühmte Wissenschaftlerin, die erreicht hatte, dass die phönizische Totenstadt zum Weltkulturerbe erklärt worden war, hatte er sich anders vorgestellt. Ihm fiel ein Gemälde auf, das zwischen zwei mit Büchern gefüllten Regalen eingequetscht war: Elissa, die Königin von Karthago, die vergeblich auf die Rückkehr des Aeneas wartet – ein Bild, das für ihn verknüpft war mit Geschrei, ersten geheimen Vorstellungen von Frauenkörpern und dem Geruch von Schulbrot und Kreide, denn es hatte im Klassenzimmer seiner Volksschule gehangen. Und so wie Elissa wirkte auch Señora Sanchez: Wie eine in ewiger Trauer um ihren verlorenen Geliebten eingeschlossene Jungfrau.

»Es gibt etwas, das ich Sie gerne fragen möchte«, sagte er.

Als hätte er bei ihr einen sehr empfindlichen Punkt getroffen, kam mit unterdrückter Wut: »Du bist gekommen, um nett zu mir zu sein.«

Costa war perplex. Sie duzte ihn und machte sich über seine Höflichkeit lustig. Verwechselte sie ihn?

»Ich habe Sie eben nicht richtig verstanden.«

»Sie haben auch einen Vater gehabt, nicht wahr?«

Er hatte die Luft angehalten, was ihn ärgerte, und sog sie jetzt hörbar ein.

Sie nickte. »Mir raubt die Erinnerung daran auch die Luft.«

»Mein Vater lebt noch«, sagte er.

Sie neigte dazu, den Kontakt zum Gegenüber während einer Unterhaltung zu verlieren und ihn zu betrachten, als sei er einfach eine Skulptur. Costa hatte das gelegentlich bei Menschen beobachtet, die alleine lebten. Er nahm das gelassen hin und musterte sie ebenso. Sie war ungeschminkt. Ihre Haare waren fettig, straff zurückgekämmt und im Nacken als Knoten gehalten. Er spürte ihre Willensstärke und Zähigkeit und ahnte eine schwankende Gereiztheit. Ein Phänomen von Workaholics.

Wahrscheinlich brauchte sie ihre berufliche Fixierung, von der Karin bewundernd gesprochen hatte, um sich zu stabilisieren.

Der Wasserkessel pfiff. Sie entschuldigte sich. Er folgte ihr. Neben dem Gasherd stand ein mannshoher Fagor-Kühlschrank mit Chromgriff aus den Sechzigern.

Die Wände waren von undefinierbarer Farbe, ein verblichenes Blassgrün. Ein Riss vom Boden bis zur Decke schien das Gebäude zu spalten.

»Darf ich Ihnen etwas zu trinken anbieten?«, fragte sie, ohne sich umzuschauen. »Ich wollte mir gerade einen Tee aufbrühen.«

»Gerne.« Es war das Einfachste, ihr Angebot anzunehmen. »Dürfte ich kurz Ihr Bad benutzen?«

Sie zeigte in die Tiefe der dunklen Wohnung und goss das kochende Wasser aus dem Kessel in hohem Bogen in eine Kanne.

Er folgte dem Flur, dessen Wände wellig und aus feucht glänzendem Lehm zu sein schienen. Bei besserer Beleuchtung und näherem Hinsehen würden sie ihre Wunden offenbaren, dachte er: die Schimmelflecken an den Bodenleisten und der Decke, die seit Jahrzehnten nicht entfernten Abdrücke ungewaschener Kinderhände, die blätternde Farbe und die unzähligen Schlupflöcher für die Küchenschaben. Zu beiden Seiten standen Umzugskartons, die ein Durchkommen nur im Slalom ermöglichten.

Vor dem Badezimmer gabelte sich der Flur. Er erblickte sich in einem wandhohen Spiegel mit goldverzierter Krone, der leicht nach vorne geneigt war. Schnüre mit bunten Birnchen hingen an den Seiten herunter. Bis auf einige, die kaputt waren, gaben sie dem dunklen Flur ein gelb-rotes Licht. Vor dem ausladenden Doppelwaschtisch im Bad ließ er kaltes Wasser über seine Hände laufen, fuhr sich mit gespreizten Fingern durchs Haar und studierte dabei die Ablage vor dem Spiegel. Neben einer frei stehenden Badewanne mit verrosteten Löwenfüßen befand sich ein Bidet, über das ein Handtuch geworfen war. Er nahm es und trocknete sich die Hände ab.

Er ging zurück zum Wohnzimmer und blieb vor dem hölzernen Bord mit den fünf kleinen Figuren stehen. Sie hatte auf seine Frage vorhin nicht geantwortet, aber irgendetwas stachelte ihn an, ihr das nicht durchgehen zu lassen. »Sind es antike Kultfiguren?«

Sie sah ihn durchdringend an und kniff dabei die Augen etwas zusammen. »Es sind die fünf Helfer Mots.«

»Mot?« Costa sah sie fragend an.

»Mot herrscht bei den Karthagern über die Unterwelt.« Sie lächelte. »Allerdings gab es bei den Karthagern keine wirkliche Trennung zwischen der Unterwelt und der Welt der Lebenden. In Zeiten der Dürre gehört Mot das ganze Land. Die Speise des Todes ist Schlamm – und Schlamm wird auch dem Mot geopfert. Er wird von Atargatis getötet, da er ihren Bruder und Gemahl Baal Hammon hinterlistig getötet hat, indem er ihn in seine Unterwelt hinablockte und zwang, Schlamm zu essen. Dies geschah aus Rache, weil Baal ihm nicht seine Frau überließ. Als Mot sich weigert, Baal wieder zum Leben zu erwecken, tötet ihn Atargatis in einem rituellen Blutbad: Mit ihrer Sichel zerteilt sie ihn. Mit ihrer Geißel schlägt sie ihn. Mit Feuer verbrennt sie ihn. Mit Mühlsteinen zermahlt sie ihn. Auf die Felder verstreut sie ihn, um seine Kraft zu zerstören. Nach Mots Tod regnet es dann Öl vom Himmel, und die Flüsse führen Honig. Da weiß Atargatis, dass Baal zurückgekehrt ist.«

Costa fragte sich, warum die Vorstellungen der Alten stets von einer solch ungeheuren Sprachkraft waren. Wenn er sich in dem einen Internatsjahr in Irland gelangweilt hatte, war er manchmal auf die Idee gekommen, laut aus dem Alten Testament zu lesen.

»Eine große Wohnung«, sagte er, als er sich wieder setzte.

Sie nickte. »Mein Vater hat sie mir vermacht.« Der Tee plätscherte in die Tasse.

Sie blickte an ihm vorbei, als wäre er gar nicht da, und er fand es an der Zeit, sein Anliegen vorzubringen. »Ich hätte noch ein paar Fragen zu einem antiken Opferstein.«

Sie winkte ab. »Sie sollten sich die Beschäftigung mit der Vergangenheit ersparen. Ihr lebt doch alle schnell und hektisch und müsst sehen, dass ihr euch bei allem Eifer für eure Geschäfte auch noch gegenseitig gefallt. In einer Gesellschaft, die immer oberflächlicher und immer kindischer wird – hier, seht mich, mögt mich, ich bin jung, einzigartig und hübsch!« Sie lachte trocken.

Costa fühlte sich nicht angesprochen. »Ich hätte nichts dagegen, jung, einzigartig und hübsch zu sein, aber in diesem Fall geht es mir um einen hässlich zugerichteten Mann, der unterhalb Ihrer Ausgrabungsstätten ums Leben gekommen ist.«

»Unterhalb? Wie soll ich das verstehen?«

»Wir haben in einer Höhle mit einem Zugang zum Meer eine Arbeitshalle entdeckt, in der vor kurzem drei Menschen ermordet wurden. Zwei wurden auf einer Art Opferstein verbrannt, und einer wurde erstickt. Der Sturm am Sonntag hat das Wasser in die Höhle gedrückt, und beim Rückfluss ist er ins Meer gespült worden. Vermutlich, bevor er verbrannt werden konnte.«

Sie musterte ihn lange und nachdenklich. Offenbar traf sie diese Nachricht. Sie hatte wahrscheinlich mit irgendeiner Beanstandung der Polizei wegen der Sprengungen gerechnet, die sie auf dem Mühlenhügel im Rahmen der Ausgrabungen neuerdings vornahmen, aber nicht mit so einer Geschichte, die ihre wissenschaftlichen Arbeiten in ein skandalöses Licht rücken konnte. Jedenfalls, wenn die Medien erst einmal anfingen, sich die Dinge auf ihre Weise hinzudrehen.

Er hatte sich nicht geirrt. »Morde unter der Totenstadt.« Ihre Lippen formten die Worte betroffen. »Kann ich mir das ansehen?«

»Das können Sie sicher, aber bislang kann man die Höhle nur vom Meer aus tauchend erreichen. Ich würde daher gerne mit Ihnen das Gelände der Nekropolis abgehen, um einen Zugang vom Land aus zu finden.«

»Ich bin mir sicher, dass es keine Verbindung zwischen den Hypogäen und Ihrer Höhle gibt, aber wir können uns morgen gerne gemeinsam davon überzeugen. Würde es Ihnen vormittags passen?«

Costa war einverstanden.

Als er draußen in die Hitze trat, die die Kühle in seinen Kleidern sofort verdrängte, holte er tief Luft und freute sich, dass er Karin noch nicht dazu genötigt hatte, sich aus seinem Arbeitsfeld herauszuhalten, oder sich von ihm zu trennen. Ich will nicht im Schatten sitzen wie diese Frau, dachte er und lief beschwingt die Straße hinunter.

kapitel zwölf

Er hob das Weinglas gegen den Abendhimmel und sah den Hafen und die Gassen von Sa Penya wie durch einen roséfarbenen Weichzeichner. Karin bereitete das Essen zu. Der Duft von gebratenem Schwertfisch, frisch gehackten Kräutern und gepresstem Knoblauch kitzelte seine Sinne.

Er streckte sich und dachte über den vergangenen Tag nach. Sie waren durch seine und Elenas Initiative ein gutes Stück vorangekommen. Im Moment konnte er nichts weiter tun. In der Höhle wimmelte es jetzt von Beamten, die jeden Zentimeter durchkämmten.

Die Blutspuren am Türrahmen wurden bereits im Labor analysiert, er war sich sicher, dass sie vom *Seemann* stammten. Ebenso wartete er auf das Ergebnis der Analyse, ob die Zeichen mit dem Blut der Verbrannten an den Opferstein gemalt worden waren. Mit den bunten Aufklebern in englischer Sprache konnten sie bisher nichts anfangen, der Surfer tippte auf kostenlose CDs in der Sonntagsausgabe des *Diario de Ibiza*, der Bischof vermutete Zigaretten, die verteilt worden waren.

In der Nähe des Kühlraums hatte die Spurensicherung die Reste eines Medikaments gefunden, die momentan ebenfalls untersucht wurden.

Eine Taucher-Spezialeinheit, die von Costa bei der Küstenwache angefordert worden war, erforschte die verzweigten Tunnel der Höhle, die kilometerweit ins Innere der Insel führten und teilweise unter dem Meeresspiegel lagen. Ein wahnsinniger Killer oder eine Sekte hatte zwei Menschen auf dem Altar der Opferhöhle verbrannt. Das von Costa gefundene Amulett war auf Fingerabdrücke untersucht, gesäubert und fotografiert worden. Ein großer Abzug lag vor ihm auf dem Tisch. Er nahm das Foto und betrachtete es eingehend. Es stellte einen menschlichen Körper mit den Schwingen eines Vogels dar. »Ägyptisch«, hatte der Surfer vermutet.

Karin kam mit ihrem leeren Glas auf den Balkon. »Das Essen ist gleich fertig.«

Sie küsste ihn, ließ sich ihr Glas nachfüllen und verschwand wieder in die Küche.

Die Geschichte mit Karin hatte auf der Beerdigung seiner Großtante Turia begonnen.

Damals war er für drei Tage von Hamburg aus nach Ibiza geflogen. Beerdigungen waren stets Anlässe, zu denen man sich mit der ganzen Familie traf, auch nachdem seine Mutter mit ihm die Insel verlassen hatte. Diese Beerdigung, auf der er Karin kennen gelernt hatte, war für ihn mehr als nur ein Familienanlass, denn Turia, die Schwester seiner Großmutter Josefa, war seine »Lieblingsomi« gewesen. Mit ihren selbst gemachten Säften und Liebes- und Heiratsrezepten, Geschichten über Kobolde und Geister hatte sie ihn als Kind in den Bann gezogen. Karin war erschienen, um El Cubano zu interviewen. »Das Interview bekam ich nicht«, sagte sie später, »dafür aber seinen Neffen.«

Auf dem Rückflug tauschte er den Platz, um neben ihr zu sitzen. Sie hatte keinen Flug mehr nach Berlin bekommen und musste von Hamburg aus den Zug nehmen. Damals war sie gerade nach Ibiza gezogen und wollte noch irgendwas in Berlin erledigen.

Schon schwer verliebt, chauffierte Costa sie in Hamburg mit Blaulicht zum Bahnhof, was ihr imponierte, auch wenn sie seinen Bullenberuf zuvor kritisiert hatte. Ihm gefiel das, er fand ihre Borstigkeit sexy.

Von da an blieben sie in Kontakt. Costa schaffte es, öfter nach Ibiza zu kommen, auch wenn es nur anderthalb Tage am Wochenende waren. Als seine Karriere ihn dann stärker beanspruchte – »Du versäumst dein Leben!«, hatte sie ihn gewarnt –, kam sie häufiger nach Hamburg. Die Affäre auf Distanz lebte sich gut und festigte sich.

Der Sex funktionierte bestens. Das war mit Sabine, seiner Geschiedenen, nicht so. Er führte Karin zum Essen aus, weil sie Küsse auf der Damentoilette aufregend fand, und manchmal trieben sie es in Stundenhotels. Das Frivole reizte sie. Er hatte seine Verbindungen auf St. Pauli und machte das alles mit. Der Kiez faszinierte sie, und sie genoss es, dass er in der Szene als Bulle bekannt und trotzdem beliebt war.

Es wurde eine echte Beziehung, aber nach Deutschland wollte sie auf keinen Fall zurück.

Vor drei Jahren hatte er den Dienst bei der Kripo in Hamburg dann schließlich quittiert und ging als Leiter der Mordkommission nach Ibiza.

Doch damit begannen auch die Streitereien, oft lautstark und temperamentvoll, aber immer mit dem süßen Ende einer leidenschaftlichen Versöhnung. Am Anfang stritten sie vielleicht, um ihre verschiedenen Vorstellungen durchzusetzen, aber später ging es vor allem um den Sex. Diese Mischung war jedoch so Energie raubend, dass sie beide beschlossen, getrennt zu wohnen. Doch auch das reizte, es war ein neuer Kick, jedenfalls zunächst. Und jetzt?

Manchmal dachte er, sie wäre auf andere scharf, würde das aber nicht zugeben. Sie lachte – die typischen Gedanken eines Mannes. Sie beteuerte, sie bekomme bei ihm alles, was sie wolle, und wenn nicht, wäre er der Erste, der es erführe. Das war kein Nachsatz nach seinem Geschmack, aber immerhin.

Als sie jetzt mit dem Essen kam, dachte er an solche Einschränkungen nicht, sondern freute sich auf die gemeinsame Nacht.

»Ich habe Hunger«, sagte er, ließ den Doppelsinn aber nicht erkennen.

Sie stellte Teller und Wasserkaraffe auf den Tisch und warf dabei einen Blick auf das Foto. »Sieht ägyptisch aus. Hat das mit deinem Fall zu tun?«

Er ließ den Fisch auf der Zunge zergehen, während er ihre braun gebrannten Arme betrachtete. »Du bist eine sehr gute Köchin. Besser als meine Mutter«. Es war ein Flirt. Sie freute sich und tat entrüstet, da sie die Kochkünste seiner Mutter nicht besonders schätzte.

»Habt ihr das Amulett in der Höhle gefunden?«

»Haben wir. Der Fisch ist zart und wirklich super mit diesem leicht pfeffrigen Zitronengeschmack.«

Sie griff über den Tisch und nahm das Foto, bevor er es verhindern konnte. »Werdet ihr jetzt das ganze Gelände zwischen Burg und Via Punica durchkämmen?«

»Die Nekropolis?« Er hatte keine Lust, ihre wachsende Neugier noch zu schüren. Er biss ein Stück von der gebratenen Paprikaschote ab.

»Dann musst du sie ja treffen.«

»Wen?«

»Die Sanchez.« In ihrem Ton lag wieder diese Begeisterung.

»Wenn sie der Chef ist, sicher.« Er hätte ihr von seinem Besuch bei Laureana Sanchez erzählen sollen, weil er Unaufrichtigkeit in einer Beziehung hasste, aber irgendetwas hielt ihn ab.

Sie spürte das. »Na ja, ist ja auch egal. Du machst deinen Job schon.«

Er konnte diesen Ton an ihr nicht ausstehen und war kurz davor, aufzubrausen, aber das wäre ein schlechter Lohn für ihre Mühe gewesen. Jedenfalls reagierte sie seltsam, wenn es um die Sanchez ging.

»Elena hat übrigens deinen Artikel im *Diario* gelesen. Sie fand ihn sehr spannend«, sagte er versöhnlich.

»Ich suche ihn raus, dann kannst du ihn nachher mitnehmen und auch lesen.«

Eigentlich hatte er heute über Nacht bleiben wollen.

Sie ließ ihren Fisch stehen, stand auf und kam mit einem Buch zurück. »Hier, das Standardwerk über den Baal-Tophet von Salambô.«

Als er es aufschlug, las er: Dr. L. Sanchez, *Karthago und seine Götter*, 5. Auflage 70 bis 90 Tausend, Madrid 1998.

»Ich habe noch Fisch. Möchtest du?«

Er nickte. Er blätterte in dem Buch herum, während sie in der Küche beschäftigt war.

»Ein sehr gut verkauftes Buch«, sagte sie, als sie wieder zurückkam. »Es ist auch interessant für Laien. Warum liest du es nicht mal?«

Gut, eine Chance, sich die gleiche Verehrung für die Wissenschaftlerin zu erarbeiten. Aber wozu? Und würde er Zeit haben, so einen dicken Wälzer zu lesen?

Nach dem Essen begann sie eine Unterhaltung über die Forschungsergebnisse der Sanchez, aber er war nicht wirklich bei der Sache; er dachte an die vor ihnen liegende Nacht. Als sich dann so gar nichts in die ersehnte Richtung tat, nahm er schließlich ihren Artikel über die Ausgrabungen und überflog ihn flüchtig.

Sie zitierte die Sanchez aus einem Vortrag, den sie vor einigen Archäologiestudenten aus Madrid gehalten hatte. »Meist ist es eine Floskel, wenn jemand sagt, er gehe in seinem Beruf völlig auf, aber bei uns muss es die Wahrheit sein, denn auf uns warten weder Geld noch Ruhm, auf uns warten die Mühen der Ausgrabungen und des Zusammensetzens von Puzzeln.« An einer anderen Stelle hieß es über Ibiza: »Die Augen dieser Insel haben eine Menge gesehen, aber kein Mund spricht für sie. Wenn ich aufs Meer schaue, sehe ich Flamingos von den Salzfeldern aufsteigen, aber ich sehe auch die Fregatten, die brennend und steuerlos an den Mauern der Burg vorbeitreiben, ihre Besatzungen von den Krummdolchen unserer Piraten aufgeschlitzt. Die Schönheit und die Grausamkeit Ibizas gehören zusammen. Ich sehe die Hochebene von Santa Inés, dann, wenn der Wind die Mandelblüten wie Schneeflocken durch die Luft wirbelt, aber ich sehe auch die Gebeine der Verscharrten aus dem Bürgerkrieg. Ich sehe all das, ohne es zu bewerten, denn es ist Teil unseres Daseins. Nur wer mit der Geschichte lebt, kann die Gegenwart verstehen.«

Mag sie es so gesehen haben oder nicht – die Entwicklung Ibizas war brutal verlaufen. Jede Besatzungsmacht hatte ihre Spuren hinterlassen, aber während es früher noch Jahrhunderte dauerte, bis Iberer, Phönizier, Punier, Römer, Vandalen, Araber, die Bischöfe und Könige des spanischen Hofes einander ablösten, hatte das 20. Jahrhundert die Insel in kürzester Zeit verändert: ein König, ein Diktator, ein Bürgerkrieg, ein neuer Diktator, ein neuer König – und zum ersten Mal nach einigen tausend Jahren die Demokratie. Die Hippies hatten die Insel auf den Spuren von Ernest Hemingway, Federico Garcia Lorca, Walter Benjamin und William Burroughs noch zu Zeiten der letzten Diktatur entdeckt. Die Vorspeise des *Naked Lunch* wurde in Tanger eingenommen, das Hauptgericht in Goa und der Nachtisch in San Carlos auf Ibiza. Mit der Demokratie kam in den Siebzigern der Massentourismus.

Costas Familie, allen voran Josefa, die Piratin, und ihr damals gerade aus Kuba zurückgekehrter Sohn Joan Costa Mari, erkannten die Zeichen und verwandelten ihre landwirtschaftlich wertlosen Grundstücke, deren Böden von Salzwasser und Sand durchtränkt waren, in Vergnügungszentren mit Hotelanlagen, Spielhallen, Diskotheken, Restaurants und Pubs. Die große Landflucht hatte begonnen. Bauernhöfe, die über Jahrhunderte ihre Bewohner ernährt hatten, lagen plötzlich brach, weil die Söhne ihr Geld nicht mehr mit dem Esel auf dem Feld verdienen wollten, sondern als Kellner, Liegenaufsteller oder Maurer. Mit den Bewohnern der weit verstreuten Fincas verschwanden die Tiendas, Zentren des dörflichen Lebens, eine Mischung aus Einkaufsladen, Bar, Telefonzentrale und Wohnzimmer mit Schwarz-Weiß-Fernseher. Für ihn als Kind waren es Orte voller seltsamer Dinge und Gerüche, denn in den Tiendas wurde verkauft, was sich in Ibiza nicht herstellen ließ: Reis für die Paellas, Seifen und Waschmittel, Stockfisch, den norwegische Boote im Austausch für Salz brachten, Schokolade und Zucker. Barzahlung war den Bauern fremd, sie brachten Oliven, Ziegenkäse, Fisch, Mandeln und Kräuterschnaps zur Verrechnung ihrer Einkäufe. Costa liebte die Erinnerungen daran.

Mit diesem Gedanken war er eingeschlafen, Karins Artikel war seinen Händen entfallen, und als sie ihn weckte, bot sie ihm schließlich an, über Nacht zu bleiben.

Die Finca auf dem Gelände der Nekropolis sollte ich ihr unbedingt einmal zeigen, dachte er, als er ins Bad ging. Am besten zur Siesta.

Als sie hereinkam, um sich auch die Zähne zu putzen, hatte sie etwas so Verlockendes an sich, dass er sich aufrichtete und sie ganz offen ihm Spiegel betrachtete. Sie bemerkte seinen zärtlichen Blick und zwinkerte ihm zu. »Reiß dich zusammen, Bulle.«

Er mochte ihre kleinen Frechheiten. »Überraschend und würzig,« sagte er laut, als er ins Schlafzimmer ging. Er nahm noch einmal ihren Artikel zur Hand und suchte die Stelle, wo er aufgehört hatte.

Sie zog sich aus und stand nackt vor ihm. »Wie gefallen dir meine Artikel?«

»Gut.«

»Über Laureana Sanchez?«

»Erstaunliche Frau.« Erstaunlich kann alles sein, dachte er.

»Ja.« Sie schlüpfte flink unter das Laken.

Im Licht der Nachttischlampe hatten ihre Augen dunkle Flecken in der Iris. Dadurch wirkten sie fast schwarz, und er empfand sie neben sich wie ein neugieriges Kind, das ihn beobachtete. So lagen sie schweigend, reglos die Gesichter einander zugewandt. Es war eine Gelegenheit, ihr mitzuteilen, dass er die Sanchez bereits getroffen hatte.

»Ich musste sie aufsuchen.« Er war zu müde, um alles wiederzugeben.

Sie berührte ihn an der Schulter. »Und?«, schon fast schlafend.

Er senkte seine Stimme zu einem einschläfernden Murmeln und erzählte ihr allerlei belanglose Vermutungen über die Archäologin. Er sprach monoton und sanft, wie mit einem Kind, das einschlafen soll.

»Und dann?«, fragte sie schon fast schlafend.

»Ihr Redefluss zeigt, wie einsam sie ist. Sie redet vor sich hin, macht keine Pausen, damit der andere auch mal was sagen kann, aber plötzlich hört sie einfach auf zu sprechen, mitten im Satz, und starrt einen an.« Er war inzwischen schon so leise geworden, dass er aufhören konnte, aber sie stupste ihn wieder.

»Erzähl weiter.«

Das monotone Sprechen, dieses Raunen und Wispern, war wie ein Liebesersatz für sie. »Es fällt ihr schwer, das Tempo ihrer Rede richtig einzuschätzen, sie zu verlangsamen und einem auch mal eine Frage zu erlauben«, murmelte er, »ich habe den Eindruck, dass sie selbst manchmal überrascht ist, was sie gesagt hat.«

Er hörte auf, kuschelte sich an sie.

Sie hatte immer noch nicht genug. »Für dich ist sie also eine weltfremde Geschichtsprofessorin.« Bestenfalls, dachte er, aber Karin hatte ihre hohe Meinung von der Sanchez und duldete keinen Widerspruch. Sie wollte ihren Frieden und einschlafen.

»Ich halte sie nicht wirklich für weltfremd. Gelehrte haben oft so ihren Spleen. Einstein hatte dreißig identische Anzüge im Schrank, damit er sich nicht mit der Entscheidung aufhalten musste, was er anziehen sollte. Wenn einem jemand bei Fragen zur Totenstadt oder irgendwelchen Höhlen weiterhelfen kann, dann ist sie es.«

Eine Weile lagen sie da, und er wusste nicht, ob sie schon schlief. Die gnadenlose Hitze des Tages, der plötzliche Luftdruckwechsel nach dem Sturm und die Aufregung hatten sie beide erschöpft. Er fuhr langsam mit seiner Hand ihren glatten braun gebrannten Arm hinauf bis zur runden Schulterkuppe.

kapitel dreizehn

Sie und ihr Vater hatten immer genau gewusst, was zu tun war, wenn sie zusammen gewesen waren. Jeder fühlte, was der andere gerade dachte, und so brauchten sie nicht viel zu reden. Im Gegenteil – sie konnten zur Irreführung anderer, zum Beispiel der Mutter, über etwas ganz anderes sprechen als über das, was sie dachten. In das unverfängliche Gespräch, an dem die Mutter teilnahm, konnten sie durch bestimmte sprachliche Wendungen geheime Nachrichten einflechten und sich auf einer Gedankenebene austauschen, auf der sie sich ganz alleine bewegten. Nur sie zwei. Auf diese Weise konnten sie sich sogar über die Mutter unterhalten, ohne dass sie es merkte. Sie führten mit ihr ein lautes Gespräch und – für sie unhörbar – zugleich ein anderes. Das setzte nicht nur ein großes Verständnis, sondern auch ein großes Vertrauen voraus.

Sie fühlte sich immer geborgen bei ihm. Während sie an einer Vase, die er aus dem Fels gelöst hatte, Steine abklopfte und mit einem Pinsel den Sand entfernte, betrachtete er das Artefakt in ihren Händen, um in seinem Notizblock eine kurze Skizze anzufertigen und den Fundort sowie die Fundzeit festzuhalten. Von ihm lernte sie, wie sie eine Vase zu halten hatte, wenn sie durch Risse und Sprünge beschädigt war. War es besser, sie in ihre Einzelteile zu zerlegen, zu nummerieren und sorgfältig zu verpacken? Oder schien es ratsam, das Gefäß so zu lassen, wie es war, weil das Gefüge noch stabil genug war?

Die Tage nach der Beerdigung schrie sie so viel, dass sie nicht zur Schule musste. Sie lag im Bett und schrie, bis sie erschöpft war und einschlief. Jeden Tag kam Onkel Jaume und brachte ihr

Schokolade oder eingewickeltes Eis am Stiel oder in Bechern, wo es ziemlich bald heraustropfte. Deswegen stellte die Mutter es immer auf einen großen Teller neben das Bett. Da sie Fliegen hasste und die süße Eissauce Fliegen in Scharen anlockte, schüttete sie immer alles sofort in die Toilette und zog zweimal.

Die an Diabetes leidende Mutter empfand diese Zustände als enorme Belastung und nahm zu ihrer Entspannung lange Bäder, die die Wohnung mit Zitronengeruch erfüllten. Nur der Duft von Limonen schien sie zu erfrischen. Die Mutter wusch sich die Haare, so oft sie konnte, und bürstete sie, cremte sich nach dem Bad ein und versuchte, mit derartigen Tätigkeiten alle Spannungen zu lösen.

Sie schrieb in ihr Tagebuch: *Mutter geht mehrmals am Tag mit Onkel Jaume aus. Wenn nicht, nimmt sie stundenlang Bäder, so dass man in der Wohnung kaum noch Luft kriegt, und stellt alles Mögliche mit ihrem Gesicht an. Bei Papi hat sie nie Make-up genommen. Wenn sie jetzt ausgeht, sehe ich an ihr Kleider, die sie vorher nicht hatte. Ich glaube, Onkel Jaume bringt sie ihr mit. Daher die Süßigkeiten für mich. Wenn er ihr einen Rock, eine Bluse oder ein Kleid kauft, bringt er für mich Schokolade, Churros, Chupa-Chups und Filipinos mit.*

Jedes Mal, wenn die Mutter mit Jaume Prats ausging, kam sie vorher in ihr Zimmer, um nach dem Rechten zu schauen. Schon wenn sie die Tür öffnete, fühlte sie sich von einer so feindlichen Atmosphäre berührt, dass es sie schon großen Mut kostete, die Türklinke in die Hand zu nehmen, aber die Tür zu öffnen wagte sie nur, wenn sie eine Ausrede parat hatte, zum Beispiel die Information, dass sie jetzt mit Onkel Jaume ausgehe. Sie benutzte diese Ausrede auch, wenn es gar nicht der Fall war und sie nur nachschauen wollte, was ihre Tochter gerade tat.

Natürlich wusste die Mutter nicht, dass sie Albträume hatte, in denen sie ihren Vater in seinem Verlies sah. Die Träume waren so nachhaltig, dass sie sie nach einer Weile nicht mehr von Tagträumen unterscheiden konnte. In diesen unheilvollen Visionen ließen sich Mutter und Onkel Jaume immer etwas Neues einfallen, um Papi gefangen zu halten und zu quälen.

Wenn die Mutter und Onkel Jaume ausgingen, versuchte sie sofort, die versperrte Tür zu ihres Vaters Büro zu öffnen. Es gelang ihr nicht, und natürlich hatten die Mutter und Jaume schon längst alles Werkzeug vor ihr versteckt. In dem verschlossenen Büro befanden sich die Sachen ihres Vaters und Fotos von ihm, denn all das sollte ihr übergeben werden, wenn sie achtzehn sein würde.

Besonders die Sache mit den Fotos machte sie glühend vor Hass. Trotz ihrer Träume glaubte sie, sich ihren Vater nicht mehr vorstellen zu können, außer sie drückte mit den Fäusten gegen ihre Schläfen. Dann konnte sie ihn schemenhaft wahrnehmen, jedoch nicht seine Gesichtszüge, die hinter einem sehr, sehr dünnen Vorhang verborgen schienen. Manchmal traten sie etwas hervor, lösten sich dann aber wieder auf und verschwammen. Manchmal lächelte sein Mund ihr zu, aber es bedeutete ihr keine Erlösung, denn es schien ihr nur eine verzerrte Kopie seines Lächelns zu sein – so, wie man lächelt, wenn man fotografiert wird und jemand »bitte lächeln« sagt. Sie versuchte auch, mit ihm zu sprechen, doch so kurz nach seiner Geiselnahme war er von eisernem Schweigen umgeben. Oder wurde dazu gezwungen, das wusste sie nicht. Sie konnte daran nichts ändern, litt darunter und hatte Schuldgefühle. Sie konnte nachts nicht einschlafen, weil sie sich vorwarf, nicht mehr zu wissen, ob er eine hohe oder tiefe Stimme hatte. Sie erinnerte sich an Sätze aus seiner archäologischen Arbeit. Lange fachliche Monologe konnte sie sich ins Gedächtnis rufen, doch wie er beim Essen über das Essen gesprochen hatte, war ihr entfallen. Diese alltäglichen Dinge verschwanden immer mehr. Dabei war es doch erst so kurz her, dass er weg war. Immer wieder machte sie sich Vorwürfe, dass sie nicht durch die Stadt lief und Alarm schlug, seinen Sarg ausgrub und allen zeigte, dass er leer war.

In ihr Tagebuch schrieb sie: *Heute hat es zum ersten Mal geregnet, seit Papi verschwunden ist.*

Doch kurz bevor sie aus der Wohnung in der Via Romana 38 auszogen, erlebte sie etwas Wunderbares. In der hinteren Hälfte des Flurs der Wohnung war ein großer Standspiegel, vor dem sie öfter stand, wenn sie alleine war. An diesem Tag sah sie ihren Vater zum ersten Mal. Er stand ihr gegenüber und bewegte sich dann hinter sie, so dass er ihr über die Schulter schaute und sie sich beide in dem Spiegel sahen. Ein farbiger Lichtkranz umstrahlte seinen Körper. So sah sie ihn seitdem oft, wenn auch die äußere Erscheinung immer unwichtiger wurde. Was für sie zählte, war die Verbindung zwischen ihm und ihr – trotz seiner Geiselnahme und Abwesenheit. Sie konnte ihn von da an jederzeit rufen, und er beantwortete ihre Fragen. *Sein Geist gibt meinem Leben Licht. Für mich geht es einzig darum, die Energien von Papis geistigem Himmel zu bündeln und auf das Ziel seiner Befreiung zu lenken.*

Kurz darauf zogen sie in Jaume Prats' große alte Villa um, und sie nahm nichts mit als die Spiegel. Natürlich gab das einiges Theater, niemand wusste, warum sie so darauf beharrte, aber schließlich setzte sie sich durch. Nur der große Standspiegel blieb zurück.

kapitel vierzehn

Laureana Sanchez trocknete ihr Gesicht mit einem Handtuch. Sogar unter Wasser hatte sich der Haarknoten nicht gelöst. Die Höhle war nicht wiederzuerkennen. Als sie auftauchten, glaubte sich Costa in einem Bergwerk: Alles war taghell bis in die letzte Spinnwebe mit Akku-Scheinwerfern ausgeleuchtet. Die Fledermäuse waren verschwunden. Beamte der Guardia wuselten herum, pinselten Staub weg, tüteten vermeintliche Spuren ein, zogen Linien und malten Zahlen auf den Boden.

Fast hätte er sie nicht erkannt, als er sie heute Morgen getroffen hatte. Sie war schon längst bei der Arbeit gewesen, trug einen blauen Kittel, Jeans und Schutzhelm. Ihre Bewegungen waren kraftvoll und schnell, und sie wirkte viel jünger. »Also gehen wir schwimmen«, hatte sie statt einer Begrüßung gesagt.

Sie trat näher an das steinerne Becken heran und betrachtete es eingehend. »Das ist fantastisch«, sagte sie. Als sie sich aufrichtete, stand ihr die Verwunderung ins Gesicht geschrieben. »Aber ich frage mich ...« Sie beugte sich wieder herunter und kratzte an dem Opferstein herum, betastete ihn und nahm ihn von allen Seiten in Augenschein.

»Sie meinen, der Stein hier war nicht in der Höhle?«

»Doch, doch. Ich meine diese Entdeckung ist fantastisch. Dieser Fund.« Sie richtete sich wieder auf. »Ich würde Sie inständig bitten, alles hier unten möglichst sorgsam zu behandeln. Wir müssen erst genauere Untersuchungen anstellen, aber dieser Fund ist von unschätzbarem Wert.«

»Könnte er denn aus der Totenstadt sein?«

»Nein, in den Grabstätten dort haben wir Sarkophage, Tonkrüge und andere Dinge, die den Toten mitgegeben wurden, aber keine Feuerbegräbnisstätten. Denn das hier ist kein Tophet, also kein Opferstein, sondern eine Feuerbegräbnisstätte.« Sie betrachtete ihn noch mal. »Ich wäre glücklich, wir hätten in der Nekropolis so etwas gefunden.«

»Also wurden hier Feuerbestattungen durchgeführt?«

»Ganz sicher.«

»Wie ging denn so eine Feuerbestattung vor sich?«

»Der Verstorbene wurde mit den Beigaben und in Anwesenheit seiner Familie verbrannt. Mit abgewandtem Blick entzündete das Familienoberhaupt den Scheiterhaufen. Vorher wurde dem Toten eines seiner Gliedmaßen, oftmals ein Finger, abgeschnitten und in der Nähe vergraben, um den Ort zu heiligen.«

»Ein Finger. Könnte es auch eine Hand gewesen sein?«

»Könnte auch. Wieso fragen Sie?«

»Einem unserer Opfer wurde die Hand abgetrennt.«

»Interessant. Und ist sie in der Nähe vergraben worden?«

Er schüttelte den Kopf. »Der Tote wurde durch den Sturm neulich aus der Höhle gespült und an den Strand geschwemmt. Auch die Hand fanden wir dort.«

Er merkte, wie ihr Interesse sank. Er konnte den Energieabfall physisch spüren. Sie waren sich jetzt sehr nahe. Sie holte hörbar Luft. Alles, was nicht unmittelbar mit ihrer Tätigkeit zu tun hatte, schien ihr lediglich die Zeit zu stehlen.

»Noch etwas.« Costa deutete auf den Altar. »Was bedeuten diese Zeichen?«

Sie beugte sich herunter und studierte eingehend die um den Stein herumlaufende Blutinschrift. »Ist das Blut?«, fragte sie.

Costa nickte.

»Es sind punische Zeichen«, sagte sie. »Dies hier ist ein m, dieses ein l und diese hier ein o und ein k. Hier wiederholt es sich.« Sie richtete sich auf. »Es bedeutet Molk. Oder phönizisch Moloch. Moloch war eine Gottheit der Kanaanäer, ursprünglich die sengende Glut der Sonne im Hochsommer, überhaupt die verzehrende, aber auch reinigende Kraft des Feuers. Moloch war auch der finstere Gott des harten, vernichtenden Krieges. Er wurde in Stiergestalt oder mit dem Stierkopf so wie Minotaurus dargestellt. Ihm wurden in der höchsten Not nicht nur Gefangene geopfert, sondern auch Menschen aus dem eigenen Volk, besonders Kinder und Jünglinge, um seine Gunst zu gewinnen oder seinen Zorn zu beschwichtigen. In Zeiten besonderer Gefahr war es der älteste Sohn des Königs. Die Opfer wurden der ehernen hohlen Bildsäule in die Hände gelegt und rollten in das vom Feuer erfüllte Innere, wo sie verbrannten. Besonders in Karthago war dieser Molochdienst verbreitet.«

»Und diese Opfer wurden auf einer solchen Feuerstätte dargebracht?«

»Nein, antiken Berichten zufolge wurde Moloch in Karthago durch eine große Bronzestatue mit Stierkopf dargestellt, die innen hohl war. Im Inneren brannte ein Feuer, wodurch die Statue rot glühte. Die Opfer wurden auf den Händen des Moloch platziert, die mittels einer komplexen Mechanik zum Mund bewegt wurden, so als ob Moloch essen würde. Die Opfer, oft Kinder, fielen dann ins Innere und verbrannten. Die Menschen versammelten sich um die Statue und übertönten das Schreien des Opfers mit Gesang, Flöten und Tamburinen. Gustave Flaubert fand das so anregend, dass er einen Roman daraus machte.«

Sie wandte sich wieder der Feuerstätte zu. »Wo haben Sie die Verbrannten gefunden?«

Costa zeigte ihr die betreffenden Stellen und erklärte ihr, was die Untersuchungen bisher ergeben hatten. »Die zwei Männer sind auf der Feuerstätte verbrannt worden, aber das Wasser ist in der Sturmnacht bis hier hinaufgetrieben worden und hat die Gebeine heruntergespült, so dass Teile um die Feuerstätte herumlagen. Ein Teil lag noch in der Mulde hier«, sagte er, »wo ich auch ein Amulett gefunden habe. Leider mussten wir es zur Untersuchung nach Barcelona schicken, aber ich habe Ihnen ein Foto mitgebracht, auf dem Sie es genau sehen können. Ich wollte es beim Tauchen nicht mitnehmen, doch wenn wir zurück sind, kann ich es Ihnen zeigen.«

»Das Amulett der Karthager war zumeist ein Skarabäus.«

»Sollen wir davon ausgehen, dass die Verbrannten hier einem Gott geweiht wurden?«, überlegte Costa laut.

»Das sagt die Inschrift, ja.«

»Eine Sekte?«

»Keine Ahnung.«

»Was für einen Sinn hätten die Opferungen?«

»Eine Nachricht vielleicht.«

»Welche Nachricht könnte es sein?«

»Ganz sicher wollten die Täter, dass irgendjemand verstehen würde, warum diese Menschen hingerichtet wurden«, sagte sie. »Als Weihegabe für einen Gott. Dies als Nachricht an die Polizei halte ich für unwahrscheinlich, denn ein Ermittler würde sich davon kaum beeinflussen lassen. Für einen Polizisten wäre die Information, dass es sich um einen Ritualmord handelt, doch nur eine von mehreren Möglichkeiten. Nicht wahr?« Sie musterte ihn interessiert. In ihrem Ton klang keine Ironie mit. Sie wollte einfach die Ansicht eines Experten aus einem anderen Fachbereich hören.

Für Costa war es eine rein rhetorische Frage, und er nickte zustimmend.

Konzentriert führte sie ihre Gedanken fort. »Heutzutage kidnappt jeder politische Terrorist irgendjemanden oder bringt jemanden um, nur damit die Nachricht in die Medien gelangt und Raum schafft für die eigentliche Nachricht, die er veröffentlichen möchte. Sie müssen nur warten, bis die eigentliche Nachricht, die *essential message*, wie es ja heute heißt, an die Medien gelangt.«

»Wäre noch eine andere Möglichkeit denkbar?«

»Delikater wäre der dritte Fall, dass die Leute mit dieser blutigen Schmiererei einem bestimmten Menschen eine Nachricht übermitteln wollen. Über die Medien natürlich.« Sie lächelte. »Oder über die Polizei. Wenn Sie es zum Beispiel, Teniente Costa, dem Betreffenden persönlich sagen.« Sie lächelte wieder. »Logisch? Oder habe ich einen Denkfehler gemacht?«

Was sie gesagt hatte, war alles richtig, aber als Vordenkerin brauchte er sie nicht. Er war auf ihr Wissen angewiesen, das Denken übernahm er gerne selbst. Er achtete stets genau auf diesen kleinen Unterschied, denn Leute, die für andere dachten, taten es nicht zuletzt, um sie zu beeinflussen. Welche Absicht verfolgte sie? Vielleicht musste sie – quasi von Natur aus – einfach immer scharf und schnell denken, egal, womit ihre Denkmaschine gefüttert wurde. Er nahm sich vor, das später einmal auszuprobieren, mit irgendeinem unsinnigen Thema. Im Moment interessierte ihn nur *Molk*. »Molk« sagte er, »ein seltsames Wort.«

»Dieses Wort existiert bis heute im ibizenkischen Sprachgebrauch. Mein Vater hat nachweisen können«, Enthusiasmus stand in ihren Augen, »dass die ersten Bewohner dieser Insel ein solches Ritual auch in der Höhle von Es Culleram zelebrierten. Er hat es beschrieben. Die Verwandten und Betroffenen durften nicht trauern und weinen, selbst wenn es sich um Kinder handelte, die geopfert wurden. Die Eltern mussten anwesend sein, durften aber keine Regung zeigen, wenn ihr Kind, mit Ocker und Purpur bemalt, in ein Feuer aus Aloe-, Zedern- und Lorbeerholz geworfen wurde. Aufgepeitscht von Trommeln, Flöten und dem Geruch verbrannten Fleisches, tanzte die Menge unter der riesigen Statue der Göttin Tanit, die immer neue Opfer forderte.«

»Und jetzt könnte es sein …«

»Nein, das ist Unsinn.« Sie war seiner Frage zuvorgekommen. »Ich denke, hier spielt jemand Sekte, wenn man das in einem so grauenvollen Zusammenhang sagen kann. Ein *aficionado*, ein

Amateur, jemand, der von grausamen Riten fasziniert ist.« Sie wies auf ein paar blasse Flecken, die Costa niemals aufgefallen wären. »Er hat sich Mühe gegeben. Sogar ocker und purpur.«

»Jemand, der sich auskennt in punischer Geschichte. Vielleicht ein paar Ihrer Mitarbeiter«, sagte Costa. »Ich habe mindestens fünfzig Personen auf dem Gelände arbeiten sehen. Den Zugang werden wir finden. Liegt doch nahe, dass die hier Sekte spielen.«

»Unsinn.« Barsch und ungeduldig stieß sie das Wort hervor. »Wenn es einen Zugang gäbe, würde ich ihn kennen. Aber ich schlage vor, Sie überzeugen sich selbst. In zwei Stunden. Ich werde mit Ihnen in die Stollen steigen, *teniente*.«

Auf sein Zeichen begleiteten sie zwei Taucher des Küstenschutzes. Er sah ihr nachdenklich hinterher. All das war doch kein Zufall. Wir sind unter der Nekropolis, der Gräberstadt des karthagischen Totenkults und finden hier unten eine karthagische Blutinschrift, die auf Menschenopfer hinweist. Natürlich fürchtet sie die skandalöse Imagezerstörung ihres gerade errungenen Weltgütesiegels von der UNESCO. Würde er bei ihr überhaupt noch Unterstützung finden?

Um halb zwölf parkte Costa seinen Seat vor dem Museum. Er war entschlossen, so lange das Gelände abzusuchen, bis er den Eingang zur Opferhöhle gefunden hatte.

Er blieb einen Moment auf der Treppe vor dem Eingang stehen und ließ die Hässlichkeit des viereckigen Baus auf sich wirken. Fast alle öffentlichen Gebäude aus der Zeit Francos waren abstoßend, ein architektonisches Monument, das die Verschiedenheit zwischen Regime und Bevölkerung deutlich machte.

Gegenüber dem Eingang auf der anderen Straßenseite rangierte ein Motorradfahrer seine Maschine in die Lücke zwischen Costas Auto und einem anderen Wagen. Der Auspuff war abmontiert, und das Motorgeräusch glich einer Kettensäge auf Hochtouren. Es war ein Geräusch von Hass, fand Costa. Die Geländemaschine war nagelneu. Irgendwie passte sie nicht zu ihrem Besitzer, einem hageren, ungepflegt wirkenden Mann Ende vierzig. Seine Lederjacke und Kordhose hatten ihre besten Zeiten in den Achtzigern gehabt. Er trug einen altmodischen Sturzhelm, der mit einem Lederriemen unter seinem Kinn befestigt war. Als er ihn abnahm, fielen ihm dünne braune Haare auf die Schultern. Costa war von seinem Gesichtsausdruck unangenehm berührt und hatte plötzlich merkwürdige Assoziationen: ein giftiger Rasputin, ein Charles Manson, der Sharon Tate ihr ungeborenes Kind aus dem Bauch schneidet, nein, der Charon aus dem Kupferstich Goyas, der den schmutzigen, greisen Fährmann der Unterwelt darstellte, wie er die Schatten der Toten über den Grenzfluss setzt. Der Typ starrte ihn auffordernd an, als ob er ihn kannte und eine Begrüßung erwartete. Costa war sich sicher, ihn noch nie gesehen zu haben.

Seine Gedanken kehrten zu dem Amulett auf dem punischen Opferstein zurück: Hatte man es den Toten als Obolus mitgegeben? Als Fährgeld für die Überfahrt ins Jenseits? Dreh jetzt nicht durch, versuchte er sich zu beruhigen. Nicht jeder seltsame Vogel ist ein Mörder, der mit dem Blut seiner Opfer Hieroglyphen an Wände pinselt.

Langsam ging er die Stufen zum Museum hinauf.

Die Luft war von der Mittagshitze erfüllt. Er spürte den Blick des Motorradfahrers in seinem Rücken und drehte sich um. Doch er war verschwunden. Er sah die Straße nach beiden Seiten hinunter – nichts.

Die rothaarige Sekretärin informierte ihn, dass auf dem Gelände gesprengt werde. Aus Sicherheitsgründen sei er verpflichtet, einen Helm zu tragen, wenn er in die Grabanlagen hinabsteigen wolle. Einen Helm? Costa nickte grinsend, denn ihn amüsierte der Gedanke, den Motorradfreak um seinen Kugelhelm zu bitten.

»Könnten Sie mir liebenswürdigerweise Ihren Helm für eine Grabbesichtigung ausleihen?«, fragte er einen jungen Museumsangestellten, und der reichte ihm eine abgenutzte gelbe Plastikschale, die einen muffig-erdigen Geruch verströmte und ihm schon nach wenigen Minuten den Schweiß auf die Stirn trieb.

Aus der Hintertür des Museums trat er in ein abgesperrtes Areal. Er blieb stehen und blinzelte in die Sonne, als ihm die Direktorin schon entgegenkam.

»Weg hier!«, befahl sie. »Wir sprengen gleich.«

Er rührte sich nicht, bis sie vor ihm stand. Der schnelle Lauf hatte sie nicht aus der Puste gebracht, und ihre dunkelgrünen Augen taxierten ihn sekundenschnell. »Ach so, Costa. Schon halb zwölf? Dennoch – wir müssen hier verschwinden.«

Sie ergriff seinen Arm und zog ihn hinter einen Erdwall.

»Normalerweise sprengen wir unterirdisch, von Kammer zu Kammer. Aber ab und zu muss man eine von oben öffnen, so wie jetzt.« Sie drückte den elektronischen Zünder in ihrer Hand, und gleichzeitig gab es einen trommelfellerschütternden Knall, der von den Wänden der umstehenden Häuser als Salve zurückgeworfen wurde. Sie lief schon los. »Hoffentlich gab's keine kaputten Fenster wie beim letzten Mal. Kommen Sie.«

Um den Krater hatten sich bereits mehrere Menschen versammelt, alle mit Kitteln und Helmen. Dr. Sanchez warf einen kurzen Blick hinein: »Volltreffer. Aristokratengrab. Ein Statthalter vielleicht, oder ein reicher Gewürzhändler. Räumt das mal auf, in einer Stunde will ich es mir ansehen.«

Die letzten Minuten waren rasant gewesen. Ihm gefiel die energievolle Variante dieser Frau besser. »Ich würde mir nun gerne Ihre Unterwelt ansehen.«

Sie gab noch ein paar Anweisungen und wandte sich ihm zu.

»Sehen Sie, die Unterwelt ist die Welt unseres Unwissens.« Sie lächelte. »Bewacht von einem monströsen wilden Hund mit drei Köpfen, Schlangenschweif und einer Mähne aus Schlangen.«

»Cerberus?«, sagte er. »Ließ er nicht die Ankommenden ohne Warnung eintreten, dann aber niemanden heraus?« Er sah sie ernst an. »Das passt zu meinem Fall.«

Der Modergeruch alter Topfpflanzen kam Costa entgegen, als er mit der Archäologin die Leitern tiefer und tiefer hinabstieg.

»Wir sind jetzt zehn Meter unter der Oberfläche«, hörte er ihre Stimme unter sich. »Weiter sind wir noch nicht gekommen. Der Meeresspiegel ist hier fünfzehn Meter tiefer.«

Costa hatte die letzte Sprosse erreicht und stand auf glatt getretenem, welligem Lehmboden. Die Umgebung war von Grubenlampen taghell erleuchtet, die Luft kühl und stickig. Die Leute, die hier arbeiteten, trugen auf ihren Helmen aufmontierte Lampen. Voller Respekt grüßten sie die Direktorin.

Sie begann wieder einen ihrer Vorträge. »Vor zweitausend Jahren war die Stadt der Toten eins mit der Stadt der Lebenden. Die Menschen verstanden den Tod als einen Übergang, nicht als das Ende. Manche Grabkammern sind eingerichtet wie die oberirdischen Häuser der Verstorbenen. Es sollte ihnen in der anderen Welt nichts von ihrer gewohnten Umgebung fehlen. Sehen Sie hier«, Laureana wies auf eine Zeichnung an der Wand, »der purpurne Vogel. Er zieht in eine Stadt ein, die Karthago nachempfunden ist. Aber es ist die Stadt *auf der anderen Seite*. Der Vogel ist ein Symbol für die Seele, die hinüberfliegt in die Welt des Todes. Beide Welten spiegeln sich gegenseitig. Diese Vorstellung ging später in das Christentum ein.«

Costa zog das Foto aus der Tasche. »Der Vogel sieht diesem hier ähnlich.«

Sie hielt das Foto ins Licht und betrachtete es. Es war die Aufnahme des in der Opferhöhle gefundenen Amulettes, die der Surfer gemacht hatte.

»Wo haben Sie das her?«

»Das Amulett, das Sie da auf dem Foto sehen, lag auf dem Steinblock«

»Wo ist das Amulett? Kann ich es sehen?«

Er spürte ihre Aufregung. »Es wird zurzeit in unserem Labor auf Spuren untersucht.«

Sie hatte plötzlich eine Lupe in der Hand und stellte den Strahl der Lampe an ihrem Helm auf das Bild ein. Durch das Vergrößerungsglas betrachtete sie jede Einzelheit. »Es ist eine Darstellung des Benu, des heiligen Vogels der Ägypter. Die Phönizier haben diesen Glauben übernommen, wie so vieles. Der Vogel auf dem Foto hier stammt aber nicht von hier, sondern aus dem Tibeti-Gebirge, einer Formation, die sich von Libyen durch den Tschad bis an die Grenze des Sudan zieht. Es ist ein Glücksbringer, Schutz vor dem Gott der Sonne und des Feuers. Bei den Ägyptern hieß er Ra, bei den Phöniziern Saps. Das Alter schätze ich auf zweitausend Jahre. Zu dieser Zeit war Karthago der mächtigste Staat des westlichen Mittelmeers, und sein Einfluss reichte bis in die Mitte Afrikas, also bis über das Tibeti-Gebirge hinaus.«

»Wie kommt er von Nordafrika hierher?«

»Das frage ich mich auch.«

Costa folgte ihr durch die verwinkelten Kammern. Ab und zu trafen sie auf Angestellte des Museums, die mit kleinen Schaufeln und feinen Pinseln Scherben und Knochen freilegten. Er fühlte sich an die Kollegen von der Spurensuche erinnert, die tiefer unter ihm das Gleiche taten. Sein Blick fiel auf eine Vase aus blauem Glas, die fast unversehrt war.

»Ja, diese Vase. Die Phönizier stahlen alle Geheimnisse. Von den Ägyptern das der Glasherstellung, von den Syriern das Geheimnis, wie Purpurfarbe hergestellt wurde. Dieses Wissen bedeutete Reichtum, und die Karthager waren die Jahrhunderte vor Christus das reichste Volk des Mittelmeeres. Sie verhielten sich wie die Konzerne heute – was zuvor den Göttern und

Priestern vorbehalten war, wurde von ihnen massenhaft hergestellt und zwischen Nil und der Straße von Gibraltar verkauft. Sie waren auch die Ersten, die auf Barzahlung bestanden. Bis dahin wurde den Göttern gespendet.« Sie lachte kurz. »Was heißen soll, der König oder die Hohen Priester kassierten die Gewinne ein. 700 Jahre vor Christus hatten die punischen Phönizier ihren Einfluss über Sizilien und Sardinien bis nach Südspanien ausgedehnt.«

Sie redete, ohne Rücksicht darauf zu nehmen, dass die Gänge schmaler wurden und jeder Schritt unbequemer. »Ihr strategisch wichtigster Stützpunkt zur Eroberung des Festlands war die Siedlung Ebusim, Ibiza. Die ältesten Gräber unserer Nekropolis stammen aus dieser Zeit.« Sie blieb abrupt stehen, wie sie es schon einige Male getan hatte, wandte sich um und starrte ihn an. Suchte sie etwas in seinem Gesicht, einen Gedanken, von dem sie glaubte, er verheimlichte ihn ihr? Es war eine ihrer Marotten, denn sie hatte keinen Grund, ihm Hintergedanken zu unterstellen. Im Gegenteil. Es interessierte ihn, was sie sagte, und er gab Karin Recht, die ihm diese Führung durch die Geschichte Ibizas empfohlen hatte.

Die Sanchez zog die Augenbrauen hoch. »Aber ich bin nicht an Terrakotta interessiert, sondern daran, wie die Menschen damals gedacht und gehandelt haben.«

Im Grunde ähnelten sich ihre Berufe. Wir sind nicht dabei, wenn es passiert, wir finden Indizien, wir graben, wir untersuchen, bis sich ein Bild ergibt, wie es gewesen sein könnte, sinnierte Costa.

Sie war schon weitergegangen. Ihre Rede floss zügig dahin, obgleich die Decke nun so niedrig wurde, dass sie sich bücken mussten. Sie erklärte ihm, dass die Phönizier ursprünglich aus Vorderasien kamen, aus dem Libanon, und weil sie gute Seefahrer waren und Kaufleute, fuhren sie herum und gründeten überall Siedlungen. Die größte war Karthago in Tunesien. Von da aus dehnten sie dann ihren Einfluss weiter aus, nach Ibiza, zum spanischen Festland, nach England. Manchmal sprach sie schneller, manchmal langsamer, manchmal stockte sie, drehte sich um, um ihn zu betrachten, was sich in so einer gebückten Haltung schwierig darstellte. Schließlich endete der mühselige Entengang vor einer massiven Felswand.

»Wir befinden uns hier an dem Punkt, der dem Meer am nächsten ist«, sagte sie, »aber wie Sie sehen, gibt es nirgends einen Weg, der nach unten führt.« Sie drehte sich um, und sie standen wieder gebeugt voreinander. Costa spürte die Anspannung in seinen Rückenmuskeln, er hatte keine Lust mehr. Und sie hatte Recht behalten. Es gab nirgends ein tieferes Loch.

»Was das Amulett anbetrifft«, sagte sie und brachte ihn dazu, diesen einen Moment noch zu verharren, »die einzige Erklärung wäre die, dass es schon Ewigkeiten in der Höhle lag und nichts mit dem Mord zu tun hat.« Wieder machte sie eine seltsame Pause, in der er das Zittern seiner Muskeln und den zunehmenden Schmerz spürte. Schroff forderte sie ihn plötzlich auf, zurückzugehen. Er war erleichtert und machte sofort kehrt.

Als sie wieder oben waren, traf ihn die Hitze wie ein Schlag. Er blickte sich auf dem Gelände um. Es musste irgendwo einen Zugang geben. Sollte er hier noch weitermachen? Er fühlte sich erschöpft von den Vorträgen, die die Sanchez auch den ganzen Rückweg über gehalten hatte. Im Moment stand sie oberhalb des Kraters und redete auf ihre Arbeiter ein. Sein Rücken war immer noch verkrampft, und er hatte Durst. Langsam ging er den Berg hinauf, um sich zu verabschieden.

»*Teniente*, Sie verlassen uns schon?« Sie reichte ihm die Hand. »Es tut mir leid, dass ich Ihnen keine große Hilfe war.« Ihr Händedruck war kräftig und kurz.

»Beginnt schon mal mit dem Gebüsch«, wies sie die Arbeiter an. Dann wandte sie sich ihm wieder zu. »Eine Bitte: Wenn Sie mit der Spurensicherung fertig sind, würde ich gerne einen Blick auf das Originalamulett werfen. Es könnte ein äußerst seltenes Einzelstück sein.«

Costa versprach es. »Was machen Ihre Leute eigentlich da?«, fragte er im Gehen.

»Eine alte Finca. Wir legen sie frei. Sie gehört nicht auf das Gelände und wird in ein paar Wochen abgerissen.«

»Darf ich sie mir einmal ansehen?«

Sie machte eine einladende Bewegung mit der Hand, ging aber voraus, ohne auch nur einen Moment im Reden innezuhalten.

Das Haus war halb in der Erde versunken. Jahre von heißen Sommern und regnerischen Wintern hatten die Mauern durchlässig gemacht und ihre Farbe dem Braun der Erde angeglichen. Das Einzige, was das Gemäuer zusammenzuhalten schien, waren die Pflanzen, die sich an allen Durchlässen festklammerten, als wollten sie es nicht gehen lassen. Das Dach war voller wilder Blumen, die Fenster mit Bougainvilleen zugewachsen. Der Ort hatte eine schläfrige Magie, die Costas Sinne betäubte.

Die Stimme der Archäologin holte ihn zurück: »Der letzte Bauer lebte vor zweihundert Jahren hier. Er starb eines überaus unnatürlichen Todes, was die abergläubischen Ibizenker, die bis heute noch keine wahren Katholiken sind, der Tatsache zuschrieben, dass das Haus auf den Gräbern der Phönizier gebaut wurde. Seitdem wollte niemand mehr einziehen.«

»Sie haben nichts dagegen, wenn ich es mir mal von innen anschaue?«

»Nur zu. Ich muss Sie aber jetzt alleine lassen. Im Büro des Museo Arqueologico wartet eine Menge Arbeit auf mich. Kommen Sie dort vorbei, falls Sie noch Fragen haben.«

Kaum ausgesprochen, ging sie schon eiligen Schrittes den Hügel hinab.

Im Innern der Finca war es erfrischend kühl. Er erkannte sofort das typische ibizenkische Wohnhaus, auch wenn die Mauern teilweise zerfallen waren: die Innendecke aus Stämmen des phönizischen Wacholderbaumes, der früher überall auf der Insel gewachsen war und den die Einheimischen *Sabinas* nennen, die Veranda, das Wohnzimmer, die Küche mit der steinernen Feuerstelle, über der stets ein großer Kessel hing, in dem die typischen Eintöpfe *sofrít* oder *guisat* vor sich hinköchelten, der Stall als Teil des Hauses und die Zisterne, in der sich im Winter das Regenwasser für den Sommer sammelte. Er nahm die Holzbedeckung ab, beugte sich über das Rund und spähte in die schwarze bodenlose Tiefe. Feuchte, kalte Luft stieg ihm entgegen. Costa nahm einen handgroßen Stein und ließ ihn in die Zisterne fallen. Er zählte eine Sekunde, was etwa eine Fallstrecke von zehn Metern bedeutete. Costa war alarmiert, nicht wegen der Tiefe des Brunnens, sondern weil der Stein mit einem blechernen Geräusch aufgeschlagen war. Er war auf Metall gelandet, und das konnte heißen, dass der Brunnen, der über der Opferhöhle lag, als Einstieg benutzt worden war. Dass sie von der Höhle aus keinen Lichtschein gesehen hatten, widerlegte die Möglichkeit nicht, denn die Öffnung war abgedeckt gewesen.

In der Via Punica gegenüber dem Gelände der Nekropolis war ein Café. Auf dem Weg dorthin telefonierte er mit dem Surfer, um die Überwachung der Finca anzuordnen. Vier Mann in Sechsstunden-Schichten sollten ab sofort die Finca nicht mehr aus den Augen lassen. Idealer Stützpunkt war das alte Observatorium auf der Spitze des Mühlenhügels, das seit Jahren stilllag und einen guten Überblick über das Gelände bot.

Der Surfer wollte dort ab sofort vier zuverlässige Beamte postieren. Er sollte auch die Leute informieren, die in der Höhle nach dem Ausgang suchten. Die Sanchez würde er vorerst nicht von seiner Entdeckung in Kenntnis setzen. Je weniger Personen davon wussten, desto besser.

Die erste Flasche Wasser stürzte er in einem Zug herunter und bestellte sich gleich eine weitere. Das Kratzen in seiner Kehle ließ nach, und sein Kreislauf stabilisierte sich. Während er die Entspannung in seinem Rücken genoss, schaute er sich um. Es war mittlerweile zwei Uhr, Siesta. Im hinteren Teil des Raumes saß eine Mutter mit ihrem Kind. Am Tisch vor der Bar bestellten drei Bauarbeiter das Tagesmenü, und an einem Fenstertisch diskutierten zwei Langhaarige über eine CD von Hed Kandy.

Ihm fiel ein, wie unwohl er sich da unter der Erde gefühlt hatte. Lebendig begraben – der Albtraum des 19. Jahrhunderts. Ihm kam eine vage Erinnerung an seine früheste Kindheit. War es jemand, der nicht begraben werden wollte? Ein Sarg, der leer war. Welcher Sarg, und wo habe ich ihn gesehen?

Es ist auf einem Kirchhof. Glocken läuten. Ein Weg führt steil bergan. Ein Trauerzug folgt dem Sarg schweigend. Ein Mädchen mit Zöpfen und schwarzen Schleifen reiht sich ein. Der Rücken des Mädchens nahe vor ihm. Ihr Gesicht ist groß, voller Leuchten und Spannung. »Was willst du?«, ruft sie laut. »Da ist nichts im Sarg!« Es hallt gegen die Felswände, alle drehen sich um und nicken: Es ist nichts im Sarg ... es ist nichts Sarg ... wandert das Echo weiter.

Der Wirt winkte mit einem Chupa-Chup-Dauerlutscher über die Theke. Das Kind hatte sich aus seinem Wägelchen befreit und tapste wackelig durch das Lokal. Einer der Bauarbeiter setzte sich zu der Mutter an den Tisch.

Costa sah aus dem Fenster. Er erinnerte sich an ein braunweißes gerahmtes Foto in Laureana Sanchez' Wohnung – sie als Kind mit ihrem Vater. Mit Zöpfen. War dies das Mädchen aus seiner Erinnerung? Und hat es die Situation auf dem Friedhof überhaupt gegeben?

Ihm fielen wieder Josefas Worte ein: *Dann habt ihr beiden euch seit der Beerdigung von Trasilio Sanchez nicht mehr gesehen. Erinnerst du dich daran?*

Irgendetwas zog ihn an. Er könnte sie noch einmal aufsuchen und diesen Punkt klären.

Der Habitus eines Menschen ändert sich nie. Den Beweis dafür bekam man auf jedem Klassentreffen geliefert. Der Spaßvogel, der Coole, das Muttersöhnchen, der Schläger – alle blieben, wenn auch über die Jahre ein wenig geschliffen, die Gleichen. Nur bei dieser Sanchez schien es anders zu sein. Es war ihm plötzlich wichtig, wie gut sie sich in ihrer Kindheit gekannt hatten. Wie waren ihre Rollen gewesen? Sie würde es wissen, vermutete er. Wahrscheinlich wusste sie es schon die ganze Zeit und belächelte sein schlechtes Gedächtnis. Oder nahm es als Pose des Polizisten: Wenn ich offiziell unterwegs bin, erinnere ich mich an nichts Privates. Eine lachhafte Haltung, das wollte er auf jeden Fall richtig stellen.

Von seinem Platz im Café aus konnte er das Museo Monográfico sehen. Es schloss gerade, und sieben Touristen wurden von einem uniformierten Angestellten hinausbegleitet.

An einer der Treppen, die beidseitig zur Eingangstür führten, lehnte Charon, der Motorradfahrer. Seinen Helm hielt er in der Hand. Er sah aus wie ein Schüler, der vor dem Mädchengymnasium auf seine große Liebe wartet. Eine Angestellte des Museums? Die Kastanienrote aus dem Büro vielleicht? Da würde er wohl kaum eine Chance haben.

Er rief sie vom Mobiltelefon aus an und fragte, ob Señora Sanchez noch zu sprechen sei. Er erhielt die Antwort, sie sei vor wenigen Minuten in das archäologische Museum in der Altstadt gefahren, wo sie noch ein Büro habe. Costa bedankte sich.

Inzwischen trank die Mutter des Kindes mit dem Arbeiter Rotwein. Er hielt ihre Hand. Das Kind lief, mit dem Lutscher im

Mund, aus der Tür auf die Straße. Impulsiv wollte Costa aufstehen, aber das Kind blieb auf dem Bürgersteig stehen, wandte sich wieder dem Café zu und drückte seine Nase an die Scheibe, wo die zwei Langhaarigen saßen. Mit der Zunge lutschte es das Glas ab, während es mit beiden Händchen dagegen schlug. Einer der Langhaarigen zeigte ihm den Mittelfinger.

kapitel fünfzehn

»Wir haben beschlossen, dass du sonntags mit uns frühstückst«, eröffnete ihr eines Tages die Mutter, nachdem sich die Bitternis und Verschlossenheit ihrer Tochter nicht verändert hatten.

Ihr Platz war an der schmalen Seite des Tisches. Die Mutter saß auf der Bank längs der Wand und Onkel Jaume ihr gegenüber.

Die Mutter war schmal und groß, ganz ungewöhnlich für eine Ibizenkerin. Sie hatte schlanke lange Beine, schmale hohe Schultern, einen auffällig schönen Hals. Sie war sehr schlank, obgleich sie wie ein Scheunendrescher aß, wie sie es nach ihrer »Befreiung« ausdrückte.

Zum ersten Sonntagsfrühstück in der Dreierrunde trug die Mutter einen Burberry-Rock, der wie der ganze Rest ihrer Garderobe auch Ausdruck ihrer »Befreiung« war. Darunter eine schwarze Strumpfhose und schwarze halb hohe Lacklederschuhe mit einer samtschwarzenen Schnalle und einem goldenen Bügel. Der schwarze Rollkragenpullover über dem Rock betonte ihre knochigen Schultern und gab ihr eine elegante Einfachheit, die in der Küche seltsam wirkte. Früher war so etwas nicht vorgekommen. Auch hätte sie den Pullover gar nicht tragen können, wenn die Villa Prats' nicht in jedem Raum unter der Decke eine große weiße Klimaanlage gehabt hätte. (*Ich friere die ganze Zeit,* schrieb sie in ihr Tagebuch.)

Onkel Jaume war mit seinem Omelette schon fertig, hatte den Teller von sich geschoben und die Arme vor der Brust verschränkt. Er hörte Margarita zu, nickte oder rieb sich immer mal wieder mit Daumen und Zeigefinger die Nase. An ihm war nichts auffällig, weder die Figur noch die Bewegungen, nichts im Gesicht, nicht seine Frisur. Sie fragte gelegentlich den einen oder anderen der Besucher, ob er oder sie Onkel Jaumes beschreiben könne, doch niemand ging darauf ein, was sie als Beleg nahm, dass Jaume Prats ein unbeschreibbares Nichts war.

Ihr fiel auf, dass die Mutter alles änderte, nachdem ihr Papi weg war. Vorher waren es kurze Fingernägel, jetzt sehr lange, Perlmutt lackierte. Sie machte sich schon vormittags fein, weil sie zu Mittag oft außerhalb aßen. Trasilio und sie waren nie in ein Restaurant gegangen. Das Haar kämmte sie zwar immer noch nach hinten, aber es floss in einen dicken Zopf, in den Diamantschnüre eingeflochten waren. Ein schwarzer Draht stützte ihn innen und bog sich am Ende zu ihrem Hals hinauf, was den Zopf zu einem Skorpion machte.

Sie war eine sehr schöne Frau, aber wer das nicht zuzugeben bereit war, erwähnte nur ihre Krankheit, die sie zu täglicher Einnahme von Insulin in gelben Patronen zwang, und sah nur ihre schmale lange Nase, ihren kleinen Schmetterlingsmund und ihr entschiedenes Kinn. Das Schönste an ihr waren ihre hohe, gut geformte Stirn, die dunkelbraunen Augen und die großzügig geschwungenen Augenbrauen. Sie hatte auch große Ohren, aber das merkte man nur, wenn man nicht aufs Ganze sah, nicht fasziniert war von der intensiven Konzentriertheit, die von ihr ausging. Auch das war neu – eine Energie, das Leben zu beherrschen. Das war der Mutter bewusst, denn sie unterstrich sie mit allem, was ihr zur Verfügung stand.

Onkel Jaume nickte wieder, rieb sich die Nase und wollte etwas sagen, aber die lange schmale Hand der Mutter flatterte auf wie eine Taube, die keinen Platz gefunden hat, flog in einer Welle über den Tisch, knickte am Handgelenk ein, machte mit den Fingern schnelle Schritte in der Luft, flog wieder auf, und dann lachte sie. Sie lachte jeden Tag mehr.

In diesem Punkt hatte sie mit ihrer Tochter die Rollen getauscht. Früher war diese ein Überschwang an Lebensfreude gewesen, jetzt wirkte sie streng und düster. Beim Frühstück brütete sie darüber nach, wann die Mutter je die Hände in dieser Weise bewegt hatte. Nun war sie eine Frau, die nicht einen Fussel an ihrem eleganten Kostüm duldete. Sie fasste ein Stück Brot an, rieb ihre Finger in sich wiederholenden Intervallen nervös aneinander, auch wenn sie nichts in die Hand genommen hatte, und schlug mit einer schnellen Bewegung aus ihrem Handgelenk über Pullover oder Rock, so als wären überall Brotkrümel verstreut.

Die Mutter erklärte Onkel Jaume etwas, das wie eine Erinnerung an die von ihr zuletzt gelesene Illustrierte klang – es ging um Ausstellungen, Reisen in andere Länder, Mode, eine bessere Ernährung, die neueste Faltencreme. Sie wiederholte sich und erzählte Dinge aus ihrem Bekanntenkreis, der nach der Beerdigung ziemlich gewachsen war. Sie sprach von einem Spanier, der ein Menuett von Mozart auf die Gitarre übertragen und es im Fernsehen gespielt hatte. Sie beschrieb ein neues Hotel in Madrid, in dem für Julio Iglesias eine Party gegeben worden war. Sie erwähnte einen neuen Modekönig in Barcelona und sagte, dass Ibiza sich ein Beispiel an Teneriffa nehmen solle, wandte aber gleich ein, das würde niemals passieren, lachte darüber und schob sich die Hälfte eines Croissants in den noch lachenden Mund. Sie legte das Croissant auf den Tisch und rieb ihre Finger wieder flink aneinander, um die Krümel loszuwerden. Dann erzählte sie über eine Einladung und drückte ganz schnell den Rücken ihres Zeigefingers gegen die Augenlider, wobei sie ihr Gesicht in die Länge zog, als hätte sie etwas Saures geschluckt. All ihre Bewegungen waren flatterhaft, wie ein Schwarm Spatzen, der sich zuerst auf einem Stück Brot niederlässt und dann wieder auffliegt, um sich kurze Zeit später wieder darauf zu stürzen.

All die Veränderungen waren so überraschend und mit solch einer Spannung über die Tochter gekommen, dass sie sich fühlte, als steckte sie in einem zu engen Gummianzug. Sie stand auf, um ihren leeren Teller wegzustellen. Ihre Beine wollten sich kaum bewegen. Steif ging sie zum Waschbecken. Als sie die Küche verließ, sagte die Mutter: »Du gehst so komisch.«

Bevor sie die Tür schloss, hörte sie, wie Onkel Jaume leise sagte: »Vielleicht hat sie sich in die Hosen gemacht.«

Die Mutter lachte, und sie sah in ihrer Vorstellung einen Schwarm Spatzen vom Tisch auffliegen.

Es war für sie eine Zeit des Schreckens, die kurze Zeitspanne seit ihres Vaters Verschwinden bis zu dem Moment, da er wieder Kontakt mit ihr aufgenommen hatte. Danach begann die große Mühe seiner Befreiung. Bis dahin war ihre Kindheit unbeschwert gewesen, und sie hatte geglaubt, es würde immer so bleiben. Alle Menschen wären lieb und nett und hätten nichts anderes im Sinn, als sich das Leben gegenseitig zu verschönern. Mit dem Verschwinden ihres Vaters aber verlor sie den einzigen Menschen, der sie tatsächlich verstand, und sie fühlte sich einsam, konnte mit niemandem mehr sprechen. Eisiges Schweigen umgab sie – *wenngleich es mich auch wärmt, weil ich sonst nichts habe.*

Die Verbündeten ihres Schweigens waren die Spiegel in ihrer Wohnung. Als sie in das Haus von Onkel Jaume zogen, bestand sie darauf, dass sie alle mitgenommen wurden, was ihr auch gelang – bis auf den großen Standspiegel im Flur. Manchmal stand sie eine ganze Stunde lang vor ihrem Spiegelbild.

Eines Morgens, es war noch vor dem Umzug in Prats' Villa, suchte sie in der Dunkelheit des langen Flures nach den Schuhen ihres Vaters, in denen sie ihre Zahnspange versteckt hatte, und sie hoffte, dass man sie weder weggeworfen noch in seinem Büro eingeschlossen hatte, wo all seine Sachen waren. Sie sah sich in einem hohen Spiegel, der leicht nach vorne geneigt war und bis zur Fußbodenleiste reichte. Sie hatte das Gefühl, die Kette, die das Ungetüm unterhalb seiner goldverzierten Krone hielt und die oben in der Wand befestigt war, könnte sich lösen und der Spiegel sich über sie stülpen wie ein Quecksilberteich. Schnüre mit bunten Birnchen hingen noch vom letzten Neujahrsfest an den Seiten herunter und beleuchteten einzelne Strähnen ihres Haares. Ihre Augenbrauen traten so stark hervor, dass sie dachte, sie blicke in das Gesicht ihres Vaters. Gebannt wartete sie. Sie wartete, ob eine Kraft sie ergreifen und gegen den Spiegel schleudern würde. Ihre Fußsohlen wurden heiß, und sie fühlte eine große Energie bis unter die Kopfhaut. Da fing ihr Spiegelbild an, sich zu bewegen, so dass sie sich zweifach sah: Ein Spiegelbild schaute dem anderen über die Schulter. Das hintere Gesicht wandelte sich in das Antlitz ihres Vaters. Deutlich erkannte sie ihn hinter sich. Seine Lippen formten Worte, und sie verstand, dass er ihr sagte, wo seine Schuhe waren. Ein Gefühl von Glück und Dankbarkeit erfüllte sie. Dunkle Schatten pulsierten über seinem Kopf und seinen Schultern, und das Pulsieren wurde heftiger mit dem zunehmenden Schlag ihres Herzens, und als sie die Luft anhielt, entstand ein heller Lichtschein um ihn herum. Nun wusste sie, sie würde nie mehr alleine sein.

Sie ging in die Küche, blieb aber an der Tür stehen. Die Mutter machte Tortillas. Onkel Jaume saß am Tisch und schlürfte seinen Kaffee. Dabei hatte er die Ellbogen breit aufgestützt. Kinn und Mund waren von der Tasse verdeckt, und seine großen runden Taleraugen unter der faltigen Stirn taxierten sie. Sie hatte keinen Hunger. Ihre Mutter schimpfte, ob sie endlich ihre Zahnspange gefunden habe, sie würden keine neue kaufen, da könnten ihre Zähne ruhig kreuz und quer wachsen. Seit ihres Vaters Tod war die Zahnspange weg.

»Ihr braucht mir keine zu kaufen.« Als die Mutter sich umdrehte, grinste sie sie breit an.

»Dir wird noch das Lachen vergehen«, sagte die Mutter, nahm die Pfanne und häufte das Essen auf Onkel Jaumes Teller. Dann wandte sie den Kopf: »Willst du nichts?«

Ohne zu antworten, nahm sie einen Apfel aus dem Obstkorb, verließ die Küche und ging in die Schule.

Die Gegend, in der sie nach dem Umzug wohnten, mochte sie nicht, denn Onkel Jaume hatte alle Häuser außerhalb seiner hohen Parkmauer abreißen lassen, um Platz für vier Wohnblocks zu schaffen. Das Baumaterial war schon herbeigeschafft worden, aber es gab ein Problem, man konnte nicht beginnen, und zwischen allem wuchs Unkraut. Die Verzögerung des Baubeginns hing mit einem Haus zusammen, das Jaume Prats nicht kaufen konnte. Es stand in der Mitte der leeren Fläche nordöstlich von der Stierkampfarena. Der Eigentümer gab seine Weigerung auch nicht auf, nachdem alle anderen Häuser gefallen waren. Eines Tages war das Haus abgebrannt.

kapitel sechzehn

Costa bog in die kleine Straße zwischen der Plaça de Parque und der Stadtmauer ein. Die Schranke vor dem Felsentunnel, der in die Altstadt führte, war geschlossen. Das Wächterhäuschen war nicht besetzt. Es war niemand da, dem er seinen Ausweis hätte zeigen können. Er fluchte und musste ein paar Kreise drehen, um einen Parkplatz zu finden. Er stieg aus. Man musste den Kopf schon sehr weit in den Nacken legen, wenn man die Kathedrale auf der Spitze der Burg sehen wollte.

Der Aufstieg war steil. Er konnte sich entscheiden zwischen den endlosen Treppen der Calle Conquista, die in Serpentinen verlief, oder dem direkten Weg durch die Carretera de Santa Maria. Er sah auf die Uhr. Wenn sie ihre ganze Mittagszeit dort verbrachte, würde er sie bequem antreffen.

Die Pflastersteine der Mariengasse reflektierten die mörderische Hitze des höchsten Sonnenstandes, und sie waren Costas Gesicht näher, als ihm lieb war. Der Anstieg auf den glatten Steinen war so steil, dass er ihn fast lieber auf allen vieren bewältigt hätte. Keine Menschenseele war zu sehen.

Die Touristen waren am Strand, und die Einwohner hielten weise Siesta.

Stoisch und schweißgebadet setzte er einen Fuß vor den anderen. Ab und zu wehte ein kühler Zug aus einem der dunklen Patios, jemand lachte, oder der Duft von gebratenem Hühnchen in Safran streifte seine Nase.

Dann endlich Schatten spendende Olivenbäume: der Eingang zur Kirchenstadt, die Calle de la Portella. Durch die äußeren Ringe war er in das Herzstück von Dalt Vila gelangt, eine saubere breite Straße, die Calle Major, gesäumt von alten Stadtpalästen in Ocker und Weiß. Hier hatte er als Kind die Osterprozession erlebt, bei der jede Bruderschaft ihren ureigensten Christus aus dem Portal der gotischen Kathedrale trug. Einen davon, den eindrucksvollen *Cristo atado a la columna*, blutüberströmt in Ketten, hatte sein stolzer Großvater Toni Costa Tur im Auftrag der gleichnamigen Bruderschaft aus einem einzigen Baumstamm gefertigt.

Der Platz vor dem monumentalen Kirchenschiff war sternförmig gepflastert, und alles wirkte streng und erhaben.

Das archäologische Museum an der linken Seite des Platzes war ein schmaler eingeschossiger Bau mit Natursteinwänden. Die Holzflügel des Portals waren geschlossen, über die Öffnungszeiten des Museums gab eine gläserne Platte Auskunft. Hilfe suchend sah er sich um. Zwei Priester in schwarzen Anzügen und mit Aktentaschen unter dem Arm kamen aus dem schmiedeeisernen Tor des bischöflichen Gartens.

Costa fragte nach Laureana Sanchez. Der Priester nahm seine Hand und führte ihn zu einem Türchen neben dem Museum, das nicht verschlossen war. »Geh über den Baluard de Santa Tecla, dann kommst du direkt zum Büro von Doña Sanchez, mein Sohn. Sie arbeitet um diese Zeit immer dort. Und viele Grüße von Cristobal.«

Costa stand auf dem Umlauf der inneren Befestigungsanlagen. Unter ihm lag der Hafen. Weit ging der Blick ins Land, bis Sant Josep auf der einen, den Bergen von Roca Llisa auf der anderen Seite und, wenn man in der Bewegung nicht innehielt, über das sonnenbeschienene Meer, das von Süden den Fuß des Berges berührte. Dort, wo er mit Elena in die Höhle getaucht war.

Er betrat das Museum. Zwar war Dr. Sanchez auch hier die Chefin, aber die attraktive Rothaarige herrschte nur im Museum der Nekropolis.

Vor Laureana Sanchez' Büro blieb er einen Moment stehen. Er

wollte sie privat aufsuchen, als einer, der mit ihr zusammen demnächst eine Aufgabe zu erfüllen hatte. *Wir sind beides die Paten von Montses Tochter,* würde er sagen.

Er klopfte nicht, er trat einfach ein.

Sie saß am Schreibtisch, mit dem Rücken zu ihm. Den Kittel hatte sie gegen einen blauen Blazer eingetauscht. Sie war so vertieft in das Studium eines dicken Wälzers, dass sie ihn nicht bemerkte.

Er betrachtete die Auszeichnungen, die an den Wänden hingen. Urkunden für Dr. Laureana Sanchez und Prof. Dr. Trasilio Sanchez aus den sechziger und siebziger Jahren. »Von der Sociedad Arqueológica Ebusitana Prof. Dr. Trasilio Sanchez verliehen für außergewöhnliche Forschungserfolge in Es Culleram, 3. Mai 1959«, war auf einer der Urkunden zu lesen.

»Mein Vater hatte einen Lebenstraum«, erklang plötzlich Laureanas Stimme. »Nur war sein Leben viel zu kurz. Ich werde seinen Traum verwirklichen. Die ersten Ziele sind erreicht: Der Boden, auf dem wir stehen, die ibizenkische Akropolis, ist kulturelles Gemeinschaftseigentum der Menschheit, so wie nun auch die Nekropolis. Zusammen mit den Pyramiden, der Chinesischen Mauer und dem Vatikan.« Sie winkte Costa zu sich an den Schreibtisch und zeigte ihm ein in Leder gebundenes Buch, in dem sie gelesen hatte. »Die Geschichte der karthagischen Kolonie Ebusim, verfasst von den Historikern Timaios und Justin, 100 nach Christus. Hasdrubal war damals Statthalter. Ihm folgte Hamilkar. Hamilkars Sohn soll auf einer der Inseln vor San Antonio geboren sein. Hannibal.«

Hannibal erinnere ihn an sein letztes Volksschuljahr auf der Insel, sagte er, wodurch deutlich wurde, dass er zu dem Thema nichts beitragen konnte.

Sie lachte. »Das erzählen die ibizenkischen Mütter ihren Kindern. Hannibal, der Sieg um Sieg errang und keinen Nutzen daraus ziehen konnte. Die Entschiedenheit für ein klares Ziel hatten die Römer, daher siegten sie und vernichteten Karthago ohne Zögern und Gnade. Karthago erholte sich nie mehr, und Hannibal beging Selbstmord.«

Sie dachte einen Moment nach. »Es ist zwar eine Sage. Aber der Gedanke, dass Hannibal von hier ist, einer von uns, weckte eben unser Interesse an den Kriegen der Römer mit den Karthagern.«

Sie lächelte. »Sagen helfen uns auch bei der Forschung weiter. Oft genug gibt es Schnittstellen zur historischen Realität. Der Sage nach wurde Kart-Hadascht, Karthago, im Jahr 800 vor Christus aufgrund eines Betruges gegründet: Die aus Tyros, also dem Libanon, geflohene Königin Dido, von den Römern *Elissa* genannt«, sie betonte den Namen so, dass die Ähnlichkeit mit dem katalanischen Namen Ibizas, Eivissa, herausklang, »erbat sich vom Herrscher der Region, die heute Tunesien heißt, nicht mehr Land, als auf eine Kuhhaut ginge. Der König stimmte zu, und sie zerteilte das Tierfell in so dünne Streifen, dass sie damit ein Gebiet von mehreren Hektar umspannen konnte. Die mit ihr geflüchteten Phönizier nannten sich fortan Punier.« Sie machte eine Pause, wie um zu sehen, ob er ihr folgte. »Eine Sage. Aber das Datum der Gründung stimmt. Ich selbst habe es nachweisen können. Die Gründer Karthagos, was so viel wie ›Neue Stadt‹ heißt, würde man heute Fundamentalisten nennen, die beständig auf der Flucht waren. Ihr Reich war unsichtbar, aber riesig. Sie besaßen keine prunkvollen Städte, sondern nur ihre leichten, schnellen Boote. Nomaden des Meeres, reich, mächtig und von allen Völkern des Mittelmeeres gefürchtet.

In Tyros und Sidon hatte man sich den Nachbarvölkern angepasst und die Menschenopfer abgeschafft. Kein Gott hatte sich seit Jahrhunderten darüber beschwert, und es herrschte Friede im Libanon. Als punische Karthager jedoch waren sie wieder eine Kriegsmacht, die auch Söldner aus allen Teilen des Mittelmeers anheuerte. Elefantenführer aus Mittelafrika, Reiter aus Nubien, schweres Fußvolk aus Gallien und Iberien, die berüchtigten *balears,* das waren die Steinschleuderer von Ibiza und Mallorca, denen die Inseln ihren Namen verdanken. Die karthagischen Fürsten auf ihren schwarzen Pferden, die ›Heilige Schar‹ waren das Herz des vierzigtausend Mann starken Heeres.«

Er dachte nicht, dass sie ihm im Moment weiterhelfen könnte, doch da sagte sie schon: »Aber deswegen sind Sie nicht gekommen, oder?«

»Nein, ich wollte Sie nach einer Erinnerung fragen. An eine Beerdigung.« Doch bevor er auf sein Jungenderlebnis kommen konnte, unterbrach sie ihn.

»Gibt es etwas, das uns verbindet?« Sie betrachtete ihn streng wie eine Lehrerin, die ein Eingeständnis erwartet.

»Wir kennen uns von früher. Ich war einmal mit Ihnen auf einer Beerdigung«, sagte er.

»So?« Sie dehnte das Wort, und es klang abwehrend und skeptisch. Vielleicht sogar höhnisch. »Welche Beerdigung sollte das gewesen sein?«

Irgendwie sah er plötzlich den Sinn dieser gemeinsamen Erinnerung nicht mehr und sagte, es habe nichts zu bedeuten, seine Großmutter habe ihm erzählt, sie beide seien als Kinder mal zusammen auf einer Beerdigung gewesen.

»Es war die Beerdigung meines Vaters. Sie weinten, und ich sagte Ihnen, es sei nicht nötig, dafür gebe es keinen Grund. Erinnern Sie sich daran?«

»Nein.« Er konnte sich nicht erinnern, er konnte sich nicht einmal erklären, wieso der Tod ihres Vaters kein Grund gewesen war, zu weinen.

»Sie waren die meiste Zeit im Ausland«, sagte sie, und es war klar, dass sie das Thema wechseln wollte. Sie deutete auf eine braun angelaufene Kaffeemaschine, doch er lehnte mit freundlich erhobenen Händen ab.

Sie schlug vor, er möge am nächsten Samstag zur Feier der UNESCO kommen. »Ein zweiter Teil unserer Stadt ist nun Weltkulturerbe, alle werden da sein.«

Er betrachtete für einen Moment seine staubigen Schuhe; dann schüttelte er den Kopf. ›Alle werden da sein‹ war für ihn nicht die große Verheißung eines schönen Abends. Das sagte er allerdings nicht, sondern gab vor, Empfänge und Reden seien ihm zuwider.

»Ich kann Sie verstehen. Geht mir auch so.«

Er sah auf die Uhr.

Sie begleitete ihn zum Ausgang. »Dieser Fall ist aber eine Ausnahme. Es ist mein Triumph. Nie wieder werden die Lokalpolitiker von Ibiza darüber spekulieren können, ob sie aus dem Gebiet der Nekropolis Bauland machen. Für die Baulandvertreter bin ich selbstverständlich nicht die erfolgreiche Wissenschaftlerin, sondern eine unangenehme Emanze. Wo ich erscheine, bin ich ihnen im Weg.«

Sie war im Haus eines Politikers aufgewachsen, da sollte sie den Umgang mit solchen Dingen gelernt haben.

»Jaume Prats ist Ihr Ziehvater. Von daher sind Ihnen diese Dinge ja vertraut.«

»Nein. Ich war immer der Archäologie ergeben, und die hat mit Politik nicht das Mindeste zu tun.«

Sie entschuldigte sich, sie habe ein wichtiges Telefonat zu führen.

Als er ihr Büro verlassen hatte und durch die Ausstellungshalle ging, sah er Karin vor einer Vitrine stehen. Seine Schritte machten sie aufmerksam, und sie kam ihm strahlend entgegen: »Hallo«, sagte sie, »ich habe im Präsidium angerufen, wo du steckst, und da dachte ich, ich hole dich hier ab, dann ergibt sich vielleicht eine Gelegenheit, die Sanchez noch mal nach einem Interview zu fragen.«

Costa begrüßte sie. »Leider zu spät. Sie sagte, sie muss telefonieren. Aber du kannst es ja trotzdem versuchen.«

»Dann nicht«, sagte sie ein wenig trotzig und enttäuscht. Sie hakte ihn ein und zog ihn zum Ausgang.

Er wunderte sich über ihre Zähigkeit. Als Journalistin konnte sie doch leicht auf andere Quellen ausweichen. »Wenn sie so schwierig zum Interview zu kriegen ist, warum lässt du es dann nicht überhaupt sein?«, fragte er.

Sie wiederholte, was sie schon am Abend zuvor den Eltern Susannes überdeutlich dargelegt hatte, nämlich was für eine besondere Frau die Sanchez sei. Gestern hatte er den Mund gehalten, aber nun widersprach er, weil es so gar nicht seiner Meinung entsprach. Doch das regte sie nur umso mehr an. Sie beschrieb Laureana Sanchez nun in einer Weise, wie er keine Person aus seinem Bekanntenkreis hätte beschreiben können. Sie sprach ruhig und voller Bedacht, aber immer eindringlicher, so dass es ihm vorkam, als errichte sie ein Denkmal. Obwohl er wirklich kein Bewunderer der Sanchez war, berührte es ihn, denn zum ersten Mal seit langer Zeit wurde ihm bewusst, dass er niemanden bewunderte, und schon gar nicht in so entschiedener Weise. Während sie ziellos durch die Altstadt liefen, sie redend und er durstig, fragte er sich, ob seine Kinder wohl Helden hatten oder wenigstens Vorbilder. Bedeutete, jemanden zu bewundern, dass man auch so sein wollte? Wollte Karin also eine erfolgreiche Archäologin sein? Oder war es nur eine Möglichkeit, sich von der Masse zu unterscheiden – durch den Star, den man anbetet und den andere ablehnen? Um bloß nicht einer der vielen Steinschleuderer im Heer der Karthager zu sein, die die Geschichtsschreiber nur als Gattung kannten und die selbst als Gattung nicht erwähnt würden, wären die Inseln hier nicht nach ihnen benannt worden – die Balearen?

»Was bewunderst du denn so an ihr?«, fragte er.

»Ich bewundere an Laureana diese Wucht und Kraft, mit der sie über ihr Thema spricht. Sie hat nur ein Thema – die Karthager. Sie hat keine Hobbys, es gibt für sie keine Attraktionen, keine

Ablenkungen, sie interessiert sich ausschließlich für alles, was mit den Karthagern zu tun hat. Eine leidenschaftliche Archäologin.«

Er verstand es immer noch nicht. Karin konnte auch gut reden – sie tat es ja gerade –, sie konnte mit Temperament und Verve Menschen und Dinge anschaulich darstellen. Vielleicht litt sie daran, dass sie als Journalistin nicht bei einem Thema bleiben konnte, sondern immer von Artikel zu Artikel springen musste.

Sie ergriff seine Hand und drehte ihn einmal im Kreis herum, so dass er sich alles ansehen musste. »Sieh hier, das ist der malerischste Teil der Stadt.«

In mittelalterlicher Enge schmiegten sich die Stadtpaläste an die Kathedrale, die kleinen Kirchen, Kapellen und Konvents. An fast jedem Haus wies eine Tafel auf dessen Geschichte hin.

»Tut mir leid wegen gestern Abend«, sagte sie ganz nebenbei, zeigte aber schnell auf eine gut erhaltene Stadtvilla. »Reisende europäische Fürsten haben hier gewohnt, berühmte Maler und Schriftsteller und später die ersten Stars der Stumm- und Tonfilme.«

Wieder waren es die herausragenden Menschen. Hatte Karin denn mit ihnen so gute Erfahrungen gemacht? Wollte sie ihnen nahe sein? Mit ihnen auf einem Sofa sitzen? Per du und den Arm um ihre Schulter gelegt?

Ihn quälte Durst. »Lass uns hier bleiben«, sagte er. »Ich hab leider nicht so viel Zeit, und hier ist es nicht so heiß.«

Sie setzten sich auf einen Mauervorsprung am Baluard de St. Llùcia und blickten auf die Altstadt.

Dalt Vila war größer, als es auf den Ansichtskarten erschien, ein enormes Gewirr aus Gässchen, Stiegen, steinernen Treppen und engen schattigen Durchgängen, und dann der einzigartige Kontrast, wenn man den Blick wendete: das enorme Bollwerk mit seinen gewaltigen Wällen und Zinnen und vor ihnen endloses

Meer. »Hast du ihr denn überhaupt schon einmal gegenübergestanden?«

»Ja. Ich habe von ihr einen Vortrag gehört. Jede ihrer Gesten, jedes Wort hat mich berührt.«

»Verstehe ich nicht.«

»Das verstehst du nicht.« Sie wandte sich ihm zu und stand nun ganz dicht vor ihm. »Ich spüre ihre Energie. Ich war einmal bei einem Interview mit Karajan dabei, da ging es mir genauso.«

»Bueno, ich verstehe. Karajan war ein Magier. In solch hohe Empfindungen und Gedankensphären gerätst du also, wenn du der Sanchez gegenüberstehst. Ich nehme an, du hast mir von diesem wundervollen Zustand gerade eine Probe gegeben. Aber ich nehme nicht an, dass dich Laureana Sanchez in magische Dämpfe hüllt oder dich mit hypnotischen Giften tränkt, oder? Sie wird dir beim Interview nur irgendetwas erzählen, oder? Und was ist dann so faszinierend, wenn sie von den Karthagern spricht?«

»Die Figur der Dido. Mit ihrer ausschließlichen Liebe und Unbedingtheit.«

Auf so eine Antwort war er nicht gefasst. Dido. Sie war die Frau, die die Phönizier achthundert Jahre vor Christus aus dem Libanon nach Tunesien geführt und die mächtige Handelsstadt Karthago gegründet hatte. Und sie wurde nun von Karin und der Sanchez zu einer Frau der Unbedingtheit gemacht, der Kompromisslosigkeit und besessener Hingabe?

Forderte sie das etwa auch von ihm? Strenge Exklusivität in der Liebe? Andere Frauen hatte er nicht, aber einen Beruf, der sehr viel von seiner Zeit und seinen Gedanken in Anspruch nahm. Würde er sich nun die Sanchez zum Vorbild nehmen, hätte er keine Zeit mehr für Karin. Würde ihr das gefallen? Er hatte eine ärgerliche Frage auf den Lippen, aber bevor er dazu kam, auf diese Weise die Stimmung zu verderben, klingelte sein Mobiltelefon.

Auf dem Weg ins Büro wurde ihm klar, dass er die Geschichte mit Karin und der Sanchez mit Neugierde verfolgen würde. Er war irritiert, und er konnte sich nicht vorstellen, wohin das führen sollte.

kapitel **siebzehn**

Seit Stunden saßen Costa, Elena und der Surfer zusammen und waren den Fall immer wieder durchgegangen.

Er hatte seinen Kollegen bereits alle neuen Informationen mitgeteilt, die sich aus dem Besuch bei Laureana Sanchez ergeben hatten, insbesondere Laureanas Erklärung der Blutinschrift auf dem Opferstein. Es bestand sofort Einverständnis, die These einer möglicherweise rituellen Opferung nicht außerhalb des Teams zu erwähnen.

Elena hatte so viel Material über gefährliche Sekten zusammengetragen, wie in der kurzen Zeit möglich war. »1978 haben die Volkstempler um Jim Jones damit angefangen, aber erst in den Neunzigern verbreitete sich der kollektive Selbstmord. Endzeitstimmung, die Millenium-Apokalypse. Jeder zog seinen Kometen oder Nostradamus unter dem Bett hervor. Die Sonnentempler, 1994 in der französischen Schweiz: dreiundfünfzig Tote, die Führer Di Mambro und Jouret eingeschlossen. Zeitgleich fünf Tote Templer in Kanada. Am 23. Dezember 1995 fand man in den Alpen bei Grenoble vierzehn verkohlte Leichen, die wie Speichen eines Rades um ein Feuer angeordnet waren, zwei weitere Leichen lagen etwas entfernt. Dann ›Heaven's Gate‹. Erinnert ihr euch noch an das Video?«

Alle nickten. Es war oft genug ausgestrahlt worden. Die Leichen der Sektenanhänger, in Etagenbetten liegend, ordentlich zugedeckt mit purpurroten Decken und mit neuen Turnschuhen an den Füßen. Alle hatten Gepäck und Geld für die UFO-Reise dabei, die sie beim Eintreffen des Hale-Bopp-Kometen und dem dahinter versteckten Raumschiff auf ferne Planeten bringen sollte.

Vorher hatten sie alles verkauft, die Männer hatten sich kastrieren lassen. Vor dem Selbstmord reinigten sich alle rituell mit Zitronensaft.

»Aum Shinri Kyo, 1995«, fuhr Elena fort. »Zum ersten Mal eine nach außen gewandte Gewalt: 1994 begann die Gruppe mit der Massenproduktion von AK-74-Sturmgewehren und der Herstellung des Nervengases Sarin. Das Oberhaupt Shākā Asahara machte von diesem tödlichen Gas zweimal Gebrauch: Einmal starben sieben Menschen, beim Anschlag in der U-Bahn von Tokio gab es zwölf Tote und über fünftausend teilweise schwer Verletzte. Bei der Aum-Sekte ging es darum, dass man Erleuchtung nur im Kreis der Sekte erfahren konnte, die feindliche Welt musste gewaltsam bekämpft werden. Aber es ging auch um Macht und Geld. Die Aum gründeten eine politische Partei. Bei ihrer Zerschlagung fand man über zweihundert Millionen Dollar auf verschiedenen Konten.«

»Terroristen«, schimpfte der Bischof.

»Natürlich«, antwortete Elena. »Aber seit wann trennen unsere Kulturen Religion und Gesellschaftsform? Brandopfer sind eine uralte Form, um mit Göttern zu kommunizieren. Dem Brandopfer liegt die Vorstellung zugrunde, die wir Christen auch mit dem Fegefeuer verbinden: Es reinigt, und die reine Substanz geht in eine höhere Sphäre über. Und um einmal vor der eigenen Haustür zu bleiben: Wie viele Hexen hat die katholische Kirche von Spanien auf den Scheiterhaufen eines fanatischen Glaubens verbrannt?«

Sie zog ein Foto aus ihrer Mappe und zeigte es in die Runde.

»Das sind so genannte ›Edan-Ogboni‹, Medaillons, die Erkennungszeichen der Ogboni-Familie.«

Costa sah hopfenförmige Schmuckstücke, zehn Zentimeter lang, grüne Patina auf einem verkniffenen kleinen Gesicht mit Fischmund und wulstigen Augenbrauen.

»Sehen ganz niedlich aus, nicht wahr?«, sagte Elena. »Sind es aber nicht. Die Ogboni sind ein Geheimbund des Yoruba-Volkes, der in Nigeria weit verbreitet ist. Eine Sekte mit mafiösen Strukturen bis in Regierungskreise und mystischen, diabolischen Ritualen. Vor dem Zeitalter des Imperialismus waren sie die Herren über Leben und Tod, sie setzten Könige ab und befahlen ihnen ihren Selbstmord.

Sie beherrschten den Sklavenhandel. Aus Dankbarkeit für Wohlstand und Macht opferten sie Menschen.«

Costa betrachtete sie nachdenklich. Die Parallelen waren deutlich. Elena hatte wie immer schnell und exakt gearbeitet.

»Lässt sich feststellen, ob die Opfer Farbige waren?«, fragte er.

»Ich denke schon«, antwortete sie und wählte die Nummer des Gerichtsmediziners.

Dr. Torres hatte bereits Proben nach Barcelona geschickt, wo spezielle DNA-Untersuchungen durchgeführt wurden. In diesem Fall, sagte er, müsse man dem Labor mitteilen, den Gencode für schwarze Hautfarbe zu überprüfen. Es war Costa neu, dass so etwas möglich war.

Wann sie ums Leben gekommen waren, ließ sich nicht genau sagen. Irgendwann in den letzten zwei Wochen. Die Frage, ob einer der beiden oder der *Seemann* das Amulett getragen hatte, war nicht zu beantworten. Vielleicht war es dem Träger, den es beschützen sollte, abgerissen worden. Ungeklärt war auch die Frage, ob sie zum Zeitpunkt ihres Verbrennens noch gelebt hatten. Torres erwartete dazu ebenfalls die Ergebnisse einer Spezialuntersuchung in ein paar Tagen aus Barcelona.

Inzwischen lagen ihnen alle Berichte der Suchtrupps vor, die die Opferhöhle nach den verschiedenen Gesichtspunkten durchkämmt hatten: Aufnahme der Spuren in der Gefrierkammer, Spuren am Opferstein, Spuren sonstiger Aktivitäten in der Höhe, Vermessung der Höhle und Suche nach einem möglichen Landzugang, Funktion des Brunnens, den Costa auf der Finca entdeckt hatte, und mögliche Verbindungen mit den Ausgrabungstätigkeiten an der Nekropolis.

Es gab drei Möglichkeiten, um in die Höhle zu gelangen: durchs Wasser, so wie Elena und Costa die Höhle entdeckt hatten; durch den Brunnen der Finca, so wie die Täter, die über eine zehn Meter lange Aluminiumleiter dorthin gelangt waren und so auch all die für sie notwendigen Dinge nach unten transportiert hatten; oder durch einen langen, schmalen Spalt im Felsen, durch den die Fledermäuse von der steilen Meeresküste aus in die Höhle einflogen, unpassierbar für Menschen.

Der sperrigste Gegenstand, den man an Seilen durch den Brunnen hinuntergelassen hatte, war die Stahltür, die den Kühlraum absperrte. Der Brunnenschacht endete nach zehn Metern, und von da an, wo es tiefer in den Felsen hinunterging, waren Sprossen in die Wände geschlagen worden, so dass es für jüngere Männer ein bequemer Abstieg bis zur Höhle war. Vermutlich trugen sie Grubenhelme mit aufmontierten Lampen, Handschuhe, Turnschuhe und warme Kleidung. Bei diesen Temperaturen hätte eine solche Vermummung jedem auffallen müssen. Der Bischof hatte diese Information schon an die Einheit weitergegeben, die in diskreter Form Befragungen der Anwohner in der Nachbarschaft vornahm. Am Fuß des Brunnens war eine ausfahrbare Stahlleiter gefunden worden. Ein Beamter der Guardia war in den Schacht gestiegen und hatte Haken gefunden, an denen diese Leiter befestigt worden war. Der Brunnenboden war unten mit einer Klappe aus Stahlverstrebungen gesichert Von daher der metallische Klang, als Costa den Stein in den Brunnen geworfen hatte.

Unbeantwortet blieb die entscheidende Frage, welchem Zweck die Höhle gedient hatte, wenn nicht allein dem Verbrennen von Menschenopfern. Allerdings löste der Gedanke bei jedem im Team Befremden aus.

Das Blut am Türrahmen in der Gefrierkammer war das Blut des *Seemanns*, wie Costa vermutet hatte. Das Medikament, das in der Höhle gefunden worden war, hatte sich als ein neu zugelassener

Fusionshemmer für Aidspatienten namens Esozon entpuppt, den man in jeder Apotheke kaufen konnte. Elena stellte die Frage, ob einer der Täter aidskrank gewesen sein könnte, und hätte gerne eine Anfrage bei allen Ärzten auf der Insel gestartet, aber das Arztgeheimnis machte das unmöglich. Beim *Seemann* war Aids bereits durch eine Blutuntersuchung ausgeschlossen worden. Die Identifizierung des *Seemanns* war die Voraussetzung, um in dem Fall überhaupt weiterzukommen. Solange sie nicht wussten, wer der Mann war, gab es keine Möglichkeiten, die Ermittlungen zu intensivieren. Dies galt umso mehr, als die Identifizierung der beiden Verbrannten so gut wie aussichtslos war, wenn ihre Gencodes nicht aus besonderen Gründen in irgendeiner Datenbank gespeichert waren. Ein solch besonderer Grund wäre nur die Verurteilung wegen eines Schwerverbrechens. An alle anderen Datenbanken, medizinische, geheimdienstliche oder militärische, würden sie nicht herankommen.

Der Bischof klapperte gerade die zweihundert Eislieferanten und Kühlfirmen der Insel ab, aber Costa vermutete, dass diese Überprüfung nicht viel ergeben würde und dass der Bischof nur so scharf darauf war, weil darunter auch Metzgereien waren, deren Besitzer er kannte und mit denen er bei einem Imbiss lange Gespräche über neue Rezepte führen konnte.

Auch das Amulett war auf Spuren untersucht worden, aber ohne Ergebnis. Die Bestimmung des Alters stand noch aus.

Vor Costa auf dem Tisch lagen die Überwachungsfotos der Finca auf dem Ausgrabungsgelände. Während Elena und der Surfer darüber diskutierten, ob es heute Gruppen gäbe, die alte Götter und den Glauben an sie wieder aufleben ließen, glitten seine Gedanken ab und endeten, wie so oft in letzter Zeit, bei Karin. Die Aufnahmen von der Finca erinnerten ihn an seine Fantasien, Karin wieder mal woanders zu verführen als im Bett.

»Hörst du mir eigentlich zu?« Elena sah ihn streng an. »An welchem Punkt hast du dich denn verabschiedet? Also noch mal von vorne: Ich sagte, was immer in der Höhle war, wurde durch die Finca abtransportiert.«

Costa nickte amüsiert über ihre lehrerinnenhafte Strenge.

»Warum diese Mühe? Wenn es Drogen waren, hätte man sie doch einfach in einer Bucht ausladen können.«

Der Surfer hob den Bleistift, mit dem er die ganze Zeit hantiert hatte. »Vielleicht haben sie in der Höhle etwas hergestellt.«

Elena wartete gespannt auf die Schlussfolgerung, und Costa sah aus dem Fenster. Er konnte förmlich spüren, wie die Hitze gegen die Scheiben drückte.

Der Surfer nahm seine Beine vom Stuhl und legte den Bleistift aus der Hand. »Ecstasy.« Überflüssigerweise schrieb er das Wort in großen Druckbuchstaben auf das oberste Blatt eines Papierstapels, drehte den Stift herum und klopfte auf das Wort. »Ist doch nahe liegend. Sie haben Ecstasy-Tabletten gepresst. Der Kühlraum war nur dazu da, das Trockeneis zu lagern.« Weil keine Reaktion erfolgte, erklärte er weiter. »Wie alt seid ihr eigentlich? Jedes Kind weiß doch, dass man Trockeneis braucht, um Ecstasy herzustellen. Die Synthese erfolgt in einem Trockeneis-Aceton-Bad.«

»Hattest du schöne Abende mit dem Zeugs?«, fragte Elena, und Costa nahm es als bissige Reaktion auf seine Bemerkung über das Alter.

»Lass den Scheiß, Kollegin. In Madrid lernt man so was auf der Polizeischule.«

Der Chef erschien, wie immer unangekündigt und zum falschen Zeitpunkt. Costa hatte schon oft darüber nachgedacht, was er am wenigsten an ihm mochte. Jetzt wurde es ihm klar: Er rauchte.

Er paffte an seiner Zigarre und sagte bedeutungsvoll: »Drogen? Habe ich mir gedacht. Gab es bereits Festnahmen?«

Das Rauchen war durch einen königlichen Erlass aus dem Jahr 2004 in öffentlichen Räumen, Arbeitsstätten, Flughäfen und Krankenhäusern verboten. Dafür war Costa dem König persönlich dankbar. Gerade bei der Polizei hatte die Quote der Rauchenden fast hundert Prozent betragen. In seinem Team war der Letzte der Bischof. Der Dicke konnte von seinen Ducados nicht lassen, musste aber im Büro nun darauf verzichten. Santander hingegen paffte weiterhin überall in den Amtsräumen seine billigen Zigarren kanarischen Ursprungs, als würde ein spanischer König für ihn nicht existieren. »Selbst König«, hatte er einmal gesagt.

Elena Navarro klappte ihren Notizblock auf und referierte knapp und logisch die Ergebnisse, ließ aber die Vermutung aus, sie könnten es mit einer Menschen mordenden Sekte zu tun haben. Costa warf ihr einen dankbaren Blick zu.

»Es gab noch mehr Tote?«, fragte Santander, und seine unangenehme Überraschung war echt. Er musste sich setzen und nahm den Platz des Bischofs ein. Da er keinen Aschenbecher entdeckte, schnippte er die Asche unter den Tisch. »Mehrere Tote. Und Sie haben keinen Verdächtigen?« Sein Bart vibrierte, als er die leeren Gesichter sah. »Ein bisschen mager, nicht wahr?«, sagte er ideenlos.

»Dr. Torres ist mit der Rekonstruktion des Gesichts der Wasserleiche fast fertig«, versuchte Costa ein bisschen Hoffnung zu machen. »Der Tote war nicht in zahnärztlicher Behandlung, zumindest nicht in Ibiza-Stadt. Die Ergebnisse der DNA-Auswertung liegen noch nicht vor. Zwei Wochen brauchen sie in Barcelona manchmal dafür. Aber es besteht ja die Möglichkeit, dass jemand aus der Bevölkerung ihn erkennt. Wir sollten –«

»Ich kann Ihnen sagen, was Sie sollten«, unterbrach Santander. »Auf keinen Fall eine Veröffentlichung in der Presse. Unterschätzen Sie den neuen Chefredakteur des *Diario* nicht. Ikér Boned wird diesen Fall derart aufbauschen, dass sich kein Mensch mehr vor die Tür traut und wir wie die Trottel dastehen. Arbeitet Ihre Freundin nicht auch für diesen selbst ernannten Joseph Pulitzer?« Santander lehnte sich zurück. »Wollen Sie ihr bei ihrer Karriere behilflich sein?« Costa wollte protestieren, aber Santander ließ ihn nicht zu Wort kommen. »Sollen dies die Schlagzeilen werden? Sekte versetzt Urlaubsparadies in Angst und Schrecken! Lebendig verbrannt unter der Burg von Ibiza! Nein, nein.« Santander fegte mit der flachen Hand seine Asche vom Tisch. »Die Küstenwache kreuzt vor dem Eingang der Höhle. Fünf Mann sind mit den Zahnärzten beschäftigt.«

Und vier observieren die Finca, dachte Costa, etliche verhören die Nachbarn, und das wird kaum reichen.

»Es ist Hochsaison, *teniente*, und wir haben bei weitem nicht genug Beamte. Trotzdem bekommen Sie jede erdenkliche Unterstützung von mir. Aber das mit der Presse schlagen Sie sich aus dem Kopf.« Santander erhob sich. »Allseits noch einen schönen Tag.« Er zwinkerte Costa zu: »Grüßen Sie Ihren Onkel Joan Costa Mari von mir.«

Der Gruß an seinen Onkel war für Costa stets der obligate Abschluss solcher Auftritte. Santander putzte ihn herunter, wollte sich aber gleichzeitig des Wohlwollens von El Cubano versichern, denn dieser konnte einer Karriere auf der Insel jederzeit hinderlich oder nützlich sein.

»Was ist mit dir los?«, fragte Elena wieder. »Geht's dir nicht gut? Entschuldige, aber du siehst ziemlich abwesend aus.«

Sie hatte Recht. Aber was sollte er tun? Er wusste auch nicht, wie sie weiterkommen könnten. Er wusste nur, dass er Karins letzten Artikel lesen sollte, damit von seiner Seite jeder Anlass ausgeräumt wäre.

Sein Mobiltelefon klingelte, und sie war dran.

kapitel achtzehn

Dieser Sommer war zu heiß. Der glühende Wind, der schon seit Tagen aus Afrika herüberwehte, stieg in der Sahara auf und schien sich in größeren Höhen kaum abzukühlen. Den ganzen Tag über musste er trinken, und auf der Haut lag ein dauernder Schweißfilm, an dem alles kleben blieb.

Er bemerkte ihr Parfüm, aber in der Wohnung war sie nicht. Auf dem Tisch lagen die Manuskripte ihrer letzten Artikel, im Schlafzimmer war das Bett frisch bezogen und unberührt.

Er rief ihren Namen, obwohl er wusste, die Antwort würde ausbleiben.

Um fünf bin ich spätestens zu Hause, hatte sie gesagt.

Er ging in die Küche und räumte den Inhalt der Einkaufstüten in den Kühlschrank. Der Metzger, der bei allen Schlachtfesten der Familie half, hatte ihm zwei gute Ochsenkoteletts aus Villagodia eingepackt. Dazu grobes Meersalz, Kartoffeln aus San Mateo und Salatherzen aus Tudela. Den Wein hatte er vergessen. Zu seiner Freude fand er wenigstens eine Flasche Rosé vor. Er war kein Liebhaber von Rosé, aber dieser war nicht schlecht. Mit dem Wein im Kühler, einem Glas in der Hand und ihren Manuskripten machte er es sich auf dem Balkon bequem.

Sie hatte Glück gehabt mit ihrer Wohnung. Der Blick über die Boote im Jachthafen, auf die Kathedrale und die Burg war das Motiv der meistverkauften Postkarten.

Ein Kreuzfahrtschiff, begleitet von kleinen Lotsenbooten, lief in den Hafen ein. In ein paar Stunden würde sich die Hafenmeile mit braun gebrannten Touristen füllen, die halb nackt über das alte Pflaster der Stadt flanierten, vorbei an den Verkaufsständen der Hippies und fliegenden Händler.

Costa blätterte die Seiten der Manuskripte durch. Ein paar alte Fotos aus den sechziger Jahren fielen ihm entgegen. Karins Artikel über die Geschichte Ibizas begann mit den Hippies und Touristen, die sie als friedliche Invasoren beschrieb. Die zweite »Invasion«, die es in der Geschichte Ibizas gegeben habe. Die erste lag zweitausendsiebenhundert Jahre zurück, und die iberischen Hirten hatten über die ankommenden Phönizier vielleicht ebenso gestaunt wie die ibizenkischen Bauersfrauen in ihren sieben Röcken über die langhaarigen Halbnackten der Hippie-Invasion. Über sechshundert Jahre lebten die Insulaner mit den Einwanderern aus dem Libanon friedlich zusammen, lernten voneinander und vermischten sich. Dann kamen die Römer, vertrieben die Phönizier, herrschten weitere sechshundert Jahre über die Insel, bis die Vandalen einfielen und alles verwüsteten. Die Römer eroberten die Insel zurück, wurden aber von den arabischen Mohammedanern geschlagen und vertrieben. Ab dann befand sich die Insel mit dem neuen Namen Yebisah, den sie heute noch hat, unter der Verwaltung des Kalifats von Cordoba. Die Araber wehrten die Normannen erfolgreich ab. Die arabische Epoche endete im 13. Jahrhundert mit der christlichen Eroberung und Vertreibung der Mauren.

Besonders berührte Costa, wie Karin in einem ihrer Artikel das Ergebnis der Armut, der Hungersnöte und Eroberungen beschrieb: Auf der im Sommer von Hunderttausenden heimgesuchten Insel gab es einst kaum Menschen, und auf der Nachbarinsel Formentera gab es zeitweise überhaupt niemanden mehr. Die spanische Inquisition argwöhnte auf der Insel zu Recht Häretiker, Teufelsanbeter und Heiden und folterte im Namen der Kirche die letzten Überlebenden. So wurde die Insel den Piraten des Mittelmeers eine leichte Beute.

Costa sah über die Mole zum Obelisken, der sich steil gegen den Abendhimmel erhob, dem Denkmal für den Piratenanführer Antonio Riquer Arabi.

Zuerst hatten die Ibizenker auf der ganzen Insel Wachtürme und Wehrkirchen gebaut, in die sie sich bei Überfällen flüchteten. Laut schallte der Ruf über die Inseltäler, wenn ein Piratenschiff in Sicht kam. Später türmten sie auf die Reste des arabischen Verteidigungswalles den ungeheuren Felsenberg der Festungsmauer, hinter der die Bevölkerung Schutz vor den Kanonen der Feinde fand. Aber schließlich gingen die unablässig Überfallenen zur Offensive über: Sie wurden selbst zu Freibeutern. Hatten ihre Vorfahren als Krieger unter Hannibal nicht das Römische Weltreich erschüttert? Als Seeräuber und Korsaren waren sie ebenso erfolgreich. Allein Antonio Riquer kaperte über hundert schwer bewaffnete Schiffe mit einer Nussschale von Fischerboot und ein paar betrunkenen Matrosen. Costas Großmutter Josefa war eine direkte Nachfahrin dieses Piraten und stolz auf ihr Blut.

Sein Mobiltelefon klingelte. Es war Karin. Der neue Chefredakteur wolle einen Artikel für die Sonderausgabe, sie könne noch nicht weg. Sie würde von der Redaktion auf direktem Weg zur Feier der UNESCO im Museo Monográfico fahren. Ob sie sich danach treffen wollten?

Er überlegte kurz: Karin liebte es, wenn er sie bei festlichen Anlässen begleitete. Er tat es ungern, sollte aber diesmal vielleicht eine Ausnahme machen. Immerhin wartete ja noch die alte Finca auf dem Gelände der Nekropolis auf sie. Vielleicht würde sich etwas ergeben – mit Karin in Hochstimmung und Cocktailkleid.

»Ich komme mit«, sagte er.

»Wir treffen uns in einer Stunde auf der Plaça del Parque.« Es kam freudig und überrascht. Zufälligerweise hatte er für diesen Abend das weiße Hemd gewählt, Karins Geschenk. Er betrachtete sich im Spiegel, bändigte sein strubbeliges Haar mit einer Hand voll Wasser, fuhr sich prüfend über die Haut und setzte ein Antonio-Banderas-Gesicht auf. *»Besame, besame mucho ...«*, summte er, während er gut gelaunt zur Tür hinaustanzte.

Er parkte seinen Wagen an der Avenida España und schlenderte zur Plaça del Parque. Er setzte sich auf die erste Bank am Fuße der Burgmauer in den Schatten und träumte wie ein Jüngling vom Schäferstündchen in der Finca.

»Toni.« Karin stand vor ihm. »Wir müssen uns beeilen.«

Eile passte nicht zu seinem Traum.

Er stand auf und küsste sie. »Du siehst umwerfend aus.« Dabei betrachtete er ihre Rubinohrringe, machte eine ironisch-galante Verbeugung und drehte sich strahlend um die eigene Achse.

Arm in Arm schlenderten sie in Richtung Via Punica.

Als sie nach dem Stand seiner Ermittlungen fragte, erzählte er von seinen Eindrücken beim Tauchen, von karthagischen Mythen (ließ dabei aber nicht Laureana Sanchez' Namen fallen) und von der halb versunkenen Finca inmitten uralter Olivenbäume, wo die Luft kühl und von Jasminduft erfüllt war.

»Kühl ist gut«, sagte sie.

Sie wehrte sich nicht, als er sie wieder an sich zog, es waren die Moskitos, die ihn zwangen, sie loszulassen und sie zu verteidigen.

Sie betraten das Gelände der Nekropolis von der Spitze des Mühlenhügels aus, und als sie das Observatorium passierten, überprüfte er es mit einem schnellen Blick. Die vom Surfer ausgesuchten Beamten waren nicht zu bemerken. Gut so. Die heutigen Überwachungsfotos würde er sich morgen gleich als Erstes vorlegen lassen, um den möglichen Schnappschuss von ihm mit Karin gleich einzukassieren. Voller Vorfreude ging er schneller und zog sie hinter sich her.

Karin war angetan von der Atmosphäre der Ausgrabungsstätte und ließ seine Hand auch nicht los, als der Weg sich zwischen Mohnblumen und stachligem Ginster verengte. Er drückte ihre Hand fester. Die Finca konnte er allerdings noch nicht sehen, obwohl es hell genug war. Noch ein paar Schritte. Nichts. Verwundert blieb er stehen. Doch, es war hier, die Stelle, an der ihm vor vier Tagen Laureana Sanchez die kurze Geschichte dieses Bauernhauses erzählt hatte. Aber das Haus war nicht mehr da! Er löste sich von Karin und befühlte den Boden, ein sauber eingeebnetes Feld aus roter Erde.

»Wo ist nun deine kühle Finca?«, fragte sie neugierig.

»Sie war hier! Genau an dieser Stelle! Ich bin ganz sicher.«

»Du meinst, sie hat sich in Luft aufgelöst?«

Halb zweifelnd, halb wütend schaute er sich um. Doch, es musste hier gewesen sein. Über ihnen das Observatorium, unter ihnen das Museum – eine gerade Linie.

»Warte eine Sekunde.« Er suchte die Kurzwahl des Surfers in seinem Mobiltelefon und wartete, während Karin ungeduldig von einem Fuß auf den andern trat.

»Wo ist die Finca hin? Was ist hier los?«, zischte er ins Telefon.

»Ich dachte, du wärst informiert worden«, hörte er die erstaunte Stimme des Surfers. »Die Finca ist gestern auf Geheiß des Conseill Insular abgerissen worden. Die wollten vor der Feier der UNESCO alles fertig haben. Unsere Leute hat Santander vorher abgezogen.«

»Nein, ich bin nicht informiert worden«, blaffte Costa in den Hörer. »Darüber reden wir noch.« Wütend drückte er das Gespräch weg.

»Wir sollten gehen«, murmelte er schlecht gelaunt. »Ich würde ungern die Eröffnungsrede verpassen.«

Karin schaute auf die Uhr. »Wir haben doch noch Zeit«, sagte sie und zog ihn an sich.

Sie küsste ihn hitzig, aber er musste an die Sprengung denken. Er wollte wissen, wer das veranlasst hatte.

Sie merkte, dass er nicht bei der Sache war, und lachte. »Ich mach ein Foto von dir auf deiner verschwundenen Finca.« Er gab nach und warf sich auf dem planierten Platz der Finca übertrieben in Pose. Aber auch das klappte nicht, denn die Batterien waren leer. Jetzt war Karin ärgerlich und nicht davon abzubringen, sofort neue zu holen. Sie bat ihn, vor dem Museum auf sie zu warten.

Er war froh darüber, jetzt alleine zu sein.

Die Via Romana war zwischen der Calle Arxiduc Lluis Salvador und der Calle Juan de Xico für den Verkehr gesperrt. Über die Straße spannten sich Ketten mit bunten Fähnchen, auf denen *Associació de amics del museo arqueologico d'Eivissa* und *World Heritage Committee of the United Nations* zu lesen war.

Er saß auf der Mauer neben der Freitreppe und beobachtete den Aufmarsch der Mächtigen, der einer Dorfprozession aus vergangenen Zeiten glich, nur dass niemand mit blumengeschmücktem *carrón* und herausgeputztem Pferd vorfuhr, sondern mit glänzender Limousine und Chauffeur.

Der erste Wagen trug das Nummernschild der Regierung. Ihm entstieg der ehrenwerte Inselrat für Umwelt, *El Honorable* Jaume Prats. Costa schätzte den Politiker auf Mitte sechzig. Seine schmalen Schultern steckten in einem eleganten Jackett. Sein schwarzes Haar war glatt zurückgekämmt, und die Augen, hellblau und hartnäckig, taxierten die Umgebung im Zeitraffer. Zwei Bodyguards schirmten ihn ab. Mit welchen Gefahren rechnete der Mann? Die ETA hatte sich hier noch nie gezeigt, und Übergriffe phönizischer Fundamentalisten erwartete er sicher nicht. Hatte er Drohungen erhalten?

Nun fuhr ein dunkelgrauer Bentley vor. Jeder kannte das Auto mit dem Nummernschild IB-CM-1. Der Gouverneur stieg sehr langsam aus, gestützt von seiner Tochter Estrella, einer bemerkenswerten Schönheit, die er schon mit zweiunddreißig zur Verkehrsinselrätin gemacht hatte. Carlos Matares war von den Folgen einer Herzoperation gezeichnet, die ihm drei Bypässe und die Hochachtung der Bevölkerung eingebracht hatte, da er sich für diesen Eingriff nicht in die weltberühmte Klinik im Baskenland begeben, sondern sein Leben dem ibizenkischen Krankenhaus anvertraut hatte.

Auf der anderen Straßenseite bemerkte Costa einen Mann, der das Geschehen ebenfalls interessiert verfolgte. Wären nicht die langen braunen Haare und der Sturzhelm, den er in einer Hand hielt, gewesen, wäre er ihm in der gaffenden Menge nicht aufgefallen. Für einen Moment versperrte ihm der Bus der UNESCO-Delegation die Sicht. Danach war der Mann verschwunden.

Er warf einen Blick auf die Uhr. Karin war seit über einer halben Stunde weg. Er überlegte, ob er noch im Café gegenüber einen *carajillo* trinken sollte.

Die Entscheidung wurde ihm jedoch abgenommen, denn nun beehrte Josefa Costa Mari, die neunzigjährige Matriarchin der Familie, das Fest. Sie kam in Begleitung ihres Sohnes Joan, und unter den Schaulustigen wurde der Name El Cubano getuschelt. Sie schritt die Treppenstufen hinauf, ohne sich am Geländer zu stützen. Seit einigen Jahren trug sie bei öffentlichen Anlässen wieder die Tracht ihrer Vorfahren, wenn auch modernisiert von einem Couturier in Madrid. Ihr schwarzes Kleid mit dem purpurnen Schultertuch wirkte wie die Samtunterlage eines Juweliers für die glänzende *S'Emprendada*, das ibizenkische goldene Geschmeide, das sie trug und das in vergangenen Zeiten den Reichtum der Familie ausdrückte. Auf der obersten Stufe hielt sie inne, drehte sich um und schaute mit Adlerblick in die Menge. Sie nahm sich alle Zeit, und die Nachfolgenden warteten respektvoll.

Als sie Costa sah, winkte sie. Er folgte ihrer Aufforderung, und als er zur Begrüßung etwas sagen wollte, nahm sie sein Gesicht in beide Hände, um ihn zu küssen.

Costas Onkel gab ihm einen Schlag auf die Schulter. Er war ein beeindruckender Mann. Wenn er einen Raum betrat, spürte man eine gefährliche, nur oberflächlich kultivierte Kraft. Dass er seinen siebzigsten Geburtstag bereits ein halbes Jahr hinter sich hatte, konnte ihm niemand ansehen. Sein Haar, an den Schläfen leicht ergraut, war streng nach hinten gekämmt, und seine sonore Stimme, mit der er Freunde und Bekannte schon von weitem begrüßte, ließ Umstehende erst einmal verstummen.

Er nahm die kubanische Zigarre aus dem Mund und küsste seinen Neffen links und rechts auf die Wangen. Grinsend sagte er: »Wartest mal wieder auf deine Freundin?«

Josefa gab ein Zeichen, und die ganze Prozession bewegte sich in die Halle des Museums. Von der Decke hingen bodenlange Fahnen mit dem Wappen des Govern Balear, und über die eigens errichtete Bühne ergoss sich ein Meer von Blumen. Livrierte Hostessen reichten Champagner und Fruchtsäfte, während die Gäste in kleinen Gruppen zusammenstanden, Ausgrabungsstücke in den Vitrinen bewunderten und ab und zu einen erwartungsvollen Blick auf das Podium warfen. Alle waren sich der Bedeutung dieser Feier bewusst – bis auf einen.

Costa kannte ihn: Juan Fluxa, ein bäurischer, rotgesichtiger Zwerg. Er hatte sich in ein kanariengelbes Lacoste-Polohemd und eine schlecht sitzende blaue Stoffhose gezwängt, die trotz seiner hohen Absätze den Boden des Museums fegte. Fluxa hatte sein Vermögen mit Taxis und Bussen gemacht, vor nicht langer Zeit war er noch Hirte in den Wäldern von San Miguel, der weder lesen noch schreiben konnte. In jungen Jahren, sagte man, sei es sein größtes Talent gewesen, die Konkurrenten schneller zu scheren als seine Schafe. Fluxas Hand ruhte auf dem prächtigen Hintern einer Mulattin aus der Dominikanischen Republik, die ihn um zwei Köpfe überragte. Die Größe störe ihn nicht, belehrte er den Hafendirektor. Im Gegenteil, das, wofür er sie gekauft habe, werde ihm ständig in Augenhöhe präsentiert, grölte er El Cubano lachend entgegen, der ihm, auf ein Handzeichen Josefas hin, den Rücken kehrte.

Eine Stunde war vergangen. Wo blieb Karin? Costa ging ungeduldig nach draußen. Dort spielte das städtische Blasorchester Stierkampfmusik, und übermütige Kinder zündeten Böllerschüsse. Mit einem Konfettiregen endete die Parade, Straße und Treppe leerten sich nach und nach. Die Geladenen verschwanden im Innern des Museo Monográfico, die Schaulustigen zerstreuten sich.

Costa hätte gerne ein kühles Bier getrunken. Er blickte über die Straße durch das Fenster des Cafés und sah Charon, der in einer Tasse rührte, ohne den Blick von ihm zu nehmen. Wie kam dieser Kerl dazu, ihn zu beobachten? Einer, der noch nie gearbeitet hat, dachte er grimmig, jemand, der bei seiner Mama lebt und sich die Schuhe von ihr hinterhertragen lässt. Einer, der morgens aufsteht und nichts anderes zu tun hat als seine Maschine putzen, in Kneipen sitzen und sich wichtig tun, während zu Hause das Bett gemacht, das Essen gekocht und seine Wäsche gebügelt wird.

Er ging die Treppe hinab und über die Straße auf das Café zu, um sich diesen abscheulichen Kerl vorzuknöpfen.

»Toni, wo willst du hin?« Karins Stimme. »Entschuldige, es hat so lange gedauert, weil ich zu Hause keine Batterien mehr hatte und erst an der dritten Tankstelle welche fand.«

»Du hast Glück, sie haben noch nicht angefangen.«

Karin steuerte gleich auf Josefa zu und begrüßte sie herzlich, ein wenig verhaltener dann El Cubano. Sie entschuldigte sich, als sie ihren Chef erblickte und schob sich durch die Menge auf ihn zu.

»Einige der Stücke hier sind sogar noch älter als du«, brummte Cubano vergnügt und streichelte seiner neunzigjährigen Mutter den Rücken.

»Aber nicht so gut in Schuss«, erwiderte die Alte.

Costa grinste über die Doppeldeutigkeit; ein einziges Wort von ihr könnte Cubanos Geschäfte stoppen.

»Wo ist die Hauptperson?«, fragte sie, während sie in die Menge spähte.

Sie hatte Recht, wo war eigentlich Laureana Sanchez?

Er bot seiner Großmutter an, sie zu suchen, und flanierte durch die Räume des Museums.

Durch die hohen Fenster warf die untergehende Sonne ein warmes Orange auf die steinernen Sarkophage und Statuen. Oft waren Frauen dargestellt, lebensgroß, sitzend, sehr würdevoll, mit meisterhaft aus dem Stein getriebenem Schmuck.

Ein Serviermädchen kam mit einem Tablett, er nahm ein Glas und trat ins Freie.

Erst auf den zweiten Blick erkannte er die Frau im Abendkleid an der Brüstung. Laureana. Sie sprach irgendetwas vor sich hin. Er näherte sich ihr leise. Sie schien etwas zu rezitieren. Selbst dicht hinter ihr verstand er kein Wort.

Er hatte plötzlich die Vision, sie spräche hier im schwindenden Licht zu den vielen tausend Gräbern. Gelehrt, aber einsam. Vielleicht der Preis für einen hohen Anspruch an sich selbst?

Er hatte einen Witz machen wollen, als er sich anschlich, aber nun war er ihr schon zu nahe auf die Pelle gerückt. Er versuchte, sich wieder ein bisschen zu entfernen.

»*Teniente*, was machen Sie hier?« Ihre Stimme klang amüsiert. Sie drehte sich ihm zu.

»Ein wenig Luft schnappen«, sagte er verlegen. »Drinnen wird ordentlich gepafft.«

»Ich meine, hier auf der Feier. Sie wollten doch nicht kommen.«

Sie waren sich so nahe, dass er einen Schritt zurücktrat.

»Meine Freundin. Karin wollte unbedingt.«

Sie lächelte verständig. »Und? Gefällt es ihr?«

»Sie schreibt einen Artikel über Ihre Arbeit und würde Sie gern interviewen.«

»Lieben Sie sie?«

Er musterte sie kühl. Er fand, dass ihr diese Frage nicht zustand.

»Warum verwenden Sie sich für sie?«

»Sie haben ihre Bitte abgelehnt, und ich dachte, vielleicht versuche ich's mal«.

Sie nahm ihr Glas von der Balustrade. »Und Sie meinen, das bewirkt mehr?«

Er überlegte, ob er sie stehen lassen sollte. Der Ton zwischen ihnen hatte sich gewandelt, seit er Karin erwähnt hatte, und ihm schien, als widerfahre ihm nun das Gleiche wie zuvor bei ihr. Vielleicht sollte er nie mehr mit der einen über die andere sprechen.

Sie trank ihr Glas in einem Zug leer und warf es in weitem Bogen hinter sich über die Brüstung. »Wenn sie die Scherben in zweitausend Jahren finden, werden sie sich fragen, worüber wir uns unterhalten haben.« Sie schien es sich bildhaft vorzustellen.

Er konnte damit nichts anfangen und wollte nun endlich die Frage stellen, die ihn eigentlich beschäftigte. »Die alte Finca, die Sie mir letzte Woche gezeigt haben, was ist damit passiert?«

»Gestern Morgen wurde sie abgerissen. Dafür, dass es so schnell ging, hat mein Stiefvater gesorgt. Er wollte, dass heute alles repräsentabel ist. Sie werden weder eine leere Chipstüte noch eine Zigarettenkippe auf dem Gelände finden.«

Costa war erstaunt. Seit wann kümmerte sich der Inselrat persönlich um Ruinen? Diese Feier schien ihm sehr am Herzen zu liegen. Oder war es seine Tochter, die ihm am Herzen lag? Die Mutter war früh gestorben, wie lange hatten sie eigentlich zusammengelebt?

»Ich habe Prats eben hereinkommen sehen. Sie sehen ihm ähnlich.« Es klang nicht so, wie er es wollte.

Sie warf den Kopf in den Nacken. »Das sagen viele. Liegt wahrscheinlich an unserem energischen Auftreten. Blutsverwandt sind wir nicht. In Wahrheit sind wir sehr verschieden.«

Wie mochte es in dieser Familie ausgesehen haben, als Laureana Kind war? Ein Selbstmord wegen der Schuld am Tod anderer und dann die Heirat der Mutter so kurz nach dem Tod ihres Mannes mit dem Rivalen. Wie mochte sie das alles aufgefasst haben? Als Sieg des Rivalen über den Vater? Sie musste im Alter von Annalena gewesen sein, also neun, als ihre Familie zerbrach.

»Wie ist Ihr Verhältnis zu Ihrem Stiefvater?«, fragte Costa.

»Jaume hat mir immer geholfen, wenn es seinen Interessen nicht im Wege stand.« Sie überlegte. »Er ist ein Machtmensch und duldet niemanden neben sich. Jetzt hat er eine Niederlage einstecken müssen, und ausgerechnet durch mich.«

Costa hatte keine Ahnung, wovon sie sprach. »Eine Niederlage?«

»Jaume Prats wollte das Gelände hier, ohne mit der Wimper zu zucken, zu Bauland erklären lassen. Fünf Hektar im Herzen einer schnell expandierenden Stadt sind nicht wenig.« Sie lächelte grimmig. »Natürlich hätte er das eine oder andere Stück aus den Gräbern gerettet und dem archäologischen Museum geschenkt, bevor er den Berg abgetragen und ein neues Viertel errichtet hätte. Ein Monument modernster und hässlichster Profitgier. Die C'an-Jaume-Prats-Wohnsilos. Wie meine Mitarbeiterin sagte: Von der Nekropole zur Metropole. Nur«, sie stützte sich mit den Händen ab und setzte sich schwungvoll auf die Balustrade, ohne auf ihr Abendkleid zu achten, »hat er nicht damit gerechnet, dass ihm jemand in die Parade fährt. Bis zum Kongress der UNESCO in Marokko hatte er keinen Schimmer, wer der Antragsteller war. Ich hätte gerne sein Gesicht gesehen, als er es erfuhr.«

»Vielleicht empfindet er es nicht als Schlappe, weil es von seiner Tochter kommt.«

»Nun, er ist Politiker. Als er sah, dass die Schlacht nicht zu gewinnen war, sprang er auf den Zug auf und machte sich zum heroischen Vorkämpfer für die Gegenseite. Er hält heute sogar den Vortrag über die Bedeutung der Nekropolis als Weltkulturerbe.«

»Nicht jeder kann mit solch schnellen Kurswechseln gelassen umgehen.«

»Stört mich nicht. Mir geht es nur um das Ziel. Reden halten kann er ohnehin besser. Warum holen Sie Ihre Freundin nicht dazu?« Das Letzte sagte sie ohne Zäsur oder Übergang. Doch bevor Costa reagieren konnte, betrat die rothaarige Sekretärin die Terrasse und gab Laureana Sanchez ein Zeichen, dass es Zeit wäre, hineinzugehen. Costa begleitete sie und gesellte sich wieder zu Josefa, die mit ihm ein Gespräch über seine Kinder anfing.

Als er Karin sah, winkte er, aber sie war zu sehr in ihr Gespräch vertieft. Der Mann, mit dem sie sich unterhielt, war Costa unbekannt, zweifellos ein Ausländer. Er war groß, schlank, sportlich – ein Aussehen, das zweifellos auf Frauen wirkte. Wahrscheinlich musterte er ihn jetzt mit »diesem männlichen Fotoblick« – wie seine Ex in Hamburg das immer genannt hatte, Seele egal, Aussehen alles.

Karin schien aber auch gerade diesen Fotoblick draufzuhaben, denn sie klebte förmlich an seinen Lippen. Costa entschloss sich, seine Erfahrung als Ermittler zu nutzen, wenngleich er normalerweise diesen Berufsvorteil in seinem privaten Leben nicht ins Spiel brachte. Er half sich mit einem Wortspiel über seine Skrupel hinweg und sagte sich, wenn sie ihn so scharf ins Visier nimmt, kann ich das auch. Wir werden ja sehen, was dabei herauskommt.

Der Mann war Anfang fünfzig, trug ein schwarzes gut geschnittenes Hemd, eine schwarze Leinenhose, die von einem Gürtel mit Goldschnalle gehalten wurde, und Lederslipper der Oberklasse. Am Arm blitzte eine goldene Uhr. Er lächelte häufig und zeigte dabei seine makellosen Zähne. Er war Costa ebenso unsympathisch wie sein gesellschaftliches Gegenstück, Charon, der Penner auf dem Motorrad.

Inzwischen war der Inselrat Jaume Prats mit seinem Gefolge auf die Bühne gerückt.

»Siehe da, Señor Prats«, sagte Josefa. »Ich konnte ihn noch nie leiden.«

»Na, na, Mutter«, beschwichtigte El Cubano, »er hat immer gut für seine Familie gesorgt. Margarita ging es bei ihm besser als bei Trasilio. Und Laureana hat die besten Schulen und Universitäten besucht. Das hätte der kleine Professor doch gar nicht bezahlen können.«

Josefa hob abwehrend die Hände. »Meine Meinung steht fest. Er hätte nicht schweigen dürfen.« Ihre Hände umfassten mit einer erstaunlichen Kraft Costas Handgelenk. »Wenn du alles über diese Geschichte wissen willst, frag den alten Pep Forn.«

El Cubano lachte. »Pep Forn weiß alles. Alles über Fische.«

Ein Angestellter des Museums klopfte gegen das Mikrofon und bat um Aufmerksamkeit. Es wurde still, als Laureana Sanchez das Podium betrat.

Prats umarmte sie und warf einen Blick auf seine Vortragsseiten, die er auf das Pult unter das Mikrofon legte.

»Sehr verehrte Damen und Herren, meine lieben Freunde«, begann er. »Dies ist ein freudiger Tag für uns, ein Meilenstein in der Kulturgeschichte unserer Insel und die Erfüllung eines Lebenstraums für einen ganz besonderen Menschen: für meine Tochter Laureana.«

Sie bedankte sich lächelnd für den Applaus. Nach einer respektvollen Pause setzte Prats seine Rede fort.

»Vor zweitausend Jahren begruben die Phönizier ihre Toten unter der Erde, auf der wir stehen. Als siebenhundert Jahre später in Golgatha das Kreuz errichtet wurde, nutzten die Römer unseren Grund, um ihre Toten beizusetzen. Als sie von den Arabern vertrieben wurden, geriet ihre Totenstadt in Vergessenheit. Bauern pflanzten Oliven-, Mandel- und Feigenbäume in den Schächten, Architekten ließen Steine für den Bau ihrer Häuser aus dem Berg schlagen. Dass man sich überhaupt wieder an die Nekropolis erinnerte, haben wir einem Maultier zu verdanken.« Da er dabei zu seiner Stieftochter sah, lachten einige, er wartete das Lachen ab und fuhr dann fort: »Dieses Maultier, zweifellos auf der Suche nach besonders schmackhaftem Johannisbrot, brach im Jahr 1946 über einer Grabkammer ein und bescherte uns den Fund des größten Hypogäums auf dem Areal. Einer der Museumsleiter, José Maña, sorgte dafür, dass diese Gräber dem Publikum zugänglich gemacht wurden. Aufgrund der Größe und Dichte der Kammern schätzte Maña ihre Anzahl damals auf dreitausend.« Er machte eine bedeutungsvolle Pause. »Heute wissen wir, dass es wesentlich mehr sind. Bisher haben wir nur an der Oberfläche gekratzt. Aber ab dem heutigen Tage«, er breitete seine Arme aus, »ist es uns dank der Schirmherrschaft der Vereinten Nationen und den damit verbundenen Mitteln möglich, dieses kulturelle Erbe der Menschheit erschöpfend zu erforschen. Danke.« Unter dem Applaus der Zuhörer verbeugte er sich. Rechts neben ihm tauchte der Mann im schwarzen Hemd auf, Karins Gesprächspartner.

Während der Rede hatte sie sich zwischen Costa und Josefa gestellt.

»Wer ist denn dieser James Bond, mit dem du dich unterhalten hast?«, flüsterte er ihr zu, aber sie legte den Zeigefinger auf die Lippen und deutete in Richtung Bühne.

»Ich möchte Ihnen nun einen Herrn, einen wahren *Don* präsentieren«, schallte die Stimme des Inselrats durch den Raum, »der sich sehr um Ibizas Kultur verdient gemacht hat. Er kommt aus dem Königreich Belgien und hat sich in unsere schöne Insel verliebt. Einen Applaus für Señor Keulemans!«

»*Muchisimas gracias a Ustedes*«, tönte die Stimme Keulemans' aus den Lautsprechern, und Costa musste zugeben, dass sie wohl klingend und sein Spanisch tadellos war.

Er hielt eine Dankesrede an alle Anwesenden, Brüder und Schwestern im Geiste, die erkannt hätten, wie wichtig es sei, die eigenen Wurzeln nicht zu vergessen. Das, was die Menschheit in Tausenden von Jahren geschaffen habe, gelte es zu beschützen. Man dürfe die Erde nicht dem Moloch Fortschritt opfern. Deshalb halte er es für seine Pflicht, dieses von der UNESCO geadelte Projekt im Rahmen seiner bescheidenen Mittel zu unterstützen.

Unter dem zustimmenden Beifall der Zuschauer brachten zwei Angestellte des Museums einen plakatwandgroßen Scheck, und jeder im Saal konnte die Summe lesen, auf die er ausgestellt war: eine Million Euro.

Keulemans überreichte Laureana Sanchez den Scheck. Prats stand mit erhobenen und weit ausgebreiteten Armen hinter ihnen, um diese Allianz zu segnen. Die Blitzlichter der Fotografen, Karin mitten unter ihnen, flammten auf, und alle drei schüttelten sich die Hände. Keulemans und Laureana verließen die Bühne, während Prats die Presse aufforderte, ihre Fragen zu stellen.

»Lass uns gehen«, sagte Costa zu Karin, als sie zurückkam. »Langsam kriege ich Hunger.«

»Ich könnte auch was vertragen, aber vorher lass uns der Sanchez gratulieren. Ihr Stiefvater hat versucht, sich ihre Verdienste vollkommen auf seine Fahne zu schreiben. Ich finde das empörend. Jeder weiß, dass sie den Kampf ihres Vaters um diese alten Schätze fortgesetzt hat, und er, der nicht einmal weiß, was ein Hypogäum ist, tut so, als wäre er der wieder auferstandene Trasilio, der sein Leben der Geschichte Ibizas gewidmet hat. Komm, ich will ihr jetzt unbedingt meine Anerkennung zeigen. Und ich werde auch meinen Artikel entsprechend verfassen.«

Costa dachte an seinen Chef, der den Aufklärungsjournalismus des neuen Blattmachers hasste, und fragte, was ein Hypogäum sei.

Sie unterdrückte einen Kommentar und erklärte, das sei eine kleine, in den Fels geschlagene Tempelstätte, in der sich meist mehrere Sarkophage befänden. Dann bahnte sie sich so resolut den Weg durch die Gästeschar, dass er kaum folgen konnte. Bei Laureana Sanchez angekommen, ergriff sie deren Hand mit beiden Händen. Costa verfolgte die Szene mit gemischten Gefühlen. Er konnte sich schlecht vorstellen, dass diese beiden Frauen Freundinnen werden könnten, aber was er jetzt sah, ging ganz in die Richtung. Die Sanchez schien gegenüber Karin von ausgesuchter Liebenswürdigkeit, sie strahlte und sprach voller Enthusiasmus, bewegte sich wie eine Schlangenbeschwörerin, obgleich sie sonst ziemlich hölzern war, berührte Karin am Arm, scheinbar ohne es zu bemerken, einfach so im Fluss der Leidenschaft. Karin stand ihr in nichts nach und quittierte viele ihrer Bemerkungen mit einem amüsierten Lachen.

Costa wandte sich ab und stand vor Karins vorigem Gesprächspartner.

»Ihre reizende Freundin hat mir bereits von Ihnen erzählt«, sagte er.

Costa hatte keine Lust, sich mit diesem Fremden über Karin zu unterhalten, und fragte ihn stattdessen, was ihn auf die Insel gebracht habe. Josefa bedankte sich gerade bei allen Anwesenden, indem sie ihren sehnigen Arm wie der Papst zum Segen hob, lächelnd die Hand ein wenig hin und her bewegte und den Saal am Arm von El Cubano verließ.

Keulemanns erzählte, dass er auf der Insel seinen Ruhestand genießen wollte, weil er ihre Geschichte und das daraus entstandene Ambiente so faszinierend fände, dann aber doch eine Firma hier gegründet habe, weil er ein beschäftigungsloses Rentnerdasein wie all diese Golfspieler nicht ertragen könne.

Keulemans wirkte auf ihn wie jemand, dessen Geplauder in einem Widerspruch zu seinen Empfindungen stand, der etwas anderes fühlte, als er vorgab.

»Der Mensch kann nicht ohne Beschäftigung sein«, er machte eine Geste, als entschuldige er sich für diese Einsicht, »aber wenn er dadurch eine gute Sache unterstützen kann ...«

Er ließ den Satz in der Luft hängen, und Costa hätte geschworen, dass er nicht an das dachte, was er gerade sagte; er fühlte sich – ganz unabhängig von dem Inhalt des Gesprächs – eiskalt taxiert.

»Was für eine Firma ist es?«, fragte er so, als wolle er das Gespräch mit einer Belanglosigkeit fortsetzen.

Keulemanns zuckte mit den Schultern, um anzudeuten, wie wenig es darauf ankomme, *was* die Firma betreibe, solange es einem guten Zweck diene. »Wir stellen Verpackungen her. Aber es geht mir darum, deutlich zu machen, wie wichtig die Arbeit dieser außergewöhnlichen Frau ist. Dr. Sanchez ist die Einzige, die diesem Weltkulturerbe zu seiner Bedeutung verhelfen kann.«

Costa fiel auf, dass der Belgier den verdienstreichen Politiker Prats aus seinen Lobpreisungen ausschloss. Er war ungern Komparse oder gar Mitspieler solch eitler Gesellschaftsspiele; man könnte auch sagen, er war gerne ein Boykotteur solch aufgeblasener Selbstdarstellungen. »Ich dachte, Señor Prats ist die Realisierung des Projekts zu danken«, sagte er.

»Inselrat Prats war der Wegbereiter.« Keulemans lächelte gönnerhaft. »Aber als guter Vater lässt er natürlich seiner Tochter den Vortritt. Ich denke, er hatte von Anfang an vor, ihr zu diesem Projekt zu verhelfen.«

Costa begann die Unterhaltung zu langweilen. Außerdem machte sich sein Hunger mehr und mehr bemerkbar, und er schaute sich nach Karin um. Sie war inzwischen wieder bei Ikér Boned gelandet, hatte aber ihn und Keulemanns scharf im Visier. Ihre Rollen hatten sich also vertauscht: Erst hatte er sie observiert – dieser Begriff rutschte ihm in den gedachten Satz –, und jetzt ließ sie ihn und Keulemans nicht aus den Augen. Sie hob drei Finger, in drei Minuten würde sie kommen.

»Darüber hinaus sind die Punier mein Steckenpferd. Ich beschäftige mich seit Jahren mit der Geschichte Karthagos.«

Bevor Costa ihm sagen konnte, dass er diese gespreizten Unterhaltungen nicht schätze, war Karin neben ihm und zeigte auf die Bühne. »Hör zu, Ikér Boned stellt jetzt Fragen.«

Ein studentisch aussehender junger Mann mit kurz geschorenen Haaren und Brille hatte das Saalmikrofon ergriffen und attackierte sofort.

»Inselrat Prats, wie kommt es zu Ihrem Sinneswandel? Vor zwei Jahren noch haben Sie sich in der Haushaltssitzung des Conseill gegen die Erhaltung der Nekropolis ausgesprochen.«

»Wie immer im Leben geht es um Prioritäten«, antwortete Prats mit verbindlichem Lächeln und im Tonfall eines geduldigen Lehrers.

Costa bemerkte, wie Laureana Sanchez ihm einen Blick zuwarf. Er zog die Augenbrauen hoch und lächelte ihr zu, um zu signalisieren, dass solche Posen ohnehin jeder durchschaue. Doch sie reagierte nicht.

Vielleicht schaute sie ihn gar nicht an, sondern an ihm vorbei. Er wandte den Kopf, doch da stand nur Keulemans.

»Was war denn von höherer Wichtigkeit?«, fragte Boned auf der Bühne.

»Unser Brandschutz war damals noch nicht ausgereift, und wir brauchten Löschflugzeuge.« Prats wandte sich dem Saal zu. »Sie alle werden sich bestimmt an den großen Brand von Buscastell erinnern. Eine alte Bäuerin, die es nicht besser wusste und sich seit Jahrzehnten auf diese Art ihrer alten Möbel entledigte, steckte eine Plastikgartenliege in Brand. Von den Blausäuredämpfen wurde sie ohnmächtig. Der Wind trieb die Funken über eine nahe gelegene Lichtung hinaus.« Prats legte eine Pause ein und blickte belehrend in die Runde, während er den Zeigefinger hob. »Ohne diese Katastrophe, die mehrere Hektar Wald zwischen San Rafael und Santa Inés vernichtete, hätten die Bürokraten der Zentralregierung in Madrid uns die Gelder für die Löschflugzeuge nicht bewilligt. Nunmehr sind wir in der Lage, Menschenleben und Immobilien im Falle eines Flächenbrandes effektiv zu schützen.«

»Brände«, sagte Keulemans zu Costa, »sind eine ganz natürliche

Sache, das wird man immer hinnehmen müssen. Außerdem ist das Feuer gut, es reinigt den Wald von abgestorbenem Holz und Unrat.«

Costa fand diese Feuerreinigungstheorie etwas befremdlich, aber ihm war nicht danach, sich mit ihm darüber zu unterhalten, und nickte nur kurz.

Da Costa nicht widersprach, konnte der Belgier sich ungebremst heiß reden und langte schließlich bei der reichlich intimen Mitteilung über seine eigene testamentarisch festgelegte Bestattung an: Er wollte verbrannt werden.

Costa versuchte, die zwischen Karins Chef und Prats laufende Diskussion mitzukriegen.

»Ihre Prioritäten sind uns allen bekannt«, hörte er den Chef des *Diario*. »Als es um den Ausbau des Flughafens ging, für den ein Stück Naturschutzgebiet mit Nistplätzen von Fischreihern und Flamingos geopfert wurde, waren Sie da nicht derjenige, der den denkwürdigen Satz sprach: ›Kein Vogel wird mich daran hindern können, den Flughafen zu vergrößern‹? Und wissen wir nicht alle, dass Ihnen Hotels gehören, deren Zimmerkontingent über Charterfluggesellschaften verkauft wird? Haben Ihre Prioritäten auch heute nicht zufälligerweise familiären Charakter? Ihre Stieftochter als Direktor des Museums, Sie selbst als Verwalter der UNESCO-Gelder?«

»Che Guevara ist tot, junger Mann. Wir Ibizenker machen seitdem mit Fidel Castro die Geschäfte.« Zustimmendes Gelächter im Saal. »Aber mal ernsthaft: Mit Frau Dr. Laureana Sanchez, der Tochter meiner Frau, haben wir zum ersten Mal eine kompetente Archäologin von Weltruhm in Ibiza. Das muss doch auch Ihnen klar sein. Und was die Verwendung der Gelder betrifft, Señor Boned, kann ich Sie beruhigen: Sie unterliegt der strengen Kontrolle eines Ausschusses, dem auch Mitglieder Ihrer Partei, die die Farbe der Hoffnung in ihrem Banner führt, angehören. Also hoffen Sie! Hoffen Sie das Beste!«

Costa kam sich überflüssig vor. Laureana schien den Worten ihres Stiefvaters gebannt zu lauschen, während der Belgier wieder auf Karin einredete.

»Ich bin fasziniert von dieser Insel. Glauben Sie mir, ich habe die ganze Welt gesehen, aber Ibiza ist einmalig. Wie konnte aus so viel Grausamkeit so viel Schönheit entstehen?« Natürlich erwartete er keine Antwort. »Auf den Spuren der Karthager bin ich bis in die Gebirge des Tschad gereist. Die Macht dieser Stadt reichte zu ihrer Glanzzeit von den Grenzen des Sudan bis zu den Pyrenäen. In meiner Rede vorhin habe ich den Moloch nicht ohne Grund erwähnt. Wenn Sie jemals in Salambô gewesen sind und die Überreste des Baal-Tophet gesehen haben, des Opferplatzes für Tausende von Erstgeborenen, wenn Sie auf den Trümmern der Wälle von Karthago gestanden haben ...« Überwältigt von der Erinnerung, legte er eine Pause ein. Er warf Costa einen Blick zu, der ihn auch zum Mitleid mit den Opfern dieser Welt inspirieren sollte. Aber das war unnötig, denn Costa war plötzlich hellwach und voller Aufmerksamkeit. »Und wenn Sie sich die Horden der Barbaren vorstellen«, fuhr Keulemans fort, »die gegen die Mauern der Stadt brandeten, bis der Wall aus Verwundeten, Sterbenden und Toten so hoch war wie die Mauern selbst, wenn Sie sich die verkohlten Rümpfe der Verbrannten vorstellen, die Pestleichen, die mit Katapulten in die Stadt geschleudert wurden, die Einwohner, die ihre Kinder den Flammen des Baal Hammon und der Göttin Tanit opferten, dann fragen Sie sich, ob sie ihre Grausamkeit und Größe auch auf diese Insel mitgebracht haben. Den letzten archaischen Platz in Europa.«

Vor der Entdeckung, die Elena und er gemacht hatten, würde Costa solche Fragestellungen für abwegig gehalten haben. Aber nach dem Auffinden der Brandopfer und dieser Rede eben stellte sich auf jeden Fall die Frage: Was hatte der Belgier mit den Opfern für die Göttin Tanit zu tun?

»Ich habe eine beträchtliche Sammlung punischer Artefakte, die ich Ihnen gerne einmal zeigen würde«, bot er Karin an. »Warum nicht gleich? Laureana Sanchez wird auch da sein.« Er warf Costa einen freundlichen Blick zu. »Mein Wagen ist in der Werkstatt – ich würde uns ein Nachtmahl zubereiten und Ihnen meine Schätze zeigen. Es ist nicht weit.«

Costa wusste, dass er diese Chance nutzen musste. Nur Lust hatte er überhaupt keine.

»Was ist auf Ibiza schon weit«, sagte Karin zu seiner Überraschung. »Nicht wahr, Toni?«

Er zog sie beiseite. »Was soll das? Ich denke, wir fahren zu dir? Ich habe fürs Abendessen eingekauft.«

»Es interessiert mich eben. Und es ist noch früh, wir müssen ja nicht lange bleiben. Und ich könnte Laureana dann um das Interview bitten.« Sie schlang die Arme um seinen Hals. »Wir haben doch noch die ganze Nacht für uns. Und morgen ist Sonntag. Wir könnten zur Cala D'Hort an den Strand fahren.«

Rational war es auch für ihn die beste Lösung; außerdem befreite es ihn aus seinem Konflikt. Er stimmte zu und schlenderte Richtung Ausgang, während sich Karin von ihrem Chef verabschiedete. Er begegnete Laureana Sanchez, die sich gerade aus einem Pulk von Gratulanten befreite.

»Ich höre, Sie gehen auch noch zu Keulemans?«

»Gehen Sie?«

»Ja, er hat meine Freundin und mich gerade eingeladen. Er sagte, Sie kämen auch.«

»Tut mir leid, aber mein Stiefvater hat einen Tisch reserviert.« Sie sah nicht sehr begeistert aus. »Eine sympathische Frau, Ihre Freundin«, sagte sie. »Kennt sie unsern Flaubert-Experten schon länger?«

»Wen meinen Sie?«

»Monsieur Keulemans. Hat er Ihnen noch nicht von Karthago vorgeschwärmt?«

»Ja. Ich glaube, er ist ganz schön beschlagen.«

Sie lächelte. »Der eine liest gerne Romane, der andere interessiert sich für die Wirklichkeit. Und Sie?«

Costa grinste, hielt es aber nicht für nötig, darauf zu antworten. Sie nickte spöttisch und wandte sich anderen Gästen zu.

kapitel neunzehn

Da Costa nun von Laureana Sanchez wusste, dass Keulemans' detaillierte Kenntnisse dem Roman eines französischen Poeten entstammten und der Rest wohl auch sonst hier und da zusammengeklaubt war, erschien ihm dieser Kerl wie eine Schachtel, in der nichts drin war. Ein charmantes, parlierendes Nichts. Eine Falle, gestrickt aus Eitelkeit und Selbstsucht. War Karin schon hineingetapst? Und welche Enttäuschung würde er hinnehmen müssen, wenn es sich so verhielte? Würde er sie dann noch anlächeln können, sie küssen? Würde er mit ihr noch Gedanken austauschen wollen?

Eingeklemmt auf dem Notsitz von Karins kleinem Cabrio wurde er zu einem Abendessen kutschiert, auf das er liebend gerne verzichtet hätte.

Costa hatte sich freiwillig nach hinten gezwängt, und da Keulemans einen halben Kopf größer war als er, hatte er gerade noch seine Beine in Sicherheit bringen können, als der Belgier den Vordersitz mit Schwung in der letzten Kerbe zum Einrasten brachte. Sein Vorschlag, den Seat zu nehmen, der rostig war, aber immerhin vier Sitze hatte, war von Karin abgelehnt worden. »Ich fahre, dann kannst du auch was trinken«, hatte sie gesagt. »Wir wollen doch sowieso später zu mir.«

Dieser Nachsatz stimmte ihn versöhnlich, zumindest für eine Weile. Gekrümmt saß er da, und vielleicht kam ihm deswegen plötzlich dieser wahnsinnige Gedanke. Was wäre, wenn Karin und er die nächsten Verbrennungsopfer dieser Sekte wären? Er verwarf den Gedanken sofort wieder. Vielmehr musste er sich auf die Fakten konzentrieren. Das Verbrechen war unterhalb der Nekropolis begangen worden, eine Bluttat wie in früheren Zeiten für die Göttin Tanit. In den Gräbern darüber waren Menschen beigesetzt worden, die diesem Glauben anhingen, der solche rituellen Opferungen einschloss. Die gerade stattfindenden Ausgrabungen betrafen diese Kultur, versuchten, sie zu bewahren, und in einem Moment, wo dies gerade gefeiert wird, tritt der Belgier auf, schwärmt ihm und Karin von den Bluttaten jenes alten Volkes vor, lädt sie zum Essen ein und fährt mit ihnen in irgendein abgelegenes Haus. Dazu kommt, dass sein Team weitere Opferungen erwartet und der Surfer und Elena sich lange darüber den Kopf zerbrochen haben, ob es außer militanten Muslimen noch andere geben könnte, die solchem blutrünstigen Aberglauben anhängen.

Er versuchte, sich an all das zu erinnern, was ihm Keulemans auf der Feier über seinen Besuch der Ruinen Karthagos erzählt hatte. Er konnte es nicht mehr wörtlich rekapitulieren, aber der Eindruck war entstanden, dass er von diesen Hinrichtungen schwärmte.

Außerdem hatte er den Begriff *Moloch* benutzt.

Würden sie sein Auto genommen haben, hätte er zumindest eine Waffe dabeigehabt. Er fand es nach all diesen Erwägungen doch einigermaßen leichtsinnig, mit dem Fremden irgendwohin mitzufahren, ohne jemanden benachrichtigt zu haben. Auch sein Mobiltelefon lag in seinem Auto.

Sie hatten den Kreisverkehr von Sa Canal hinter sich gelassen und fuhren in Richtung Flughafen. Keulemans redete vom Beifahrersitz aus unablässig auf Karin ein und hatte seinen linken Arm auf ihre Sitzlehne gelegt. Costa konnte wegen des Fahrtwindes ihre Worte nicht verstehen, hörte nur ihr Lachen. Sie hatte einen langen Seidenschal um den Hals, der in unregelmäßigen Abständen auf Costa einpeitschte. Vom Flughafen aus nahm Karin die Richtung nach Cala Jondal, und Costa fiel ein, dass hier in der Nähe eine der frühesten Phöniziersiedlungen gewesen war, *Sa Caleta*. Nach ein paar Kilometern bog sie in einen kleinen Waldweg ein. Keulemans wandte sich zu ihm um und rief: »Ich lasse den Weg absichtlich in diesem Zustand. Zur Abschreckung.«

Abschreckung war das richtige Wort für Costa. Er drehte den Kopf zur Seite und betrachtete den Mond, während die Schlaglöcher sein Steißbein auf dem ungepolsterten Sitz malträtierten. Er überlegte, ob er Karin auffordern sollte umzukehren.

Inzwischen fuhren sie durch dichte Pinienwälder, und Karin drosselte die Geschwindigkeit – wegen der Querrillen auf dem Schotter und wegen des Unterholzes, das unter den Reifen knackte. Der Weg endete vor einem Tor. Keulemans zog einen Infrarotsender aus der Tasche, und die haushohen Flügel schwangen geräuschlos nach innen auf. Dahinter war die unordentliche Natur und der Wald zu Ende: Eine erstklassig asphaltierte, von Palmen gesäumte Allee lag vor ihnen, zu deren Seiten sensorgesteuerte Lampen ansprangen und den Blick auf ein großes Rasengelände mit tropischem Garten freigaben. Überall zischten Sprinkleranlagen. Die Straße führte vorbei an einem künstlichen See und zwei kleinen Gästevillen zum Hauptportal des Hauses.

Karin fuhr den Wagen direkt vor die weiße Marmortreppe des Haupttraktes, der von zwei Seitenflügeln flankiert war. Als sie hielt, sprang Keulemans sofort aus dem Auto und lief hinten herum, um ihr die Tür zu öffnen. Costa mühte sich an der Vorderlehne vorbei, streckte und reckte sich, um seine Wirbel zu ordnen.

»Wow«, sagte sie. »Ich glaube, ich habe Ihr Haus schon einmal in einem Magazin gesehen.«

»Schon möglich«, antwortete Keulemans. »Ich habe es im Frühjahr einer Engländerin abgekauft.«

Sie waren an der Eingangstür angekommen, und Keulemans gab den Code für die Alarmanlage ein. »Es war ein reines Sommerhaus. Nachträglich musste ich überall Fußbodenheizung legen.«

»Sie haben vor, ganzjährig auf Ibiza zu leben?«, fragte sie.

Keulemans öffnete die Tür. »Als ich Jaume Prats kennen lernte und er mich nach Ibiza einlud, habe ich mich sofort in Ihre Insel verliebt.« Er lächelte Costa an.

»Dabei sollte es auch bleiben«, gab Costa zweideutig zurück.

Karin reagierte nicht auf seine Spitze, sondern trat schnell ein und bat Keulemans um eine kurze Führung. Keulemans lachte, nahm einen Fotoapparat, der auf einer Konsole neben dem Eingang lag und machte ein Foto von ihr. Er sagte, das sei so üblich bei ihm – für sein Gästebuch. Als er Costa auch »festhalten« wollte, wie er es nannte, wehrte Costa ab. Keulemans sagte, dann müsse er sich wenigstens handschriftlich im Buch eintragen. Diese Ehre überließ er Karin, und sie schrieb amüsiert: *Ehret die Frauen! Sie flechten und weben himmlische Rosen ins irdische Leben.* Keulemans stimmte entschieden zu, und Costa ärgerte sich über diese Stimmung von Flirt und Erotik, in der er Keulemans keinen Platz zubilligte. Als er dann hinter den beiden durch neun Schlafzimmer mit Bad en suite herlief, kam er sich wie ein Idiot vor. Schließlich landeten sie nach all den blau-weiß gefliesten Korridoren mit Vitrinen voller antiken Scherben und in Blau und Gelb gehaltenen Schlafzimmern auf einer überdachten Terrasse zur Gartenseite hin. »Der große *dinner table* für die sommerlichen Nachtmahle unter Freunden«, setzte der Gastgeber seine Erklärungen fort. Vierundzwanzig Personen hätten an dem Tisch Platz gefunden, und Costa stellte sich diesen smarten Belgier als Kopf einer Sekte vor, der lange Reden über die punischen Vorstellungen von einem Totenreich hielt und den Vorzug von Verbrennungen. Charisma hatte er, das merkte er an Karins Verhalten, die gerade etwas von hohen Instandhaltungskosten sagte. Keulemans stimmte zu, so ein Haus brauche Personal, aber die Angestellten wohnten nicht auf dem Grundstück. Er hasse es, fremde Menschen um sich zu haben. Daher seien abends normalerweise nur die Köchin und ein Butler im Haus, die aber heute freihätten.

»Sind Sie nicht verheiratet?«, fragte Costa, obgleich er es abwegig fand, diesen Typ mit Ehe in Zusammenhang zu bringen.

»Leider nein«, lächelte Keulemans und wandte sich Karin zu. »Würden Sie mir in der Küche behilflich sein?«

»Mit Vergnügen.«

»Ich liebe es, zu kochen. Eine überaus sinnliche Beschäftigung. Können Sie kochen, Señor Costa?«

»Spiegeleier mit Speck und Bratkartoffeln«, sagte Costa, obgleich er sich vorgenommen hatte, seine schlechte Laune zu verbergen.

Keulemans überging das und gab ihm stattdessen die Anweisung, sich um die Getränke zu kümmern. Daraufhin verschwand er mit Karin im Haus, und Costa ging zur Bar, um sich einen doppelten Absinth zu genehmigen. Mit dem Glas in der Hand schlenderte er zum Rand des beleuchteten Pools und lehnte sich an eine der Marmorstatuen.

In das leise Tuckern der Rasensprenger und den Gesang der Zikaden mischte sich Musik. Es war ein sanfter brasilianischer Rhythmus, über den eine Frauenstimme Verheißungen auf Portugiesisch hauchte.

Aus dem Haus hörte er das Klappern von Pfannen und lautes Gelächter. Auf der Wasseroberfläche sah er eine Schar schwarzer Käfer, die in den Pool gestürzt war und mit den Beinchen strampelte. Dann gaben die Tiere auf, und nach einer Weile ging ihr Gestrampel wieder los, wenn auch die Abstände immer länger wurden. Costa blickte um sich, ob irgendwo ein Netz oder Käscher war, womit er sie retten könnte. Er sah nichts, trank sein Glas leer, stellte es einer der Statuen auf die waagerecht angewinkelte Hand und wollte gerade wieder zurück zur Bar gehen, als Karin erschien und unbeschwert verkündete: »Wir sind gleich so weit, du kannst schon mal den Tisch decken.« Dann eilte sie geschäftig zurück in die Küche.

War das nicht eine Szene aus seiner Kindheit? Richtig – wenn sie sich gut waren, seine Mutter und er, dann deckte er fröhlich den Tisch, sprang gerne hin und her, immer wieder in die Küche, aber wenn die Stimmung schlecht oder er gar eifersüchtig auf einen ihrer Verehrer war nach der Trennung von seinem Vater, dann stellte er Teller und Schüsseln möglichst laut auf den Tisch, schubste sie herum und warf Messer und Gabeln klappernd aufs Holz. Sicher, jetzt als Mann war er sich bewusst, dass er dies Spiel nicht mehr spielen sollte.

Doch inzwischen war ihm längst klar geworden, dass Karin seine große Schwäche war. Vielleicht sollte er besser sagen, dass sie seine große Schwäche deutlich machte, ihm ein Spiegel war. Doch was war die Schwäche? Verliebtheit? Liebessucht? Und was musste er tun, um sie zu überwinden? Keulemans freie Hand lassen?

Er ging zurück zur Bar, goss sich noch einen Doppelten ein und verteilte lustlos Besteck und Gläser auf dem Tisch.

Keulemans erschien mit einer Flasche Weißwein im Kühler, stellte sie auf den Tisch und wandte sich mit einer ärgerlichen Bewegung zur Bar, wo er Weingläser holte, die Costa vergessen hatte. Währenddessen trug Karin Schüsseln und Pfannen auf.

»Cannelloni gefüllt mit Rotbarbenfilets und ibizenkischen Gambas«, präsentierte Keulemans das Mahl. »Dazu ein 98er Chassagne Montrachet.«

»Gilles ist ein fantastischer Koch, ein richtiger Profi«, schwärmte sie. »Die Gräten der Fische hat er in Windeseile mit einer Spezialpinzette gezogen, zweiundzwanzig pro Filet.«

»Wer ist Gilles?«

»Ich.« Keulemans streckte Costa seine Hand über den Tisch entgegen. »Und du heißt Toni, nicht wahr?«

Costa lächelte und ließ Keulemans Hand in der Luft hängen. »Ich heiße Costa, und wir bleiben beim ›Sie‹, Señor Keulemans.«

Keulemans hob beide Hände in einer entschuldigenden Geste und führte die Konversation mit Karin fort, die sich hauptsächlich um die Schwierigkeit drehte, den richtigen Garpunkt zu erahnen, zu dem die Zahnstocher aus den Filets gezogen und Fisch und Krustentier zusammen mit etwas Tomate, Milch und Koriander in die Nudelröllchen gestopft werden mussten.

Karin strafte Costa mit Nichtachtung, denn er hatte eine Grenzlinie überschritten. Allerdings war es auch eine Grenzlinie, jenseits deren ihm alles egal war. Er genoss den Fisch und die Gambas und langte kräftig zu. Er zögerte auch nicht, sich selbst ausreichend mit Wein zu bedienen, wischte sich breit mit der Serviette den Mund ab, trank ordentlich und ließ es sich schmecken.

Keulemans übersah Costas Ungeselligkeit und blieb die Freundlichkeit in Person. »Probieren Sie das Brot, Costa, eine Delikatesse. Es nennt sich Tajine, eine Köstlichkeit aus Tunesien.«

»Sie kennen Afrika gut?«, fragte Costa und schob sich eine Gamba in den Mund.

»Nun, ein wenig, man lernt es nie wirklich kennen. Es ist ein faszinierender Kontinent.«

»Ein faszinierender Kontinent«, wiederholte Costa, lehnte sich zurück und leerte kauend sein Glas. Dann legte er die Serviette auf den Tisch, stand auf und sah sich um.

»Nehmen Sie gleich die Toilette hier vorne«, sagte Keulemans. »Den ersten Flur links.«

Als er in das helle Licht des Flures trat, merkte er, dass er nicht mehr nüchtern war. Nach zwei Schlafzimmern fand er die Toilette.

Sie war größer als jedes Zimmer, das er je bewohnt hatte. Auf die Wand war ein riesiges Foto geklebt, das ein Nashorn in Lebensgröße zeigte. Es stand in einer belebten Hotelhalle, umgeben von Pagen und Koffern, und schien sich zu fragen, wie es hierhin geraten war. Costa fuhr mit dem Finger über die Oberfläche, freundschaftlich, als wolle er mit dieser Geste dem Nashorn seine Seelenverwandtschaft zeigen.

Er warf sich kaltes Wasser ins Gesicht und starrte in den Spiegel. Nur eine Frau kann einen Mann zu solch einem Idioten machen, dachte er zornig. In diesem Moment beschloss er, dem ein Ende zu setzen.

»Ich hoffe, das Nashorn hat Sie nicht erschreckt«, sagte Keulemans, als er zurück an den Tisch kam.

Costa murmelte etwas von einem erstaunlichem Foto, was aber in Keulemans Erklärung unterging, dass eines seiner Hobbys Fotografie und Bildbearbeitung sei. Karin zugewandt fuhr er fort, das Bild mit dem Nashorn sei extrem schwierig gewesen, weil er jede Einzelheit freistellen musste, da bei der Größe von drei mal zwei Metern sonst sofort aufgefallen wäre, dass es eine Montage war.

Das Thema Fotografie alarmierte Costa, nun hatten sie schon eine gemeinsame Leidenschaft. Keulemans schien intuitiv zu wissen, wofür Karin sich begeisterte. Natürlich wollte sie das Bild sofort sehen. Schritte und Stimmen entfernten sich, und Costa saß alleine vor seinem Teller, auf dessen Rand nicht eine einzige Gräte lag. Was sollte er tun, außer mehr zu trinken?

Nach einem weiteren Glas sah er in Gedanken Karin in einem der vielen Schlafzimmer, wie ihr Keulemans langsam die Bluse öffnete, sie ihre Hand unter sein Jackett schob und sich beide auf ein monumentales Bett sinken ließen. Das alles erlebte er noch als eine Kreation seiner Eifersucht, aber als ihm dann seine akustische Fantasie Karins Stöhnen vorspielte, voller verbotener Erregung, damit er, Costa, nichts hörte, und es schließlich doch lauter wurde und die Leidenschaft alle Rücksichten wie ein Kartenhaus umstieß und sie laut aufschrie, da wurde es Costa eng im Hals. Hier in den Räumen war es kühl, aber nun schlug eine ungeheure Hitze gegen seine Wangen, als habe er sich einen Sonnenbrand geholt, den er bislang nur nicht bemerkt hatte. Er hielt sich das Gesicht mit beiden Händen.

Er wusste nicht, wie lange er so gesessen hatte, als Schritte und Stimmen ihn aus seiner Erstarrung schreckten. Keulemans trat als Erster ein. Karins Frisur erschien ihm unordentlich. Keulemans hatte den obersten Knopf seines Hemdes geöffnet. Als er sich neben Costa vorbeugte, um ihm Wein nachzuschenken, rutschte ein Lederband mit einem Anhänger heraus. Eine Sekunde hing er vor Costas Augen. Es bestand kein Zweifel: das, was Costa sah, war ein Anhänger, der mit dem Amulett aus der Höhle identisch war. Sein Magen zog sich zusammen. Dieser Dreckskerl steckte mit drin. Er hatte Recht gehabt.

Als habe Keulemans seine Gedanken erraten, sagte er: »Sie erwähnten, dass Sie bei der Mordkommission sind.« Er richtete sich auf und ging zu seinem Platz zurück. »Auf einer Insel wie dieser hält sich Ihre Arbeit wahrscheinlich in Grenzen. Oder bricht sich die Piratenseele ihrer Landsleute hin und wieder doch noch Bahn?«

»Ab und zu wird jemand ermordet«, antwortete Costa lapidar. Die scheinbare Harmlosigkeit dieser vermutlich geplanten Inszenierung empfand er als äußerste Erniedrigung. Er bereute die Menge Alkohol, die er getrunken hatte. Für ihn gab es keinen Zweifel mehr, Keulemans war in die Morde, die in der Höhle geschehen waren, verwickelt.

»Größtenteils sind es Verbrechen unter Ausländern oder Spaniern vom Festland«, sagte er. »Aber ich kann Sie beruhigen, unsere Aufklärungsquote liegt bei fast hundert Prozent.« Das Amulett war wieder unter dem Hemd verschwunden. Du steckst bis zum Hals mit drin, *chico*, dachte er und entschied sich für die Offensive: »So ein Amulett wie Sie es tragen, habe ich vor kurzem gesehen. In einer Höhle unter den Überresten zweier verbrannter Männer.« Er zog das Foto aus der Tasche und schob es auf dem Tisch zu Keulemans.

Karin hustete laut. Anscheinend hatte sie sich verschluckt.

Keulemans reichte ihr eine neue Serviette und goss Wasser nach. Dann nahm er das Foto und betrachtete es mit dem gelassenen Lächeln eines Therapeuten in einer Pflegeanstalt für Nervenkranke.

»Sie kennen sich aus auf dem Gebiet afrikanischer Talismane? Von Arkadien bis zu den Abraxasgemmen der Gnostiker? Die Ähnlichkeit mag für einen Laien groß sein, aber dieser hier«, er zog das Lederband aus dem Hemd, »ist ein Einzelstück aus ...«

»Aus dem Tibeti-Gebirge«, fiel ihm Costa ins Wort.

»Genau.« Keulemans war verblüfft, fing sich aber sofort wieder. »Erzählen Sie bitte weiter, *teniente.* Zwei Tote in einer Höhle. Ein Ritualmord? Ich wüsste nicht, wie ich Ihnen da behilflich sein könnte.«

»Sie können«, antwortete Costa. »Zugleich möchte ich mich für Ihre Einladung revanchieren. Seien Sie bitte am Montagmorgen mein Gast. Im Präsidium der Guardia Civil. Ich würde gerne die beiden Schmuckstücke im Labor vergleichen lassen.« Er erhob sich. »Ich nehme an, Sie haben nicht vor, Ibiza bis dahin zu verlassen?«

Als sie die kühle Villa Keulemans' verließen, traf sie die heiße Nachtluft wie ein Schlag. Keulemans hatte gewinkt, während sie in Karins offenem Wagen durch sein großes Tor das Anwesen verließen. Beide hielten noch Frieden und schwiegen, solange sie damit zu tun hatten, die heftigen Stöße des Wagens abzufangen, die sie auf dem Schotterweg durch den Wald zur Straße begleiteten. Manchmal waren die Schlaglöcher so tief, dass Costa fürchtete, der Wagen könnte umkippen. Keulemans hatte vermutlich einen doppelt gefederten Geländewagen.

Durch den dichten Pinienwald konnte Costa bei irgendwelchen Nachbarn Keulemans Licht sehen. Er stellte sich eine Idylle vor, ein Ehepaar, zufrieden, verbunden durch die gemeinsamen Lebensaufgaben, stets versöhnt durch die Freude, die sie mit ihren Kindern, der großen Familie, den Freunden, Katzen und Hunden hatten. Er und Karin hatten sich ganzen Abend über gegenseitig Verletzungen zugefügt, und Costa überlegte, wann diese verhängnisvolle Spirale angefangen hatte. Nicht, als sie ihm am

Telefon mitgeteilt hatte, dass sie zu dem Museumsevent gehe. Sie war über seine Zusage mitzukommen wirklich erfreut gewesen. Auch als sie dann über das Gelände der Totenstadt gelaufen waren, Hand in Hand, und die alte Finca nicht mehr finden konnten, war es noch heiter gewesen. Anschließend war sie zwar viel zu lange weg gewesen, um Batterien zu holen, aber ihre Erklärungen hatte er geglaubt. Nun begann er allerdings, scharf darüber nachzudenken, wann Keulemans bei der Veranstaltung eingetroffen war. Gleichzeitig mit Karin? Oder nach ihr? Er erinnerte sich an ihr intensives Gespräch mit dem Belgier. Das Schweigen, das zwischen ihnen während der Autofahrt herrschte, half ihm nicht, diese Erinnerung loszulassen. Schließlich brach es Karin, als sie ihn zu seinem Auto fuhr, statt zu ihrer Wohnung abzubiegen.

»Du hast dich unmöglich benommen! Denkst du, du kannst jeden, der dir nicht passt, zu einem Täter machen?«

»Ich mache niemanden zum Täter«, gab er schroff zurück. »Die Leute killen nicht mir zu Gefallen.«

»Mir sind deine Täter und Killer scheißegal. Wenn ich mit dir ausgehe, möchte ich die nette Gesellschaft, die Gespräche oder wenigstens das Essen genießen können!«, sagte sie eine Idee zu laut. »Aber mit dir sitzt man ja dauernd in einem Narrenhaus von Vermutungen, Indizien, Verdächtigungen! Jeder ist ein böser Mensch! Hinter jeder Ecke wartet ein Verbrecher! Man muss immer die Trillerpfeife dabeihaben!«

Costa war fassungslos. Aber nicht nur über die Art ihrer Attacke, sondern auch darüber, wie sehr ihn der Vorwurf verwundete. Als sie scharf bremste und abrupt anhielt, sprang er aus dem Wagen und ging wortlos davon.

kapitel zwanzig

Sein Wagen stand in der Avenida España. Er fuhr zur Calle Luci Oculaci, nahm aus dem Kofferraum die Stablampe, seine Waffe und Gummihandschuhe, die er außer dem gut verpackten Schutzanzug immer dabeihatte, und suchte nach der Tasche mit den Dietrichen. Sie hatte sich hinter der Lehne des Rücksitzes verklemmt. Er verschloss den Wagen und ging schnell auf das Haus zu, in dem Keulemans' Firma ihren Sitz hatte.

In diese Gegend kam nachts kaum ein Mensch. Er blickte noch einmal nach beiden Seiten der Straße. Von hier aus konnte er den grauen Komplex des Museums sehen. Die Halle, in der die Feier stattgefunden hatte, lag im Dunkeln, aber in Laureana Sanchez' Arbeitszimmer im ersten Stock brannte noch Licht. Das Schloss öffnete sich mit einem leisen Klicken und die Tür sprang nach innen auf.

Er schaltete die Stablampe ein: Schreibtische, Wandschränke mit Aktenordnern, ein Computer, nirgendwo etwas Auffälliges. Es war ein Allerweltsbüro in stickiger Hitze. Obwohl vermutlich niemand im Gebäude war, vermied er jedes unnötige Geräusch. Schnell und leise öffnete er die Türen zu den Nebenräumen und ließ den Scheinwerfer seiner Lampe über Wände und Gegenstände gleiten: eine Toilette, ein Nebenraum mit Besen, Eimern, Reinigungsmitteln und Bürogegenständen in einem Regal. Dann war da noch der Zugang zur Garage, ein schmaler Flur, in dem an der Wand ein Kittel und zwei Schürzen hingen. Gegenüber war eine Stahltür.

Er erwartete, dass die Tür verschlossen war, aber als er die Klinke herunterdrückte, öffnete sie sich mit einem leisen Quietschen. Der muffige Geruch eines warmen Kühlraums schlug ihm entgegen. Als er einen Schritt über die Schwelle machte, kroch ihm die Angst in die Glieder – so war der *Seemann* auch in die Falle gegangen. Im Team hatten sie Mutmaßungen darüber angestellt, wie er sich gefühlt haben musste, als er merkte, dass er seinem eisigen Grab nicht entrinnen konnte. Wie groß muss seine Verzweiflung gewesen sein, um sich selbst das Fleisch von den Fingerspitzen zu kratzen? Der Surfer kam mit der Idee, dass ihn seine Mörder womöglich durch die Stahltür noch verhöhnt hatten. *Mach's dir bequem, is' ja nich' zu heiß da drin. Und wenn's zu kalt wird, wir tauen dich als Fischfutter wieder auf. Aber vorher hacken wir dir die Hand ab.*

Er schüttelte sich und achtete darauf, dass die Tür nicht hinter ihm zufiel. Er leuchtete den Boden und die Ecken ab, aber nichts, der Raum war vollkommen leer. Er fächerte sich Luft unter das Hemd, ging hinaus und machte die Tür hinter sich zu.

Zurück im Büro drückte er den Einschaltknopf auf der Frontseite des Computers. Die Ventilatoren im Innern des Geräts begannen zu rauschen und die Festplatten fuhren sirrend hoch. Ds Schild ›Password‹ erschien auf dem Bildschirm und forderte die Eingabe von fünf Zeichen. Costa verzog enttäuscht den Mund, aber er hatte nichts anderes erwartet. Nacheinander gab er vergeblich ›Ibiza‹, ›Tanit‹, ›Keule‹ und schließlich bereits resignierend ›Costa‹ ein, ohne Erfolg. Er schaltete den PC aus und wandte sich dem Regal voller Aktenordner zu, nahm den Ordner mit der Aufschrift »*Junio/Agosto* 2005« aus dem Regal und setzte sich an den Schreibtisch unter die Lampe. Die Medesign S. A. auf Ibiza erhielt von einer Firma namens Barrapharm in Andorra wöchentliche Lieferungen. Es waren Pakete von jeweils einem Kubikmeter Größe, alles vom Zoll fein säuberlich dokumentiert. Medesign verpackte die gelieferten Waren und sandte sie sieben bis zehn Tage später wieder zurück. Auf den Zollpapieren musste auch vermerkt sein, um welche Medikamente es sich handelte. Er las Zeile für Zeile, dann hatte er es:

Barrapharm schickte ein Medikament mit Namen Esozon nach Ibiza, Medesign stellte die Verpackungen und die Beipackzettel her, verschweißte und verpackte die Medikamente und sandte sie zurück nach Andorra. Ein reines Verpackungsgeschäft, wie Keulemans gesagt hatte. Konnte man damit bei den kleinen Mengen so viel Geld verdienen, dass in so kurzer Zeit eine Million Euro für Laureanas Ausgrabungen übrig blieben?

Was hatte dieses Medikament in der Höhle zu suchen? Auf der leeren Packung, die sie dort gefunden hatten, hatte ebenfalls Esozon gestanden. Also kein Aidskranker von außerhalb, der für eine Schmugglerbande arbeitete, sondern eine Tarnung. Eine Tarnung für Drogen? In Tablettenform gepresstes Kokain? Ecstasy? Auf jeden Fall gab es eine eindeutige Verbindung zwischen dieser Firma und der Höhle.

Costa nahm Papier aus einem der Seitenfächer des Schreibtisches und notierte sich, Seite für Seite umblätternd, die ein- und ausgeführten Mengen. Er würde sich das vom Surfer ausrechnen lassen, um die möglichen Gewinne einschätzen zu können.

Nun begann er, sämtliche Papiere auf dem Schreibtisch und in den Schubladen durchzusehen, und fand schließlich an einer Magnettafel an der Wand eine Benachrichtigung des Zolls am Flughafen über eine weitere Anlieferung und eine handschriftliche Notiz, dass die Ware morgen zwischen 15 und 16 Uhr abgeholt würde. Er ging näher heran – es war die Unterschrift einer Frau.

Ein Geräusch an der Haustür ließ ihn hastig die Taschenlampe löschen. Er nahm sie in die Linke und zog mit der Rechten die Waffe. Bewegungslos, aber sprungbereit stand er da. Plötzlich fiel ihm auf, dass die Schreibtischlampe noch brannte. Wenn seine Vermutung stimmte, war Keulemans der Kopf einer Organisation, die den Zugang über das Meer nutzte, um Drogen in die Höhle, dann durch den Schacht zu der

Zisterne der Finca nach oben und von dort über das Terrain der Totenstadt hier in das angemietete Haus zu bringen. Dort wurden die Sachen verpackt und als Medikamente nach Andorra verfrachtet. Diese Sendungen wurden als Rücksendungen deklariert. Der einzige Moment, da etwas auffallen konnte, war beim Überqueren der Straße vom Gelände der Nekropolis zum Haus. Der Pfad von der Finca bis zur Straße war nach allen Seiten durch wilde Oleanderbüsche, Strandflieder und Ginster geschützt.

Costa hatte den Atem angehalten. Langsam ließ er die Luft entweichen. Die Schreibtischlampe konnte er nicht mehr ausmachen, er würde den Gegner nur warnen. Er merkte, wie ihm kalter Schweiß auf der Stirn stand. Diese Typen würden ihn sofort töten, wenn sie ihn hier fänden.

Außer dem Summen der Neonröhren und den Geräuschen, die aus den belebten Straßen der nächtlichen Stadt bis auf den Hügel drangen, war nichts zu hören.

Als nach ein paar Minuten immer noch nichts passierte, klappte er den Ordner zu, stellte ihn zurück, löschte das Licht und ging schnell zum Fenster. Draußen war alles ruhig. Nicht einmal ein Auto war zu sehen. Er entschloss sich, das Haus zu verlassen, und tat das unter Beachtung aller Vorsichtsregeln.

Die Nacht war sternenklar, und die Luft hatte sich inzwischen um einige Grad abgekühlt.

Als er sich aus dem Schatten des Eingangs löste, setzte ein leichter Wind ein, der Musik aus den Straßen der Altstadt herüberwehte. Seine Nerven mussten ihm einen Streich gespielt haben, an der Tür war wohl niemand gewesen.

Er ging auf sein Auto zu, doch nach einigen Schritten ließ ihn ein plötzliches Aufheulen herumfahren. Es schnitt ihm in die Ohren, als hätte jemand eine Kettensäge angestellt. Ein Motorrad raste auf ihn zu. Costa war vom ersten Tag seiner Ausbildung an darauf trainiert, immer erst genau hinzuschauen, wie sein Gegner gerüstet war und wie er agierte, bevor er sich in Deckung brachte. Es war eine Geländemaschine, auf der ein Fahrer mit einem altmodischen Kugelhelm saß, die linke Hand am Griff der Lenkstange, die rechte hoch in die Luft erhoben. Costa begriff, dass der Fahrer im Begriff war, etwas in seine Richtung zu werfen. Etwas Helles, Flackerndes.

Er wandte sich blitzschnell um und sah das halb geöffnete Tor in einer Gartenmauer nur etwa drei Schritte entfernt. Er hechtete los in Todesangst, warf sich in den Spalt zwischen Tor und Mauer und landete in einem Rosenbeet.

Als die Explosion für einen kurzen Moment alles in weißes Licht tauchte, lag er schon auf dem Boden, den Kopf zwischen den Armen. Vor seinen zusammengepressten Augen loderte der Name Keulemans wie ein glühender Schriftzug.

kapitel einundzwanzig

Es war im August des folgenden Jahres. Es war heiß. Während sie schlief und träumte, lief eine Fliege über ihr Gesicht und kitzelte sie. Ihr rasend schnelles Getrappel war erst ganz weit weg, ein Gefühl, als zöge jemand einen Bindfaden über die Oberfläche ihres himmelweit entfernten Gesichtes. Sie wälzte sich, um diesen nervösen Schatten zu verscheuchen, er verschwand und kam wieder. Wie ein mit Luft gefüllter Kanister im Wasser stieg ihr Bewusstsein langsam auf, bis es an die Oberfläche ploppte. Ihr Gesicht zuckte, die Fliege flog auf, landete aber sogleich auf ihren Lippen. Sie biss zu, aber die Fliege entkam und griff wieder an. Doch nun war sie wach und zog das Laken übers Gesicht.

Sie wusste, die Fliege war vorher nicht da gewesen. Jemand war während der Nacht heimlich in ihr Zimmer gekommen und hatte sie mit hereingebracht. Sie neigte nicht nur zu großen Visionen, auch diese Kleinigkeiten des Alltags entgingen ihrer Wahrnehmung nicht.

Wer war in ihrem Zimmer gewesen? Hatte sie Angst?

Angst bedeutete für sie ein Sich-Auflösen-im-Nichts. Ein Versinken in Treibsand. Ein langsames Ersticken. Sie wehrte sich dagegen und schaffte es mit Wut. Sie war wütend. Sie würde die Fliege töten, ohne Eile. Sie konnte ihr nicht entgehen. Sie würde einen Plan machen und sie zur Strecke bringen. Nur wollte sie jetzt erst einmal ihren Traum wiederfinden. Das Gefühl des Schreckens spürte sie immer noch, aber sie wusste, dass es ein wichtiger Traum war und der Schrecken nur eine Stimmung, die sie zu durchschreiten hatte wie einen Nebel.

In diesem Nebel versinken – sie musste lernen, solche Angst zu überwinden.

Den Drachen töten, sich aber nicht vom plötzlichen Wetterleuchten des eigenen Schreckens verjagen lassen. Den Plan ausführen, unerbittlich weitermachen, das Herz in der Hand. Einen Fuß vor den anderen setzen, nie verharren. Sich dem Ziel nähern, ohne sich umzusehen. Eins werden mit dem Ziel. Erlöst sein.

In dem Traum wurde sie verfolgt. Ihre Verfolger waren wie Schatten. Sie trugen eine lange Kiste und wollten, dass sie hineinsähe, aber sie tat, als würde sie nichts bemerken. Die Angst und der Kampf dagegen hatte sie so erschöpft, dass sie sich auf einer Bank am Rande eines Spielplatzes ausruhen wollte. Sie war ja selbst noch ein Kind und wollte mit den Kindern spielen, die in einem Sandkasten buddelten, aber sie kamen mit der Kiste, und schnell musste sie wieder fliehen. Es war eine Tonkiste, das Bild eines karthagischen Ruderers auf dem Deckel. Weil sie so schwer war, setzten die Verfolger sie ab. Ohne diese Last waren sie nun schnell genug und fingen sie. Sie brachten sie zurück, damit sie hineinschaute. Sie hoben den Deckel ein paar Zentimeter an, aber es reichte nicht, um etwas zu sehen. Sie nahm den Geruch einer verbrannten Leiche wahr, und sie wusste auch, dass sie behaupten würden, es sei ihr Vater. Sie wollte es nicht hören, eine Lüge, sie schrie und trat und kratzte, brachte aber keinen Laut hervor. Wie unter Wasser waren ihre Bewegungen langsam und wirkungslos, während ihr Haar in die Höhe schwebte. Sie riss die Augen auf. Von einer Welle, durch ihre Augenlider bewegt, wurde der Deckel nun angehoben. Sie konnte nicht weg, weil Bleischuhe sie am Meeresboden hielten. Etwas berührte sie, als wäre ihre Haut in weiter Ferne. An der Wasseroberfläche. Etwas surrte darüber hinweg – die Fliege. Würde sie jetzt über das Bettlaken rennen, das sie über sich gezogen hatte, und ihre Lippen suchen?

Jemand kam ins Zimmer und setzte sich an ihr Bett. Es war die Mutter, und sie fragte, warum sie nicht zur Schule gehe. »Obwohl du nicht frühstückst, ist es zu spät. Was ist los mit dir?«

Sie saß auf der Kante und stützte sich, halb über ihre Tochter gelehnt, mit der Hand auf die ihr entfernte Seite des Betttuches, so dass sich das Mädchen nicht bewegen konnte.

Wie leicht ist es jetzt für sie, mir die Luft zu nehmen, dachte sie. Dabei überlegte sie, ob die Mutter sie noch bezwingen könnte, bevor sich der Entzug ihrer Medikamente ausgewirkt haben würde. Papi hatte ihr ein feines Tischsalz empfohlen, das sie heimlich in die gelben Patronen einfüllte, nachdem sie das Insulin ausgeschüttet hatte. Es war ihr eine heilige Pflicht, niemals würde sie es versäumen.

Als die Mutter näher kam, roch sie wie die Gardinen in ihrem Schlafzimmer. Ihr dunkelroter Mund kam ihr so nahe, dass sie den weißen Puder auf ihrer Haut sehen konnte. Einige Partikelchen waren größer und klebten wie kleine Floheier in den manchmal geweiteten Poren, besonders unter den Augen und auf der Spitze ihrer Nase. Ihre Haut war nicht weiß, sondern grünlich, eine Farbe, die sie hässlich fand. Sie versuchte ihr zu entkommen, aber die Mutter klemmte das Laken noch fester und sagte: »Wenn du nicht pünktlich bist, darfst du nicht zur Schule gehen. Das weißt du. Du bleibst also heute in deinem Zimmer.«

Ihr Herz raste, und sie suchte mit den Augen überall herum, ob sie die Fliege sehen könnte.

»Sieh mich an«, sagte die Mutter. »Ich möchte wissen, ob du mich verstanden hast.«

»Nein«, log sie und betrachtete die Pupillen der über sie gebeugten Frau.

Die Mutter machte »puch«, stand auf und verließ das Zimmer.

kapitel zweiundzwanzig

Wie elektrisiert fuhr er hoch. Das Geräusch eines vorbeifahrenden Mopeds ohne Auspuff. Er öffnete die Augen und ließ sich zurücksinken. Er lag in einem Krankenhausbett. Der Schmerz in seiner Schulter ließ ihn aufstöhnen. Neben ihm stand ein Arzt. Sonne fiel in das Zimmer und auf den weißen Kittel.

Er brauchte einen Moment, um sich zu erinnern. Der Abend mit Karin und Keulemans, seine Wut, sein Einbruch, der Anschlag.

»Sie haben unwahrscheinliches Glück gehabt«, sagte der Arzt. »Trotz Ihres Schocks haben Sie gleich nach der Einlieferung im Krankenhaus telefoniert und einer Kollegin den Auftrag gegeben, den Täter zu verhaften. Sie wollten es sogar selber tun, aber der Kollege in der Notaufnahme hat Sie erst einmal hier behalten. Jetzt wollen wir uns gleich noch einmal Ihre Schulter ansehen.«

Costa schlug die Bettdecke zurück und befühlte den grünen Krankenhauskittel. Das schöne weiße Hemd war zum Teufel. Ob Karin benachrichtigt worden war?

Als er den Arm bewegte, spürte er einen stechenden Schmerz. Vorsichtig fuhr er mit der rechten Hand darüber.

Die Tür des Zimmers öffnete sich, und eine junge, schwarzhaarige Krankenschwester schaute herein. Als sie sah, dass der Arzt bei ihm war, trat sie mit einem fröhlichen Lächeln näher. »Ihre Kollegin hat das hier für Sie abgegeben«, sagte sie und hielt ein Bündel Kleidung hoch, das sie auf den Stuhl legte. »Bevor Sie sich anziehen, möchte Dr. Tur Sie noch einmal anschauen.«

Der Arzt grinste ihn nachsichtig an und sagte, er sei Dr. Tur. Er untersuchte ihn und entschied, dass er bis zum Abend bleiben müsste. Abends kam er wieder und wollte ihn noch länger dabehalten, aber dieses Mal gab Costa nicht nach. Der Arzt warnte ihn, dass sein Übereifer zwar lobenswert sei, aber schaden könnte. Dann gab er ihm noch einige Ratschläge mit auf den Weg, nachdem er auf Costas Verantwortung hin die Entlassung angeordnet hatte.

Dr. Tur hatte ihm zu viel der Ehre erwiesen, als er von seinem Übereifer sprach. Er hatte Karin angerufen, sie war voller Besorgnis gewesen und hatte ihn abends nach Hause eingeladen, falls er entlassen würde.

Obwohl er sich sehr vorsichtig bewegte, behinderte ihn die Schulter auch beim Autofahren. Allerdings war seine Wut größer als sein Schmerz. Für ihn bestand kein Zweifel, dass der Motorradfahrer, der ihn hatte umbringen wollen, der gleiche war, der vor dem Museum gewartet hatte. Hinter all dem steckte Keulemans. Dieser Belgier war ein eiskalter professioneller Mörder, jetzt hatte er einen Fehler gemacht. Costas herausfordernde Art hatte ihn offenbar aus der Fassung gebracht. Genau darauf hatte er spekuliert, als er gestern Keulemans' Halsschmuck ansprach und preisgab, dass der Talisman eines der gravierenden Indizien war. Der Bursche hatte sich allerdings bis zum Ende des Abendessens gut in der Hand gehabt und sich nichts anmerken lassen. Aber schon bald nachdem sie aus dem Wald raus und auf der normalen Straße nach Ibiza-Stadt waren, hatte er das Gefühl gehabt, dass jemand ihnen folgte.

Keulemans hatte einen Fehler gemacht, und Costa würde ihm sobald wie möglich und so überraschend wie möglich gegenübertreten, um ihn zu einem weiteren Fehler zu veranlassen.

Im Rückspiegel sah er einen Wagen, der ihm folgte. Damit hatte er gerechnet. Er fuhr einen Umweg durch zwei Seitenstraßen. Als er wieder auf die Schnellstraße nach St. Antonio einbog, war der Wagen verschwunden. Er hatte sich also geirrt. Kann immer mal vorkommen, dachte er eher ärgerlich als besorgt über seinen Zustand. Vielleicht brauchte er einen Schluck, um sich zu stabilisieren.

Als er einen Supermarkt an der Ecke vor sich sah, fuhr er rechts ran, parkte und ging hinein.

Er kannte alle Einwände gegen Absinth, aber er wusste auch, dass der ihm die unmittelbare Angst erst einmal nehmen würde.

Er legte die Tüte mit der Flasche auf den Beifahrersitz, fuhr aber nicht los.

Er hatte keine Ahnung, wie er den Abend bis zu der Verabredung mit Karin herumbringen sollte. Er wusste, wenn er jetzt keine Entscheidung träfe, würde er grübeln und trinken. Er wollte keinen aus dem Team sehen, er brauchte keine Unterhaltung, er hatte nicht einmal Hunger. Eine derartige Leere war ihm nicht fremd, und die einzige Möglichkeit, sie zu überbrücken, war die Arbeit. Er fuhr ins Büro, ging in sein Arbeitszimmer, schaltete den Computer ein, riss alle Notizen aus seinem kleinen Notizheft und breitete sie auf dem Schreibtisch aus. Er stellte die noch geschlossene Absinthflasche zusammen mit einem Glas aufs Fensterbrett. Er betrachtete beides eine Weile. Er wollte sich mit beiden Händen durchs Haar fahren, wie er es gewohnheitsmäßig tat, ließ aber die Linke vor Schmerz sinken und setzte sich wieder hinter den Schreibtisch. Er verfügte über die Umrisse eines Verbrechensablaufes; nicht, dass er wirklich davon überzeugt gewesen wäre, aber eine Arbeitshypothese, die er nun dringend brauchte, konnte er allemal aufstellen.

Es war seine Angewohnheit, sich vorzustellen, dass die anderen im Team ihm gegenübersaßen, er hörte ihre Einwände, er erbrachte Beweise und suchte neue Lösungen. Natürlich war es besser, die realen Einwände Elenas, des Bischofs oder des Surfers zu hören, aber wenn er das wirklich brauchte, konnte er sie anrufen. Wenn er alleine klarkam, würde er morgen das Ergebnis vortragen und an ihrem Widerstand testen, wie haltbar seine Argumente waren.

Arbeit ist ein Ablenkungsmanöver, das wusste er schon seit den Schwierigkeiten mit Sabine in Hamburg. Die Überlegung, wer die Männer und den *Seemann* umgebracht hatte, wurde immer wieder von den Gedanken an Karin gestört. Wie konnte er die Beziehung zu ihr gestalten, so dass beide einen Gewinn davon hatten? Sie wollte darüber nicht mit ihm diskutieren. Sie überließ die Dinge den konkreten Situationen und ihren persönlichen Impulsen. Sie konnte zehnmal darauf verzichten, mit ihm irgendwo essen zu gehen, brauchte wochenlang keinen Schluck Wein, es war ihr ebenso recht, zu Hause alleine zu Bett zu gehen und zu lesen, wie lange im Büro zu sitzen und zu arbeiten, sie nahm es hin, wenn er kochte, es wäre aber auch ebenso gut gewesen, nur einen Salat zu essen oder einen Früchtetee zu trinken, und auf keinen Fall hätte sie protestiert, wenn er wünschen würde, dass sie kochte. Für ihn aber sah das alles ein bisschen anders aus, er brauchte all diese Dinge. Er liebte sie, er genoss sie. Er konnte auf das eine oder andere verzichten, wenn er es sich lange vorher vornahm oder wenn er es einvernehmlich mit ihr so abgesprochen hatte. Ihr aktuelles Thema war im Moment der Job. Sie ließ sich von ihm nicht hineinreden und machte alles, wie sie es wollte. Leider gehörte zu ihren derzeitigen Themen der *Seemann*. Außerdem war die Insel zu klein, um Überschneidungen zu vermeiden. Sie lud ihn zu der Feier des Museums ein, unter dem die Höhle mit »seinem« Tatort lag. Alle trafen sich, alle kannten sich. Ein Verdächtiger geriet in sein Visier, wie Charon, der Motorradfahrer, und es war ein Wunder, dass sie nicht gerade eine Reportage über Motorbiking machte.

Eines jedenfalls war ihm klar: Würde die Beziehung für ihn so belastend werden, dass er seine Ruhe und Konzentration bei den Ermittlungen verlor, dann würde er sie beenden. Er war neun Jahre mit Sabine verheiratet gewesen, aber alleine sieben Jahre davon waren der Abgesang nach dem Höhepunkt. Das hatte ihn zu sehr mitgenommen. Es machte keinen Sinn, dauernd an seinem Privatleben zu leiden. Er hatte sich geschworen, dass das nicht noch einmal passieren sollte. Allerdings wollte er das Problem nicht ohne sie lösen.

Er nahm sich vor, die Sache heute mit ihr zu klären. Er wusste auf seine Fragen keine Antworten, und bloßes Nachdenken würde ihn nicht weiterbringen. Nicht, was Karin anbetraf.

Hinsichtlich der vor ihm liegenden Ermittlungen war das etwas anderes. Hier brauchte er sein klares Denken. Er starrte auf das Material, ging immer wieder alle Notizen und alle im Computer gespeicherten Darstellungen durch und hatte sich nach zwanzig Minuten in den erwünschten Geisteszustand versetzt. Alles war okay, er konnte sich der Sache hingeben. Den Ermittlungen.

Weit aber kam er nicht, denn Karin rief an und sagte ihm, sie sei nun zu Hause und warte auf ihn. Gegessen habe sie allerdings schon.

Kein langes Gekoche, er nahm das als gutes Zeichen und hatte sich damit auch nicht geirrt. Diesmal nicht.

kapitel ***dreiundzwanzig***

Am nächsten Morgen wartete Elena bereits im Büro auf ihn.

»Hast du den Haftbefehl?«, fragte er statt einer Begrüßung.

Sie hob beschwichtigend die Hände. »Komm erst mal runter. Du hast nicht genügend Beweise gegen ihn. Worauf soll denn die Anklage lauten? Bildung einer kriminellen Vereinigung? Kannst du ihm die Sekte anhängen? Du kannst ihm weder die Morde noch den Schmuggel, geschweige denn den Anschlag gestern Nacht nachweisen. Richter Montañya würde uns auslachen.«

Sie hatte Recht. Eine Verbindung zwischen Höhle und Firma über das Medikament Esozon würde für einen Haftbefehl kaum ausreichen. Sie brauchten etwas Handfestes gegen Keulemans. Eine Beschlagnahme der nächsten Lieferung könnte vielleicht etwas ergeben, wenn er auch nicht wusste, was. Der Surfer hatte inzwischen herausgefunden, dass Esozon am Markt ein extrem teures Mittel war. Es würde sicher nicht in der Lieferung aus Andorra sein, wenngleich die Zollpapiere das auswiesen. Etikettenschwindel also. Kaum ausreichend, um Keulemans zu verhaften. »In den Unterlagen der Firma habe ich gesehen, dass sie heute Nachmittag eine Lieferung aus Andorra vom Zoll am Flughafen abholen lassen. Die sollten wir uns mal ansehen.«

»Die DNA-Vergleiche ergaben übrigens, dass die beiden Verbrannten tatsächlich Schwarzafrikaner waren. Wahrscheinlich sind sie illegal auf die Insel geschleppt worden. Molk ist mit ihrem Blut auf den Opferstein geschmiert worden.«

Costa kam ein entsetzlicher Gedanke: Gab es noch mehr Höhlen dieser Art?

Wie viele Menschen verschwanden jedes Jahr auf Ibiza? Das

ließ sich bei den ständig hier lebenden Achtzigtausend überwachen, nicht aber bei Hunderttausenden von Touristen, die nicht einmal einen Pass brauchten.

Hatte Gilles Keulemans, ein undurchsichtiger Geschäftsmann, der in Afrika gelebt hatte und noch nicht lange auf der Insel war, den bisherigen Sektenanführer ersetzt? Ermordet? Waren die beiden Farbigen dessen Bewacher gewesen?

»Der Surfer hat übrigens die Brandbombe untersucht, die dich treffen sollte«, wechselte Elena das Thema. »Sehr ibizenkisch. Ein Gemisch aus Teer, Schwefel, Harz, Salz, Phosphor und Kalk, das in einen Tontopf gefüllt und dann angezündet wird. So was wurde früher von den Piraten gegen Schiffe eingesetzt. Es bleibt kleben und brennt immer weiter.«

»Ein ibizenkischer Killer, den Keulemans beauftragt hat. Ich habe den Kerl gesehen. Er hat vor dem Museum rumgelungert.«

»Bist du sicher?«

»Nein. Aber er wäre der Typ, der irgendeiner Sekte angehören könnte.«

»Sollen wir ...«

»Auf jeden Fall. Ich gebe dir nachher eine Beschreibung. Du solltest die Museumsangestellten befragen lassen. Und die Händler. Die Maschine war fast neu. Du erinnerst dich – es war der Typ mit der Enduro, der uns beinahe angefahren hätte, als wir aus dem Museum kamen.«

»Ja, richtig.«

»Wo ist der Surfer jetzt?«, fragte er.

Elena sah auf die Uhr. »Wahrscheinlich im Bett. Er hat die ganze Nacht gearbeitet.«

Costa beschloss, ihn nicht zu wecken, und kümmerte sich selbst darum, dass eine mobile Abhöreinheit Keulemans überwachte. Die Aufnahmen sollten ihm zur Auswertung jeden Nachmittag vorgelegt werden.

»Du willst ihn um jeden Preis«, stellte Elena fest, nachdem er seine Telefonate beendet hatte. »Aber die Narbe an deinem Bein wird bleiben.«

»Woher weißt du davon?«

»Ich habe mit Dr. Tur telefoniert.«

»Der darf dir gar keine Auskunft geben«, sagte Costa bissig.

»Du vergisst, dass du nicht der Einzige bist, der Leute aufs Kreuz legen kann. Außerdem«, sagte sie, ohne ihn anzusehen, »solltest du deine persönlichen Geschichten heraushalten.«

»Was meinst du damit?«, brauste er auf.

Sie blickte ihm in die Augen. »Die Probleme mit deiner Freundin Karin.«

Er wollte etwas erwidern, schwieg aber und zog sich den Holster mit der Dienstwaffe über. Obwohl er die Zähne zusammenbiss, ging es nicht. Der Lederriemen drückte genau auf die Schulter. Er steckte die Beretta in den Hosenbund.

Der Lieferwagen hatte die Stadt verlassen und bog von der Hauptstraße in Richtung des Dorfes Jesús ab. »Zur Firma fährt der jedenfalls nicht«, stellte Costa fest. »Verstehst du das?«

Elena schüttelte den Kopf. »Vielleicht hat er irgendwo noch andere Räume angemietet.«

Sie hatten sich schon ab 14 Uhr bereitgehalten, damit der Zoll sie benachrichtigen konnte, sobald die Lieferung für Medesign S. A. abgeholt würde. Kurz nach 15 Uhr war ein Kleintransporter mit der Aufschrift »Medesign« vorgefahren. Costa war nicht verwundert, am Steuer Gilles Keulemans zu sehen, denn die Abhöreinheit hatte ihn bereits darüber informiert. Hinter dem Ort stieg die Straße an. Costa drosselte die Geschwindigkeit, damit Keulemans nicht bemerkte, dass er verfolgt wurde.

»Er hat zwei Kubikmeter Medikamente geladen, die kühl gelagert werden müssen, sagt der Zoll. Und damit macht er bei dieser Hitze jetzt eine Inselrundfahrt?«, sinnierte Elena.

Bei C'an Furnet begannen die Serpentinen, die den Berg hinauf-

und dann zum Golfplatz hinabführten. Costa fuhr näher heran. In einer der Kurven hinter der Bergspitze war der Wagen plötzlich verschwunden.

»Setz zurück.« Elena sah aus dem Rückfenster. »Er muss in einen Feldweg abgebogen sein.«

Costa wendete. Sie hatte Recht, die Staubwolke des Wagens hing noch über dem unbefestigten Sandweg.

»Ich weiß, wo es hier hingeht«, sagte er. »Zur Müllkippe von Rocca Llisa.«

Sie parkten den Wagen zwischen den dicht stehenden Pinien. Elena hielt ihr Fernglas an die Augen.

»Was macht er?«, fragte Costa.

Sie drehte an der Schärfeeinstellung. »Aus dieser Entfernung sieht das Ganze aus wie ein Gemälde. Wie ein bunter Flickenteppich.« Sie lachte. »Ibiza ist wirklich schön. Sogar der Müll. Jetzt kann ich ihn sehen. Er trägt ein Paket. Er schmeißt es den Abhang hinunter. Hier«, sie reichte Costa das Fernglas, »sieh selbst. Er geht gerade zum Wagen zurück. Wenn du mich fragst, holt er das andere Paket.«

Costa sah ihn auf Anhieb. Keulemans trug tatsächlich den zweiten Teil der Lieferung auf die Deponie. Was sollte das werden? Eine geheime Übergabe? Er wusste von Costas Besuch in seiner Firma, also musste er umorganisieren.

»*Bueno*, sobald er weg ist, fahren wir da runter und sehen uns das an.«

Der Geruch von süßlicher Verwesung lag über dem Tal. Sie beeilten sich, den Müllberg hinunterzuklettern und die Pakete zu holen. Costa hatte von Anfang an die These vertreten, dass durch die Höhle etwas geschmuggelt worden war. In dem Fall würde Keulemans die Lieferungen von Barrapharm aus Andorra nur zum Schein erhalten. Nicht der Inhalt, nur die Einfuhrpapiere würden eine Bedeutung haben. Der Inhalt würde durch die verbotene Ausfuhrware ersetzt, aber man würde behaupten, es sei derselbe Inhalt, den Medesign lediglich verpackt habe.

Als sie anschließend zum Labor der Gerichtsmedizin fuhren, übernahm Elena das Steuer, weil ihn die Schulter zu sehr schmerzte und er mit dem Bischof telefonieren wollte. Er berichtete, der Surfer habe Recht gehabt, Trockeneis war an die Diskotheken und weitere dreißig Firmen geliefert worden.

Nachdem Dr. Torres einige kurze Untersuchungen mit Keulemans' Medikamenten vom Müll gemacht hatte, rückte er seine Brille zurecht. »Kalziumcarbonat habe ich in dieser Menge noch nie in Tablettenform gesehen,« sagte er.

Elena zerbröselte eine der Pastillen zwischen den Fingern.

Costa unterdrückte seine Ungeduld: »Und was bitte ist Kalziumcarbonat?«

»Kalk, natürlich«, antwortete Torres. »Du weißt schon, das Zeug, mit dem Kinder an Schultafeln schreiben und die Bauern nach dem Roten Regen ihre Häuser weißen.«

»Keulemans importiert also Kalk«, sagte Elena. »Das ist nicht strafbar.«

»Nein«, sagte Torres, »ebenso wenig wie Babyöl in Cognacflaschen, Waschmittelpulver in Kokainsäcken, Kochsalzlösung für Fixer.«

»Dennoch ist es unzulässig, Waren falsch zu deklarieren.«

Torres lachte. »Na und?«

Costas Mobiltelefon klingelte, und er hörte die aufgeregte Stimme des Bischofs:

»Ich hab was! Die Firma, bei der ich gerade bin, hat Trockeneis ausgeliefert – was denkst du, an wen?«

»Sag's einfach.«

»An das Museo Monográfico. Ziemliche Mengen, und zwar

regelmäßig. Und noch etwas: Die Firma heißt Fripra S. A. Klingelt da was bei dir?«

»Frigorificos Prats«, sagte Costa.

Dr. Sanchez sei auf einem Kongress in Barcelona, teilte ihm die Rothaarige mit; sie werde mit der Nachmittagsmaschine zurückkommen. Vielleicht könne sie so lange weiterhelfen? Costa fragte nach den Trockeneislieferungen. Davon wisse sie nichts.

Er entschied sich, die Sanchez bei der Ankunft am Flughafen zu erwarten und sie gleich dort zu fragen. Das war für ihn die einfachste Lösung.

Sie hatte kein Gepäck und war die Erste, die herauskam – kraftvollen Schrittes, nicht hastig, aber wie jemand, der wusste, was er wollte und keine Zeit zu verlieren hatte. In ihrem klassisch dunkelblauen Kostüm mit weißer Bluse wirkte sie streng und unnahbar.

Er begrüßte sie, sie nickte, verminderte jedoch nicht ihr Tempo und ging zügig auf den Ausgang zu.

Er nahm nicht an, dass sie mit dem eignen Wagen da war oder überhaupt einen Führerschein hatte und bot ihr an, sie mit in die Stadt zu nehmen. Sie ging zum Parkplatz hinüber, ohne auf sein Angebot zu reagieren. Plötzlich blieb sie stehen und wandte sich ihm gänzlich zu. Es war ihm zu unwichtig, um sich Gedanken darüber zu machen, was sie wollte oder wie er ihr Verhalten zu verstehen hatte.

»Wo ist denn Ihr Auto?«, fragte sie, als hätte sie gerade mit Erstaunen festgestellt, dass der ganze Parkplatz leer ist.

»Wir sind schon dran vorbei.« Er zeigte auf seinen Wagen gegenüber den Taxis.

Ohne ein Wort machte sie kehrt und marschierte darauf zu.

Als sie im Auto saßen, begann sie unvermittelt von der Feuerstelle in der Höhle zu sprechen, leitete aber gleich über zu punischen und phönizischen Feuerstellen im Allgemeinen und war mit den nächsten Sätzen bei dem Kongress in Barcelona, von dem sie kam. Zuerst schien sie Geduld mit Costa zu haben, allerdings gab er sich auch alle Mühe, ihr zu folgen. Dann begann sie, ihn hinter sich zurückzulassen, und bald gab sie allen Anspruch auf Konversation auf. Sie sprach zu einem Archäologiekollegen, einem nicht vorhandenen Seelenverwandten. Sie gönnte ihm nicht einmal mehr einen gelegentlichen Blick, sondern sah rechts aus dem Fenster und redete nur noch für ihre eigenen Ohren. Costa wusste nicht, ob er versuchen sollte, sie zu unterbrechen, um sein Anliegen anzubringen. Vielleicht musste sie das erst loswerden, die Rettung und Bewahrung dieser längst vergessenen Zivilisation, ehe sie sich mit einer alltäglichen Sache beschäftigen konnte, wie dem Trockeneis.

Sie kehrte erst wieder auf den Boden der Realität zurück, als er vor dem Museum in der Via Romana hielt. Er wandte sich ihr zu, und nun schien sie ihn wieder zu bemerken. Ihr Ton verlor den monotonen Ernst, und bald redete sie wieder in allgemeineren Begriffen, die er verstand, ohne ihren Redefluss zu unterbrechen. Sie sprach von deutschen Grabungen im Quartier Magon mit seiner punischen Stadtmauer und dem Tempel des Baal Hammon, der zur Zeit der Gründung Karthagos errichtet worden war. Die Ausgrabung habe sich überaus schwierig gestaltet, weil die Römer ihn mit einer monumentalen Apsis überbaut hatten. Erst seit die UNESCO internationale Archäologen zu Hilfe rief, sei wirklich mit der Rettung der Fundstätten begonnen worden. Der gleiche beschwerliche Weg habe auch hier vor ihnen gelegen. Costa wartete geduldig, bis sie eine Pause machte, und fragte nach dem Trockeneis.

Sie sah ihn einen Moment unverwandt an: »Wie?«

Er wiederholte die Frage, und sie bestätigte, dass das Museum regelmäßig mit Trockeneis beliefert werde. »Wir brauchen es für die Ausgrabungsstellen. Der Meeresspiegel ist seit den Zeiten der Phönizier um mehrere Meter angestiegen, das heißt, ehemals hoch gelegene Hypogäen, also Grabkammern, befinden sich am nördlichen Fuß des Mühlenhügels unter Wasser. Um diese Räume, die wir nicht trockenlegen können, zu vermessen, bedienen wir uns eines Prospektionsverfahrens mit Trockeneis-Sondagen.«

»Könnte jemand Eis aus ihrem Lagerraum entwendet haben?«, fragte er.

Sie schien kurz zu überlegen. »Schon möglich. Da die Firma meines Stiefvaters uns nichts dafür berechnet, werden sich wohl weder in der Buchhaltung noch sonst wo genaue Angaben finden lassen.«

»Außer vielleicht bei Prats.«

»Das könnte sein, ja.«

Das Letzte konnte er kaum verstehen, denn sie hatte die Tür schon geöffnet, und auf dem Bürgersteig preschte gerade ein Motorrad vorbei. Die Maschine ging vorne hoch, und der Motor heulte auf. Es war wieder das Geknatter einer Kreissäge. Sein Magen verkrampfte sich, und Charons Gesicht stand ihm groß vor Augen. Die Maschine verschwand hinter einem Lieferwagen, der gerade vorbeigefahren war, aber Costa zweifelte keine Sekunde, dass es Charon gewesen war. Er wollte Señora Sanchez noch fragen, ob sie diesen seltsamen Zeitgenossen kenne, aber sie war schon ausgestiegen, hatte ihm kurz zugenickt und ging zu dem großen Eingangstor zurück und auf das separate Rezeptionshäuschen zu, wo die Touristen während der Umbauphase des Museums Pläne, Bücher und Ansichtskarten kaufen konnten.

kapitel vierundzwanzig

Inselrat Prats residierte in einer großen Villa im älteren Teil der Stadt. Das gesamte Viertel war im Laufe der Jahre zu einer einzigen Baustelle ausgewachsen, und Prats' Anwesen wirkte wie eine Oase zwischen all den Neubauten.

Sein Grundstück war von einer hohen Mauer umgeben. An der Einfahrt hatten Wachen mit Dobermännern ihr Häuschen, und jeder Meter des Grundstücks lag im Aufnahmebereich einer Digitalkamera. Prats' Villa war ein alter Bau, umgeben von einem parkartigen Gelände.

Er war mit Elena unangemeldet gekommen, aber nachdem der Sicherheitsdienst vom Tor aus angerufen hatte, erklärte sich der Inselrat bereit, die beiden Beamten zu empfangen.

Als sie auf das Haus zugingen, wurde Costa das Gefühl nicht los, sich in einem Hochsicherheitsgefängnis zu befinden. Ein gemütlicher Stiefvater, dachte er und stellte sich die Jahre vor, die Laureana als Kind mit ihm hier gelebt hatte.

Eine philippinische Haushälterin öffnete und bat sie, in der Halle zu warten. Einen Kaffee vielleicht, in der Zwischenzeit? Elena lehnte ab, Costa nahm das Angebot dankend an. Während er wartete, sah er aus dem Fenster. Es war ein großer Garten voller verschiedener Büsche und Bäume, als hätte der Politiker Pflanzen und Bäume gesammelt. Vielleicht brachte er von seinen Reisen immer einzelne Exemplare mit zurück. Manche hatte Costa hier auf der Insel noch nicht gesehen. Zum Beispiel fiel ihm ein Baum auf, der einen geringelten Stamm hatte und seine armdicken Wurzeln einen Meter aus der Erde mit hinausgezogen hatte; wie schräge Säulen, die ihn stützten. Darüber schwebte eine Krone aus langen schmalen Blättern der Yucca-Palme. Überhaupt gab es die verschiedensten Palmen, große und kleine und eine sehr schlanke mit einem glatten glänzenden Stamm, deren Krone in riesiger Höhe schwankte.

In etwa hundert Metern Entfernung lag ein kleiner Platz, auf dem sich Parkbänke gegenüberstanden und in dessen Mitte eine Sechsfingerfontäne aus einem arabischen Bassin sprühte. Weiter weg leuchteten die feuerroten Blüten eines riesigen Christusdorns.

Das Mädchen brachte den Kaffee. Beim ersten Schluck verbrannte er sich die Zunge.

»Der Herr Inselrat wird Sie jetzt empfangen«, verkündete die Philippinin.

Jaume Prats saß hinter seinem Schreibtisch. Er erhob sich nur andeutungsweise und wies mit der Hand auf zwei Sessel. »Bitte, nehmen Sie Platz. Ich habe nicht viel Zeit, aber ich helfe Ihnen gerne, wenn ich kann.«

»Danke. Señor Prats, Ihnen gehört die Fripra S. A., die Trockeneis für die Arbeiten an der Nekropolis liefert. Könnten wir eine Liste haben von allen Firmen oder Personen, die beliefert werden?«

Prats griff wortlos zum Telefon, wählte eine Nummer und bat darum, ihm gleich die Kundenliste für Trockeneis zu faxen. »Es dauert einen Moment«, sagte er, nachdem er aufgelegt hatte. »War das alles?«

»Nein, eine Frage haben wir noch. Sie haben gestern bei der Feier im Museo Monográfico einen Mäzen präsentiert, der eine Million Euro gespendet hat. Kennen Sie Herrn Keulemans schon länger?«

»Wir haben ein paar Mal telefoniert, persönlich kennen gelernt habe ich ihn gestern. Warum?«

»Wir haben Grund zu der Annahme, dass er in illegale Geschäfte verwickelt ist«, klinkte sich Elena ein. Prats warf ihr einen missbilligenden Blick zu. Auf einen Ibizenker wirkte mangelnde

Zurückhaltung einer Frau irritierend, und Elena hatte die Tendenz, den Deckel kurzerhand vom Topf zu nehmen, wie sie es beschrieb.

Prats verzog den Mund und zuckte mit den Schultern. »Nun, jemand, der für die Kultur Ibizas spendet, ist uns zunächst einmal herzlich willkommen. Natürlich habe ich die Bonität des Schecks prüfen lassen. Er ist auf eine Firma ausgestellt, die in unserem Handelsregister eingetragen ist und ordnungsgemäß Steuern abführt. Soviel ich weiß, wohnt Señor Keulemans in der Cala Jondal. Ansonsten weiß ich nichts über ihn. Welche Art von illegalen Geschäften meinen Sie?«

»Schmuggel«, sagte Elena.

Costa war sich sicher, dass Prats mehr wusste, als er zugab.

»Wir haben Indizien gefunden«, fuhr Elena fort, »dass seine Firma der Tarnung oder der Geldwäsche dient.«

»Es hat Tote gegeben«, fügte Costa hinzu.

»Aber das wäre ja ein Skandal. Warum bin ich darüber nicht informiert worden?« Prats war aufgesprungen und ging hinter dem Schreibtisch auf und ab. »Wer ist Ihr vorgesetzter Dienststellenleiter?«

»Teniente Coronel Lopez Santander«, antwortete Costa. »In Absprache mit dem Zuständigen im Inselrat ist Stillschweigen über den Fall vereinbart worden.«

»Santander lässt mich mit einem so schwer Verdächtigen vor die Presse treten? Das kann ich mir kaum vorstellen.«

»Wir haben erst nach Ihrem Auftritt erfahren, dass Señor Keulemans möglicherweise in Aktivitäten dieser Art verwickelt ist«, erwiderte Costa. Er war überzeugt, dass Prats ihnen etwas vormachte. Er war nicht der Typ, der sich vor dem landesweiten Fernsehen mit irgendjemandem präsentierte, den er nicht gut kannte. Dazu war er zu bedacht. Aber *wenn* er über Keulemans informiert war, würde er sich mit ihm nicht gezeigt haben, es sei denn, Keulemans hatte ihn mit irgendetwas in der Hand.

»Sie sagen, es hätte Tote gegeben«, unterbrach Prats seine Gedanken, und die Idee, dass Keulemans ein Killer sein könnte, gab seiner Stimme ein leichtes Tremolo.

»Drei«, sagte Elena hart. »Zwei sind bis auf die Knochen verbrannt. Einer liegt in der Gerichtsmedizin.«

»Haben Sie einen Verdacht?«

»Es könnte sich auch um einen mystisch motivierten Ritualmord handeln. Was allerdings auch nur zur Verschleierung so inszeniert sein könnte. Wir stehen noch am Anfang.«

»Schrecklich. Könnte ich den Toten sehen?«

Costa zuckte mit den Achseln. »Natürlich, aber viel erkennen kann man nicht. Wir versuchen gerade, sein Gesicht zu rekonstruieren«.

Eigentlich war er überrascht. Warum wollte Prats sich so etwas ansehen? »*Bueno*, dann begleiten Sie uns.« Er wollte sich die Gelegenheit nicht entgehen lassen, den *Seemann* endlich doch identifizieren zu können. Immerhin würde Prats ja wohl kaum eine Leiche sehen wollen, wenn er nicht dachte, dass er den Toten kannte oder kennen könnte.

Inzwischen war ein Fax reingekommen, und Prats nahm eine Seite heraus, warf einen Blick darauf und gab sie Costa. »Hier die Liste.«

Während sie zum Auto gingen, überflog er die Namen der Kunden. Keulemans oder dessen Firma Medesign waren nicht dabei.

Auf der Fahrt zur Forensik führte er ein paar Telefonate, informierte Torres, dass sie mit Prats im Anmarsch seien, rief den Surfer an, ob sich hinsichtlich des Motorradfreaks vor dem Museum endlich etwas ergeben habe, und erfuhr, dass der Knabe bei seiner Mutter an der Carretera Mare de Deu lebe und Cayetano Herrera heiße. Er sei arbeitslos und habe als Grund für seine häufigen Stopps vor dem Museum angegeben, dass er überall mal anhalte, weil er es sich nicht leisten könne, immerzu herumzufahren. An dem Abend des Anschlags auf Costa habe er zusammen mit seiner Mutter die Nachtmesse in der Kirche Santa Maria besucht. Sie überprüften das und stellten fest, dass zu der fraglichen Zeit eine Messe stattfand. Der Surfer fragte, ob sie weiter Druck machen sollten, aber Costa verzichtete erst einmal darauf. Er war nervös, denn es war mittlerweile spät am Nachmittag, sein Kreislauf war unten, und er brauchte dringend etwas zu essen.

Sie fuhren vor den Limousinen des Inselrats und seiner Leibwächter her. Im Rückspiegel sah er, dass sie dicht hinter ihnen waren.

Als sie in der Gerichtsmedizin ankamen, und Torres seine »Schatzkammer« öffnete, warf Prats einen kurzen angeekelten Blick auf den Leichnam, hielt sich ein Tuch vor die Nase und wandte sich ab. Er war kreidebleich.

»Kein schöner Anblick«, murmelte Torres, während er den Toten wieder zudeckte.

»Kannten Sie ihn, Herr Inselrat?«, fragte Costa, und die Situation war so seltsam, dass alle drei fast in ein wieherndes Gelächter losgeplatzt wären.

Der Inselrat bekam einen Hustenanfall, es schien, als müsse er sich übergeben. »Woher soll ich das wissen?«, sagte er. »Lassen Sie uns hier weg. Furchtbar.«

»Der Mann ist – wie auch die beiden anderen – in einer Höhle umgebracht worden, die in unmittelbarer Nähe von Keulemans' Firma liegt. In dieser Höhle wurden höchstwahrscheinlich Drogen hergestellt oder über den Zugang zum Meer dort hingebracht und dann durch die Zisterne einer alten Finca nach oben und in Keulemans Firma geschafft. Als Medikamente durch neue Verpackungen getarnt, wurden sie dann nach Andorra und von dort auf die europäischen Märkte weitergeleitet.«

»Sie sagten doch etwas von Ritualmord. Das könnte dann doch eine ganz andere Sache sein.«

»Ja, könnte. Wir wissen das nicht.« Mafiöse Strukturen bis in Regierungskreise, schoss es ihm durch den Kopf.

»Ich glaube, ich kann Ihnen da gar nicht weiterhelfen.«

»Sie kennen die Finca, deren Brunnenschacht als Zugang diente?«

»Keine Ahnung.« Prats war ein erfahrener Politiker. Interviews stellten für ihn kein Problem dar. Er sagte nur, was er sagen wollte.

»Die alte Finca in der Totenstadt«, sagte Elena.

»Ach, ich weiß. Die Finca war laut Bebauungsplan des Conseill Balear abzureißen, weil sie sich auf dem Gelände der Nekropolis befand und die Ausgrabungen behinderte. Ich wollte da behilflich sein und ...«

In diesem Moment klingelte Costas Mobiltelefon. Es hätte ihm nicht ungelegener kommen können. Der Kollege von der Überwachungseinheit ließ ihn wissen, dass die Abhörbänder von heute zu seiner Verfügung stünden.

»Danke, aber das hat Zeit«, versuchte Costa ihn abzuwimmeln. Der Typ begriff nicht, dass sein Anruf gerade nicht passte, und redete weiter.

»Ich dachte, es könnte Sie interessieren, dass Keulemans mit einer Karin Schäfer essen war und sie ihn anschließend nach Hause gefahren hat.«

Costa fühlte einen Stich. Einen Moment lang hielt er stumm das Telefon ans Ohr gepresst. Er nahm Elenas verwunderten Blick wahr und zwang sich, das Telefon wegzustecken. Er verbeugte sich steif und unpassend und bat Elena, ihn zu vertreten.

Als er seinen Wagen aus der Parkposition fuhr, musste ein Lieferwagen hart bremsen, um einen Unfall zu vermeiden. Doch Costa bemerkte es gar nicht und raste zum Präsidium.

kapitel fünfundzwanzig

Das Tonbandgerät stand vor ihm, ein Nagra SN, Schweizer Modell.

Costa drückte die Abspieltaste und hörte sogleich die Stimme Keulemans'. Er plauderte mit Karin über den Abend neulich bei ihm zu Hause, wie man das so tut, wenn man ein paar schöne Stunden zusammen hatte. Aber Costa verschlug es fast den Atem. Die Stimme beschrieb den Abend nicht – sie *besang* ihn als überraschend, voller Liebreiz, lobte Karins Sinn fürs Kochen, lobte sie für ihren guten Geschmack und die interessanten Gespräche. Ein Abend, der ganz der Stimme gehörte, die ihn kreierte, ihm Gestalt, Inhalt und die höchsten Bewertungen gab. Die Stimme war sonor, zärtlich und berauschend – Eigenschaften, wie Karin sie sicher in Keulemans sah. Doch dann wechselte die Stimme in eine andere Tonlage.

»Dein Freund ist ein sehr eigenwilliger Mensch, nicht wahr? Eine starke Persönlichkeit, wie man sagt.«

»Danke.« Karin sprach anscheinend mit dem Kellner. »Ohne Kohlensäure, bitte.«

Costas Puls raste. Er gestand sich ein, wovor er Angst hatte: dass sie dem Fremden etwas über ihre Beziehung sagen könnte, was sie ihm niemals sagen würde.

»Er ist sonst nicht so. Ich weiß gar nicht, was mit ihm los war.«

»Vielleicht ist er einfach überarbeitet. Du sagtest ja, dass ihn dieser Mordfall sehr beschäftigt. Rot- oder Weißwein?«

»Weißwein, bitte. Natürlich ist er überarbeitet. Das ist sein Dauerzustand. Er hat ja nicht umsonst einen Tinnitus. Aber dieses Mal war es *mein* berufliches Terrain. Ich würde mich in Gegenwart seiner Guardia-Leute jedenfalls nicht so aufführen.«

Costa stöhnte. Das musste ja kommen. Bevor er mit Elena zum Flughafen gefahren war, hatte er sich Santander anhören müssen, der ihn vor allen Kollegen herunterputzte, weil auf dem Titelblatt des *Diario*, das er Costa unter die Nase hielt, die Schlagzeile zu lesen war: »Verstümmelte Leiche am Strand von Figueretas«. Costa war sprachlos gewesen. Außer seinem Team, dem er blind vertraute, und Karin wusste niemand die Details, die sich in dem Artikel fanden.

Er hatte sie sofort angerufen und zur Rede gestellt. »Es ist mein Beruf, die Öffentlichkeit zu informieren«, war ihre Antwort gewesen. Er hatte sie an ihr Versprechen erinnert, aber sie widersprach, er habe ihr nicht verboten zu schreiben, sondern nur gesagt, bitte kein Foto. *Siehst du etwa ein Foto?*, war ihre Frage gewesen.

Begreifst du denn gar nichts, hatte er wütend gefaucht. *Wir sind nicht in Hamburg. Die Touristen sind nur vier Monate hier. Da wollen sie am Strand liegen und ihren Urlaub genießen. Teile von gefolterten Leichen in ihrem Planschbecken mögen sie nicht. Das kann mich meinen Job kosten!*

Gut, hatte sie geantwortet, *dann such dir einen anderen*, und das Gespräch war beendet.

»Was meinst du mit deinem ›beruflichen Terrain‹? Unseren Abend?«

»Ja, den auch«, kam Karins genervte Stimme. »Aber eigentlich meinte ich seinen Versuch, mir ein Berufsverbot zu erteilen.«

»Wie das?«, Keulemans' Stimme klang jetzt erstaunt.

»Sie haben eine Wasserleiche am Strand von Figueretas gefunden, das heißt, ich habe sie gefunden. Sie sah fürchterlich aus.« Karin schwieg für einen Moment, und durch die starke Kompression des Aufnahmematerials wurden die Hintergrundgeräusche lauter. Costa glaubte, Keulemans noch einmal nachfragen zu hören.

Dann wieder sie: »Er hat mich gebeten, das Foto, das ich von der Leiche gemacht habe, nicht zu veröffentlichen. Und ich dumme Kuh habe mich daran gehalten. Was ist der Dank? Er macht mir Vorwürfe, dass ich darüber schreibe.«

Eine fremde Stimme fragte: »Das Confit von der Ente in ibizenkischer Orangensauce?«

»Für die Señora.« Keulemans sprach mit überlegen klingender Stimme. Dann Geklapper von Geschirr und Gläsern.

»Schmeckt wirklich super. Bist du öfter hier?«

»So oft ich kann. Ich liebe diese Kirche. Sie wurde zwar von keinem Bischof geweiht, dafür aber von einem der ersten Köche Spaniens.«

Lautes Gelächter vom Nebentisch übertönte den nächsten Teil des Gespräches. Als der Lärm abebbte und Costa wieder mithören konnte, hatte er möglicherweise etwas Wichtiges verpasst. »... dir helfen kann, wird sich zeigen«, hörte er schließlich.

»Ich kann es dir geben, ich brauche es sowieso nicht mehr. Auf CD?«

»CD ist gut.«

Die Musik im Hintergrund wurde lauter, jemand schien Geburtstag zu feiern.

Costa stoppte das Band und ließ es noch einmal zurücklaufen. Er konzentrierte sich und hörte jetzt Keulemans: »Ob ich dir helfen kann, wird sich zeigen.«

»Ich kann es dir geben, ich brauche es sowieso nicht mehr. Auf CD?«

»CD ist gut.«

Costa stoppte an dieser Stelle und spulte es noch einmal zurück.

Der Bischof rief ihm etwas zu, aber Costa wies ihn barsch an, für einen Moment die Schnauze zu halten. Er drückte die Kopfhörer fester und schloss die Augen, damit nichts von seiner Konzentration verloren ginge.

»... das auf jeden Fall gerne mal ansehen. Ob ich dir helfen kann, wird sich zeigen.«

»Ich kann es dir geben, ich brauche es sowieso nicht mehr. Auf CD?«

Costa stoppte wieder und fuhr noch einmal zurück. Noch mal *Play*: »Ich würde mir das auf jeden Fall gerne mal ansehen«, meinte er jetzt verstehen zu können. »Ob ich dir helfen kann, wird sich zeigen.«

»Ich kann es dir geben, ich brauche es sowieso nicht mehr. Auf CD?«

Von hier an ging alles in Musik unter. Nur noch einmal wurde es klarer. Keulemans schlug vor: »Wenn du möchtest, können wir noch schwimmen gehen.« Ihre Antwort ging im lauten Jubel und Applaus der Geburtstagsgesellschaft unter.

Wütend riss sich Costa die Hörer vom Kopf. »Wie alt ist die Aufnahme?«, rief er, während er aufsprang.

»Ungefähr anderthalb Stunden«, antwortete der Bischof vorsichtig, weil er sich die Sachen bereits angehört hatte. »Mach jetzt keinen Unsinn, Toni«, warnte er.

»Ich hätte gefragt werden müssen, wenn meine Freundin abgehört wird. Wer hat diese Schweinerei zu verantworten?« Ehe der Bischof antworten konnte, prüfte Costa seine Waffe und steckte sie ein.

Als er den Raum verlassen wollte, versperrten der Surfer und der Bischof ihm den Weg.

»Ich habe das überprüft«, sagte der Bischof und hielt ihm ein Telefon hin, »Karin ist zu Hause, du kannst sie anrufen.«

Costa stieß den Hörer beiseite, zischte den Surfer an: »Verschwinde!«, und verließ den Raum.

Ein heftiger Wind von Norden war aufgekommen. Auf der Straße, die am Flughafen vorbei zur Cala Jondal führte, rüttelten die Böen an seinem kleinen Seat, so dass Costa die Scheiben hochdrehen und das Tempo verlangsamen musste. Über den Salinen türmten sich graue Wolkenberge, die die letzten Strahlen der versinkenden Sonne immer wieder brachen und die Salzfelder in lebloses Licht tauchten. Der Geruch von fauligem Wasser lag in der Luft. Hoffentlich wird es endlich regnen, dachte er, ein langer, kühler Regen, der die tote Erde wieder aufwecken würde.

Er bog in den Feldweg ein, den er beim letzten Mal auf dem Notsitz hatte erdulden müssen. Er dachte an die Nachbarn und wollte sie zuerst befragen. Er lenkte den Wagen rechts in einen kleinen Weg, den ein handgemaltes Schild als privat auswies. Langsam fuhr er an dem Haus vorbei, dessen Lichter ihm auf der Heimfahrt mit Karin aufgefallen waren. Vor dem Haus standen ein Mann und eine Frau neben ihrem Range Rover. Sie wollten offenbar gerade wegfahren, aber als sie ihn sahen, blieben sie misstrauisch stehen. Costa grüßte durch die Windschutzscheibe, parkte den Seat ein Stück weiter und ging zu ihnen zurück.

Der Mann baute sich breitbeinig vor ihm auf, bereit, den Eindringling über den Sinn von Privatwegen zu belehren. Costa zückte seinen Ausweis. »Könnte ich Sie einen Moment sprechen?«

»Ach, Sie sind von der Polizei?« Der Mann entspannte sich. Er schien es völlig normal zu finden, dass Costa – wie er selbst – deutsch sprach. »Wir wollten zwar gerade zum Essen fahren, aber gut, dass Sie kommen. Wir beschweren uns seit Wochen über den Gestank von da drüben. Wie oft haben wir angerufen? Zwanzigmal?« Die Frau nickte. »Ich glaube, die grillen Katzen. Es stinkt so bestialisch. Und das in dieser Hitze, wo die Luft wie im Brutofen steht.«

Der Mann war über sechzig und hatte geplatzte Äderchen auf den Wangen.

»Wir wollten gerade gehen«, sagte die Frau, »aber wenn ich Ihnen etwas zu trinken anbieten darf?«

»Es ist eine Schande«, sagte der Mann, »wir haben das Land hier vor zwei Jahren gekauft. Es war nicht billig, aber alles, was wir wollten, war Ruhe. Das hatten wir auch, bis dieser Belgier das

Grundstück neben uns gekauft hat. Seitdem stinkt es am Tag. Und nachts singen sie. Und wenn sie singen, fangen die Hunde an zu bellen. Da kann ich nicht schlafen.«

»Wer singt nachts?«, fragte Costa.

»Die Neger«, polterte der Mann.

»Farbige«, verbesserte ihn die Frau.

»Haben Sie sie gesehen?«

»Meine Frau ist mal hingegangen. Und ich dann auch. Sie warteten gerade beim Auto auf den Fahrer, so einen schmalen Kerl mit Sonnenbrille und Lederjacke. Bei denen ist was faul, hab ich Recht?«

Costa nickte. »Könnte sein. Deshalb ist es wichtig, dass Sie sich genau erinnern, *wann* Sie sie zuletzt und *was* Sie genau gesehen haben.«

»Das letzte Mal? Vorige Woche. Stimmt's, Schatz?«

»Ja, ich glaube, es war Freitag.«

»Jedenfalls war es einer der heißesten Tage. Sie warteten und hatten kein Hemd an. Aber auf dem Auto lagen zwei Wolljacken.« Er wandte sich wieder Costa zu. »Die sind zwar Hitze aus Afrika gewöhnt, aber dicke Jacken bei 42 Grad, das ist doch ein bisschen übertrieben, was?«

In Costa arbeitete es. Er war auf der richtigen Spur. Wenn die beiden von Keulemans in der Höhle eingesetzt worden waren, mussten sie Jacken mitnehmen, denn die Temperatur dort unten war kühl. Doch warum opferte Keulemans seine Arbeitskräfte? Zwei Fliegen mit einer Klappe? Sie wussten zu viel, und der Moloch schrie nach einem Opfer? »Was hatten sie an?«, fragte er.

»Nichts, nackter Oberkörper.«

»Trugen sie Schmuck? Etwa ein Amulett oder so etwas wie einen Talisman?« Der Talisman, den sie bei den verbrannten Leichen gefunden hatten, könnte einem von ihnen gehört haben.

Der Mann verstand nicht gleich, aber seine Frau sagte mit Entschiedenheit, sie hätten keinen Schmuck getragen, auch keinen Talisman oder Armreif, gar nichts.

Costa fragte sie, wie alt die beiden etwa waren. Die Frau schätzte sie auf achtzehn oder zwanzig. Sie beschrieb sie als groß und kräftig. »Nicht unterernährt oder so was«, fügte sie hinzu.

»Und am selben Abend gab's dann wieder die Gesänge, so dass Sie nicht schlafen konnten?«, fragte Costa weiter und bemerkte, dass alles viel intensiver duftete als an den Abenden zuvor – Rosmarin, Thymian, Liebstöckel und Minze.

Der Mann nickte und wollte spontan seine Frage bejahen, aber dann stockte er, sah seine Frau an und überlegte. »Nee. Abends nicht. Oder?«

Sie war sich da sicherer. »Nein. Wir waren beide froh, dass es ruhig blieb.«

»An welchem Abend in der letzten Woche haben sie denn wieder gesungen?«

Der Mann starrte ihn an. »Nein«, sagte er, »jetzt, wo Sie es sagen, nein, die haben gar nicht mehr gesungen.«

»Und der Bratengeruch oder was das war, dieser Gestank, wann war der zum letzten Mal?«

Beide sahen sich an und schüttelten den Kopf. Offenbar waren sie selbst überrascht über ihre Wahrnehmung. Sie hatten sich schon so an ihre Vorstellung gewöhnt, dass die Farbigen beim Belgier Katzen brieten und nachts sangen, dass all das auch weiter geschah, obgleich die beiden jungen Afrikaner schon tot waren.

Alles passte zusammen. Keulemans hatte die beiden Männer auf seinem Grundstück wohnen lassen oder – womöglich treffender – er hatte sie dort kaserniert. Eingesperrt. Sie konnten wahrscheinlich kein Wort Spanisch und hatten niemals einen Menschen auf der Insel kennen gelernt. Ein Fahrer holte sie morgens ab, fuhr sie in die Höhle und brachte sie anschließend wieder auf das abgelegene Grundstück.

Hätte das deutsche Paar sich nicht in seiner Ruhe gestört gefühlt, wären sie niemals aufgefallen.

»Ich danke Ihnen«, sagte Costa. »Ich oder einer meiner Kollegen hat sicherlich noch ein paar Fragen. Kann ich mir Ihre Telefonnummer notieren?«

Der Mann nickte, und Costa gab die Nummer in sein Mobiltelefon ein, während die Frau wissen wollte, ob etwas passiert sei oder die beiden jungen Männer etwas verbrochen hätten.

Ihr Mann merkte, dass Costa darauf nicht antworten wollte, und merkte solidarisch an, sie möge ihren Allerwertesten ins Auto schwingen, sonst müsse sie daheim bleiben.

Im nächsten Moment saß er hinter dem Steuer und schaltete das Licht ein. Sie war weniger behände, und als er anfuhr, knallte ihre noch offene Tür zu. Costa sah ihnen nach, während die Frau aus dem geöffneten Fenster winkte. Auch er hob die Hand zum Abschied.

Nun hatte er die Nachbarn kennen gelernt, aus deren Haus das Licht durch die Bäume geblinkt hatte, als er mit Karin nach dem Essen bei Keulemans durch den Waldweg gefahren war. Keine Kinder, keine große Familie, keine Idylle. Nur die Langeweile, sich jeden Tag im Paradies einen guten Morgen zu wünschen, die Zeitung aus der Heimat zu lesen und den Gärtner zu kontrollieren, wenn er, müßig auf die Harke gestützt, zu lange auf seinem Mobiltelefon telefonierte. Das Gefängnishafte ihres Daseins blieb ihnen verborgen, weil es selbst gewählt und luxuriös war.

Costa schnupperte in die Luft. Roch es verbrannt, oder täuschte er sich? Er zog sein Hemd aus und trocknete sich mit dem unteren Teil den Nacken ab. Er könnte mit seinem Auto zu Keulemans fahren. Oder sollte er erst noch Elena anrufen und um Verstärkung bitten? Auf seinem nackten Oberkörper spürte er die Bewegung von warmer Luft. Tatsächlich schien der Wind zuzunehmen, jedenfalls in den Baumkronen, deren Rauschen ihm wie eine gute Nachricht ein Sommergewitter ankündigte. Er lauschte und nahm aus der Ferne ein stärkeres Geräusch wahr. Es klang wie ein Sturm oder ein herunterkommender Platzregen. Aus derselben Richtung ertönte ein dumpfes Grollen. Das konnte nur ein Gewitter sein. Als er zum Himmel schaute, sah er dünne Fahnen schwarzer Wolken. Er blieb stehen. Ein scharfer brenzliger Geruch umgab ihn plötzlich, und die sengende Hitze nahm zu. Die Luft war satt vom Duft verbrannter Pinien. Er musste noch dreißig Meter gehen bis zu seinem Auto, als ihm Tiere aus dem Wald entgegenkamen. Wachteln trieben ihre Küken vor sich her, Kaninchen, Feldmäuse und Wildkatzen schossen ungeachtet ihrer Feindschaft in die gleiche Richtung, Igel krochen aus ihren Verstecken.

Er warf sein Hemd ins Gebüsch und rannte los. Nach einer Kurve wurde es plötzlich hell, eine Feuersbrunst wälzte sich auf ihn zu. Er blieb stehen, weil er trotz der Entfernung schon den heißen Atem der Flammen spürte. Zu seinem Auto würde er es nicht mehr schaffen, das Feuer benötigte nur noch wenige Meter, um es zu verschlingen. Was war im Auto geblieben? Nicht seine Papiere; die trug er immer bei sich. Auch seine Waffe hatte er dabei. Sie machte sich beim Laufen durch unangenehme Schläge gegen seinen Oberschenkel bemerkbar.

Er blickte zurück und stellte erschrocken fest, dass der Brand schon dicht hinter ihm wütete. Die Villa der Nachbarn hatte er bereits erreicht. Costa starrte auf den lodernden Baum, der auf das Haus stürzte, und ihm fiel die Frau ein.

Wie gelähmt beobachtete er die zuckenden Flammen, die rasenden Formen und Farben von dunklem Violett bis zu Hellgelb.

Ein Baumstamm in nur fünfzig Metern Entfernung explodierte, und der Knall riss ihn aus seiner Erstarrung. Er rannte los.

Zurück zur Hauptstraße wäre zu gefährlich gewesen, der Weg war zu lang. Er musste Rettung auf Keulemans' Grundstück suchen. Erstens war es von einer hohen Mauer umgeben, die das

Feuer nicht so ohne weiteres überschreiten konnte, und zweitens war das Anwesen wie eine große Insel im Wald.

Während er rannte, überlegte er, wie er sich Keulemans gegenüber verhalten sollte. Ursprünglich hatte er ihn zu einer Beantwortung all seiner Fragen zwingen wollen, um ihn gleich anschließend zu verhaften. Das konnte er natürlich noch immer tun, aber vielleicht sollte er eine bessere Gelegenheit abwarten.

Er lief weiter auf das Eingangstor zu. Die heißen Dämpfe machten ihm das Atmen schwer. Sein Hals war trocken und schmerzte. Das Blut hämmerte in seinem Kopf.

Die Wucht der Feuerwand ließ keinen Zweifel daran, dass der gesamte Wald in dieser Gegend niederbrennen würde – bis auf das geschützte Haus Keulemans'.

Die Grundstücksmauer mit der Stacheldrahtkrone war für ihn zwar nicht zu überwinden, aber er ging davon aus, dass jemand im Haus war.

Es waren nur noch etwa fünfzig Schritte, als er eine Detonation hörte. Er drehte sich um. Der Schall kam aus Richtung seines Autos. Wahrscheinlich war der Tank explodiert.

Er wandte sich zurück und verlor für einem Moment die Orientierung, denn die Feuerwand war plötzlich ganz nah. Der Wind musste umgeschlagen sein und das Feuer nun von der anderen Seite treiben. Aber nein, in dem Fall würde es ja zurückgehen. Und Wind? – Er spürte gar keinen Wind. Er hörte Krachen, Prasseln und ein hässliches Knistern, als hätten sich bereits die Grasnarben in seiner Nähe entzündet, aber er merkte keinen Wind. Die Luft blieb ihm weg.

Die Feuerwand stand auch auf der anderen Seite des Anwesens. Brannte der Wald rings um Keulemans' Grundstück? Bewegten die Flammenwände sich von überall auf die Grundstücksmauer zu?

Der Waldweg, den er vorgestern mit Karin gefahren war, lag wie ein Tunnel unter den hohen Ästen links und rechts des Weges. Dieses Nadeldach reichte bis zum Tor, und ihm war klar, dass er keine Chance hatte, der Hölle zu entkommen, wenn Keulemans das Tor nicht öffnete. Nur, warum sollte Keulemans, der gerade noch einen Killer bestellt hatte, um ihn zu töten, diese Gelegenheit nicht nutzen, um ihn vor seinem Haus zu rösten, anstatt ihn hereinzulassen und eine Menge Ärger zu haben?

Er spürte die Hitzewellen. Sie waren ganz nahe, sein Gesicht glühte. Er würde die Mauer überwinden, egal wie. Er sprintete los und erreichte nach einigen Sekunden das Tor. Es war geschlossen.

Er drückte mit den Handflächen dagegen und schrie auf. Das Metall glühte. Er suchte nach der Klingel und schellte. Dann zerrte er panisch die Waffe aus seiner Tasche und entsicherte sie, um das Schloss zu zerschießen, falls ihm nichts anderes übrig blieb. Zugleich taxierte er, wie hoch er springen müsste, um den Stacheldraht über dem Tor zu erreichen. Höllisch heißes Geprassel zischte um ihn herum, und die ersten Funken erreichten ihn.

Plötzlich schwangen die Torflügel auf.

Er sprang nach vorne, und sofort schloss sich das Tor wieder hinter ihm. Der brennende Wald war nun weit genug entfernt. Sicherheit!

Flutlichter erhellten das gesamte Grundstück, die Rasensprenger liefen überall auf Hochtouren.

Er hatte Recht gehabt – das Feuer hatte das Grundstück umzingelt. Es kam von allen Seiten. Der heiße Aufwind wirbelte Unterholz und Äste hoch und blies sie in Keulemans' Garten. Vereinzelt glühten die Stücke auf dem feuchten Untergrund aus, doch an einigen Stellen brannte der Rasen.

Das Haus war noch etwa achtzig Meter entfernt. Durch die zunehmende Thermik des Brandes wurden armdicke brennende Hölzer in die Luft geschleudert. Sie flogen über die Mauer und setzten den Teil des Gartens in Brand, der als Park angelegt war. Er reichte bis zum Haus, das bereits auf dieser Seite am Giebel Feuer gefangen hatte.

Er rannte, um ins Haus zu kommen und Keulemans zu finden. Der beißende Qualm versperrte die Sicht und schmerzte in den Augen. Etwas traf ihn am Ohr. Er zuckte zusammen. Pinienzapfen sausten wie Geschosse links und rechts an ihm vorbei. Die Atemluft wurde immer knapper.

Aus der Ferne hörte er Motorengeräusche, stürzte ins Haus und brüllte Keulemans' Namen. Keine Antwort. Er rannte weiter über die blau-weiß gefliesten Korridore, riss von jedem Zimmer die Tür auf, fand aber niemanden. Er hastete zum Innenhof und weiter zum Pool.

Keulemans stand unbeweglich auf der Terrasse. Wie gelähmt starrte er zum Himmel.

Costa folgte seinem Blick, aber dicke schwarze Rauchwolken verhinderten die Sicht.

Das Motorengeräusch kam von oben. Löschflugzeuge, dachte Costa. Endlich! Unsere einzige Rettung.

Im nächsten Moment entzündeten sich die Dachbalken der Terrasse.

»Los, in den Pool!«, schrie Costa. »Auf was warten Sie! Springen Sie, um Himmels willen!«

Er rannte und riss Keulemans mit, so dass sie im hohen Bogen ins Wasser klatschten.

Das war der einzige Ort, der noch sicher war. Im Fallen hatte Costa auf der anderen Seite des Pools eine Katze am Rand hocken sehen, die den Flammen ausgewichen war. Costa tauchte mit langen Zügen zu der Stelle. Er würde sie ins Wasser ziehen und so ihr Leben retten.

Das Dröhnen des Löschflugzeugs ließ ihn nach oben schauen. Es kam im Sturzflug herunter, direkt auf den Pool zu, und er war sicher, es würde hineinstürzen. Das angstvolle Kreischen der Katze ging ihm durch Mark und Bein. Sein ganzer Körper zitterte unter Schock.

Keulemans schwamm etwa achtzehn Meter von ihm entfernt,

winkte dem Flugzeug zu und schrie. Wie ein Kamikazeflieger kam es auf sie zu. Der Fall der Maschine löste einen Heulton aus, der die Tonleiter hinaufsauste, während Keulemans um Hilfe winkte.

Wochen und Monate später noch träumte Costa immer wieder diese Szene vor dem Unglück: das herabstürzende Flugzeug und der vor Zorn und Verzweiflung brüllende Keulemans.

Der riesige stählerne Körper war so nah, dass Costa die Nieten am Rumpf hätte zählen können. Die Klappen an der Unterseite öffneten sich. Costa wusste, was das bedeutete, und tauchte, so tief er konnte, um der gewaltigen Wassermenge zu entgehen. Als sie auf die Oberfläche klatschte, traf ihn die Druckwelle mit einem dumpfen Schlag. Als wäre die Sonne in den Pool gestürzt, folgte ein weißes Aufflammen des Wassers. Hatte es der Pilot nicht mehr geschafft, die Maschine nach oben zu reißen?

Costa behielt die Augen unter Wasser auf und sah, dass das helle Gleißen dicht auf der Oberfläche lag. Er spürte noch keine Atemnot, aber er musste wissen, was los war, und tauchte prustend auf. Seine Arme fingen sofort Feuer. Es schmerzte nicht, aber er sah seine Haut brennen. Sein Kopf wurde heiß, und er griff in sein brennendes Haar.

Die Oberfläche des Schwimmbeckens war ein einziges Flammenmeer.

Entsetzt tauchte er wieder unter. Verzweifelt suchte er auf dem glatten Kachelboden nach etwas, an dem er sich festhalten konnte – ein Sieb, einen Abfluss. Er fand nichts. Er blickte nach oben, ob irgendwo das Gleißen des Feuers zu erlöschen begann. Er sah Keulemans Körper wie einen dunklen Schatten schräg über sich.

Er hing mit dem Gesicht nach unten, die leeren Augen aufgerissen, den Mund weit geöffnet, als würde er einen Schrei ausstoßen, Beine und Arme starr. Costa schwamm in eine Ecke des Bassins, wo das Feuer endlich erloschen war, und tauchte dort schnaufend auf. Ein intensiver Kerosingeruch drohte ihn zu ersticken. Hustend zog er sich den Beckenrand hinauf. Die Katze stand kreischend mit aufgestelltem Schwanz auf der anderen Seite des Pools, brannte lichterloh und schoss dann wie eine Feuerkugel, eine Fackel, ziellos umher.

Als er sich wieder umwandte, sah er Keulemans mit loderndem Rücken auf dem Wasser treiben. Er hörte ein schnell näher kommendes Motorengeräusch und suchte alarmiert den verrauchten Himmel ab. Die Maschine war nicht abgestürzt, sie kehrte zurück. Sie setzte wieder zum Sturzflug an, begleitet von dem gleichen heulenden Ton. Um ihn herum brannten Villa, Park, Garten und Wälder.

Wie große Schollen lagen brennende Flecken auf dem Wasser. Es gab nur eine Möglichkeit, zu entkommen: Er holte tief Luft und sprang wieder ins Wasser. Um Sauerstoff zu sparen, bewegte er sich nicht. Doch weil er sehr viel Luft eingeatmet hatte, merkte er, dass er wie ein aufgeblasener Ball an die Oberfläche gedrückt würde. Er machte ein paar Züge, um Schutz unter dem Toten zu finden. Er griff in das Lederband an dessen Hals.

Langsam begann er auszuatmen. Er sah den Luftblasen nach, die seine Lunge verließen und um Keulemans' Gesicht herum nach oben blubberten.

Er hielt die Leiche wie ein Schutzschild so lange über sich, bis ihm schwummrig vor Augen wurde und er das helle Licht auf dem Wasser nur noch in weiter Ferne wahrnahm.

Bevor er die Besinnung verlor, sah er seine Großmutter neben sich, die ihre kühle Hand auf seine fieberheiße Kinderstirn legte. Sie saß an seinem Krankenbett und las ihm aus der Bibel irgendetwas von einem Verstorbenen vor, der im Fegefeuer brennen muss, bevor er ins Paradies eingeht.

kapitel sechsundzwanzig

Das Feuer hatte in weniger als zwanzig Stunden ein Drittel des Pinienwaldes der Insel völlig zerstört, Häuser in Asche gelegt, Menschen und Tiere getötet, Berge und Felder kahl und schwarz zurückgelassen. Die hungrigen Flammen hatten an mehreren Stellen gleichzeitig so schnell um sich gegriffen, dass man an einer natürlichen Ursache zweifelte. Von drei Seiten aus waren riesige Feuerwalzen aufeinander zugerollt, und in der Mitte lag Keulemans' Villa. Der Verdacht ging dahin, dass die Brandherde willentlich und planvoll gelegt worden waren. Wie ein Blasebalg hatten kurze und heftige Windböen das Feuer vom Meer her aufwärts bis zu den Kämmen der Hügel getrieben. Kurz vor der Dämmerung am nächsten Morgen wütete der Brand am furchtbarsten, und der Feuersturm raste über den Rand der Steilküste, flammende Bäume und Sträucher fielen ins Meer. Einige Bauern hatten sich nachts mit ihren Familien in Fischerboote gerettet, die stundenlang auf dem Wasser schaukelten und von der Glut angestrahlt wurden.

Esel und Ziegen stürzten mit markerschütternden Schreien vom Felsen, und Möwen schnellten mit versengten Flügeln in die Brände, denn die Hitze stieg weit hinauf in den sternenlosen Nachthimmel.

Der Wind trug den beißenden Brandgeruch bis in die entferntesten Winkel der Insel, und die ganze Nacht hindurch ertönten von überall die Kirchenglocken.

Noch Tage danach glühten die Baumstrünke.

Der Schaden an Wald und Flur war unschätzbar. Alles, was dort brennen konnte, war schwarz und verkohlt.

Wieder und wieder waren die Löschflugzeuge aufgestiegen,

hatten ihre Bäuche mit Meerwasser gefüllt und die Ladung über den Feuerfeldern abgeworfen. Das Salzwasser würde die Erde auf Jahre unfruchtbar machen. Aus dem gleichen Grund hatten die Römer Salz in die Ackerfurchen des zerstörten Karthago gestreut. Doch die aktuelle Gefahr für Helfer und Feuerwehr durch das Salzwasser bestand darin, dass sich aus dem Natriumchlorid giftige Dioxindämpfe bildeten.

Feuerwehrleute, Militär und Polizei waren damit beschäftigt, Urlauber und Einheimische in Sicherheit zu bringen.

Die Behörden hatten nicht ausschließen können, dass die ganze Insel evakuiert werden musste. Bei den Bauern musste Gewalt angewendet werden, wenn sie sich weigerten, Höfe und Stallungen, das Vieh und ihren Hausrat den tobenden Flammen zu überlassen.

Vierzehn Menschen waren in dem Brand ums Leben gekommen, zwei wurden noch vermisst.

Costa hatte Glück gehabt. Er wurde kurz nach seiner Ohnmacht gefunden und mit dem Rettungshubschrauber in die Klinik gebracht, wo man eine Rauchvergiftung und Verbrennungen an Armen und Händen feststellte. Elena hatte den Hubschrauber kommen lassen, nachdem ihr Chef nirgends zu erreichen gewesen war. Sie hatte geahnt, dass er sich Keulemans alleine vorknöpfen wollte. Das Rettungsteam hatte ihn rechtzeitig gefunden, halb bewusstlos, an Keulemans' Leiche geklammert.

Auf dem Weg in die Notaufnahme war er zu sich gekommen.

Er hielt in der verkrampften Faust das Steinamulett, das Keulemans mit einem Lederband um den Hals getragen hatte.

Costa schlief sechzehn Stunden durch.

Nachdem er sich erholt hatte, wollte er zu seinem Auto, aber dann fiel ihm ein, wo er es geparkt hatte: im Zentrum des Brandes. Unschlüssig stand er auf der Straße, unter einem schwarzen Himmel, den kein Sonnenstrahl durchbrach. Plötzlich gab es einen Paukenschlag, ein Kontrapunkt zu den schrillen Hörnern der Löschfahrzeuge, die in Richtung Cala Jondal rasten. Blitze zuckten hinter den Rauchwolken, und Sekunden später öffneten sich die Wolken und warfen ihre Last ab.

Als er völlig durchnässt im Taxi saß, meldete das Radio, der Brand sei dank des Platzregens unter Kontrolle.

Auf dem Rollfeld, gegenüber der Zollhalle, standen die drei Maschinen, die die Löscheinsätze geflogen waren, in Reih und Glied. Die Luft über dem Boden flimmerte wieder in der Sommerhitze. Costa sah das Metall am anderen Ende des Flugfeldes blinken, die Sonne stand hinter den Maschinen über dem Meer. Eine von ihnen war der Feuer bringende Vogel gewesen, der statt Wasser Kerosin auf Park, Haus und Pool Keulemans' heruntergeschüttet hatte. Sobald das hochentzündliche Benzin mit den ersten brennenden Zweigen in Berührung gekommen war, hatte es sich in einen Flammenteppich verwandelt. In einer der Maschinen hatte der Mörder gesessen. Costa überlegte, ob das gigantische Feuerwerk ein Zufall war, den der Mörder schnell genutzt hatte, um das Verbrechen an Keulemans als Unfall erscheinen zu lassen.

Zwei Rollbahntechniker überholten ihn auf einem Motortrolley, um die von ihm georderte Gangway, die sie im Schlepp hatten, zu den Maschinen zu bringen.

Es dauerte eine Weile, bis sie die Tür des ersten Flugzeugs geöffnet und die Treppe verankert hatten. Costa bat den Techniker, den Laderaum zu öffnen. Über den Trolley kletterte er hinein.

In der ersten Maschine fand er nichts. Auch in der zweiten waren keine Spuren von Kerosin außerhalb der Tanks zu finden. Jedes Mal, wenn er in einer der Maschinen verschwand, blickte der Techniker auf eine Liste und brüllte ihm den Namen des Piloten zu, der das Flugzeug geflogen hatte.

Als Costa in die letzte Maschine stieg, rief der Techniker: »Die hat Ruben Cepero geflogen. Im Radio wird er als Held gefeiert.«

Es war der tödliche Bomber. Im Laderaum roch es nach Kerosin. Nicht so stark, wie er vermutet hatte, aber intensiv genug, um ihm die Szenen im Pool wieder in Erinnerung zu bringen. Ihm wurde übel.

Als er die Treppe herunterkam, fragte er den Techniker, ob er Cepero kenne.

»Klar«, antwortete er.

»Wie sieht er aus?«

Er beschrieb ihn als schmal, eins fünfundsiebzig groß und fünfundfünfzig Jahre alt. Er trage zu seiner Uniform immer Kappe und Sonnenbrille.

»Wer betankt die Maschinen?«, fragte Costa.

»Bei solchen Einsätzen in der Regel die Piloten selbst. Der Tankvorgang läuft weitgehend automatisch ab. Die Ventile schließen selbständig, wenn die vorher in den Bordcomputer eingegebene Treibstoffmenge erreicht ist.«

»Keine Tankwagen?«

Der Techniker lachte. »Schon lange nicht mehr. Unter dem Flughafen liegt ein unterirdisches Rohrleitungssystem. Aus den Anschlüssen wird das Kerosin direkt in die Flugzeugtanks gepumpt. Wir können fünfzig Maschinen gleichzeitig betanken.«

»Wie lange dauert so etwas?«

»Kommt auf die Maschine an. Bei der Beriew hier«, er neigte abschätzend den Kopf hin und her, »keine zehn Minuten, würde ich sagen. Aber die Löschflugzeuge sind sowieso für den Notfall immer voll getankt.«

»Lässt sich feststellen, ob Cepero getankt hat?«

Der Techniker zuckte die Schultern. »Klar. Wird einen Moment dauern.«

Costa kletterte ins Cockpit und setzte sich in den Sessel des Piloten. Von hier aus hatte Cepero Keulemans' Haus gesehen, die beiden Männer, die durch einen Sprung in den Swimmingpool den Flammen zu entkommen suchten, von hier aus hatte er den

Schalter umgelegt, der die Rumpfklappen des Flugzeugs öffnete, um die tödliche Ladung abzuwerfen. Der Pilot hatte vermutlich angenommen, dass Keulemans allein im Haus war. Sein Tod hatte wie ein Brandunfall aussehen sollen. Es war nicht auszuschließen, dass für diesen Zweck der Waldbrand extra gelegt worden war; eine solche aufwändige Inszenierung hätten der oder die Täter sich sicher nicht durch einen Zeugen kaputtmachen lassen. Keulemans hatte er beim ersten Anflug erwischt, und dabei könnte er gesehen haben, dass noch ein zweiter Mann im Pool war, deshalb war er noch einmal umgedreht. Möglich auch, dass er ohnehin den Plan hatte, einen zweiten Angriff zu fliegen.

Das Gesicht des Technikers erschien in der Tür und riss Costa aus seinen Gedanken. »Sie hatten Recht. Er hat tatsächlich selbst getankt. Sechs Tonnen.«

Bevor Costa das Flugzeug der technischen Untersuchung überließ, blieb er einen Augenblick auf der Gangway vor der Maschine stehen. Er blickte über die rötlich schimmernden Salzfelder. Nun ging es voran. Er hatte sein Team informiert. Der Surfer würde die Spurensuche leiten. Die Logbücher des Towers hatte er bereits beschlagnahmen lassen. Der DNA-Vergleich würde in diesem Fall einfach sein; das Profil der Piloten war zugänglich, weil sie regelmäßige ärztliche Untersuchungen machen lassen mussten. Auch die Frage, wieso bei dem Brandangriff auf den Pool das Flugzeug nicht selbst in Brand geraten war, konnte geklärt werden: Für punktgenaue Einsätze war der Laderaum mit Folie ausgekleidet, und der Inhalt wurde wie ein großer, gefüllter Ballon abgeworfen.

Cepero wurde ihm von der Flugeinsatzleitung als zuverlässiger und guter Pilot beschrieben. Das schloss nach Costas Erfahrung jedoch nicht aus, dass sich hinter der Fassade des Mannes ein Wahnsinn verbarg, der sich vielleicht schon seit Jahren stetig entwickelte. Meistens wurden von den Menschen der nächsten Umgebung sogar Zeichen wahrgenommen – auch wenn sie sie erst nach der Katastrophe richtig deuteten. Bei den Befragungen musste man das im Auge behalten; vielleicht wunderte sich irgendjemand schon lange – die Mutter, die Freundin, Nachbarn, Kollegen.

Die drei anderen Brandschutzflieger hielten Ruben Cepero einhellig für einen Einzelgänger. Für einen erstklassigen Piloten, verschwiegen, zuverlässig und hilfsbereit. Aber verschlossen. Man nenne ihn nicht umsonst *Erizo*, den Igel, sagte ein junger Kollege mit dem schönen Namen Diego Amador. »Ich fliege oft mit ihm. Er hat aber die Macke, immer die Limits auszureizen. Deswegen bin ich der Einzige, der bei ihm mit einsteigt. Er fliegt unter Brücken durch, wenn du es willst, kein Problem, aber zusammen einen trinken – das würde er nicht.«

Costa fragte, ob er sonst Freunde habe, aber davon wussten auch die beiden anderen nichts. Pilot Nummer zwei, Francisco Noguera, war an diesem Tag nicht geflogen, hatte aber dennoch Bereitschaftsdienst. Er erinnerte sich, dass Cepero einmal mit einer Freundin angab und zur Glaubhaftmachung sogar von ihr schwärmte, was ihm dennoch niemand abnahm. Ana Luz Paez – so in der Art, die alles im Bett mache, was er sich wünsche. Er erinnere sich deshalb, weil es ein so komischer Name sei – Ana Luz Paez klinge wie *das andalusische Land*, was, nebenbei bemerkt, nicht schlecht zu ihm passe, meinte er. Aber eine Frau, nein, das konnte sich niemand vorstellen. Ruben Cepero sei mehr der Typ, der nicht lange mit Frauen quatschen wolle. Lieber bezahle er sie.

Auch an diesem Sonntag hatte er mit niemandem gesprochen, war in seine Maschine geklettert und hatte seinen Job erledigt.

Der dritte Pilot, Lobo Barbadillo, hatte sich beim Einsatz verletzt und war noch in Behandlung.

Costa hatte erfahren, dass die Ehrung für die drei Piloten am folgenden Tag sein würde, und da die Verleihung der Medaille mit einem hübschen Bonus verbunden war, werde Ruben Cepero auf jeden Fall dort sein, sagten sie übereinstimmend.

Er hatte Elena gleich nach diesem Gespräch angerufen. Sie brauchte nicht lange, um den Namen Paez im Melderegister zu finden. Bevor er dort hinfuhr, kümmerte er sich um seinen Schutz. Die Hypothese im Team war, dass *Phönix*, wie sie den Todesflieger in der eilig einberufenen Sitzung genannt hatten, der Drahtzieher war, und aller Wahrscheinlichkeit nach würden sie ihn nicht in einer Vorortwohnung hinter der Küchentür dieser Dame finden. Dennoch wollte er kein Risiko eingehen, und so saßen nun drei schwer bewaffnete Spezialisten des mobilen Einsatzkommandos mit ihm im Wagen.

Er bog von der Umgehungsstraße in das Neubauviertel zwischen dem Multiplexkino und dem Fußballstadion ein. Die Fassade des Großraumkinos schmückte ein schwarz-weißes Plakat. Costa betrachtete es im Vorbeifahren. Es zeigte ein Auge, das von einer Rasierklinge durchschnitten wurde. ›*Der andalusische Hund*, eine Retrospektive des Werkes von Luis Buñuel‹. Er hatte Karin versprochen, die Filme mit ihr anzusehen. Tatsächlich war es sogar sein Vorschlag gewesen. Sie hatte die Retrospektive nur erwähnt. Das würde nun wohl nichts werden. Schon gar nicht in dem Dienstwagen, den er im Moment fuhr. Passanten schauten sich nach ihm um, ob das Verbrechen, zu dem die Guardia unterwegs war, vielleicht in Sichtweite begangen sein könnte. Als er langsam an der Kreuzung einbog, rannten Kinder dem grün-weißen Pajero nach und schrien die üblichen Schimpfworte.

Costa parkte vor der Adresse, die ihm von Elena genannt worden war. Der Flieger hatte Recht gehabt, es gab den Namen nur einmal in Ibiza-Stadt. Und aus Andalusien stammte sie auch.

Die Straße war menschenleer. Es war an einem Wochentag kurz vor Mittag, und die Menschen, die in diesem Viertel wohnten, waren bei der Arbeit. Die Wahrscheinlichkeit war also gering, Señora Paez zu Hause anzutreffen.

Er stieg aus und entsicherte seine Waffe, die er wegen der Schulterprellung immer noch im Hosenbund trug. Er hatte sie gestern noch ein paar Mal abgefeuert, um sicher zu sein, dass sie das Poolbad unbeschadet überstanden hatte.

»Schieß dir nicht die Eier weg, *teniente*«, lachte einer der Begleiter und zog sich, wie die anderen, die Maske übers Gesicht. »Das Spielzeug da wirst du mit uns garantiert nicht brauchen.« Sie überprüften ihre Schnellfeuergewehre, modifizierte Heckler & Koch G3s mit der Bezeichnung CETME, mit den unter Franco entwickelten Spezialpatronen, die von der NATO längst verboten waren. Die Wände des erdnussbraunen fünfstöckigen Neubaus, vor dem sie standen, würden nicht einem einzigen Magazin dieser Waffen standhalten.

Die Haustür stand offen.

Die Männer sicherten das Treppenhaus und gaben Costa ein Zeichen.

Als er an die Wohnungstür klopfte, warteten drei todbringende Mündungen auf die Person, die in der Tür erscheinen würde.

Costa klopfte ein zweites Mal, fester als vorher.

»Eintreten?«, flüsterte einer der Schwarzmaskierten.

»Wir warten noch«, befahl Costa.

Sie hörten eine Zimmertür im Innern der Wohnung klappen und hielten den Atem an. Schritte näherten sich.

»Post!«, rief Costa.

Ein Schlüssel drehte sich im Schloss, die Tür ging auf, und eine junge verschlafene Frau im geblümten Morgenrock blinzelte Costa erstaunt an. »Wieso Post? Ich denke, Sie sind bei der Guardia? Wie geht es Ihrer Schulter?« Während sie die Frage aussprach, bemerkte sie die Mündungen, die auf ihren Kopf gerichtet waren. Erschrocken hielt sie inne.

Costa gab den Männern ein Zeichen, ihre Waffen zu senken. »Sie sind allein?«

Señora Paez nickte furchtsam.

»Und woher kennen wir uns?«

Ihr Gesichtsausdruck war fast beleidigt: »Ich habe Sie gepflegt. C'an Misses – erinnern Sie sich nicht? Ich bin die Krankenschwester.«

Während das mobile Einsatzkommando im Auto wartete – oder, wie Costa vermutete, in der nächsten Bar *carajillos* trank –, kochte Ana Luz Paez für sie beide Kaffee. Er hatte ihr gesagt, dass sie dringend Ruben Cepero darüber befragen müssten, was er während seiner Löscheinsätze beobachtet hatte.

Er lehnte sich gegen den Rahmen der Küchentür und beobachtete ihre Handbewegungen. »Entschuldigen Sie bitte nochmals den Überfall«, sagte er und sah sie noch einmal vor sich – eingehüllt in die seidenen Blumen ihres Morgenrocks und auf der Treppe die maskierten Kämpfer mit den Waffen. Er musste lächeln, als er daran dachte, dass jedem Hippie auf der Insel dieses Bild eine klassische Erinnerung gewesen wäre – Blumen gegen Waffen.

Sie reichte ihm seine Tasse. »Gut, dass Sie nicht abgedrückt haben. Ich wäre im Schlaf erschossen worden«, sagte sie lächelnd. Sie nahm die Kanne aus der Kaffeemaschine. »Ganz wach bin ich noch immer nicht. Ich hatte gestern Nachtschicht.«

Sie gingen ins Wohnzimmer und setzten sich auf ihre Couchgarnitur, deren Design er von Plakatwänden her kannte. Kaufe jetzt, zahle in drei Jahren. Sie schlug die Beine unter dem kurzen Morgenrock übereinander.

Schöne Beine, hatte Costa schon im Krankenhaus bemerkt. Was könnte sie mit *Phönix* gemeinsam haben? Ist sie fasziniert vom Tod und Leiden anderer? Oder sucht ein wahnsinniger Killer gerade bei ihr die Normalität, nach der seine kranke Seele sich sehnt, während sie gar nicht weiß, wessen Hand sie hält?

»Seit wann kennen Sie Ruben Cepero?«

»Erizo? Seit einem Jahr. Er brachte einen verwundeten Kollegen in die Notaufnahme.«

»Wissen Sie, woher er stammt?«, setzte er seine Befragung fort, die für sie wahrscheinlich schmerzlich enden würde.

»Er ist in Ceuta geboren.«

Alles an diesem Fall deutete nach Afrika. Ceuta war nicht gerade der Ort, wo Costa seine Kinder gerne hätte aufwachsen lassen. Die spanische Enklave in Marokko war bekannt für Menschenschmuggel und Drogenhandel.

»Wie würden Sie Ihr Verhältnis zu ihm beschreiben?«

Sie zögerte einen Moment und drehte einen Ring an ihrer linken Hand. »Wir sind verlobt.«

»Und wann haben Sie ihn zum letzten Mal gesehen?«

»Freitag vor zwei Wochen. Wir waren zusammen im Kino.«

»Ist es ungewöhnlich, dass er sich längere Zeit nicht meldet?«

Ana Luz Paez war die Verlegenheit anzumerken. »Wenn er einen erfolgreichen Einsatz geflogen hat, zieht er manchmal tagelang um die Häuser.« Sie sah Costa eindringlich an, als wolle sie ihn bitten, das Verhalten ihres Freundes zu verstehen. »Der Job ist sehr gefährlich. Vielleicht sind diese Abstürze so eine Art Bedürfnis, sich zu beweisen, dass er überlebt hat.«

»Vielleicht die Freude darüber, dass er nicht abgestürzt ist«, nahm Costa den doppeldeutigen Begriff auf.

Sie nickte, blickte ratlos auf ihre Hände und drehte den kleinen Brillantring an ihrer rechten Hand.

»Die Flüge sind gefährlich und schlecht bezahlt. Der Ring ist sehr schön«, fügte er hinzu.

Sie nickte. »Die Löscheinsätze schon. Aber in letzter Zeit hat er auch private Flüge gemacht, für einen reichen Ausländer, zu völlig verrückten Zeiten. Manchmal mitten in der Nacht nach Barcelona oder Valencia.«

Barcelona. Im Logbuch der Maschine waren seit April zwanzig

Übungsflüge eingetragen, mit dem extrem weiten Radius von 162 Seemeilen. Die Zielflughäfen waren nicht vermerkt. Costa hatte einen Zirkel und eine Karte genommen. In diesem Bereich lagen Barcelona, Valencia, Murcia, Alicante, Mallorca und Algier. Seine Nachfrage beim Tower hatte jedoch nichts ergeben. Bei Übungsflügen zur Wasseraufnahme, so hatte man ihm gesagt, würde kein Ziel eingetragen.

Costa war daraufhin zum Küstenschutz gegangen. Die Beamten kannten die Beriew BE-200. Cepero sei immer nachts geflogen und habe oft Wasser vor der Playa d'en Bossa aufgenommen. Auf seine Frage, wie er sich das vorzustellen habe, wurde ihm erklärt, dass die Wasseraufnahme während eines Gleitfluges mit einer Geschwindigkeit von 160 bis 190 km/h über der Wasseroberfläche innerhalb von vierzehn Sekunden durch entsprechende Aufnahmestutzen unterhalb des Rumpfes erfolge. Sehr schnell. Man müsse schon gut fliegen können.

Und genauso schnell kann man eine Ladung auch abwerfen, hatte Costa gedacht.

»Was ist eigentlich bei dem Brand passiert, wozu brauchen Sie seine Aussage?«, unterbrach sie seine Gedanken.

»Die Versicherungen verlangen von uns bestätigte Berichte«, log er. »Da brauchen wir zuverlässige Augenzeugen.«

Sie sann einen Moment darüber nach. »Zuverlässig ist er im Grunde.«

»Haben Sie vielleicht ein Foto von ihm?«

»Hier nicht. Im Krankenhaus. Aber warum? Wenn Sie morgen kommen, werden Sie ihn doch persönlich treffen.« Sie zeigte Costa die Schlagzeile in der Zeitung: »Die Ehrung der Piloten für ihren selbstlosen Einsatz findet am Mittwoch in der Ratshalle des Conseill Insular statt«.

Costa kannte den Artikel. Cepero und die beiden anderen Piloten waren namentlich erwähnt und würden ihre Auszeichnungen aus der Hand von Jaume Prats, dem Inselrat für Umwelt, empfangen. Es wurde auch darauf hingewiesen, dass es Jaume Prats war, der die Insel vor Schlimmerem bewahrt hatte, weil er im Inselrat die Anschaffung der Löschflugzeuge durchgesetzt hatte. Eines der Fotos zeigte den Inselrat beim Jungfernflug mit einer der Maschinen. Prats trug Uniform und winkte aus dem Cockpit.

»Erizo wird auf jeden Fall da sein. Das lässt er sich nicht entgehen.«

Costa zog das Amulett aus der Tasche, das in der Opferhöhle gefunden worden war. Die Untersuchungen hatten ergeben, dass Keulemans das Original trug. »Könnte das Ihrem Freund gehören?«

Ana Luz Paez stand auf und beugte sich über seine Schulter, um genauer sehen zu können. Ihr Haar streifte Costas Wange, und der saubere Seifenduft von ›La Toja‹ stieg ihm in die Nase.

»Nein«, sagte sie. »Erizo trägt keinen Schmuck. Aber gesehen habe ich es schon einmal.«

»Können Sie sich erinnern, wo?«

»Der Ausländer, für den er fliegt, war hier. Letzten Montag. Er konnte Ruben nicht erreichen und sagte, er brauche ihn dringend. Mir fiel das Lederband mit diesem Vogel auf, das er um den Hals trug.«

Nachdenklich und langsam schritt Costa die Treppenstufen herab.

Keulemans hatte Cepero für die Flüge bezahlt. Das ging schon eine ganze Weile so. Irgendwann hatte Cepero, auch wenn er Mitglied der Sekte war, gemerkt, dass er weder den Belgier noch seine Helfer brauchte. Wahrscheinlich war er mittlerweile so weit in die Abläufe des Geschäftes eingeweiht, dass er es alleine durchziehen konnte. Er brachte die drei in der Höhle um, schnappte sich die letzte Lieferung und wartete dann auf eine Gelegenheit, Keulemans zu ermorden und es wie einen Unfall aussehen zu lassen.

So weit leuchtete Costa die Geschichte ein, doch was ihn frustrierte, war der Umstand, dass sie noch immer nicht wussten, um welche Schmuggelgeschäfte es gegangen war. Der Surfer beharrte wegen des Trockeneises immer noch auf der Herstellung von Ecstasy, während der Bischof auf Kokain tippte.

Was immer es war – mit Sicherheit hatte Cepero es längst verkauft und saß mit einem Banana-Daikiri irgendwo in der Karibik am Strand. Nur was zum Teufel hatten sie geschmuggelt? Und um wie viel Geld ging es?

Der passwortgeschützte Computer in der Firma fiel ihm ein.

Er rief im Präsidium an und erreichte den Bischof.

»Rafal, besorg mir sofort einen richterlichen Durchsuchungsbefehl für die Geschäftsräume von Keulemans. Und einen Informatiker. Ich bin in fünfzehn Minuten da.«

»*Tranquilo*, Toni. Ich habe eine Notiz von Santander vor mir liegen. Ein Anwalt aus Campañas Kanzlei hat bei ihm angerufen. Die Firma darf nur mit Zustimmung seines Klienten betreten werden.«

Costa glaubte sich verhört zu haben. »Was soll das heißen? Keulemans ist tot. Was für ein Klient?«, schnaubte er.

»Du wirst es nicht glauben«, der Bischof dehnte den Satz, um die Spannung zu erhöhen, »Keulemans war verheiratet! Da er sich längere Zeit nicht mehr bei seiner Frau in Belgien gemeldet hat, hat sie bei ihm hier auf Ibiza und in der Firma angerufen. Ohne Erfolg. Klar, das Haus steht nicht mehr, und die Firma ist geschlossen. Also wandte sie sich an die Polizei und erfuhr vom Tod ihres Mannes. Sie ist auf dem Weg. In einer Stunde wird sie landen. Sie will die Überreste ihres Mannes mitnehmen.«

Costa überlegte einen Moment, welches wohl die Haltung Señora Keulemans' gegenüber den Ermittlungsbehörden sein würde. Wenn sie keine Ahnung hatte von den Geschäften ihres Mannes, wäre sie auf jeden Fall kooperativ. War sie jedoch eingeweiht, könnte das anders aussehen. Doch es war seine Erfahrung, dass die Frauen in das kriminelle Leben ihrer Männer meist nur mit Widerwillen hineingezogen wurden und sich durch deren Tod eher von ihren quälenden Verpflichtungen erlöst sahen – zumal, wenn sie helfen konnten, den Mord an ihrem Mann aufzuklären und einen Mörder zu überführen, der sie vielleicht auch noch bedrohte.

»Ich hole sie vom Flughafen ab und fahre dann mit ihr zur Firma. Sie wird schon kooperieren. Wir wollen ja nichts weiter als die Todesumstände ihres Mannes aufklären.«

»Der ermordet wurde, was sie bisher nicht weiß. Und vermutlich ein Verbrecher schwersten Kalibers war«, ergänzte der Bischof. »Viel Spaß. Sie muss schon am Telefon einen Riesenaufstand gemacht haben.«

»Hast du eine Personenbeschreibung?«

Der Bischof verneinte.

»Gut, schick mir den Surfer zum Flughafen, ich will einen Zeugen dabeihaben.«

Unterwegs hielt er an, um sich eine Zeitung zu kaufen. Die Berichte über den Brand hatten die Fußballergebnisse der Primera Division auf die letzte Seite verbannt. Auch für die Hotels war es ein schwerer Schlag, und die meisten Gäste waren abgereist. Viele hatten noch den Preis gemindert, weil ihre Sachen in den Zimmern von Ruß verschmutzt waren.

kapitel siebenundzwanzig

Im 5-Minuten-Takt ratterten die Anzeigetafeln des Flughafens, um die Starts und Landungen immer wieder neu zu verkünden. Die Pauschaltouristen mit schulpflichtigen Kindern würden die Insel bis zum Wochenende verlassen haben, und die Hausbesitzer und Insider würden zurückgekehrt sein, um einen warmen und ruhigen Herbst zu genießen. Flug 152 der LTU aus Düsseldorf war bereits gelandet, und Costa spähte durch die Scheiben der Büros der Autovermieter hin zu den Gepäckbändern. Sie liefen noch nicht, er war noch rechtzeitig.

Hinter der Absperrung des Zollbereichs winkte er einen der Beamten zu sich, um ihm zu sagen, dass sich jede Frau des Fluges aus Düsseldorf ausweisen müsse. Die Gesuchte heiße Marit Keulemans. Der Beamte ließ die Ausgänge bis auf einen sperren.

Während Costa wartete, beschäftigte ihn das Amulett. Spezialisten für Altersbestimmung an der Universität in Barcelona hatten mittels Spektrografie festgestellt, dass der Fund aus der Opferhöhle eine Imitation und ein halbes Jahr alt war. Keulemans hatte das Original um den Hals getragen. Er rief Laureana an und erzählte ihr, dass Keulemans bei dem Brand ums Leben gekommen sei. Sie hatte es schon in den Nachrichten gehört. Er erwähnte das Amulett, den Grund seines Anrufes.

»Der Benu. Ja, er ist einzigartig.«

»Ein absolutes Einzelstück, haben Sie gesagt.«

»Ja, richtig.«

»Keulemans trug das gleiche.«

»Ich müsste es sehen«, sagte sie.

»Wir haben das aus der Höhle nach Barcelona geschickt. Die

stellten fest, dass es eine Imitation ist, nicht älter als ein halbes Jahr. Keulemans trug das echte.«

»Dann hat er die Imitation wohl anfertigen lassen und sie jemandem geschenkt. Oder?«

»Ich weiß es nicht. Welcher Glaube ist mit dem Amulett verbunden?«

»Es gewährt Schutz vor Feuer.« Sie machte eine kleine Pause und fügte ohne jeden Unterton von Ironie hinzu: »Natürlich nicht, wenn es eine Kopie war.«

Er konnte nicht widerstehen zu bemerken, dass das Original dem guten Keulemans auch keinen Schutz gewährt habe.

Sie überlegte einen Moment und erwiderte, wenn der Betreffende die Gebote einer höheren Gottheit gebrochen habe und er deswegen in der brennenden Schuld dieser Gottheit stehe, würde der Feuerschutz des Benu nicht wirken. »Die *brennende Schuld* war ein Bild der punischen Phönizier. Sie meinten damit, dass das Verbrechen gegen eine hohe Gottheit die Energie des Frevlers zerstört und er zu Asche wird. Heute würde man sagen, seine eigene negative Energie verbrennt ihn. Die Asiaten nennen es Karma; sein schlechtes Karma verbrennt ihn.«

»Welches Gebot könnte Keulemans verletzt haben, dass ihm dieser Fluch der brennenden Schuld zuteil wurde?«

»Keine Ahnung, ich kenne ihn nicht. Sie sagen, er hatte mit den Morden in der Höhle zu tun?«

»Vermutlich. Er brachte mich sogar selbst darauf, als er auf Ihrer Veranstaltung von den karthagischen Opferriten erzählte und sehr blutrünstige Bilder gebrauchte. Er benutzte nicht direkt den Terminus der Blutinschrift, aber er sprach von *Moloch*.«

»Oh, damit hat er mich auch genervt. Das war alles nur eine lächerliche Pose. Er hatte keine Ahnung. Es war absurd – die Texte sagte er auswendig gelernt auf. Die Leute erzählten es mir. Auch Ihre Freundin.« Sie verfiel in den Tonfall Keulemans', als sie ihn zitierte. »*Zwischen den Bergen des heißen Wassers und dem Kap der Weintrauben lag einst Karthago!* Nicht wahr? Keulemans' Karthago war das Karthago Gustave Flauberts von 1862. Alles, was unser Freund zum Besten gab, war die Vorstellung dieses Dichters der Spätromantik. Wahrscheinlich hat ihm seine Französischlehrerin das mal als Lektüre aufgegeben. Aber den Moloch dieser Flaubert'schen Musicalinszenierung hat es nie gegeben. Der Tophet mit seinen Tausenden von kleinen Urnen war in erster Linie ein Kinderfriedhof, denn die Sterblichkeitsrate war während der ersten fünf Lebensjahre damals extrem hoch. Die geopferten Neugeborenen machten einen verschwindend geringen Teil aus – und das auch nur in der Endzeit Karthagos, kurz bevor es von den Römern dem Erdboden gleichgemacht wurde.«

Je mehr er darüber nachdachte, desto stärker wurde sein Gefühl, dass es gar keine Sekte gab. Stattdessen eiskalt geplante Geschäfte und Morde an Mitwissern. Alles andere, das ganze Brimborium mit Talismanen und Menschenopfern, sollte ihn auf eine falsche Fährte locken, ablenken von etwas zu Offensichtlichem. Doch was war es?

Die ersten Passagiere, die die Halle betraten, waren Engländer, um die zwanzig, kurz geschoren, tätowiert, gepierct: die typischen Raver, die jedes Jahr zu den *Closing Partys* der großen Clubs kamen.

Costa fragte sich, wann Karin der Sanchez von Keulemans' Karthago-Beschreibungen erzählt haben könnte. Vielleicht hatte sie es nun doch geschafft, ein Interview mit ihr zu machen. Oder sollte Keulemans das vermittelt haben? Bei dem verächtlichen Ton, in dem die Wissenschaftlerin von ihm sprach, eigentlich unwahrscheinlich.

Gleichzeitig mit der Maschine aus Birmingham war der Linienflug aus Barcelona gelandet, der eine Truppe dunkelblau gekleideter Geschäftsmänner ausspie, die sich mit entschieden geschwenkten Aktentaschen ihren Weg durch die lärmenden

Touristen bahnten. Während er unter den Ankommenden Frau Keulemans zu entdecken suchte, hatte er die Sanchez weiter am Telefon.

»Angst trieb Flauberts Karthager in die Arme des Moloch. Sie tranken Bilsensaft und fielen übereinander her. In ihrem Delirium glaubten sie, wilde Tiere zu sein, und zerfleischten Nachbarn und Familie. Señor Keulemans sollte dichterische Freiheit von wissenschaftlichen Forschungsergebnissen unterscheiden lernen, wenn er sich für Karthago oder punische Geschichte interessiert. Schon möglich, dass er sich in Afrika auskennt, aber von Puniern hat er keinen Schimmer. Aber bitte, jedem sein persönliches Karthago – Spenden sind uns immer willkommen.«

Verwundert stellte Costa fest, dass Keulemans für Laureana Sanchez wieder vollkommen lebendig geworden war und sie vermutlich nur kurz genickt hätte, wenn er in diesem Moment in ihrem Büro erschienen wäre, um ihr einen weiteren Scheck zu überreichen. Irgendwie amüsierte es ihn, wenngleich er das Telefonat jetzt beenden musste. Der Surfer stürmte gerade durch die Glastüren der Zollkontrolle. Sein Hemd hing über der kurzen Hose, und seine Haare waren nass. Er könnte sich, ohne im Geringsten aufzufallen, unter die britischen Raver mischen, dachte Costa.

Er bedankte sich bei Laureana und beendete das Gespräch.

Der Surfer entschuldigte sich, er sei noch bei der Kfz-Zulassungsstelle gewesen. »Der reine Schnarchverein«, sagte er atemlos. »Aber jetzt haben wir den Letzten der vierzehn Leute identifiziert, die bei der Brandkatastrophe ums Leben gekommen sind. Es war der, der in der Nähe seines Motorrads gefunden wurde. Der Tank war explodiert, das Nummernschild aber lesbar. Cayetano Herrera heißt der Knabe. Arbeitslos, wohnte bei seiner Mutter. Derselbe, den wir schon mal überprüft haben, weil er immer vor dem Museum herumgelungert ist.«

»Wissen wir inzwischen, ob der auch den Anschlag auf mich verübt hat?«

»Nein. Du wolltest ja nicht, dass wir ihn uns noch mal vorknöpfen.«

»War vielleicht ein Fehler«, knurrte Costa.

»Jetzt ist er tot, nun werden wir es wohl nie mehr rausfinden.«

»Hätte mich aber doch interessiert.«

»Würde uns das irgendwie weiterbringen?« Der Surfer grinste.

Costa schüttelte den Kopf. Was für ein Arschloch. Vielleicht will man wissen, wer einen umbringen wollte, auch wenn es einen nicht weiterbringt.

Um sich von seinem Ärger abzulenken, sagte er laut: »Wer könnte ein Interesse daran gehabt haben, Keulemans' Tod wie einen Unfall aussehen zu lassen?«

»Leute, die sich durch ihr Motiv entlarven. Seine Erben. Stehen wir deswegen hier?«

»Keulemans war verheiratet. Wir warten auf seine Frau.«

Der Surfer pfiff durch die Zähne. »Meinst du, sie hängt mit drin?«

Costa zuckte die Schultern. »Bis jetzt weiß ich noch nicht einmal, wie sie aussieht.«

Die Gepäckhalle füllte sich mit einem neuen Schwall von Passagieren. Er taxierte die Grüppchen, die sich am Laufband aufstellten: lachende Schwule mit lautem Kölner Akzent; gestylte Damen um die fünfzig mit engen Jeans und paillettenbesetzten Jacken, kleine Hunde auf den Armen, oder auf eine große Kiste wartend, wenn sie große Hunde hatten. Begleitet wurden sie von älteren Herren mit Pferdeschwanz und Sonnenbrille, die niemanden anblickten, damit niemand sie für normale Touristen hielt. Ein Wanderverein mit Rucksack und Stock diskutierte die Wanderrouten der Insel, die gut ausgeschildert und gepflegt seien. Ein paar Mädchen mit knapp sitzenden Hüfthosen plapperten aufgeregt vom Non-Stop-Nachtleben, das sie in den nächsten zwei Wochen erwartete.

Costa konnte keine Reisende entdecken, in der er die Ehefrau des Ermordeten erkannt hätte. Sie wird wohl kein Gepäck haben, dachte er. Jemand, der nur die Asche seines Mannes abholt, will schnell wieder fort.

Er sah zu dem kontrollierenden Beamten hinüber, vor dem sich bereits eine Schlange bildete. Empörung wurde laut, Wortfetzen wie »Europa«, »Dritte Welt«, »Bananenrepublik« drangen als kleiner Kanon bis zu ihm.

Als der Beamte winkte, eilte Costa zu ihm und sah sich den Pass an.

»Marit Keulemans?«, fragte Costa die Frau, die gerade überprüft wurde.

Sie war blass und sah übermüdet aus, doch ihre Augen blickten wach und gereizt. »Ja, das bin ich.«

»Mein Name ist Costa. Ich bin von der Guardia Civil. Ich bin hier, um Ihnen zu helfen.«

Er gab dem Zöllner ein Zeichen, dass die Kontrolle beendet sei.

»Sie wollen mir helfen? Meinem Mann konnte anscheinend niemand helfen.«

»Ich kann Ihre Verbitterung verstehen«, sagte er. »Aber mit Ihrer Hilfe werden wir die Umstände aufklären können, die zum tragischen Tod Ihres Mannes führten. Haben Sie Gepäck?«

»Nur diese Tasche. Ich werde morgen sofort nach dieser lächerlichen Pilotenehrung zurückfliegen. Wofür werden sie geehrt? Für unterlassene Hilfeleistung?« Ihre Stimme wurde lauter, einige Reisende schauten sich um.

»Ich verstehe Sie«, sagte Costa.

»Wie können solche Leute geehrt werden? Es war doch offensichtlich, dass das Haus im Zentrum des Brandes lag. Und es ist von Rasenflächen umgeben. So nah reicht der Wald doch gar nicht heran! Wieso hat man ihn nicht mit einem Hubschrauber ausgeflogen?«

»Wir stehen hier etwas ungünstig, Frau Keulemans. Kommen

Sie bitte mit. Wir können uns auf der Fahrt unterhalten.« Er zeigte ihr die Richtung und berührte leicht ihren Arm.

Ein unschätzbarer Vorteil des Dienstwagens war, dass er ihn überall parken konnte. Das Auto stand direkt vor dem Ausgang auf dem Taxihalteplatz, ohne dass einer der wartenden Fahrer daran Anstoß nahm. Frau Keulemans stieg ein, während der Surfer sein Auto holte, um ihnen hinterherzufahren.

»Wann waren Sie das letzte Mal auf Ibiza?«, begann Costa.

Sie sah ihn verwundert an. »Noch nie.«

»Aber das Haus Ihres Mannes? Woher kennen Sie es?«

»Er hat mir Fotos geschickt. Ich sollte ja in zwei Monaten zu ihm ziehen. Ich hatte bereits einen Käufer für unsere Wohnung in Antwerpen.« Sie seufzte. »Zum ersten Mal in seinem Leben verdiente er richtiges Geld, und jetzt das.«

Costa wäre vor Überraschung fast über ein Stoppschild gefahren.

»Ich dachte, Ihr Mann war ein erfolgreicher Kaufmann in der Verpackungsbranche?«

»Mein Mann war Soldat bei den Blauhelmen. Er war immer unterwegs. Ich habe ihn manchmal Monate nicht gesehen. Die Idee mit der Verpackungsfirma kam ihm erst, nachdem er sich in den Vorruhestand hatte versetzen lassen, Ende letzten Jahres. Er sagte mir, er habe auf Ibiza den idealen Geschäftspartner gefunden.«

Ein Soldat! Costa konnte es nicht fassen. Ein Soldat, der sich binnen eines halben Jahres eine Millionenvilla leisten konnte und großzügige Spendenschecks ausschrieb?

»In welchem Hotel wohnen Sie?«

Marit Keulemans kramte in ihrer Tasche. »Mar Blau, in Figueretas.«

Sie sprach es falsch aus, aber Costa kannte das Hotel, eher ein Hostal, preiswert und laut wie eine Jugendherberge. Wenn sie ihn täuschen wollte, war sie zumindest gut vorbereitet.

»Sagt Ihnen der Name Ruben Cepero etwas?«, fragte er sie.

»Nein, wer ist das?«

»Einer der Piloten, die Ihren Mann nicht retten konnten. Die beiden kannten sich.«

Sie schwieg einen Moment. »Sie meinen, er hätte ihn nicht retten wollen? Und Sie haben auch irgendeine Theorie, nehme ich an.«

Costa nickte.

»Und wie ist Ihre Theorie?«

»Ich schlage vor, zuerst zu den Geschäftsräumen Ihres Mannes zu fahren. Dort können Sie mir helfen, meine Theorie, wie Sie es nennen, anhand der Fakten zu überprüfen.«

Am Kreisverkehr vor der Stadtgrenze staute sich der nachmittägliche Verkehr über die Avenida España bis zum Hafen. Er sah in den Rückspiegel. Der alte Porsche 911 des Surfers war direkt hinter ihm.

Costa schaltete Blaulicht und Sirene ein. Marit Keulemans zuckte zusammen, als er mit Vollgas durch die ausweichenden Wagen preschte. An der Carretera Luci Oculaci parkte er.

Marit Keulemans stand stumm und reglos auf dem Trottoir und sah zwischen den Häusern hindurch auf das glitzernde Meer, als wäre ihr ein unwiederholbarer Traum entglitten. Der Traum vom Luxusleben an der Seite eines Kriminellen, der von seinesgleichen hingerichtet worden war? Hatte Karins amüsanter Charmeur einen Gedanken an diese Frau verschwendet, bevor er gebraten wurde? Wie einen unangenehmen Flash sah Costa die Leiche Keulemans' vor sich, sein brennendes Fleisch, und der Geruch von Kerosin stieg ihm wieder in die Nase.

Er holte tief Luft und machte der Witwe ein Zeichen, ihm ins Haus zu folgen.

In den Räumen der Verpackungsfirma roch es feucht und muffig. Er erfasste mit einem Blick, dass seit seinem letzten Besuch, von dem nur sein Team und der Attentäter auf dem Motorrad wussten, nichts verändert worden war. Er beobachtete Marit

Keulemans, wie sie, zierlich, klein und dunkelblond, in der Mitte des Raumes stand und unschlüssig die Einrichtung begutachtete.

»Der Computer ist passwortgeschützt«, sagte er.

»Versuchen Sie *Marit.*«

Er gab die fünf Buchstaben ein, und fröhliche Fähnchen erschienen auf dem Bildschirm.

Costa brauchte ein paar Minuten, um das Ablagesystem zu begreifen.

Die Lieferunterlagen fand er zuerst: Seit Januar waren sechs Sendungen – inklusive der, die er von der Müllhalde mitgenommen hatte – auf Ibiza angekommen. Zurückgeschickt worden waren fünf: je zwei Kubikmeter oder sechzehntausend Einheiten eines Präparates namens Esozon. Aus den Preislisten der Barrapharm ging hervor, dass eine Einheit sechshundertfünfzig Euro kostete. In Costas Kopf überschlugen sich die Gedanken. Keine Sekte, da hatte er richtig vermutet. Aber in anderer Beziehung war er die ganze Zeit auf dem Holzweg gewesen: Es war niemals um Drogen gegangen, die zur Tarnung als Medikamente verpackt wurden, sondern tatsächlich um Medikamente – Medikamente jedoch, die viel teurer waren als Kokain oder Ecstasy.

Genial, nicht einmal der Besitz war strafbar.

Nur: Woher stammten sie?

Marit stand neben ihm. »Öffnen Sie diesen Ordner bitte einmal.« In Miniaturansicht erschienen unzählige Fotos.

»Das war sein erster Einsatz nach unserer Hochzeit.« In ihrer Stimme mischten sich Freude, ihren Mann wenigstens auf den Bildern wiederzusehen, und Trauer über den Verlust. »Das war 1992 in Kambodscha. Damals hatte ich fürchterliche Angst um ihn.«

Costa scrollte durch die Dateien. UNTAC, UNOSOM, UNAMIR – alles Einsätze der Friedenstruppe in den Krisengebieten der Welt, die meisten in Afrika. Er dachte fieberhaft nach. Wo war der Zusammenhang zwischen Keulemans und Aidsmedikamenten?

»Was hat Ihr Mann denn nun genau gemacht?«, fragte er.

Marit Keulemans zog einen Stuhl heran und setzte sich. »Ganz verschiedene Dinge. Mal mussten sie die Zivilbevölkerung schützen, mal Luftbrücken bauen, Flüchtlinge versorgen, Rückzüge von Truppen überwachen oder medizinische Transporte begleiten.«

Costa begann zu ahnen, wie der Hase lief. Hatte Keulemans die Medikamente, die er für die Vereinten Nationen bewachen sollte, gestohlen? Medikamente, gespendet von Pharmakonzernen, versehen mit dem Aufkleber »Not for commercial purpose«?

Er öffnete noch einmal das Fenster mit der überaus erfolgreichen Firmenbilanz. Unter den Ausgaben fand sich eine einmalige Zahlung von einer Million CFA-Francs an einen Monsieur Félix Mohammed Habré aus N'Djamena.

»Medizinische Transporte? So wie hier?« Costa klickte zweimal mit der Maus auf einen Ordner und stellte den Computer auf Diashow ein. Der Titel des Ordners lautete »Tschad-Sudan«. In langsamem Wechsel zogen die Bilder vorbei: verhungernde Kinder mit aufgequollenen Bäuchen, Kinder mit offenen Wunden, verschorft und voller Ungeziefer, Kinder mit uralten libyschen Maschinengewehren, kranke Kinder, tote Kinder – fotografiert von der Ladefläche eines Lasters. Die Fotos waren meisterhaft. Keulemans hatte sein Hobby ernst genommen.

»Fünf Millionen Kinder, die schon infiziert geboren werden«, sagte sie leise. »Zum Tode verurteilte Waisen, die ihre Eltern durch die Krankheit verloren haben. Unvorstellbare hygienische Zustände. Und korrupte Regime, denen die Leiden ihrer Völker nur zur Bereicherung dienen. Mein Mann hat dort eine wichtige Aufgabe erfüllt. 2002 war das. Wegen der unsicheren politischen Situation errichteten die Blauhelme ihr Basislager im Tschad. In einem Gebirge.«

»Tibeti?«, fragte Costa.

Sie nickte und fuhr fort. »Von dort aus wurden die Medikamente in den Sudan und nach Uganda gebracht. Die Transporte waren schwer bewaffnet. Als ich damals mit ihm telefonierte, erzählte er mir nur von den dauernden Überfällen der Rebellen und täglichen Schusswechseln. Ein richtiger Krieg.«

Jetzt war ihm alles klar: Diese Firmen dienten nur einem einzigen Zweck – einen groß angelegten Diebstahl von Medikamenten im Sudan zu verschleiern, die der dortige Beauftragte Monsieur Habré gegen Bestechungsgeld zuließ. Er musste herausfinden, wie tief diese Frau mit drinsteckte. »Ende letzten Jahres ließ sich ihr Mann mit zweiundfünfzig Jahren in den Vorruhestand versetzen. Die Rente dürfte nicht besonders üppig sein. Ein halbes Jahr später kauft er ein Anwesen im Wert von mehreren Millionen.« Costa wandte sich Marit Keulemans zu. »Und Sie wollen mir weismachen, dass ich es mit einem Samariter zu tun habe und dass Sie von nichts wissen. Hier«, er öffnete die andere Datei, »da steht es doch: Esozon. Ein Aidsmedikament. Auf Ibiza gibt es keine Möglichkeit, so etwas herzustellen. Aber es wurde in großen Mengen von hier nach Mitteleuropa geschickt.«

»Gilles' Firma hat Medikamente verpackt, die hierher geschickt wurden und die er dann zurückschickte.«

»Kalk«, sagte Costa. »Er hat sich wertlosen Kalk schicken lassen und durch Esozon ersetzt. Doch woher bekam er Ihrer Meinung nach das Esozon?«

Sie sah ihn an. Ihre grünblauen Augen waren plötzlich weit geöffnet. Er sah, dass sie lange, geschwungene Augenwimpern hatte. Die Ränder ihres Augenbettes waren rot und wund.

»Weiß ich nicht. Woher soll er es bekommen haben?« In ihrer Stimme lag Trotz. Sie hatte etwas Kindliches. Diese Welt, die Costa ihr nun Schritt für Schritt enthüllen würde, war ihr fremd. Darin konnte sie nicht bestehen.

»Er hat Esozon über Schmuggelwege auf die Insel gebracht«, fuhr er so behutsam wie möglich fort.

»Und dann?« Ihre Stimme war kaum zu hören.

»Dann hat er es verpacken lassen und nach Andorra geschickt. Hatte er dort auch eine Firma?«

»Ich weiß nicht«, sagte sie leise.

»Wir nehmen es an. Der entscheidende Punkt ist aber, wo diese großen Mengen des Aidsmedikaments herkamen. Haben Sie irgendeine Idee?«

Sie schüttelte den Kopf, ihre geröteten Augen immerzu auf ihn gerichtet.

»Ich wollte mit Ihnen sprechen, um seinen Lebensweg oder seine berufliche Laufbahn zu rekonstruieren, denn irgendwo muss er die Gelegenheit entdeckt haben, große Mengen dieses auf den westlichen Märkten sehr teuren Medikaments billig zu kriegen.«

»Und wo soll das gewesen sein?«

»Hat er mal erwähnt, wie das Präparat hieß, das im Tschad auf die Reise ging und niemals ankam?«

Sie starrte ihn an. Sie schien wirklich nachzudenken und schüttelte dann den Kopf.

Der Surfer platzte herein. »Da hast du mich ja nett abgehängt. Macht Spaß, der Dienstwagen, oder?«

Weder Costa noch die Frau reagierten.

»Ich warte draußen, *vale?*«, sagte er und zog die Tür eilig hinter sich zu.

Marit Keulemans hatte ihre Stimme wiedergefunden. »Sie sagen, mein Mann hat sich mit Verbrechern eingelassen, die in großem Stil Medikamente in Afrika gestohlen und über diese Insel nach Andorra geschmuggelt haben. Und Sie haben vorhin auch angedeutet, dass sein Tod kein Unfall war.«

Costa nickte, während er die Fotos langsam weiterklickte – Keulemans umringt von lachenden Kindern zwischen Wellblechhütten, mit geschultertem Gewehr auf einem offenen Transporter, mit anderen Soldaten in einer Unterkunft, eine Schlange um seinen Hals, mit einigen Touristen an einer Hotelbar. Er gab den

Befehl ein, die Fotos nach Änderungsdatum zu sortieren. Das Letzte in der Liste war nicht aus Afrika. Es war ein Porträt.

»Und dieser Pilot, der morgen geehrt wird, könnte derjenige sein, der ...« Ihre Stimme brach ab, als das Konterfei eines Mannes, starr und puppenhaft, auf dem Bildschirm erschien. Alles ein wenig zu präzise, keine Unregelmäßigkeiten, die es menschlich hätten machen können. Für Marit Keulemans war es nur die gelungene Computerrekonstruktion eines Männergesichts. Costa sah etwas anderes.

Er erkannte ihn wieder – nur hatte der Mann, von dem dieses Portrait gemacht worden war, in dem Moment, als die Kamera klickte, eine zerschlagene Nase, zerschnittene Wangen und ein totes Fischauge. Als dieses Foto von ihm gemacht wurde, war er ein Kadaver am Strand, und Costa hatte daneben gestanden, als Karin ihn fotografierte. Doch nun, hier im Computer, war ihm alles zurückgegeben worden – Nase, Wangen, Haut, Lippen und Augen, die traurig ins Leere starrten.

Wie war dieses Foto in Keulemans' Computer gekommen? Wie war Keulemans diese Rekonstruktion gelungen?

Die Abhörbänder fielen ihm ein: ›Ich würde es gerne einmal sehen. Ob ich dir helfen kann, wird sich zeigen.‹ ›Ich brauche es nicht mehr. Auf CD?‹

Hatte Keulemans bei der Rekonstruktion wild improvisiert? Pure Fantasie, um Karin zu beeindrucken? Oder hatte er den Mann gekannt und sein Gesicht deshalb besser als jeder andere rekonstruieren können? War er ein Mörder, der sein Opfer zerstückelt und dann am Computer wieder zusammensetzt? Wusste Karin, dass Keulemans diesen ermordeten Menschen kannte? Wenn sie es wusste, hätte sie es ihm sagen müssen. Er fühlte ihren möglichen Verrat wie einen Grippeschauer.

Costa druckte das Foto aus und stand auf.

Marit Keulemans setzte sich auf seinen Stuhl. Sie öffnete ein anderes Foto, das sie lange betrachtete. Dabei saß sie so regungslos, dass es Costa unbehaglich wurde. Als er sich vorbeugte, sah er, dass sie weinte.

Ein Marktplatz mit Kopfsteinpflaster, umgeben von flämischen Patrizierhäusern, davor ein Mann und eine Frau, die sich im Arm halten, ein Golden Retriever, der sie freudig umwedelt.

»Ist das Ihr Hund?« Costa wollte sie trösten.

»Ja, Beauchamps. Das ist unser letztes Foto. Zwei Wochen ist das erst her. Und jetzt ist Gilles tot.«

Costa beugte sich abrupt zum Bildschirm. »Was haben Sie gerade gesagt?«

»Und jetzt ist er tot.«

»Nein, davor. Wann wurde das Foto aufgenommen?«

»Am 29. August. Am Sonntag. Gilles ist am Samstag früh in Antwerpen angekommen und am Montagmittag nach Ibiza zurückgeflogen.«

Er hätte Marit Keulemans die gute Nachricht gerne mitgeteilt: Ihr Mann hatte die drei Menschen in der Höhle nicht umgebracht. Aber sie hatte von der schlechten Nachricht ja niemals gewusst.

kapitel achtundzwanzig

Nach der Schule, die heute früher zu Ende war, wählte sie nicht den oberirdischen Weg durch das Eingangstor mit dem Wächterhäuschen die lange Auffahrt hinauf, sondern den unterirdischen Gang, der von der abgebrannten Finca, die der eigensinnige Bauer nicht verkaufen wollte, zu der Grotte in Onkel Jaumes Park führte.

Immer wieder war die Finca das Thema bei Tisch. Wann immer es unauffällig möglich war, erzählte sie von irgendwelchen Beobachtungen, die sie hinsichtlich der Finca gemacht hatte, und genoss dann die Macht über Onkel Jaume, der auf solche Anregungen wie ein Aufziehmännchen reagierte. Er, der sonst kaum redete, hielt dann lange Vorträge über den Schaden von Eigensinn und anarchistischem Individualismus, fluchte über die Tochter des Bauern in Barcelona, bei der er lebte und die vermutlich dahintersteckte, um den Preis heraufzutreiben. Auch schimpfte er über den plötzlichen Reichtum der Insulaner, der sie unfähig mache, sich ökonomisch vernünftig zu verhalten, einfach weil sie kein Geld mehr brauchten. »Sie haben es nicht verdient, sie wissen gar nicht, wie das geht, sie haben einfach nur einen Teil ihres Landes verkauft und haben genügend Millionen.«

Es war das Hauptgeschäft von Prats als Politiker, solchen Widerspenstigen irgendetwas zu besorgen, das sie brauchten, wenn sie ihm dafür ihr Land verkauften. Aber manche brauchten eben nichts, wie dieser Bauer in Barcelona.

Sie war nicht überrascht gewesen, als sie den Gang unter der Grotte gefunden hatte, denn sie wusste von ihrem Vater, dass es überall auf der Insel tiefe Brunnen, Gänge und Höhlen gab. Er hatte ihr erzählt, dass die Insel jahrhundertelang von Piraten überfallen worden war, die nach langer Seefahrt Wasser, Proviant und Frauen brauchten. Die Bewohner hatten Festungstürme an den Küsten gebaut, von denen aus sie die Schiffe sehen konnten. Außerdem versuchten sie, sich in der Nähe ihrer Höfe unter der Erde zu verstecken. Die Insel bestand zumeist aus weichem Kalkstein, und es gab ohnehin vom Meer gegrabene Höhlen und Gänge überall. Das war die leichteste Art, den Überfällen zu entgehen. Und auch die klügste, denn die Piraten belagerten wegen der Frauen manchmal die Festungstürme, nachdem sie die Höfe geplündert hatten, aber sie kamen nicht darauf, dass die Bäuerlein unten in den Höhlen hockten. Als Seeleute wussten die Piraten nicht, dass Feldmäuse schnell im Loch verschwinden, wenn sich ein Schatten am Himmel oder am Meer zeigt.

Aber *sie* wusste es und fand schnell und einfach den Ausgang durch den Brunnen der alten Finca. Zurück benutzte sie den Weg auch, weil es ihr dann immer war, als würde sie mit ihrem Vater zusammen nach Hause kommen.

Die Grotte im Park war von hohen Büschen Christusdorn verdeckt, und sie hatte Mühe, eine Schneise hineinzuschneiden, die man nicht bemerkte. Vom Drachenbaum waren es noch zwanzig Schritte Richtung Villa, und erst dann war sie sichtbar – vom Gartenplatz aus, in dessen Mitte der Springbrunnen war. Von dort bis zum Haus waren es dann noch hundert Meter.

Sie kletterte auf eine Leiter und beobachtete ihre Mutter durch das Küchenfenster. Sie wies gerade die beiden Hausmädchen an, wie sie den Fisch zubereiten sollten, und notierte etwas für die Mädchen. Die beiden nahmen den Zettel entgegen und verschwanden. Die Mutter starrte in die Luft, eine Hand im Schoß, die andere auf dem Tisch. Neben ihr stand das braune Glas mit den gelben Patronen und dem roten Schraubverschluss. Ihr schwarzes Haar hatte sie straff nach hinten gekämmt und auf die Wangen Rouge gelegt. Ihre Haut war so weiß, als hätte sie sie gepudert. Die Lippen lagen unter einem stumpfen dunklen Rot, das an späte Rosen erinnerte. Ihre Augen schienen immer tiefer im Kopf zu versinken. Die Mutter löste das Haar und fuhr mit den Fingern hindurch. Sie hielt ihre Hand ins Licht und betrachtete die ausgefallenen Haare, die sie nun mit den Fingern zusammenrollte und vor sich auf den Tisch legte. Sie fuhr erneut mit der Hand durch das Haar und knäuelte alles zusammen. Sie wiederholte es, bis sie fünf Haufen vor sich hatte.

Die Mutter warf die Haarausbeute in den Mülleimer und verließ die Küche.

Schnell sauste sie ums Haus und kam zur Vordertür herein. Die Mutter fragte, wo sie gewesen sei.

»Bei einer Freundin«, antwortete sie, obwohl sie längst keine Freundin mehr hatte.

Die Mutter ging weiter, indem sie sich am Treppengeländer hinaufzog, und sie verschwand in der Küche. Sie aß alle Oliven aus der Schale auf und spuckte jeden einzelnen Kern in den Müll, den Haaren ihrer Mutter hinterher.

Dass ihr Vater am Leben war, fand sie an dem Tag heraus, als Jaume Prats nach Paris flog. Es war der 3. September 1970. Die Mutter brachte ihn morgens zum Flughafen. Sie wollte, dass ihre Tochter mitkäme, um sie hinterher an der Schule abzusetzen.

Es gab keinen langen Stau in dem Kreisel nach San Jordi, und so waren sie zu früh am Airport. Die Mutter wollte mit Jaume Prats, mit dem sie nun verheiratet war, noch einen Kaffee trinken und ärgerte sich darüber, dass es weder ein Café noch einen Kiosk gab. Er aber hatte vergessen, einen Brief einzuwerfen, und beauftragte seine Stieftochter, ihn zu dem Postkasten zu bringen, der auf der nördlichen Seite des Flughafengebäudes war. Er selbst wurde von einem Angestellten der Iberia erwartet und folgte ihm zusammen mit der Mutter. *Onkel Jaume muss sich nie irgendwo anstellen*, dachte sie, rührte sich aber nicht vom Fleck.

Nach einer Weile wurde ihr langweilig, und sie ging in Richtung Briefkasten. Vorbei an den Ankommenden, die darauf warteten, dass ein Anhängerwagen ihre Koffer brachte. Es waren fast alles Hippies.

Der Briefkasten war ganz am Ende, dort, wo keine Menschen mehr waren. Sie hielt den Brief noch einen Moment fest und dachte, wenn sie ihn fallen ließe, bekäme sie ihn nie wieder. *Und wenn ich ihn zerreiße, kommt er nie an. Und niemals würde das je einer erfahren, wenn ich erwachsen wäre; aber bei mir sagen sie, der Brief ist nicht angekommen, weil sie ihn nicht eingeworfen hat. Sie hat es vergessen, wie immer.*

Sie aber vergaß nie etwas.

Als sie wieder zurückging, hielt sie eine Frau an und fragte, ob die Maschine aus Barcelona schon gelandet sei. Sie hatte hennarotes Haar, acht bunte Perlenketten um den Hals, und ihr linkes Augenlid hing mehr herab als das rechte. Sie stand leicht vorgebeugt und sah ihr ins Gesicht. Sie drehte sich um und schaute zu den vielen Menschen am Laufband, aber sie wusste nicht, ob sie aus Barcelona kamen. Ganz rechts stand ein Mann in einem zerknitterten beigefarbenen Leinenanzug und mit einer Tasche aus rotbraunem Leder. Die rechte Hand hatte er am Griff des Gepäckwagens, und sie wunderte sich nicht, dass er die Tasche nicht darauf stellte; ihr Vater tat das auch nie. Als bemerke er ihren Blick, drehte er sich langsam um und sah herüber. *Der Mann ist mein Papi!* Sie erkannte ihn sofort, und sie wusste, dass er dachte, sie holte ihn ab. Aufgeregt winkte sie ihm mit beiden Armen. Ihr Herz klopfte so schnell, dass sie keine Luft bekam. Im nächsten Moment begann sie vor Freude laut zu lachen, dass er endlich aus Tunesien zurück war. Sie lachte so herzlich, dass sie dabei die Augen zusammenkniff und ihr die Tränen kamen. Als sie ihn wieder im Blick hatte, war er ein Stück weiter nach links gegangen. Sie konnte ihn nur noch im Profil sehen, weil er zu der Ausgangstür schaute, durch die sie kommen sollte. Sie rannte dorthin, aber die Ankommenden ließen sie nicht durch. Wütend trat sie einen Schritt zurück. Dann endlich konnte sie sich an einer Frau mit zwei Koffern vorbeiquetschen, doch der Beamte hielt sie fest. Er sagte, sie dürfe nicht durch. Sie sah an ihm vorbei und winkte ihrem Vater zu. Er machte eine Bewegung mit dem Arm, sich zu gedulden, er würde gleich kommen. Also wartete sie.

Er kam und kam nicht. Alle Leute waren weg. Sie war so aufgeregt und verzweifelt, dass sie ein ungeheures Geschrei anstimmte. Der Beamte kam und fragte, was das solle. Sie erklärte, dass ihr Vater noch da sei, und er möge ihn schicken oder ihn suchen lassen. Er fragte nach ihrem Namen, und sie erklärte ihm, ihr Vater heiße Trasilio Sanchez. Prof. Dr. Trasilio Sanchez. Ein lachendes Erkennen ging über sein Gesicht, und er sagte: »Ah, Señor Sanchez, ja, der ist schon gegangen, du musst ihn doch gesehen haben, vielleicht hast du gerade nicht aufgepasst.«

Sie rannte zurück, wo die Mutter wartete, sagte ihr aber nichts. Sie gingen zum Auto. Die Mutter fuhr nervend langsam, aber sie sagte nicht, sie solle schneller fahren, damit ihr Papi nicht so lange warten müsse. Sie durfte nicht wissen, dass sie ihren Vater gesehen hatte, sonst würde sie Onkel Jaume verständigen.

Nachdem sie sie an der Schule abgesetzt hatte und verschwunden war, rannte sie sofort zu ihrer alten Wohnung. Sie war noch nicht wieder vermietet. Sie klingelte und klopfte, aber niemand öffnete, und nichts war zu sehen. *Er will bestimmt mit Mutter sprechen*, dachte sie, *und weiß, dass Onkel Jaume nicht da ist.* Also rannte sie nach Hause.

Aber auch dort war niemand. Sie hatte ihn verpasst. Sie ging hinauf in ihr Zimmer, zog sich ganz aus und legte sich unters Betttuch. Sie war so verzweifelt, dass sie die Fingernägel in ihren Oberschenkeln vergrub und die Luft anhielt.

Einige Zeit später wurde sie von schrillen Geräuschen geweckt. Sie wollte die Augen aufmachen, aber ihre Lider waren bleiern. Sie konnte ihre Hände nicht bewegen. Ihr Rücken war kalt, als läge sie auf einem Stück Eisen. Da sie sich nicht bewegen konnte, musste sie es ertragen. Aber ihre Ohren waren hellwach. Sie hörte alles. Es war die Stimme ihrer Mutter, die gerade gejauchzt hatte. Ein seufzendes, singendes Geräusch und darunter ein dunkles Grunzen. Sie hörte auch die Stimme ihres Papis. Die Worte waren unverständlich, vielleicht weil sie von dem Lachen verschluckt wurden, das ihnen folgte.

Sie war sehr gereizt, aber das vertrieb die Müdigkeit aus ihren Knochen nicht. Ihr Kopf fühlte sich schwer an und dumpf.

Als sie endlich die Augen öffnen konnte, standen die Dinge im Zimmer zwar auf ihrem Platz, aber zugleich lastete all ihr Gewicht auf ihrem Körper.

Sie wollte sich aus dem Bett rollen, um zur Tür zu gelangen. Als sie fiel, konnte sie plötzlich ihre Beine und Arme wieder bewegen und aufspringen. Ihre Kleider am Boden konnte sie nicht anziehen, sie waren zu klein oder schienen eingeschrumpft, also ließ sie sie wieder fallen. Sie stellte sich vor ihr Zimmer und horchte. Sie hörte Stimmen, Reden, leises Lachen und das Knarren des Bettes im Elternschlafzimmer. Ihre Gier, sie zu belauschen, war so stark, dass sie sich bis an ihre Zimmertür schlich. Es war jetzt kein Lachen mehr zu hören, sondern ein Wimmern oder Stöhnen. Es war so leise, dass sie das Ohr an die Tür halten musste. Vergeblich, es herrschte Stille.

Sie fuhr erschreckt zusammen, als mit einem Ruck die Tür aufgerissen wurde. Die Mutter.

»Was machst du denn hier?« Sie trug ihren goldenen Morgenrock. Ein leichter Windzug bewegte die Seide.

»Mir ist schlecht. Und ich habe Kopfschmerzen«, stotterte sie.

»Ich denke, du bist in der Schule.«

»Sie haben mich nach Hause geschickt. Ich soll lieber ins Bett.«

Die Mutter legte die rechte Hand flach auf ihre Brust, als wollte sie sich schützen. Sie trug verschiedene Ringe mit Edelsteinen. Auch an ihrem Hochzeitsring war ein Diamant. »Und was geisterst du hier nackt durchs Haus?«

Sie versuchte, an der Mutter vorbei ins Zimmer zu blicken. »Ich dachte, es ist niemand da. Ich wollte Kopfschmerztabletten.« Sie konnte nicht sehen, ob ihr Papi im Zimmer war, aber sie dachte, er würde schon herauskommen, wenn er ihre Stimme hörte. Daher hatte sie die letzten Sätze sehr laut gesprochen.

»Warum schreist du so?«, fragte die Mutter und machte einen Schritt auf sie zu, als wäre sie ein Hund, den sie vertreiben wollte.

Sie ließ sich aber nicht vertreiben. Im Gegenteil, sie meinte, aus dem Zimmer etwas gehört zu haben. Dann fiel etwas um. Es klang wie die Vase auf dem kleinen Ziertisch, der in der Nähe der Balkontür stand. Die Mutter schaute ins Zimmer, zischte laut, machte eine schnelle Bewegung mit dem Arm, und die Katze sauste zwischen den beiden hindurch, die Galerie entlang und die Treppe hinunter. Die Katze konnte das Geräusch aber nicht gemacht haben. Oder hatte sie jemand erschreckt?

»Geh ins Bett, ich bringe dir Tabletten«, sagte die Mutter und machte die Tür zu. Dann riss sie sie noch einmal auf. »Und zieh dir was an, wenn du durchs Haus gehst!«

Papi wird seine Gründe gehabt haben, sich nicht zu erkennen zu geben und wieder abzureisen, dachte sie, als sie langsam den Flur entlangging.

kapitel ***neunundzwanzig***

»Musst du so schnell fahren?«, fragte Karin. »Wir sind doch früh genug.«

Costa war in Gedanken. Keulemans hatte ein unwiderlegbares Alibi. Der wirkliche Mörder hatte nicht nur ihn beseitigt, sondern alle, die mit diesem Fall zu tun hatten. Ruben Cepero, der Feuervogel. Alles fügte sich wie in einem Puzzle zusammen. Ruben Cepero war für Keulemans geflogen. Keulemans hatte den Transport zur Küste organisiert: störungsfrei dank Monsieur Habré, der seine Seele für tausendfünfhundert Euro verkauft hatte. Dort hatte Cepero die Medikamente übernommen.

Die 50-kg-Pakete waren in Algerien mit genau ausgerechneten Gewichten beschwert worden – ein Verfahren, das die Kartelle Südamerikas seit Jahrzehnten anwandten –, damit sie nach dem Abwurf aus Ceperos Löschflugzeug vor der ibizenkischen Küste untergingen. Ein Boot zum Auffischen brauchten sie nicht, denn die Mengen waren geringer als bei Kokain, und dabei war der Inhalt ungleich wertvoller. Die beiden jungen Farbigen in Taucheranzügen konnten die Pakete problemlos bergen. Vierzehn Sekunden benötigte Cepero zur Wasseraufnahme, noch weniger zum Abwurf. Und für jemanden, der einen Pool von sechzehn mal acht Metern in einem Meer von Rauch und Flammen traf, dürfte es ein Kinderspiel gewesen sein, die Kisten metergenau zu wassern.

Die Taucher zogen die Fracht in die Höhle, lösten die Gewichte, und die Ware ploppte an die Oberfläche.

Keulemans überwachte anschließend die rasche Entfernung der verräterischen Aufkleber und die Umverpackung in kleine Plastikcontainer. Das dürfte bei achttausend Einheiten pro Kubikmeter eine Weile gedauert haben. Die Container mit der empfindlichen Ware wurden so lange im Trockeneis gelagert.

War die Lieferung fertig, fanden die Angestellten bei Medesign morgens in den Büroräumen eine neue Lieferung mit ordnungsgemäßen Frachtpapieren vor, als habe sie der Chef am Flughafen abgeholt. Costa hatte die Halle des Conseill Insular von Beamten in Zivil umstellen lassen. Er konnte sich zwar nicht vorstellen, dass Cepero dort auftauchen würde, aber wie sicher durfte man sich bei einem Verrückten sein?

Obwohl Karin heute ein anderes Parfüm aufgelegt hatte, roch Costa permanent den Duft ihrer letzten Nacht. Vielleicht war es der Duft der Umarmung, den er noch an sich trug. Es ist der Duft unserer Versöhnung, dachte er, obgleich es wieder einmal dasselbe Muster gewesen war – erst der Krach und dann das süße Ende. Als er ihr gestern wütend den Computerausdruck mit dem Bild von dem *Seemann* gezeigt hatte, war sie kühl und sachlich geblieben. Ja, natürlich sei sie mit Keulemans im S'Esglesia zum Essen gewesen, warum auch nicht, schließlich bräuchten sie doch für ihre Ermittlungen unbedingt ein Foto von diesem Opfer. »Sie« waren er und sein Team. »Jetzt hast du eine fantastische Rekonstruktion von deinem *Seemann* und kommst hier an und machst mir Vorwürfe! Du solltest dich wirklich fragen, was du eigentlich willst!«

Über diese Wendung war er überrascht. Er war nicht darauf vorbereitet, dass sie behaupten würde, Keulemans nur getroffen zu haben, um die Polizeiarbeit für ihn und sein Team zu erledigen. Er hatte sie auch nicht darum gebeten. Im Gegenteil – sie maßte sich eine Aufgabe an und benutzte sie auch noch zu ihrer Verteidigung.

So hatte sie also Zeit gewonnen und beschrieb genüsslich, wie sie Keulemans' Ehrgeiz angestachelt hatte, sein Bestes zu geben, um das demolierte Menschengesicht wiederherzustellen. Nach dem Essen sei sie sofort nach Hause gefahren, um die CD mit dem Foto zu holen und ihm zu übergeben.

»Zu holen?«, fragte Costa. »Ist er nicht mit raufgegangen?«

»Das hättest du wohl gerne. Anstatt hier den Eifersüchtigen zu spielen, solltest du lieber anerkennen, wie gut die Rekonstruktion geworden ist.«

Er hätte am liebsten laut aufgelacht, denn der Wert dieser Arbeit hing ja wohl davon ab, ob das rekonstruierte Gesicht dem *Seemann* wirklich ähnlich war oder nicht. Aber weder sie noch er hatten den Mann je gesehen. Er war aber ernst geblieben, denn er wusste, dass es nur noch zwei Herzschläge waren, bis sie übereinander herfallen würden. »Du hast dann also Señor Keulemans die CD gegeben – und dann?«

»Was dann?«

»Was habt ihr dann gemacht?«

Costa hatte deutlich gespürt, wie sich die Energie zwischen ihnen unter diesem verbalen Schlagabtausch veränderte. Als wäre sie gar nicht mehr bei der Sache, sagte sie: »Was soll dann gewesen sein?«

»Was ihr dann gemacht habt«, hatte er geantwortet – jetzt schon ziemlich leise. Sie hatten nicht die Blicke voneinander gelassen, und mit einer rauen Stimme war ihr letzter Beitrag zu diesem Dialog gekommen, bei dem es um etwas ganz anderes gegangen war: »Er wollte ... dann noch etwas ... in einer Hafenbar trinken, ich wollte aber nicht ... ich wollte ins Bett.«

Das war das Stichwort gewesen.

Nun saß sie neben ihm, überprüfte ihr Gesicht im Spiegel und sagte nebenbei, dass sie als Erstes die Piloten interviewen werde. Ihre Worte hatten etwas Entschiedenes. Gut, er würde ihr den Vortritt lassen.

Der Parkplatz vor dem Glas- und Stahlpavillon des Conseill war bis auf den letzten Platz besetzt. Er kurvte durch die Reihen und stellte den Pajero dann direkt vor dem Eingang ab.

»Praktisch, so ein Dienstwagen.« Im Spiegel der Sonnenblende zog sie ihre Lippen nach. Er legte seinen rechten Arm über Karins

Lehne und schaute ihr ungeduldig zu. Sie ließ sich dadurch nicht beirren und brachte ihre Wimpern mit einer Wimpernzange in Form. Sie würden zu spät kommen.

Als er mit Sabine verheiratet war, war er jünger, ungeduldiger, unerfahrener, und vielleicht waren es diese Momente, in denen er sich falsch verhalten und mit denen er die Ehe zerstört hatte. Er war jung gewesen und hatte damals bei der Polizei einige spektakuläre Erfolge gehabt. Sabine war gerade achtzehn, fast noch ein Kind, als er sie kennen lernte. Und bevor sie ihr Leben beginnen konnte, war sie schwanger und saß gleich wieder im Kinderzimmer. Vielleicht war das Timing zwischen ihnen der einfache Grund für ihr Auseinanderleben gewesen.

Er sah zu Karin. Die Liebe mit ihr war immer schon anders gewesen, erwachsen und sehr körperlich. Als sie merkten, dass sie nicht unter einem Dach leben wollten, waren sie so klug, sich jeder ein eigenes Reich zu schaffen. Ihrer Beziehung hatte es nicht geschadet. Alles war gut gegangen, jedenfalls bis zu der Begegnung mit Laureana Sanchez.

»Ich bin so weit«, sagte Karin. »Von mir aus können wir.«

Sie stiegen aus.

Die Versammlungshalle des Conseill war voll besetzt.

Costa bugsierte Karin zu einem der seitlichen Plätze, um die Bühne und die Tür gleichermaßen im Auge behalten zu können. In der ersten Reihe sah er Amador, den jungen Piloten, und mehrere Männer in Uniform mit ihren Familien. Er entdeckte Marit Keulemans und winkte ihr zu. Sie hob kurz die Hand, aber eine andere Frau winkte ebenfalls, Ana Luz Paez. An einem Tisch auf dem Podium saß Jaume Prats, rechts von ihm der Bürgermeister von Ibiza-Stadt, dann der Einsatzleiter der Feuerwehr und auf der linken Seite die Regierungsbeauftragte für Innere Sicherheit aus Palma sowie der Bürgermeister des Brandgebietes Sant Josep, Ferran Ferrer.

Costa versuchte sich vorzustellen, wer von den Anwesenden Cepero sein könnte. Der Mann war 1949 in der autonomen Provinz Ceuta geboren, der spanischen Enklave in Marokko. Ceuta hieß für die spanische Polizei immer noch Menschenhandel, illegale Einwanderung, Glücksspiel, Drogen und Prostitution. Nach Ibiza war er erst vor zwei Jahren gekommen und hatte sich seitdem als Feuerflieger bewährt – eine schlaue Tarnung. War er an Keulemans herangetreten oder Keulemans an ihn? Wann hatte die Zusammenarbeit begonnen? Costa schaute noch einmal zu den Piloten hinüber. Fünfundfünfzig war Cepero. Neben Diego Amador saß der bei dem Einsatz verletzte Lobo Barbadillo und daneben ein weiterer Mann, der eine Uniform trug, aber er konnte nur den Rücken sehen. Der Ersatzpilot Francisco Noguera? Oder vielleicht doch Ruben Cepero? Sollte er Ibizas Polizei für völlig inkompetent halten?

Costa suchte einen besseren Blickwinkel und drängte sich durch die Sitzreihen. In diesem Moment begann Prats feierlich seine Rede, und Costa musste sich an die Seite stellen, um nicht weiter angezischt zu werden.

Langsam suchte er mit den Augen die Reihen ab, konnte aber niemanden sehen, auf den die Beschreibung gepasst hätte, die seine Kollegen ihm gegeben hatten. Mittlerweile war Prats in seiner feierlichen Rede bei seinen eigenen Verdiensten angekommen: der Anschaffung der Löschflugzeuge. Die einzig effiziente Waffe gegen Waldbrände sei das Flugzeug, die gleichen Worte habe er bereits vor fünf Jahren gesprochen, und mittlerweile dürfte jedem Esel klar sein, dass er Recht hatte.

Der Saal applaudierte.

Er wies auf die erste Reihe – und zögerte. Costa schien es, als wäre er durch irgendetwas abgelenkt oder irritiert. Dann ging es weiter.

»Diese erfahrenen Piloten haben ihre bis zu zwölf Tonnen schwere Fracht gezielt an den Brandrändern abgeworfen. Bevor die Feuerwehrleute an direktes Löschen denken konnten, galt es, noch nicht entflammte Regionen zu schützen. Pinien- und Olivenbäume sind hervorragende Brandbeschleuniger. Durch die hohen Lufttemperaturen von über 40 Grad und die Rauchgastemperaturen von 600 bis 800 Grad ist der Druck der brennbaren Gase aus den verdampfenden Ölen stark erhöht. Eine solche Feuerwalze lässt sich nur mit einem Kometen vergleichen.« Eine theatralische Pause folgte. »Hauptsächlich dem Einsatz dieser drei Piloten«, er hob die Hände zum Himmel, »und der Hilfe unserer Regengöttin Tanit«, der Saal lachte, »ist es zu verdanken, dass wir weiterhin in unseren Wäldern Wachteln, Rebhühner und Kaninchen jagen können und kein noch größerer Schaden entstanden ist. Ich möchte unsere drei Helden nun auf die Bühne bitten. Applaus für Ruben Cepero, Diego Amador und Lobo Barbadillo!«

Während *Els Segadors*, die Hymne Kataloniens, erklang, sah Costa, wie Karin die Sitzreihen entlangeilte.

Ana Luz Paez sah sich suchend im Saal um.

Zwei Männer stiegen feierlich die Stufen zum Podium hinauf.

Der erste war Diego Amador, der andere Lobo Barbadillo an Krücken.

Die Irritation im Saal war greifbar: Köpfe drehten sich, das aufkommende Getuschel übertönte die Musik. Auch auf der Bühne herrschte Verwunderung. Jaume Prats hielt die Hand über das Mikrofon und beriet sich mit dem Brandmeister. Schließlich erhob er sich und ging zu den beiden Piloten, die etwas steif am Rand der Bühne warteten. Das Szenario war ihm eindeutig entglitten.

Costa verschränkte die Arme. Er hatte bereits damit gerechnet, dass Cepero nicht kommen würde.

Prats räusperte sich und beugte sich zum Mikrofon: »*Señoras y señores*, es tut mir leid, Ihnen mitteilen zu müssen, dass – wie ich soeben erfahre – Ruben Cepero verhindert ist.«

Zwei Frauen starrten Costa in diesem Moment an: Ana Luz Paez und Marit Keulemans. Er bemerkte ihre Blicke, beobachtete aber weiter das Geschehen auf der Bühne. Prats hatte seine Fassung zurückgewonnen und beglückwünschte Diego Amador und Lobo Barbadillo zu ihrem selbstlosen Einsatz. Dann überreichte er zusammen mit der Regierungsbeauftragten die Medaillen.

In die Stille des feierlichen Aktes hinein klingelte Costas Mobiltelefon. Rasch lief er zum Ausgang.

Der Surfer teilte mit, die Untersuchungen hätten ergeben, dass alle DNA- und Faserspuren aus der Beriew tatsächlich von Cepero stammten. Es gab also keinen Zweifel, dass er die todbringende Maschine geflogen hatte. Er war der *Phönix*.

Costa hatte nichts anderes erwartet. »Klar, dass er nicht erschienen ist. Wir treffen uns in einer Stunde im Büro. Informiere Elena und den Bischof. Ich will diesen Brandmeister auch dahaben, wie heißt er?«

»Ortega. Wird erledigt.«

Costa steckte das Mobiltelefon ein und atmete hörbar aus. Der Vogel war ausgeflogen. Was nun?

Eine Frauenstimme ließ ihn herumfahren.

»Sie haben gewusst, dass Cepero nicht kommt, habe ich Recht?« Er wandte sich zu Margit Keulemans um. »Ist er der Mörder meines Mannes?«

»Davon müssen wir im Moment ausgehen«, antwortete Costa.

»Und was werden Sie jetzt tun? Wie wollen Sie ihn finden?« Sie sah ihm ins Gesicht und begriff, dass er die Antwort nicht geben konnte. Um ihre Tränen zu unterdrücken, biss sie sich auf die Unterlippe. »Ich werde in zwei Stunden abreisen, mit der Urne meines Mannes«.

Er berührte sanft ihre Schulter. »Es tut mir sehr leid.«

Als Karin aus der Festhalle kam, wollte sie wissen, wer die Frau war.

»Die Witwe Keulemans'.«

»Hat sie auch einen Vornamen?«

»Marit.«

Zu einer längeren Antwort hatte er keine Gelegenheit, denn Ceperos Freundin kam.

»Teniente Costa!«, rief sie, noch einige Schritte entfernt. »Ich verstehe das nicht. Hoffentlich ist ihm nichts zugestoßen.« Sie suchte in ihrer Tasche. »Sie wollten doch ein Foto von ihm.« Sie zog ein gerahmtes Bild hervor und reichte es Costa. Karin warf einen Blick darauf und stieß ihn an, ohne dass Ana Luz Paez es merken konnte.

Auch ihm war sofort klar, wer der Mann auf dem Bild war. Keulemans hatte tatsächlich gut gearbeitet. Seine Rekonstruktion und dieses Foto ließen keinen Zweifel daran, dass die Leiche vom Strand Ruben Cepero war.

Der Anblick berührte ihn so, dass sein Herz stärker schlug. Costa kannte diesen Mann nun in drei Stadien: als zerfetzte Wasserleiche, als geglättete Computer-Reanimation und als sonntäglich gekleideten Mann, den die Frau, die jetzt vor ihm stand, bald hatte heiraten wollen.

kapitel dreißig

Das Konferenzzimmer war klein und ungemütlich. Eigentlich war es gar kein Konferenzzimmer, sondern ein Teil des Rohbaus für die Verkehrspolizei. Trotzdem hatte Costa beschlossen, für ihre Sitzungen das Großraumbüro zu meiden und sich besser in die bisher leer stehenden und unverputzten Räume auf der anderen Seite des Geländes zurückzuziehen. Die Fenster waren immerhin in dieser Woche schon geliefert und eingebaut worden, die Klimaanlage noch nicht.

»Wo bist du denn nach der Ehrung abgeblieben?«, wollte Elena wissen.

»Ich war gerade im Begriff, mit Karin essen zu gehen, da wollte mir Frau Keulemans unbedingt noch etwas sagen. Sie war so aufgelöst, dass ich dachte, sie würde nun doch noch mit brauchbaren Einzelheiten rausrücken. Karin war sauer, aber ich bin mit Frau Keulemans gegangen, und sie hat mir dann die Lebensgeschichte ihres Mannes erzählt. Sie geht davon aus, dass Ruben Cepero *Phönix* ist und ihren Mann umgebracht hat.«

»Hast du sie aufgeklärt?«, fragte der Bischof.

Costa schüttelte den Kopf. Sie hatten in ihrem Hotelzimmer gesessen, er hatte alles in sich aufgenommen und brauchte sie nicht einmal durch Fragen zum Weiterreden zu veranlassen. Sie kannte ihren Mann wahrscheinlich kaum. Er war oft weg, und beide hatten zwanzig Jahre lang in Frieden gelebt. Ihr Bild von ihm war in frühester Jugend entstanden, hatte sich immer weiter gefestigt und war nun in Scherben gegangen. Sie suchte nach Orientierung, sie musste sich das selbst alles erzählen, denn sie hatte nicht nur ihren Mann verloren, sondern auch ihre heile Welt war zerstört. Costa erlebte das in seinem Job immer wieder, und er hatte dafür nie ein besseres Bild gefunden als das einer Wohnungseinrichtung, bei der alles seinen festen Platz hatte, bis es plötzlich durch ein Erdbeben durcheinander flog. So sah er Marit Keulemans' Inneres.

»Mein Leben ist jetzt sinnlos«, waren ihre letzten Worte gewesen.

Den Surfer hatte diese Story nicht interessiert, und er wies ungeduldig darauf hin, dass Juan Ortega, der Einsatzleiter der Feuerwehr, erwartet wurde.

Costa ärgerte sich. Das Schicksal Marit Keulemans' hatte ihn berührt. »Wir wissen, dass Ortega kommt«, sagte er.

Aber so schnell gab das kleine Testosteronpaket nicht auf. »Ich meine, wir sollten uns vorher absprechen, ob wir die Katze mit dem Kerosin aus dem Sack lassen.« Er rollte seinen Bleistift ratternd ein Stück über die Tischplatte.

»Was meinst du?«, fragte der Bischof.

»Dass das mit der Kerosinbombe ein Mordanschlag auf Keulemans war, sollten wir für uns behalten.«

Costa musste zugeben, dass der Surfer Recht hatte. »Unser *Phönix* ist ein Spezialist. Vielleicht ist er bei der Feuerwehr? Wir sollten ihn nicht warnen. Ich denke, der Surfer hat Recht.«

»Wir sollten es nicht tun«, grinste der Surfer zufrieden.

Jetzt, wo klar war, dass Ruben Cepero der *Seemann* war, hatte Costa die Bestätigung der DNA-Untersuchung aus Barcelona bekommen.

»Wissen wir inzwischen, wie viele Menschenleben der Brand insgesamt gefordert hat?«, fragte er.

»Vierzehn Tote, Keulemans mit eingerechnet«, sagte Elena.

»Und seine Hunde. Waren angebunden«, ergänzte der Surfer.

»Die Personalien der anderen hat die Gerichtsmedizin feststellen können, die Liste habe ich hier.« Der Bischof reichte Costa ein Blatt mit den Namen und skizzierte knapp einige Vorfälle. Auto- und Fahrradfahrer, von den glühenden Rauchwolken, die an den vordersten Fronten emporwirbelten, gewarnt, waren in Panik umgekehrt, so dass es auf den Straßen zu zwei schweren Verkehrsunfällen gekommen war. Ein älteres Ehepaar wurde in seiner Finca eingeschlossen und war in die Zisterne gekrochen, doch als die Hitze sich mehrte und der Gluthauch sich über alles hinwegwälzte, waren beide erstickt. Es herrschte infolge des Brandes eine so furchtbare Hitze, dass vier ältere Menschen an Herzschlag starben.

»Unter den Trümmern von Keulemans' Haus haben wir einen Safe gefunden«, sagte der Surfer.

Es klopfte an der Tür. Es war Juan Ortega. Er sah sich verwundert im kahlen Zimmer um.

»Bitte setzen Sie sich, wir haben Sie schon erwartet. Ich hoffe, Sie hatten keine allzu großen Schwierigkeiten, uns zu finden«, sagte Costa schmunzelnd, wies auf den Stuhl neben dem Surfer und bat um eine kurze Darstellung des Brandeinsatzes.

Ortega nahm Platz, nickte allen zu und räusperte sich. »Wachturm II in Sant Josep meldete um 20.20 Uhr Rauchentwicklung in Polygon 32. Er informierte sofort die Piloten der Löschflugzeuge. Um 20.25 Uhr rückten die Löschzüge von Ibiza-Stadt und Sant Josep aus, die in ständiger Alarmbereitschaft waren. Der Einsatzleiter vor Ort erkannte zunächst richtig auf Bodenbrand. Er befahl das Errichten von Brandschneisen. Durch den Wind gab es Funkenflug. Dadurch kam es zu einem Überspringen der Schneise. Das führte zu einem so genannten Vollbrand, das Feuer reichte bis in die Baumkronen. Das ansteigende Bodenrelief begünstigte die schnelle Ausbreitung. Um 20.45 Uhr forderte die Einsatzleitung die am Flughafen auf Startbefehl wartenden Löschflugzeuge an. Die Hitzeentwicklung zu diesem Zeitpunkt war enorm. Wind und Thermik trugen brennende Baumteile Hunderte von Metern durch die Luft, ein Löschzug war bereits eingeschlossen.«

Costa unterbrach: »Warum sind die Flugzeuge nicht sofort gestartet?«

»Das Risiko ist sehr groß, deshalb vermeiden wir es, wenn möglich. Vor zwei Jahren erst ist in Kalifornien ein Löschflugzeug während des Einsatzes abgestürzt. Es gab drei Tote. Stellen Sie sich das wie einen Blindflug durch schwere Gewitterwolken vor. Sie sind auf Sicht angewiesen, können die Maschine in der geringen Höhe nicht trimmen und haben obendrein eine tonnenschwere Ladung unter sich, die ständig hin- und herschwappt.

Insgesamt waren drei Flugzeuge, fünf Löschzüge und dreihundert Mann im Einsatz. Durch die massive Konzentration der Rettungskräfte auf die Wohnhäuser gelang es uns immerhin, zwei zu erhalten.« Er zog eine Karte mit Luftaufnahmen hervor, die nach dem Brand gemacht worden waren. »Sehen Sie hier: Wie mit einem Lineal sind die Brandgrenzen um die Häuser gezogen: Das ist das Ergebnis der geänderten Taktik von Inselrat Prats, der den Schutz des Eigentums vor das Löschen der Brandherde gestellt hat. Die Natur regeneriert sich mit den Jahren, die Schäden an den Immobilien hingegen sind total. Landbesitzer und Bauern sind die Verlierer dieser neuen Feuerwehrtaktik. Die Villa, in der Sie sich befanden, Señor Costa, brannte unverständlicherweise bis auf die Grundmauern nieder, obwohl die Maschine zweimal angeflogen ist. Dort war das Zentrum eines Feuerwirbels, wie wir das nennen. Unsere Untersuchungen sind aber noch nicht abgeschlossen.« Er schrieb etwas sehr akkurat auf ein Blatt, das er dann zusammenfaltete und in die Brusttasche schob, und Costa fragte sich, was er wohl notiert haben könnte. »Aber immerhin konnten wir Sie retten.«

Costa nickte und fragte, ob es inzwischen sichere Indizien für Brandstiftung gab.

»Das ist nicht so einfach, wie Sie denken.« Ortega schien die Frage unbequem.

Costa hatte damit gerechnet, denn er kannte die Schwachstellen bei solchen Ermittlungen.

»Wir gehen immer von Brandstiftung aus«, begann Ortega sich zu rechtfertigen. »Natürliche Ursachen für Feuer sind sehr selten.

Eine Selbstentzündung, wie beispielsweise durch Blitzschlag, ist in diesem Fall ausgeschlossen. Aber eine weggeworfene Zigarettenkippe, ein Auto mit Katalysator auf Unterholz geparkt – wie soll man das verhindern? Wir haben die Bevölkerung seit Monaten gewarnt, die Feuerwachtürme waren rund um die Uhr besetzt, unsere Leute in ständiger Alarmbereitschaft.« Er zuckte die Achseln. »Eine Bombe in einem Fußballstadion kann man auch nicht verhindern. Und unser Terrain ist viel größer.«

»Es sollte kein Vorwurf sein«, beschwichtigte ihn Costa. »Ich wollte nur wissen, ob Sie irgendwelche Hinweise gefunden haben oder ob Ihnen etwas Ungewöhnliches aufgefallen ist.«

»Nein. Das einzig Ungewöhnliche ist der Verlauf des Feuers. Es ist, als ob es an mehreren Stellen gleichzeitig angefangen hat. Sehen Sie«, er lehnte sich vor und zeichnete mit seinen Händen eine Form auf die Karte, »bei einem Waldbrand mit starkem Wind breitet sich das Feuer keulenförmig aus. In diesem Fall zog es sich wie ein Ring um das Haus, aus dem wir Sie geholt haben.«

»Hätten Sie etwas dagegen, wenn sich Leutnant Palomo«, Costa deutete mit dem Kinn in Richtung des Surfers, »die Sache mal ansieht?«

Ortega musterte den jungen Polizisten neben ihm, und jeder konnte ihm ansehen, dass er am liebsten ›Ja‹ gesagt hätte. Costas Frage war jedoch keine Bitte gewesen – er hatte nur höflich sein wollen –, denn die Feuerwehr war nicht befugt, einen Wunsch der Guardia abzulehnen.

»Nein, nein. Sehr gerne. Wenn wir Ihnen damit helfen können.«

Costa stand auf. »Ich danke Ihnen.« Er schüttelte kräftig Ortegas Hand und begleitete ihn zur Tür.

Als er gegangen war, sagte er zum Surfer: »Xico, ich möchte, dass du dir jeden Quadratzentimeter der Brandfläche ansiehst. Berufe dich auf Ortega, er hat den Befehl verstanden. Du wirst jede Hilfe bekommen, die du brauchst.«

Der Surfer erhob sich.

»Warte noch eine Sekunde«, hielt ihn Costa zurück. »Was war mit dem Safe?«

»Ein Wandsafe. Ich denke, er könnte vieles zur Aufklärung beitragen. Hält zwei Stunden lang tausend Grad aus. Aber bis jetzt haben wir ihn nicht aufbekommen. Ein belgisches Militärprodukt.«

»Hau schon ab. Ich kümmere mich darum und rufe den Hersteller an«, sagte Elena. »Die haben doch alle einen Notdienst für solche Fälle.«

Nachdem der Surfer gegangen war, fasste Costa noch einmal alles zusammen: »Das Feuer hat also ein Gebiet von zwölf Hektar Wald vernichtet, vierzehn unschuldige Menschen und zwei Hunde getötet, eine Villa im Wert von fünf Millionen Euro in Asche gelegt, mein Auto verbrannt und einen Medikamentenschmuggler, der in ziemlichen Schwierigkeiten steckte.«

»Und Tausende von Wachteln, Rebhühnern und Kaninchen«, sagte der Bischof fast wehmütig. Bisher hatte er kaum einen Ton von sich gegeben. »Und eine Enduro«, sagte Elena. »Nagelneu. Einer der Toten war damit unterwegs. Die Maschine lag in seiner unmittelbaren Nähe.«

»Eine Enduro?«, fragte Costa nachdenklich und wusste, dass Elena in diesem Moment das Gleiche dachte wie er. Doch weder sie noch er hatte eine Ahnung, ob der Anschlag auf ihn von einer Enduro ausgeführt worden war.

»Wo ist die Leiche des Motorradfahrers?«, fragte er.

»In der Forensik.«

»Schreib mir mal auf, wo er gewohnt hat.«

Elena blätterte in den Unterlagen, die der Surfer zusammengestellt hatte.

Costa nahm das Telefon und rief Torres an.

Dr. Torres war am Apparat. Durch das Telefon hörte Costa im Hintergrund eine Gitarre, begleitet von einem Streichorchester. Er konnte sich genau vorstellen, was der Gerichtsmediziner gerade machte: Er saß, nur mit Shorts bekleidet, in seinem hohen Sessel mit dem brüchigen Lederbezug, hatte eine Flasche Rotwein aus Rioja Alta neben sich auf dem mit Büchern überhäuften Tisch, hielt das zu einem Drittel gefüllte Glas in der einen Hand und dirigierte mit der anderen das Orchester. Torres war ein Mensch, nach dessen Gewohnheiten man die Uhr stellen konnte.

»Ich möchte, dass du dir *ein* Opfer des Waldbrandes noch mal auf den Tisch legst.«

»Toni, ich habe die Brandleichen, bei denen die Todesursache fraglich war, bereits vor sechs Tagen obduziert. Ihre Identität steht fest. Alles Weitere ist nicht deine Sache, sondern die der Policia Local.«

»Mir ist nur so eine Idee gekommen, nachdem ich deinen Bericht gelesen habe«, sagte Costa. »Zwei sind eindeutig verbrannt, steht hier. Beim dritten, Cayetano Herrera, hast du die Eintragung offen gelassen.«

»So was ist manchmal schwer festzustellen. Nur, wenn sich eingeatmete Rußpartikel in den unteren Lungenwegen finden lassen, ist es ... Verdammt noch mal, Toni. Also gut. In einer halben Stunde in der Forensik.«

Der Arzt hatte bereits die Leichen nebeneinander aufbahren lassen, als er ankam.

»Das kostet dich eine Kiste Wein, wenn du mich umsonst herbestellt hast«, begrüßte er Costa.

Eines Tages werde ich den Jahrgang des Weines, den du getrunken hast, an deiner Fahne erkennen können, dachte Costa, während er einen Blick auf die Leichen warf. Alle waren in einer seltsam verkrümmten Bewegung erstarrt.

»Man nennt es Fechterstellung«, sagte Torres. »Außerdem schrumpfen sie, wie du siehst.« Er ging zum ersten Tisch. »Catalina Noguera. Vitale Reaktion. Erythem an den Brandblasen, CO-Hb-Nachweis, Krähenfüße. Sie hat die Augen zugekniffen. Eindeutig lebend verbrannt. Federico Martinez, der hier«, er wies auf den nächsten Toten, »war schon schwieriger. Die Identifizierung, meine ich. Der Dampfdruck, der durch die enorme Hitze entstanden ist, hat sein Hirn gekocht und die Schädeldecke gesprengt. Dafür hat aber seine künstliche Hüfte der Hitze standgehalten, die er sich vor drei Monaten hier im Krankenhaus C'an Misses zugelegt hat.« Torres schlug die letzte Seite seines Notizblocks auf. »Federico Martinez hieß er.«

Torres sah auf den Zettel am Fuß der nächsten Leiche. »Cayetano Herrera. Sein Motorrad lag in der Nähe. Der Tank war explodiert, das Nummernschild aber lesbar. Der Rest war einfach. Also, worum geht's?«

»Ich will von dir wissen, ob dieser Cayetano Herrera vorsätzlich ermordet wurde.«

»Du meinst, ob er mit derselben Sprengladung umgebracht wurde, mit der er ...?«

»Zum Beispiel.«

»Wie kommst du darauf?«

»Wenn Cayetano Herrera das Feuer gelegt hat – und das ist meine Hypothese –, könnte das ja auch ein Motiv sein, ihn umzubringen.«

»Du meinst, er hat es in irgendjemandes Auftrag getan, der ein Interesse daran hatte, Keulemans' Tod wie einen Unfall aussehen zu lassen?« Der Arzt sah ihn erwartungsvoll an.

»*Phönix*«, sagte Costa.

Die Leichen hatten Temperatur angenommen und verströmten einen Geruch wie Weihnachtsgänse, die zu lange im Ofen waren. Costa trat einen Schritt zurück.

»*Phönix* hat Cepero in der Höhle Kleidung und Handy abgenommen. Dann hat er auf den Zeitpunkt gewartet, an dem der Wind kräftig genug war, und Herrera beauftragt, Feuer zu legen. Herrera leistet gute Arbeit, die Luft ist voller Funken. *Phönix* weiß also, dass man Cepero über das Handy zum Einsatz rufen wird, denn der Brand ist zu groß, um ihn ohne den Einsatz der Flugzeuge unter Kontrolle zu bekommen. Es gelingt ihm, in Ceperos Uniform die Maschine zu besteigen, Kerosin statt Wasser zu laden und es über Keulemans abzuwerfen. Zum Schluss müsste er nun doch noch den Brandstifter als Zeugen beseitigen, und zwar so, dass es wie ein Unfall aussah. Oder siehst du das anders?«

»Wenn er so verdammt intelligent ist. Aber wer ist das schon?«

»*Phönix*. Ich bin sicher, dass er so verdammt intelligent ist.« Costa grinste. »Mindestens so intelligent wie du.«

»Es wird nicht einfach sein, den zu finden.« Torres sah sich nach seinem Rotweinglas um. »Und es wird nicht einfach sein, jetzt überhaupt noch etwas zu finden.«

»Doch. Du musst nur *verdammt intelligent* sein. Aber wenn ich dir irgendwie helfen kann ...«

Der Arzt winkte ab. »Erspar dir das. In zwei Stunden rufe ich dich an.«

Ziellos ging Costa durch die Straßen der Stadt. Es war klar: Wenn seine Theorie stimmte, die er eben Torres dargelegt hatte, würde man *Phönix* über Cayetano Herrera finden. Wenn *Phönix* ihn mit Anweisungen zur Brandstiftung versorgt hatte, könnte sich das möglicherweise nachweisen lassen.

Er war nicht hungrig, obwohl er noch nichts gegessen hatte. Vielleicht weil der Schmerz in seiner Schulter ihm den Appetit nahm, zumal er ihm beim Gehen wieder bewusst wurde. Die *marcha*, das abendliche Treiben, hatte bereits begonnen. Die Tische der Straßencafés waren alle besetzt. Die Deutschen saßen da und beobachteten den Strom der Flanierenden, die Spanier waren mit sich beschäftigt und hielten erregte Diskussionen ab. Mehr noch die Italiener. Ernster, aber auch eloquent die Franzosen. Er gedachte, sich mit diesem Ratespiel abzulenken, denn er wollte die Ereignisse der beiden letzten Wochen, die ihn zweimal fast das Leben gekostet hatten, für eine Stunde vergessen.

Die Menschen freuten sich auf eine lange Nacht in den Gässchen am Hafen und in den Clubs, und als er an den Terrassen der Cafés und Restaurants an der Plaça del Parque vorbeikam, stand eine Frau auf und kam auf ihn zu. Sie war sehr attraktiv, erinnerte ihn an die amerikanische Schauspielerin Michele Pfeiffer, er konnte sich aber nicht vorstellen, sie zu kennen oder schon mal irgendwo getroffen zu haben. Also war es ein Versehen, sie würde an ihm vorbeigehen und einen anderen begrüßen. Aber sie kam direkt auf ihn zu, sah ihm in die Augen und blieb vor ihm stehen. Lächelnd sagte sie: »Sind Sie Jazzpianist?«

Sie verwechselte ihn. Er nahm ihr Lächeln auf und betrachtete sie. Er ließ sich Zeit, obwohl es vielleicht unhöflich war. Er hatte sich gewünscht, auf andere Gedanken zu kommen, und dies war eine Gelegenheit: sich ansehen, lächeln und nichts sagen. Er spürte, wie die Spannung stieg, aber sie nahm die Situation offenbar unaufgeregt hin. Sie ließ Costa Zeit, die schöne Harmonie ihres Gesichtes zu genießen. Von irgendwoher klangen Musikfetzen herüber, es war Jazz, mit einem deutlich hervortretenden Musiksolo. Die Ironie der Situation amüsierte ihn ebenso wie die Unbekümmertheit und Schönheit dieser Frau. Es erinnerte ihn an eine Begegnung auf dem Hamburger Unigelände. Damals war er sich nicht sicher gewesen, ob er studieren oder zur Polizei sollte, und er war zur Studentenberatung gegangen, um sich zu erkundigen. Vor der Mensa war ein Mädchen wie aus dem Nichts aufgetaucht, sie hatten plötzlich voreinander gestanden und beide fröhlich gelächelt. Vollkommen ohne ersichtlichen Grund begann sie, ihr langes braunes Haar zu kämmen, während sie ihn anstrahlte. Ebenso grundlos hatte er eine Zeile aus einem Gedicht von Jaques Prévert gesagt (später war sie ihm nie mehr eingefallen). Sie sagte daraufhin etwas, was er nicht verstand und was sie ›die Sprache der Zikaden‹ nannte. Sie verbrachten eine Stunde oder mehr auf derselben Stelle, und schließlich machte sie einen tiefen Knicks wie eine Kammerzofe am Hofe Ludwig XIV. und lief winkend davon. Später hatte er oft an diese Szene gedacht – die

Leichtigkeit des Seins – und sich überlegt, ob er nicht doch lieber hätte studieren sollen, statt ein Polizist zu werden, der sich ständig mit der düstersten Seite menschlichen Lebens und Zusammenlebens auseinander setzen musste.

»Sie waren damals auch sehr schweigsam«, sagte sie und meinte den Jazzpianisten, den sie irgendwo einmal getroffen haben musste. Vielleicht aber war alles ein Scherz, denn ihre Augen blitzten vor Fröhlichkeit.

»Leider verwechseln Sie mich«, erwiderte Costa mit einem bedauernden Lächeln.

»Sie spielen sicher wieder im Teatro. Ich werde heute Abend da sein.« Spitzbübisch tippte sie ihm mit dem Finger auf die Brust, drehte sich um und verschwand.

Costas Laune hatte sich gewandelt. Er fand den Sommer nicht mehr heiß, sondern wohlig warm, er sah den blassen Mond über den Palmen des Platzes und überall heitere und lachende Menschen. Er fühlte sich in ihrer Mitte behütet, ja vielleicht sogar geliebt und hätte Lust gehabt, am Strand zu joggen oder im Meer zu schwimmen, entschied sich aber, in einem Restaurant am Hafen Fisch zu essen. Er trank eine halbe Flasche Weißwein zu der Dorade. Anschließend spazierte er an den Booten und den Liebespaaren vorbei, die auf den Steinbänken saßen. Am Mar y Sol bog er nach links ab und schlenderte auf die erleuchtete Stadtmauer zu.

Aus dem Teatro Pereira drang kubanische Musik.

Er ging hinüber und blickte durchs Fenster. Der alte Sänger auf der Bühne war klein und zierlich. Tiefschwarze, stark gekrauste Haare, die hinter einer hohen Stirn begannen, verliehen ihm das Aussehen eines Schamanen aus den Regenwäldern Brasiliens.

Costa ging hinein und bestellte einen Drink.

Der Sänger bewegte seine Hüften zum Rhythmus einer Band, die aus einem glatzköpfigen Perkussionisten, einem sehr jungen farbigen Keyboardspieler und einer Schlagzeugerin bestand.

Die Geschichte, die das Lied erzählte, war die Geschichte des Sängers. Wie er auf der staubigen Straße nach Cienfuegos ritt, wie die schöne Ibizenka ihn aus ihrem Cabrio anlächelte, wie er Nacht um Nacht für die Touristen sang, bis er den Flugpreis auf die ferne Insel in Europa zusammenhatte, wie er sie wieder traf, ihre Überraschung, ihn zu sehen, und ihr reicher Mann, der ihn zu einem *Cuba libre* einlud, um ihm dann zuzuraunen, *Verzieh dich, Bauer*, und er es aber selbst schon wusste: »Nur einmal hat die Liebe meine Seele getroffen und mich entführt in die Fremde. Ohne dich, geliebtes Kuba, kann ich nicht leben.«

War es das Lied, oder konnte er sich von seinem Job nicht trennen? Er begann wieder, nach dem Wahnsinnigen zu suchen, der die Insel in Schutt und Asche gelegt hatte, nur um Keulemans zu töten und es wie einen Unfall aussehen zu lassen. Sogar die Gäste im Teatro musterte er unauffällig, so als könne er unter ihnen plötzlich *Phönix* entdecken. Warum hatte der große Unbekannte Keulemans auf so aufwändige Weise getötet? Wäre es anders nicht möglich gewesen? Oder hatte Keulemans ihn gekannt und war darauf vorbereitet gewesen, so dass an ihn auf normale Weise nicht heranzukommen war?

Der alte Sänger legte das Mikrofon auf den Flügel, stieg von der Bühne herab und tanzte. Die Mädchen kreischten und umringten ihn: *»Baila, Ricardito, baila, como solo tu sabes bailar!«* Er machte schnelle geschickte Schritte, seine Füße trippelten, die Congas vollführten ein irrwitziges Solo, das ein Echo seiner Schuhsohlen auf dem Parkett war, der Pianist spreizte die Hände, um die Melodie in vier Oktaven greifen zu können. Die *chicas*, die den Tänzer umringten, bildeten eine Reihe und folgten jeder Bewegung seines Körpers.

Costas Mobiltelefon klingelte. Es war Torres.

»Warum gehst du nicht ran? Ich habe mindestens fünfmal angerufen.«

»Moment«, antwortete er und trat vor das Teatro.

»Du hattest Recht. Herrera ist umgebracht worden. Ich habe Partikel von weißem Phosphor gefunden. Wenn das jemand geschickt gemacht hat, entzündet es sich bei Luftzufuhr. Ich denke, es war in einem geschlossenen Gefäß, und er hat es geöffnet. Frag mich nicht, warum.«

Costa bat ihn, den Surfer anzurufen und zu klären, woher der Phosphor stammen könne. Torres wollte wissen, worum es genau ging.

»Cayetano Herrera war derjenige, der mich bei meinen Museumsbesuchen immer beobachtet hat«, erklärte Costa ihm. »Er fuhr dieses kreischende Motorrad, und derjenige, der den Mordanschlag auf mich verübt hat, fuhr ein Ding, das genauso klang. Wir haben bisher nicht herausfinden können, wer es war. Er hat als Bombe ein Explosionsgemisch aus Teer, Schwefel, Harz, Salz, Kalk und Phosphor verwendet. Herrera scheint genau an diesem Explosionsgemisch zugrunde gegangen zu sein, habe ich damit Recht?«

»Das könnte so sein, ja.«

»Also sollte der Surfer noch mal den Fundort der Leiche nach Phosphor und dem Zeugs absuchen. Auch an den zwei anderen Stellen, wo das Feuer begonnen hat. Wenn sich das bestätigt, hat Herrera an drei Stellen um Keulemans' Haus herum den Brand gelegt. Bei dem letzten Brandsatz, der zusätzlich Phosphor enthielt, ist er dann selber mit draufgegangen. Richtig?«

Torres stimmte zu und lachte.

»Was gibt's da zu lachen?«

»Ich habe gerade noch mit Ortega gesprochen, und er sagte, es gibt keine Beweise dafür, dass es sich um einen vorsätzlich gelegten Brand handelt. Wenn sie den Anschlag auf dich nicht gemacht hätten, dann wärst du wohl kaum darauf gekommen. Du solltest dankbar sein.«

Costa erinnerte sich an seine Todesangst und die Schmerzen an den folgenden Tagen.

»Ich habe den Surfer schon gebeten, sich die Fundstelle noch einmal genau anzusehen, aber ruf du ihn jetzt bitte noch einmal sofort an und kläre das mit ihm.«

Torres versprach es, und Costa ging wieder ins Teatro. Die Schlagzeugerin setzte gerade zu einem gewaltigen Crescendo auf den Becken an. Das Lied war zu Ende, Ricardito sprang zurück auf die Bühne, griff das Mikrofon, hielt es nur nervös zwischen Daumen und Zeigefinger, und bedankte sich bei seinen Zuhörern sowie dem Ballett der *señoritas*.

Jemand zwängte sich zwischen ihn und seinen Nachbarn. Es war Costas Begegnung von vorhin.

»Es ist keine Jazznacht heute«, sagte sie mit dem Lächeln, das er bereits so kannte, als wäre es ihm seit langem vertraut. Er spürte sein Herz schlagen und wie ihm heiß wurde, aber zugleich drückte etwas gegen seine Brust. Er wusste, wenn er sich mit dieser Frau einlassen würde, wäre es aus mit Karin. Er wollte sich seine momentane Situation nicht noch mehr erschweren.

Er nahm seinen Drink, trank ihn in einem Zug leer und lächelte ihr zu. Eigentlich hatte Costa vorgehabt, noch ein wenig zu bleiben, aber er legte einen Schein auf die Bar und ging.

Langsam lief er den Vara de Rey hinauf. Er spürte Trauer, als er sich fragte, ob er das Alter erreicht hatte, wo man feige wird.

kapitel einunddreißig

Costa stand vor dem Häuschen an der Carretera Mare de Deu. Die Sonne brannte. Er setzte sich die Sonnenbrille auf, die er auf dem Weg gekauft hatte. Seine Brille war im Auto verbrannt.

Mehr als eine kleine Familie konnte in diesem schmalen Gebäude nicht leben, das sich mit der Rückwand gegen den Berg von Dalt Vila schmiegte. Wie bei den anderen Häusern in der Gasse gab es keinen Stromanschluss, die Elektrizität wurde am Kabel der Straßenbeleuchtung abgezapft. Auch fließendes Wasser war nicht vorhanden – nur, wenn der winterliche Regen es durch die Dächer trieb. Längst standen die Spekulanten in den Startlöchern, um in dem malerischen Viertel die durch den Verfall entstehenden Lücken mit schicken Lofts und Restaurants zu füllen. Doch selbst die Ärmsten der Armen waren in der Lage, die lächerlichen Mieten zu zahlen, die in uralten Verträgen festgeschrieben waren. So blieb den Eigentümern nichts weiter übrig, als die Häuser verfallen zu lassen und abzuwarten. An dem gesuchten Haus waren Risse, Mauerverschiebungen und abgeplatzter Putz übertüncht. Diese Arbeiten hatte Cayetano Herrera sicher nicht gemacht. Er lebte in einer seltsamen und eigenen Welt, wenn auch sicher nicht in einer Sekte. Costa hatte den Bischof recherchieren lassen, was ihn hier erwarten würde. Seit Herreras Tod bei dem Waldbrand wohnte seine Mutter Milena hier alleine.

Warum Herrera das Museum so häufig beobachtete hatte, war nicht herauszufinden gewesen. Costa hielt es für unwahrscheinlich, dass die Mutter ihm etwas darüber sagen konnte. Die Rothaarige im Museum hatte ihm erzählt, dass sich bereits alle über den seltsamen Kerl wunderten. Auch im Café kannte man ihn. Er hatte dort nicht nur seinen Beobachtungsposten bezogen, um Costa im Auge zu behalten, sondern er war auch schon dort gewesen, bevor Costa überhaupt aufgetaucht war.

Auf dem winzigen Balkon im ersten Stock bewegte sich etwas. Eine schwarze Katze schlängelte sich zwischen zwei Sesselchen, einer Butangasflasche und Topfpalmen hindurch und streckte eine Pfote durch die schmiedeeiserne Balustrade. Ein Gecko sauste die Balkonkante entlang.

Costa war an diesem Morgen sehr früh aufgewacht. Er hatte das Gefühl gehabt, heute etwas Wichtiges erledigen zu müssen, aber was? Er hatte schlapp und ausgelaugt von der Hitze auf dem Bettrand gesessen und genüsslich so etwas wie den Stillstand der Zeit empfunden. Als sein Telefon klingelte, war dieser Moment der Muße abrupt beendet gewesen.

Der Surfer teilte ihm mit, dass die in Herreras Leiche gefundenen Posphorpartikel aus der Sprengmischung stammten, die bei dem Anschlag auf Costa und auch bei der Explosion verwandt worden war, mit der Herrera selbst umkam. Es bestehe zudem kein Zweifel mehr daran, dass Herrera das Großfeuer um Keulemans' Haus gelegt habe. Ortega habe ihm ein paar Männer zur Verfügung gestellt, und man habe dieselben chemischen Rückstände an allen drei Brandherden gefunden.

Costa hatte sich eilig angezogen und war losgegangen, um sich das Haus seines potenziellen Mörders anzusehen. Er war zu Fuß zur Carretera de Mare Deu gegangen, einem menschenleeren Gässchen zu Füßen der Stadtmauer. Er warf einen Blick durch die halb geöffnete Tür. Mit der Hand schob er einen verstaubten braunen Vorhang beiseite.

An der Wand hing das Bildnis der Mutter Gottes im Kleid einer spanischen Eroberin des 16. Jahrhunderts. Darunter war ein Brett mit einer Jakobsmuschel aus Santiago de Compostela, vertrocknetes Gebäck von den Nonnen Salamancas und ein alter Palmzweig, der irgendwann den vorösterlichen Segen erhalten hatte.

Er klopfte an die Tür und trat ein. Der Geruch faulender Orangen mischte sich mit den Dämpfen von gekochtem Kohl. Er warf einen Blick in einen runden Spiegel, der am Rand mit bunten Heiligenbildern der spanischen Kirche beklebt war. Sein Gesicht hatte im Laufe des Sommers Farbe bekommen.

Die dickliche kleine Frau in der Tracht der ewigen Witwe hatte ihn nicht gehört und fuhr erschrocken herum.

»Señora Milena Herrera?«, fragte er.

»Die Miete ist bezahlt«, brummte sie und kramte eine Quittung aus der Anrichte hervor. Costa schüttelte den Kopf. »Deswegen bin ich nicht hier.«

Señora Herrera ließ die Hände sinken. Das Misstrauen gegenüber der Obrigkeit war allen alten Ibizenkern gemein – zumindest denen, die erlebt hatten, wie während des Bürgerkriegs zuerst die Republikaner und dann die Falangisten auf der Insel gewütet hatten.

Sie jammerte: »Es geht um Cayetano, nicht wahr? Warum kommt ihr immer wieder und quält mich? Habe ich nicht schon genug gelitten? Er war doch immer ein guter Junge.« Sie zog eine zerknitterte Schwarz-Weiß-Fotografie aus ihrer Kitteltasche und küsste sie mehrmals. Costa sah kurz das Gesicht darauf, die Visage war unverwechselbar.

»Niemandem hat er je etwas zuleide getan. *La hostia de la guardia, la mala sombra.«* Während sie den Fluch aussprach, bekreuzigte sie sich. Dann sank sie auf einen Stuhl, verbarg ihr Gesicht in den Händen und wimmerte. »Seine Mutter hat er unterstützt, wie es sich gehört. Und nun ist er tot, *el cariño mio, mi vida*, mein einziges Kind. Alles hat man mir genommen.«

»Ich würde gerne sein Zimmer sehen«, sagte Costa höflich. Der Gedanke, mit Durchsuchungsbefehl und Mannschaftswagen zurückzukehren, in den die schreiende, spuckende und fluchende Witwe von Uniformierten genötigt würde, war ihm unangenehm. »Ich werde nichts in Unordnung bringen.«

Statt zu antworten, fischte Señora Herrera aus ihrem Witwenrock einen Rosenkranz und begann zu beten: *»Ruega por nosotros, santa Madre de Dios«.*

»Para que seamos dignos de alcanzar las promesas de nuestro Señor Jesucristo. Amén«, fiel Costa leise in den Sermon ein.

Durch den unverhofften Beistand gerührt, brach die Frau in Tränen aus.

»Es ist oben an der Treppe das erste Zimmer«, sagte sie mit erstickter Stimme.

Die Katze beobachtete ihn, als er die ausgetretenen Holzstufen hinaufstieg. Im Obergeschoss gab es zwei Zimmerchen, beide zur Straße hin. Er öffnete die Tür zur ersten Kammer, und die Katze strich ihm um die Beine. Sonnenstrahlen fielen durch das staubige Fenster auf das gemachte Bett mit dem Kreuz am Kopfende.

Costa sah sich um. Außer dem Bett war die Kommode mit Waschschüssel und Spiegelaufsatz das einzige Möbel. Mehr hätte auch nicht hineingepasst. Er setzte sich aufs Bett, um die Türen der Kommode zu öffnen. Die Bettdecke verströmte sauren Schweißgeruch. Cayetano Herrera, dessen Brandstiftung Menschenleben gekostet und einen Millionenschaden verursacht hatte, war jeden Morgen aus diesem Bett aufgestanden. Die Einschätzung des Bischofs aufgrund seiner Recherche: ein fünfundvierzigjähriger Alkoholiker, gehemmt und entwicklungsgestört. Niemand wusste, wovon er lebte. Warum hatte er das Feuer gelegt? Für Geld? Nur auf Befehl des *Phönix* oder auch aus Rache für die Demütigungen seines Lebens?

Die Kommode war voll gestopft mit Zeitschriften. Costa erwartete, zwischen klebrigen Seiten von *Chicas desnudas* oder *Sexo privado* nach Indizien suchen zu müssen.

Umso größer war seine Überraschung, als er den Inhalt des Schränkchens auf dem Bett ausgebreitet hatte und feststellte, dass es keine Pornohefte, sondern Prospekte von Firmen waren, die mit Brandschutz zu tun hatten: chromblitzende Löschzüge von Magirus-Deutz, Atemschutzgeräte, Schläuche, Feuerlöscher in allen Größen, Sprengmittel und Spezialkleidung.

Die Katze sprang zu ihm aufs Bett und überwachte das Umblättern jeder Seite.

Aus dem Katalog *Beriew BE-200 – fliegende Feuerwehr und vielseitiges Amphibienflugzeug der Extraklasse* fielen Fotografien und Papiere. Die Katze schlug mit der Pfote danach, und Costa setzte sie auf den Boden. Fast alle Bilder waren vergilbt. Herrera trug auf allen eine Feuerwehruniform. Meist waren es Gruppenfotos, eine Kompanie Feuerwehrmänner vor ihrem Wagen, Herrera und zwei andere beim Löschen eines Fahrzeugbrandes, Herrera und etliche Feuerschutzleute vor einer Bar, in deren Tür der Wirt eine überdimensional große Weinflasche hochhielt. Herrera stand immer ein wenig abseits, ernst, auch wenn die anderen lachten, immer mit dem gleichen Bart und der gleichen Frisur. Der Kleidung nach zu urteilen stammten die Fotos aus den späten Siebzigern. Ein besonders abgegriffenes Bild zeigte Herrera, wie ihm Jaume Prats einen farbigen Winkel überreichte.

Costa ging zum Fenster und hielt das Foto ins Licht. Ein jugendlicher, beleibterer Prats zwar, aber eindeutig der Inselrat für Umwelt. Prats war in den Siebzigern Brandschutzbeauftragter im Stadtrat von Ibiza gewesen.

Costa zog einen Karton unter dem Bett hervor. Zwei Briefe fielen ihm auf, beide auf besserem Papier geschrieben als der übrige Kram. Der eine war mit Schreibmaschine getippt und ohne Unterschrift. Der Verfasser legte die große Gefahr von Sommerbränden auf der Insel und die Wichtigkeit geeigneter Feuerschutzmaßnahmen dar. Die Sprache war umständlich, gedrechselt und drängend. Die Gefahr des Feuers wurde so intensiv heraufbeschworen, dass sie den Autor des Briefes eher zu faszinieren als zu bedrohen schien, ähnlich der Sprache von Kirchenmännern, mit der sie den Sex verketzern. Der andere Brief war mit der Hand geschrieben, aber auch ohne Datum und Unterschrift.

»Lieber Cayetano«, hieß es da, »du wirst verstehen, wie ich mich fühle. Die Ignoranten in Madrid verweigern mir die Gelder für die Flugzeuge. Wir müssen ein Exempel statuieren, das ihnen die Augen öffnet.« Gebannt las er weiter. Es war ein minutiöser Plan, in dem Herrera instruiert wurde, eine Bäuerin mit Chloroform zu betäuben, die Umgebung zu präparieren und eine Plastikliege auf ihrer Terrasse in Brand zu setzen. Ein hoher Lohn wurde ihm versprochen, wenn das Feuer groß sein würde. Es war Herreras Schrift, wie er durch einen Vergleich mit einem Brief an seine Mutter feststellen konnte, den er entweder nie abgeschickt oder wieder zurückgenommen hatte. Darin war die Rede von Ziegen und einem Auftrag und weiteren Aufträgen, die er stets ausführen müsse. Stil und Diktion dieses Briefes passten nicht zu den Brandanweisungen. Die waren auf keinen Fall von Herrera. Costa steckte den Brief ein.

Hatte Prats jemanden geschickt, der die genauen Anweisungen zur Brandlegung Herrera diktiert hatte, damit er sie nicht vergäße?

Costa atmete schwer. Das kleine Zimmer schien ihm immer enger zu werden. Er dachte daran, dass Herrera die Anweisungen genau befolgt hatte. Der Waldbrand von Buscastell, ausgelöst von einer Bäuerin, die Plastikmöbel verbrannt hatte – so klang ihm Prats' Rede in den Ohren. Der Plan war aufgegangen. Der Brand hatte die Öffentlichkeit genügend aufgeschreckt, um die Anschaffung der Löschflugzeuge durchzusetzen. Es stimmte alles überein: der Ort, das Datum, der Ankauf der drei Beriew-Maschinen.

Sein weißes Hemd klebte ihm am Rücken, als er sich herunterbeugte, um ein Blatt aufzuheben, das aus dem Papierkram herausgerutscht und auf den Boden gefallen war. Er sah sofort, dass es der Computerausdruck eines Digitalfotos war. Das Foto war mit einer Nachtsichtkamera aufgenommen worden. In Violett und Blau zeigte es drei Gestalten, die in einer Halle zusammenstanden. Der eine trug einen dicken Rucksack. Der andere hatte einen gefüllten Rucksack in der Hand, den er dem Dritten aufzusetzen half. Alle drei trugen Helme mit montierten Lampen, und Costa konnte nun auch erkennen, wo die Aufnahme gemacht worden war: in der Opferhöhle. Es handelte sich offenbar um die Schwarzafrikaner und Ruben Cepero. Wahrscheinlich holte Cepero die beiden gerade ab und half ihnen, das über See angelieferte Esozon nach oben zu tragen. Die Aufnahme war heimlich gemacht worden, aber wenn es Herrera gewesen war, dann müssten sich Digitalkamera und Stativ – Letzteres brauchte er gewiss für die extrem lange Blende in der dunklen Höhle – noch finden lassen. Er stand vom Bett auf und sah sich um.

Es war erstickend heiß in dem Zimmer, und er hatte Durst. Sorgfältig suchte er im ganzen Haus jeden Fleck ab, fand aber nichts. Die Alte saß auf einem wackligen Stuhl unter dem Bildnis der Mutter Gottes und betete den Rosenkranz.

Für ihn stand nun fest: Herrera war der Mörder, aber Prats der Auftraggeber.

Er ging die Stiege wieder hinauf, setzte sich aufs Bett und überlegte. Würden sie die Kamera bei Prats finden, wäre die Verbindung klar und eventuell durch dieses Indiz auch zu beweisen.

Er musste eine Entscheidung treffen. Die Entscheidung zwischen Tugend und Angst, wie sein Vater es ausdrückte. Wenn Prats mit drinsteckte – und das erschien ihm nach dieser Entdeckung zweifelsfrei –, musste er den Kampf gegen einen Mächtigen dieser Insel und damit den Kampf gegen seinen Vorgesetzten Lopez Santander aufnehmen. Schon einmal hatte er die Mächtigen herausgefordert, als er seinen einflussreichen Onkel El Cubano des Mordes angeklagt hatte.

Tugend bedeute erst einmal Schmerz und Verzicht, hatte sein Vater ihn gelehrt.

Durch welche Anfechtungen würde er gehen müssen?

Er betrachtete das letzte Blatt in Cayetanos Sammlung. Es war eine zerknitterte schlechte Airbrush-Zeichnung aus irgendeinem Fantasyheft. Es zeigte eine Frau, walkürengleich, deren Harnisch die üppigen Brüste kaum verdeckte. Sie hielt ein Flammenschwert vor eine bis zum Horizont reichende Feuerwand, über die in blutigen Buchstaben der Titel des nächsten Comicheftes lief: *Brennende Schuld.*

Er war dankbar für die frische Luft und die Sonnenstrahlen, als er wieder auf der Straße stand, und wählte die Nummer des Bischofs.

Er hatte seinem jüngeren Sohn wahrscheinlich schon das Frühstück gemacht und ihn zur Schule gebracht. Dennoch klang seine Stimme verschlafen.

»Hallo, Rafal, kannst du mich in zehn Minuten im Montesol treffen? Und bring alles mit, was du über Prats auf die Schnelle finden kannst.«

»Ich bin nicht im Büro, Toni, ich bin zu Hause. Es ist Sonntag.«

Sonntag. Die Nächte seit Keulemans' Tod hatte Costa kaum geschlafen, hatte sich von *bocadillos*, Kaffee und Nüssen aus dem Automaten ernährt, und nun war Sonntag. Mein Gott! Die Taufe von Jaume Prats' Nichte. Er sah auf die Uhr. Die Feier würde in zwei Stunden beginnen, in Santa Inés auf der anderen Seite der Insel. Er hatte mit Laureana Sanchez verabredet, dass er sie eine halbe Stunde vorher am Museum abholen würde, damit sie gemeinsam dort hinfuhren. Ihm blieben noch anderthalb Stunden. Vorher musste Costa noch das Taufgeschenk zu Hause abholen.

»Ich liege noch im Bett«, sagte der Bischof ziemlich ruppig und fragte dann etwas freundlicher: »Hast du was Neues herausgefunden?«

»Sieht so aus. Wie lange brauchst du?«

»Gib mir vierzig Minuten.«

Der Kellner stellte die Tasse vor ihm ab und goss aufgeschäumte Milch aus einer Kanne in den Kaffee. Um das Denkmal zu Ehren des Generals Vara De Rey flatterten ein paar Tauben. Costa sah auf die Uhr. Seit seinem Telefonat eben war eine Stunde vergangen, und dieser Milchkaffee war sein dritter. Er hatte sich zu Hause ein schwarzes Jackett übergeworfen und das Silberkettchen mit dem zierlichen handgearbeiteten Ring für das Taufkind eingesteckt, den er auf Anraten der Dame im Schmuckladen gekauft hatte. Wir gravieren den Namen der Kleinen in den Ring, hatte sie gesagt und es ein klassisches Geschenk genannt. Er selbst fand es ein wenig einfallslos.

»Toni.« Er fühlte die Hand des Bischofs auf der Schulter. »Schneller ging es nicht.«

Der Dicke setzte sich ächzend nieder und winkte den Kellner mürrisch herbei: »Beweg dich, Mann. Bring mir einen Toast mit Käse und Schinken und einen Kaffee mit Brandy.«

Costa wusste, dass der Bischof gerne hier frühstückte, weil sie die besten Toasts machten – große Brote, in Dreiecke halbiert, gutes Öl, Manchego-Käse und Serrano vom Hinterschinken.

Während er einen Stapel Papiere auf dem Tisch ausbreitete, zeigte er mit dem Daumen über die Schulter: »Der hat schon hier gearbeitet, als ich zehn war.«

Er wühlte in seinen Unterlagen. »Und wie war's bei dem netten Kerl, der dich umbringen wollte? Hat seine Mutter dir wenigstens einen Kaffee gemacht?«

Costa schilderte ihm seinen Besuch, legte ihm den Fotoausdruck vor, überließ die Schlussfolgerungen aber ihm.

»Du meinst, wenn er ihm damals den Auftrag gegeben hat, den Brand zu legen, damit er seine Löschflugzeuge kriegt, könnte er ihm auch diesmal den Auftrag gegeben haben?«

»Soviel ich weiß, hat der Surfer zusammen mit den Brandexperten herausgefunden, dass dieser Cayetano das Feuer an mehreren Stellen gelegt hat.«

»Er ist mit seiner Geländemaschine durch die Wälder um das Haus von Keulemans gerattert und hat überall Feuer gelegt. Und als Keulemans eingeschlossen war, kam dann die Attacke aus der Luft. Das würde also heißen, dass Jaume Prats Keulemans umgebracht hat. Richtig?«

»Würde ich sagen, ja. Seltsam war doch schon, dass er den Auftrag zur Sprengung der Finca auf dem Gelände der Nekropolis gab, dem einzigen Zugang zur Höhle.«

Der Bischof gab ihm Recht.

»Wenn wir bei Prats diese Kamera fänden, Rafal, wäre das der Beweis, dass er Cayetano mit der Ermordung der drei in der Höhle beauftragt hat. Und das heißt dann wohl, dass er an der Esozon-Verschiebung beteiligt ist. Deswegen habe ich dich hergebeten, bevor ich Prats gleich auf der Taufe begegne. Ich möchte wissen, in welche Unternehmungen er verwickelt ist.«

»Ist aber mächtig dicker Tobak, wie?« Da Costa keine Anzeichen machte, dass er bereit war, wegen Prats' hoher politischer Position nachzugeben, fuhr der Bischof mit sorgenvollem Gesicht fort. »*Vale*, mal sehen, was wir haben. Jaume Prats Cardona, am 6.6.1932 in Jesús geboren.« Er hielt das Blatt weiter von sich weg, dann gab er auf und fingerte in seinen Taschen nach der Lesebrille. »Wir werden alt, Vetter. Nächstes Jahr ist mein Vierundfünfzigster.«

Der Kellner brachte seine Bestellung. Rafal verschlang die dreieckige Hälfte des knusprigen Weißbrots mit einem Bissen. Kauend sprach er weiter. »Seinen Eltern gehörte die Apotheke an der Kirche, du weißt schon, diese schöne, mit den alten Möbeln, wo immer klassische Musik läuft. 1955 wurde er Mitglied der Berufsfeuerwehr, 1960 Brandmeister. Als Chef der Feuerwehr musste er auch Sprengungen beaufsichtigen. 1970 heiratete er die Witwe von Trasilio Sanchez. Das war eine ziemliche Unverfrorenheit, daran erinnere sogar ich mich noch, denn Sanchez war sein Freund und hat sich drei Monate vorher erhängt. Man hat sich jedenfalls ziemlich darüber mokiert, dass er das Trauerjahr nicht eingehalten hat. Über Frau Sanchez wurde fast noch mehr gelästert. Sie stand ebenfalls in schlechtem Licht, aber sie ist fünf Jahre später an Diabetes gestorben.«

Costa kannte den Bischof als großen Familienmann, und der Gedanke, dass eine – vielleicht sogar seine – Frau ein Trauerjahr nicht einhalten würde, empörte ihn natürlich. Dennoch konnte Costa die böse Bemerkung nicht unterdrücken, dass Selbstmord ja auch eine Sünde sei und die Ehefrau dann vielleicht von der Tradition eines Trauerjahres entbinde.

»Nun, die Sache war die, dass einige Leute Jaume Prats Mitschuld an dem Selbstmord gaben. Sie meinten, er hätte eine Rufmordkampagne gegen Sanchez verhindern können. Der Professor hat sich nämlich umgebracht, weil sein Ansehen völlig im Arsch war. Es gibt auch ganz böse Zungen, die behaupten, dass er das Unglück verursacht hat. In der Hoffnung, dass der Professor dabei hopsgehen würde. Sanchez war zwar sein Freund, aber Prats hatte ein heimliches Verhältnis mit dessen Frau. Er wollte sie haben und hat sie dann auch gekriegt.«

Langsam begriff Costa, dass Prats ein Mann war, der sich nahm, was er wollte. Mehr und mehr fügten sich die Teile zu diesem Bild.

Der Kellner servierte einen weiteren Kaffee mit Brandy. Der Bischof schlürfte daran in kleinen Schlucken, mit denen er seine Rede immer kurz unterbrach. »Prats' politische Karriere begann 1976. In diesem Jahr trat er der rechtskonservativen Alianza Popular bei, gegründet von Manuel Fraga Iribarne, Minister in der Diktatur Francos. 1986 war er Gründungsmitglied der Partido Popular. 1990 wurde er Mitglied des Inselrats, 2001 Umweltschutzbeauftragter für Ibiza und Formentera. Das war alles, was auf die Schnelle ging. Willst du sonst noch etwas wissen?«

Costa nickte. »Was hältst du von ihm?«

Der Bischof schob die Unterlippe vor und dachte nach. Dabei aß er seinen vierten Toast, den der Kellner gerade gebracht hatte. »Er ist ein Machtmensch, er kann austeilen, aber auch einstecken nach dem Motto: *Von Katze zu Katze gibt es nichts als Hiebe mit der Tatze.* Dein Onkel Cubano mag ihn nicht, weil er keinen Sinn für Humor hat. Andererseits ist er ihm egal. Josefa verachtet ihn wegen des Freundschaftsbruches an Sanchez. Mann, da fällt mir ein, du warst mit deinen Eltern doch auch auf der Beerdigung. Du warst noch klein und wirst dich vielleicht nicht erinnern, aber da war die Frau, die auf den Sarg gespuckt hat. Weißt du das noch?«

Costa schüttelte den Kopf. Außerdem war er im Moment zu sehr unter Zeitdruck, um über Kindheitserinnerungen nachzudenken.

»Und was hältst du von Campaña?«

»Campaña«, der Dicke drehte sich nach dem Kellner um, »Campaña ist ihm ähnlich. Die zwei verstehen sich wie Brüder.« Er gab dem Kellner ein Zeichen. »Du weißt, was ich meine. Zwei Kater, die ihr Revier abstecken. Campaña wird Bürgermeister von Sant Josep, und Jaume Prats stärkt dadurch seine Position in der Familie.«

»Und die Leibwächter, wie lange hat er die schon?«

»Seit einem halben Jahr ungefähr.«

Costa beugte sich vor: »Ich möchte, dass du sie mal abklopfst. Auch Prats' Gewohnheiten, was er in letzter Zeit gemacht hat, Reisen, Frauen, größere Anschaffungen – einfach alles. Notfalls drohe ihnen.«

Er sah auf die Uhr. »Prats wird in zwei Stunden auch auf der Taufe bei Campaña sein. Dort wird er nicht ohne die Leibwächter erscheinen. Nimm sie dir vor, bevor sie ihn nach Santa Inés begleiten. Er sollte davon möglichst wenig mitbekommen. Die Sache ist delikat, aber das weißt du ja.«

Costa stand auf. »Eins steht fest: Mit Sekten hat das alles nichts zu tun. Von der These können wir uns verabschieden. Ein knallhartes Geschäft steckt dahinter. Ich glaube, all diese Sauereien sollten uns nur ablenken.« Er zuckte mit den Schultern. »Oder Herrera durfte sich aussuchen, wie er sie massakrierte.« Costa wusste, dass der Bischof die Leibwächter des Herrn Inselrats nur ungern attackieren würde – und dann noch an einem Sonntag. Aber er setzte darauf, dass die Typen frech werden würden, und dann hatte der freundliche Bischof sein eigenes, höchst persönliches Motiv, weil er sich nicht gern beleidigen ließ. Costa grinste, als ihm die Idee kam, ihn dann zur Belohnung ins Kino einzuladen. In einen Film mit Bud Spencer, an den er ihn erinnerte.

kapitel zweiunddreißig

Laureana erwartete ihn in der Halle des Museums. »Wir sollten uns beeilen. Ich komme nicht gern zu spät.« Sie trug ein schwarzes Kostüm mit weißer Seidenbluse. Als sie schnellen Schrittes hinaustrat, glänzte ihr Haar blauschwarz im Sonnenlicht. »Kommen Sie schon, der Wagen steht in der Garage.« Sie drückte ihm ein Paket in die Hand. »Können Sie das bitte halten?«

»Was ist es?«, fragte er neugierig.

»Mein Patengeschenk für die kleine Estela: die berühmten fünf Opferfiguren der griechischen Mythologie aus dem Sternbild des Perseus.«

Sie sah, dass er nicht wusste, worum es ging, und zählte es ihm an den Fingern vor. »Die Eltern der Andromeda, Kepheus und Kassiopeia; Andromeda, die von den Eltern geopfert werden soll; Ketos, das Ungeheuer, das auf seine Beute wartet; und Perseus, der Befreier.«

»Ist das nicht ein klein wenig zu hoch für ein Baby?«

»Sie heißt doch Estela, Stern, und es ist nie zu früh, sich mit Geschichte und Mythologie zu beschäftigen.« Sie lachte. »Keine Sorge, es liegt keine Dissertation über das Thema bei. Es sind einfach nur uralte Spielzeugfiguren, die ich in unserer Werkstatt nachfertigen ließ. Aber wenn sie älter wird, bekommen sie vielleicht einen Sinn für sie. Die verrückte alte Tante Laureana hat sie mir geschenkt, wird sie sagen. Die ihr Leben lang in Gräbern herumgebuddelt hat.«

Costa erwiderte nichts. Er war plötzlich ganz zufrieden mit dem Silberkettchen und dem Ring daran. Irgendwie klassisch, fand er jetzt.

Laureana öffnete das Tor ihrer Garage. Darin stand ein kleiner weißer Seat, genau wie seiner, nur viel neuer. »Ihrer ist verbrannt, habe ich gehört. Hat die Versicherung gezahlt?«

»Fünfhundert Euro bieten sie an.«

Sie schien einen Moment zu überlegen. »Wenn Sie wollen, verkaufe ich Ihnen diesen dafür.«

Er wollte nicht ausnutzen, dass sie offenbar ein wenig weltfremd war. »Der ist ungefähr das Zehnfache wert.«

»Ich weiß.« Sie stieg ein. »Die Museumsgesellschaft will mir einen Wagen stellen, etwas Repräsentatives.« Sie reckte sich über den Beifahrersitz, um Costa die Tür von innen zu öffnen. »Dann mit Zentralverriegelung«, lachte sie.

Sie fuhr sicher und zügig auf die Via Romana. »Überlegen Sie's sich. Das Angebot steht.«

Costa nickte. Sie hatte die Art zu überraschen, darüber war er nicht erstaunt, aber ihr Fahrstil verblüffte ihn. Zügig und entschieden, wenn nicht gar riskant. Er hatte angenommen, dass sie gar keinen Führerschein besaß.

Auf der Schnellstraße nach San Antonio war kaum Verkehr, was hieß, sie würden pünktlich sein.

»Ich bin auch in Santa Inés getauft. Es ist eine wundervolle Kirche. Die Eltern meiner Mutter wohnten dort. Mich hat der Ort immer ein wenig an Mexiko erinnert. Die schnurgerade Straße, die Tienda und vor allem die Kirche mit der frei hängenden Glocke. Als Kind habe ich gespielt, ich wär' auf der Spur der Mayas und Azteken, das El Dorado in den Bergen von La Corona. Unermessliche Goldschätze gleich hinter Buscastell.«

»Sie haben sich schon als Kind für Archäologie interessiert?«

»Solange ich denken kann. Meine Mutter hat mir erzählt, ich wäre schon als Vierjährige mit einem kleinen Hammer und feinen Pinselchen hinter meinem Vater hergelaufen und hätte ihm alles nachgemacht.« Sie warf den Kopf in den Nacken. »Ich erinnere mich, wie er mich gelobt hat, wenn ich ihm eine Scherbe brachte, die ich gefunden hatte. Wahrscheinlich waren es irgendwelche Glasscherben vom vorigen Wochenende, aber er gab mir das Gefühl, als hätte ich die Galeere Hannibals gehoben. Ich glaube, es gibt kein Erdloch und keine Höhle auf dieser Insel, in der ich nicht mit ihm war.«

»Sie haben ihn sehr geliebt, nicht wahr?«

»Oh ja. Er hat mich zu dem gemacht, was ich bin. Ohne sein Vorbild würde ich jetzt an der Playa D'en Bossa kellnern oder an einer Hotelrezeption sitzen.«

Sie schwiegen. Er spürte, dass ihr dies Schweigen unbehaglich war. Ein Verstand wie ihrer musste immer arbeiten. Er erinnerte sich daran, dass er diese »Denkmaschine« noch einmal hatte ausprobieren wollen, und jetzt war eine gute Gelegenheit. Vielleicht würde ihre Lust an scharfem Denken größer sein als ihre Scheu vor einem indiskreten Gespräch über ihren Stiefvater. Er würde es einfach versuchen.

Riskieren würde er nur, dass Prats die Verdächtigungen gegen ihn erführe und auf ihn losmarschieren würde. Damit musste er ohnehin rechnen.

»Ich habe heute Morgen das Haus eines Mannes namens Cayetano Herrera durchsucht«, begann er. »Er steht im Verdacht, ein Feuer gelegt zu haben, das zu dem verheerenden Waldbrand führte, bei dem auch Keulemans umkam. In seinem Zimmer habe ich Unterlagen gefunden, die besagen, dass er von Prats als Brandstifter angeheuert wurde.«

»Für diesen Brand?«, fragte sie ungläubig.

»Nein, für einen anderen. Früheren. Bei Buscastell. Der Brand damals war der Anlass, dass Prats seine Löschflugzeuge bekam.«

Sie nickte nachdenklich. »Es ist auf dieser Insel nicht gerade unüblich, Naturschutzgebiete mit einem Streichholz in Bauland zu verwandeln.« Costa fiel ihr Gespräch bei der Feier ein, wo sie darüber geklagt hatte, dass Prats auf das Terrain der Nekropolis ursprünglich einen Supermarkt hatte hinstellen wollen. Da und bei der Brandrodung war sie sicher nicht auf Prats' Seite. »Aber er würde dafür gesorgt haben, dass Menschen dabei nicht zu Schaden kommen, da bin ich mir sicher. Sein Verhältnis zur Natur ist allerdings, wie soll ich sagen, zielgerichtet. Da hat die Partido Popular den Bock zum Gärtner gemacht.«

»Bei diesem ersten von Herrera gelegten Brand *ist* niemand zu Schaden gekommen. Er war generalstabsmäßig geplant. Von einem Brandexperten. So kam ich darauf, dass Prats einem Plan folgt, der viel weiter geht.«

»Soll heißen?«

»Mein Beruf hat mich gelehrt, nicht an Zufälle zu glauben. Im Moment erscheint aber alles zufällig. Fangen wir damit an, dass Prats eine Firma für Kühlsysteme hat, die an Ihre Vermessungstechniker Trockeneis liefert.«

»Er hat uns nie etwas dafür berechnet.«

»Unter der Totenstadt befand sich das Lager von Medikamentenschmugglern, die ihre Ware kühl halten mussten – und zwar ohne Strom, denn ein 10-Kilowatt-Generator wäre sicherlich zu hören gewesen. Also brauchten sie Trockeneis. Bei Cayetano Herrera fand ich einen DIN-A4-Fotoausdruck, auf dem zwei illegale Arbeiter von Keulemans zu sehen sind und der Pilot Ruben Cepero, wie sie Schmuggelgut abtransportieren.«

»Was für Schmuggelware war es?«

»Esozon. Ein sehr teures Aidsmedikament, das aus unterschlagenen UNO-Hilfslieferungen für den Sudan und Uganda stammte. Es wurde mit einem Löschflugzeug nach Ibiza geschmuggelt und von hier aus an Krankenhäuser und Pharmahändler in ganz Mitteleuropa verkauft. Mit Millionengewinn.«

Sie schnaufte verächtlich und schüttelte den Kopf.

Costa fuhr fort: »Als Nächstes präsentiert Jaume Prats auf Ihrer Feier einen Mäzen, Gilles Keulemans, den er, wie er ausdrücklich betonte, gerade erst persönlich kennen gelernt hatte und ...«

Sie unterbrach ihn. »Das hat er gesagt? Seltsam. Ich meine, warum sollte er so etwas gesagt haben? Er und Keulemans waren zusammen in Marokko, auf der Tagung der Vereinten Nationen, auf der die Nekropolis zum Weltkulturerbe erklärt wurde.«

Costa war verblüfft. Gut, Prats hatte die Beziehung zu Keulemans heruntergespielt, aber dass einem cleveren Politiker eine Lüge so leicht nachzuweisen war, das hätte er nicht erwartet.

»Wir glaubten lange an eine Sekte, kamen dann auf Drogenschmuggel und stießen schließlich, wie gesagt, auf diese Unterschlagungsaktion Keulemans' in großem Stil.«

»Und mein Stiefvater wusste davon?« Er spürte plötzlich ein waches Interesse bei ihr.

Costa nickte. »Da bin ich mir sicher. Auf jeden Fall hängt er mit drin. Die Löschflugzeuge hat er durchgesetzt, um seine Geschäfte machen zu können. Den Abriss der alten Finca auf dem Terrain der Nekropolis hat er beschleunigt, weil dort der Zugang zur Höhle war – und er musste schnellstens verschwinden.«

»Warum sollte er so etwas tun? Ich meine, er hat genügend Geld, und er hat Macht, er steht auf dem Höhepunkt seiner politischen Karriere.« In ihrer Stimme lag ein Ton, als wittere sie eine überraschende Chance.

»Keine Ahnung. Vielleicht braucht er Geld, um nach Madrid in die Politik zu gehen.«

»Mit fast siebzig?« Sie überlegte einen Moment. »Andererseits ist er noch fit. Schließlich fliegt er seine Maschine immer noch selber. Er braucht nicht mal eine Brille.«

»Ich weiß. Er hat ja auch den Jungfernflug mit der Beriew gemacht. Seit wann hat er den Flugschein?«

»Schon immer.«

»Was heißt schon immer? Früher gab es hier gar keinen Flugplatz.«

»Doch, für kleine Maschinen schon. Aber ich meine damit, solange ich denken kann. Er war sogar ein ganz fanatischer Flieger. Obwohl mich sein Hobby überhaupt nicht interessierte, hat er mich dazu gezwungen, auch einen Flugschein zu machen.«

Sie warf ihm einen kurzen Blick zu. »Nicht nur für Segelfliegen.«

Wieder eine Überraschung. Das hätte Costa auf keinen Fall angenommen. Aber jetzt begriff er, warum sie so gut Auto fuhr. »Was können Sie denn fliegen?«

»Alles außer Düsenmaschinen.«

»Und das wollte er?«

Sie lachte einmal trocken auf. »Es muss ungefähr fünfundzwanzig Jahre her sein, ich studierte noch in Madrid und war über das Wochenende zu Hause, musste aber eine dringende Seminararbeit fertig machen, hatte also überhaupt keine Zeit. Vorher hatte Jaume schon zwei Cessnas gechartert, um mit mir nach Venedig zu fliegen. Ich war von ihm finanziell abhängig und musste immer nachgeben. Es war Winter, das Wetter war grauenhaft, aber er wollte unbedingt ein Rennen. Er machte immer alles zum Wettkampf – wer ist der Schnellste, wer kann dies am besten und wer das. Wir mussten ziemlich tief fliegen, ich erinnere mich noch genau.«

»Wer hat gewonnen?«, fragte Costa halb amüsiert, halb ungläubig.

»Er war eine halbe Stunde vor mir dort.«

»Aber für so etwas muss man ziemlich gut sein«, sagte er staunend.

»Ich habe es gehasst. Ich bin völlig unfähig. Ich kriege schon in einer normalen Maschine Zustände. Aber er hat es zur Bedingung für mein Studium gemacht. Jedes Jahr musste ich mir mit so einem Wettflug mein Studium verdienen.«

»Verrückt. Wollte er Sie zu einem Jungen erziehen?«

»Er hat mich gar nicht erzogen. Dies war nur einer seiner kranken Einfälle. Manchmal dachte ich, er hofft, dass ich bei so einem Scheißflug ums Leben komme.«

Costa wusste nicht, was er dazu sagen sollte. Er brach die Unterhaltung ab und blickte aus dem Fenster. Mittlerweile waren sie in San Antonio. Sie bog am Denkmal von Christobal Colombo, einem ausgehöhlten Ei mit einem Schiff als Dotter, nach rechts in Richtung Santa Inés ab.

»Wissen Sie, Sie kennen ihn«, nahm Costa das Thema über ihren Stiefvater wieder auf. »Was ich überhaupt nicht verstehe: Als er von unserer ersten Leiche hörte, die am Strand angeschwemmt wurde, wollte er sie unbedingt sehen. Mich wunderte das, aber wir sind zusammen in die Gerichtsmedizin gefahren, und ich habe ihn dabei genau beobachtet. Ich meine, er hätte eigentlich geschockt sein müssen, Ruben Cepero da auf dem Tisch zu sehen. Ich bin mir sicher, dass er ihn trotz der Verstümmelungen wiedererkannt hat. Aber er hat es geleugnet. Er tat so, als könne er die zerfetzte Leiche nicht identifizieren. Nun frage ich Sie: Warum wollte er uns nicht sagen, wer der Mann war? Wir brauchten noch eine ganze Weile, bis wir es herausfanden. Und warum blieb er so gefasst? Das Ganze passt für mich nur, wenn es Prats' Interesse war, den Mord an Cepero möglichst lange vor uns zu verheimlichen. Solch ein Interesse hätte auf jeden Fall der Mörder selbst.«

Sie schien das ein bisschen weit hergeholt zu finden. »Was für ein Interesse könnte er daran gehabt haben, einen der Piloten umzubringen?«, fragte sie plötzlich misslaunig.

»Nun, Cepero war auch der Pilot, der für Keulemans die Medikamente von Algier oder Marokko nach Ibiza geflogen hat.« Costa schloss die Augen und konzentrierte sich. »Erst glaubte ich, Keulemans steckt hinter allem, aber dann wurde er selbst umgebracht. Wäre ich nicht dabei gewesen, hätte es alles perfekt nach Unfall ausgesehen.«

Sie schwieg und fuhr. Costa wusste nicht, ob sie diese schweren Beschuldigungen gegen ihren Stiefvater hinnahm, ob sie das alles zu verstehen suchte oder ob sie einfach abgeschaltet hatte. Vor ihnen wurde ein Lieferwagen überholt, und sie musste langsamer fahren. »Da Sie nicht an Zufälle glauben, wie Sie vorhin gesagt haben: Waren Sie *zufällig* dabei, oder wussten Sie, dass auf Keulemans ein Anschlag geplant war?«, fragte sie schließlich.

»Ich wusste nichts davon. Im Gegenteil, ich war drauf und dran, ihn wegen Mordes zu verhaften. Aber auch damit lag ich falsch, wie ich anschließend von seiner Ehefrau erfuhr. Zum Zeitpunkt der Verbrechen hat er sich in Belgien aufgehalten. Wir haben das bei den Fluggesellschaften überprüft.«

»Was suchen Sie nun?«

»Wir suchen den, den wir *Phönix* nennen. Den, der hinter allem steckt. Der das Geschäft aufgebaut hat und jetzt die Mitwisser aus dem Weg schafft.«

»Sie meinen also, wenn ich Sie richtig verstehe, jemand zieht einen Medikamentenschmuggel auf, benutzt dazu Keulemans, seine illegalen Arbeiter, Ruben Cepero als Pilot und lässt sie dann alle töten, damit es keine Zeugen mehr für die Geschichte gibt?«

Er hatte Recht gehabt, sie war scharf im Denken, und das machte sie ihm sympathisch. In Wahrheit aber gefiel sie ihm nicht. Schon bei der ersten Begegnung in ihrer Wohnung war er von der für ihn unattraktiven und unwirschen Frau abgestoßen gewesen und hatte Karins Begeisterung für sie nicht verstehen können. Aber intelligente Menschen hatten seine Sympathie.

»Ich sage nicht, dass es so war«, brummte er, »ich sage nur, dass das eine Möglichkeit wäre.«

Sie bog jetzt Richtung Santa Inés ab und warf ihm dabei zugleich einen spöttischen Blick zu. Als er schwieg, sagte sie: »Um Keulemans zu erledigen, beauftragte er einen Brandstifter, heuerte den Pilot an, der unerkannt das Flugzeug von Ruben Cepero bestieg, tankte Kerosin und vernichtete Keulemans mit dieser riesigen Ladung von Flugbrennstoff. Jetzt sucht ihr den Pilot, um von ihm zu erfahren, wer der Auftraggeber und das Hirn hinter all dem ist. Ist es so?« Sie warf ihm wieder einen kurzen prüfenden Blick zu.

In der Schärfe und Kürze, mit der sie es darstellte, klang es alles vollkommen lächerlich und unwahrscheinlich. Costa grinste sie an und nickte.

Sie fuhr an den Straßenrand, hielt an und stellte den Motor aus. Als hätte sie ihren Ärger die ganze Zeit verborgen, sagte sie: »Sie sprechen von Jaume Prats, meinem Stiefvater. Ist Ihnen eigentlich klar, was Sie da reden? Er soll fünf Menschen umgebracht haben? Er mag als Politiker und auch als Mensch seine Schwächen haben, aber sieht er aus wie ein Serienkiller?«

Sie drehte den Zündschlüssel. »Wissen Sie eigentlich, was ein Phönix ist?« Costa fragte sich, ob sie hier stehen bleiben wollte. »Der Phönix war der Stammvater aller Phönizier, der Vater von Kadmos und Europa. Er ist aus der Asche des Osiris hervorgegangen. Am Ende seines fünfhundertjährigen Lebens verbrennt er sich in der Glut der Morgenröte, um seinen Vater zu ehren. Aus den Flammen entsteht ein Ei, aus dem der Phönix schlüpft. Seine Farben sind Rot und Gold, die Farben des Feuers. Was soll das mit Jaume Prats zu tun haben?«

Costa gefiel diese Wendung nicht. Wie sollte er mit ihr die Tauffeierlichkeiten gut hinter sich bringen?

»Phönix, der Vogel des Feuers.« Er erinnerte sich, dass die Kinder am Strand den Namen gerufen hatten. »Wollen wir nicht mehr zur Taufe?«, fragte er.

Die Hochebene von Santa Inés lag vor ihnen. In der vor Hitze flimmernden Luft verschwommen die Umrisse der zerklüfteten Felsen, die der Gegend den Namen ›La Corona‹, die Krone, gegeben hatten. Es war eine der ursprünglichsten Gegenden Ibizas. Auf den Feldern wurde auch heute gearbeitet. Die Bauern, die ihre Esel immer noch den Maschinen vorzogen, hatten ihre Gründe, ohne das Wort pittoresk auch nur zu kennen: Die Tiere waren billiger im Unterhalt, und Strom gab es erst seit kurzem.

An der Tienda der Witwe Cardona kreuzte sich die Straße aus den Bergen mit der von Buscastell. Laureana bog links auf den schnurgeraden Weg nach Santa Inés ab. Geradeaus ging es zum Bauernhof von Costas Mutter, den sie, lange bevor es zum Trend auf der Insel geworden war, mit sechs Fremdenzimmern versehen als Hotel nutzte. Für den Begriff Fremdenzimmer hätte sie ihn getadelt: Sie und ihr Lebensgefährte Elmar vermieteten fast ausschließlich an Freunde oder Bekannte. Zur heutigen Taufe würde sie nicht kommen, weil sie Antoni Campaña nicht mochte. »Und wenn ich deinen Vater treffen will«, hatte sie gesagt, »dann weiß ich, wo ich ihn finden kann. Er sitzt ja jeden Nachmittag im Schatten seines Hauses an einem kleinen Holztisch vor der Schreinerei und philosophiert über das Leben.« Costa nahm sich vor, sie so bald wie möglich zu besuchen.

Auf dem Parkplatz stand Karins Sportwagen. Vor der Kirche hatte sich die gesamte Familie eingefunden. Wie an jedem dieser Sommertage war es stechend heiß. Die älteren Frauen bewegten anmutig und mädchenhaft ihre Fächer, die jüngeren saßen in ihren Autos, ließen Motor, Klimaanlage und Musik laufen. Die Männer hatten trotz der Hitze ihre Jacketts an und rauchten auf Vorrat. Campaña, der neben dem Priester Don Alonso stand, winkte ihnen hektisch zu. Man hatte bereits auf sie gewartet. Die Kirchentür wurde geöffnet und gewährte den von der Hitze Gepeinigten Einlass ins kühle Innere. Als Erste schritt Josefa durch das Portal, knickste am Weihwasserbecken, benetzte ihre Hände und schlug ein Kreuz, die Hände flink wie die Nadelstiche einer Nähmaschine: von der Stirn über beide Augenbrauen zum Mund, dann zum Kinn, über die Brüste zum Bauch und zurück zum Mund, wo sie den unsichtbaren Rosenkranz küsste, den Zeigefinger und Daumen umschlossen hielten.

Ihr folgten ihre Schwester Catalina und die Großeltern von Montserrat, Lucas Planells Mari und Soledad Planells Valderama, die mit ihren siebzig Jahren immer noch ehrenvoll auf einem *Vogue*-Titelblatt hätte erscheinen können. Sie trug ein kurzes, extrem tailliertes orangefarbenes Kostüm, einen Wagenradhut in gleicher Farbe und hochhackige Sandaletten. Dann betraten Lola und Antoni Campaña die Kirche, zuletzt kamen die Tochter

Montserrat mit dem Baby und ihrem Mann. Die Geschwister Montses, Ivan und Carmelita, setzten sich in die erste Reihe, ebenso wie Mateo Verdera, der Bruder Lolas, den ihre Eltern Lucas und Soledad adoptiert hatten. Ihnen folgten die Paten Costa und Laureana Sanchez. Die anderen Reihen füllten Karin, El Cubano zwischen seiner Mutter und seiner Tante, Rafals Frau Inés, ihre Kinder Pedro und Andreu, Costas Vater Toni und die vielen anderen Mitglieder der Familie.

Don Alfonso, so wusste Costa, war ein Seelenverwandter des Gerichtsmediziners Torres, was dessen Vorliebe für gute Rotweine anbetraf. Es ging das Gerücht um, dass er in seinen Sprengeln Santa Inés und San Mateo den minderwertigen Messwein schon vor langer Zeit gegen eine trinkbare Version hatte austauschen lassen, für die er aus eigener Tasche aufkam. Sein Alter und diese Liebschaft ließen ihn manchmal während der Litanei einschlafen. Diesmal jedoch war er sich der Bedeutung des Tages bewusst und sprach die Predigt mit klarer Stimme.

Nachdem er geendet hatte, wurden die Eltern und Paten zum Altar gebeten.

»Wie fühlst du dich, Montse?«, raunte Costa der achtzehnjährigen Tochter Campañas zu, die mit ihm zusammen vor den Pfarrer getreten war. Auf der anderen Seite standen ihr Ehemann Ramón, zwanzig Jahre älter als sie, und daneben Laureana Sanchez.

Montserrat lächelte ihn an, erwiderte aber nichts. Sie war eine wirkliche Schönheit. Von ihrer Großmutter Soledad hatte sie das Profil und die hellblonden Haare, die über ihren tief dekolletierten Rückenausschnitt fielen. Ihre Augenfarbe war ein blasses Aquamarin, und als sie Costa anlächelte, spürte er eine wohltuende Wärme. Seine Großmutter hatte ihm Montserrat als gebildet, reich und verwöhnt beschrieben. Campaña, ihr ehrgeiziger Vater, hätte dieses Juwel nie verschenkt, war ihre Meinung. *Er hat Ramón für sie ausgesucht, und ich glaube nicht, dass sie bei der Wahl ein Mitspracherecht hatte*, waren Josefas Worte gewesen, woraufhin er wissen wollte, warum der achtunddreißigjährige Ramón Francisco Suñer so attraktiv für den Vater war. Er hatte noch ihre harte trockene Stimme im Ohr: *Ramón ist der Urenkel von Ramón Serrano Suñer. Der Alte war auch Anwalt, in Madrid, ich kannte ihn noch persönlich. Er war zielstrebig und aus hartem Holz. Seine Kanzlei hat er zu Macht und Ansehen gebracht, nachdem er Zita geheiratet hatte, die Schwester von Francos Frau Carmen Polo. Das war im Sommer 1931. Carmen Polo war vorher hier auf der Insel gewesen. Dann kam der Bürgerkrieg, und nach Francos Sieg wurde Suñer Innenminister, dann Propagandaminister, und ein Jahr nach Beginn des Zweiten Weltkriegs wurde er Außenminister. Er war der Konstrukteur der Achse Hitler-Mussolini-Franco und betrieb eifrig unseren Eintritt in den Krieg. Seine Idee war es auch, eine spanische Division an die deutsche Ostfront zu schicken. Dafür war ihm später zwar keiner dankbar, aber das war nicht der Grund für seinen Verlust an Einfluss. Der Grund war sein Mangel an Kompromissfähigkeit, und als er sich diese Sturheit sogar Franco gegenüber leistete, war mit seiner politischen Laufbahn Schluss.* Es gab an Josefa dieses und jenes auszusetzen, aber ihr Gedächtnis und ihre Intelligenz bereiteten ihm Vergnügen. Sie hatte sich dann noch eine Weile darüber ausgelassen, dass der Alte gesellschaftlich nur noch als die lächerliche Figur des protektionierten Schwagers herumlief, seine Kanzlei aber mit Erfolg weiterführte und bis zu seinem Tod 2003 mit einhundertundzwei Jahren ein erklärter Kommunistenhasser war, obwohl es keine Kommunisten mehr gab. In den letzten Jahren vor seinem Tod hatte die Presse ihn wieder entdeckt, und er las bei Interviews den erstaunten Journalisten gerne alte Briefe seines lieben Freundes Mussolini vor. Sein Urenkel Ramón trat nach seinem Studium in die hoch angesehene Madrider Kanzlei Suñer ein und lernte Montserrat bei einem Besuch auf Ibiza kennen. Campaña stand mit der Kanzlei wegen einer Kooperation in Verhandlungen und hatte Ramón hierher eingeladen und seiner schönen Tochter vorgestellt. Als Aussteuer gab er ihr eine luxuriöse Villa in Vista Allegre mit. Dort wohnte das junge Paar nun, wenn sie nicht in Madrid waren.

Ramón hielt das Kind Laureana hin, die ein Kreuz auf seine Stirn zeichnete, dann nickte er lächelnd Costa zu, der es ihr gleichtat, bevor Don Alfonso in seiner Litanei fortfuhr.

»Heilige Maria, Mutter Gottes.«

»Bitte für sie«, antworteten alle.

Costa sah hinüber zu Campaña. Er folgte der Zeremonie so konzentriert, als wäre er im Gerichtssaal. Gläubig war er gewiss nicht. Der Vater seines Schwiegersohnes saß neben ihm, mit gleicher Miene und dem gleichen Beruf. Diese Taufe festigte, was sich beide gewünscht hatten: das Bündnis der Familien Campaña und Suñer, deren Einfluss nun von Ibiza bis nach Madrid reichte.

»Heiliger Josef.«

Costa sah zu Josefa. Mit halb geöffnetem Mund und geschlossenen Augen hatte sie jedes Wort der Predigt und des Sakraments mitgesprochen. Wie viele Taufen mochte sie in ihrem Leben erlebt haben? Und wie viele der Täuflinge hatte sie bereits zu Grabe getragen?

»Bitte für sie.«

Costa fiel ein, dass sie und ihr Mann 1932 an derselben Stelle gestanden hatten, um einen Jungen auf den Namen Antonio Costa Mari zu taufen, seinen Vater.

»Herr Jesus Christus, wir bitten dich für dieses Kind: Begleite es auf seinem Weg ins Leben. Lass es eine frohe Jugend im Kreise seiner Familie erleben und empfänglich sein für alles Gute.«

Sein Vater sah aus, als ob er schliefe. Costa durchzuckte ein kurzer Schmerz. Eine Ahnung der Trauer, die ihm bevorstand.

»Ja, darum bitten wir.«

Er spürte Karins Blick. Sie saß neben seinem Onkel El Cubano.

»Wir bitten dich für die Eltern: Schenke ihnen Kraft, dass sie durch ihr Beispiel im Kind Liebe und Verantwortung für seine Mitmenschen wecken.«

Zwei Brüder, wie sie unterschiedlicher nicht hätten sein können. Das, was sie einte, war ihr Unvermögen, ihre eigenen Familien zusammenzuhalten.

»Ja, darum bitten wir.«

Ein Ministrant brachte Katechumenenöl und einen Wattebausch. Der Priester nahm die Salbung des Kindes vor. Dann übergab er es Laureana.

Don Alfonso erhob das Kännchen mit dem Taufwasser.

»Widersagst du dem Satan?«

»Ich widersage«, antwortete Laureana.

»Und all seiner Bosheit?«

El Cubanos Kinder waren in den fünfziger Jahren einem Attentat zum Opfer gefallen, das ihm galt, weil er versucht hatte, seinen Machtbereich von Kuba auf die Florida Keys auszudehnen. Seine amerikanische Frau hatte sofort danach die Scheidung eingereicht und nie mehr ein Wort mit ihm gesprochen. Dann war er nach Ibiza zurückgekehrt und hatte die Geschäfte seiner Mutter Josefa übernommen.

Costas Mund war trocken, er fuhr sich rasch mit der Zunge über die Lippen. »Ich widersage.«

»Und all seinen Verlockungen?«

»Ich widersage.« Laureanas Stimme klang laut durch das Gewölbe und ohne Zweifel.

»Glaubst du an Gott den Vater, den Allmächtigen, den Schöpfer des Himmels und der Erde?«

El Cubanos zweite Liebe wurde ebenso fatal beendet: Die Duquesa de Alba starb im September 1970 durch seine eigenen Hände. Costa, noch ein Kind, hatte es mit angesehen, aber der Richter über seinen Onkel sollte Gott sein. So hatte er für sich entschieden.

»Ich glaube.«

Sein Vater hatte in einem kurzen Anflug von Weltoffenheit ebenfalls der Insel den Rücken gekehrt. In Deutschland hatte er Costas Mutter kennen gelernt und war mit ihr vor seiner Geburt nach Ibiza zurückgekehrt.

»Glaubst du an Jesus Christus, seinen eingeborenen Sohn, unseren Herrn, der geboren ist von der Jungfrau Maria, der gelitten hat und begraben wurde, von den Toten auferstand und zur Rechten des Vaters sitzt?«

Die Ehe hatte nicht lange gehalten, denn der alte Costa hatte sich zu schnell wieder seiner bäurischen Vorlieben erinnert, während seine junge Frau, fasziniert von den Hippies, ihr eigenes Leben begann.

»Ich glaube.«

1973 war sie mit ihm vor der Eifersucht seines Vaters nach Hamburg geflüchtet. Eine kalte, regnerische Stadt an einem grauen Fluss. Doch der Hafen mit den vielen Metallgeräuschen und Kränen hatte ihn fasziniert.

»Glaubst du an den Heiligen Geist, die heilige katholische Kirche, die Gemeinschaft der Heiligen, die Vergebung der Sünden, die Auferstehung der Toten und das ewige Leben?«

Er räusperte sich. »Ich glaube.«

»Estela Esmeralda Maria Suñer Campaña«, Don Alfonsos Stimme erfüllte die kleine Kirche, »ich taufe dich im Namen des Vaters und des Sohnes und des Heiligen Geistes.«

Nun ist sie kein Maure mehr, summten die Alten, sondern ein Christ. Laureana entzündete die Taufkerze, während das Kind mit Chrisam gesalbt wurde.

kapitel dreiunddreißig

Heute, am Donnerstag, ist mein elfter Geburtstag, schrieb sie am 20. Mai 1971 in ihr Tagebuch. Sie hatte wieder den Traum, dass sie sie verfolgten, um sie zu zwingen, in die Kiste zu schauen. Diesmal aber stand die Kiste in der Küche, und sie wollten, dass sie Papi hineinlegte. Sie deuteten auf einen Vogel mit einem gebrochenen Flügel, den sie in einem Laken mitgebracht hatten. Sie sagte, dass er das nicht sei und dass sie das nicht mache und dass er zu Ausgrabungsarbeiten nach Tunesien geflogen sei und sie warten müssten, bis er wiederkomme.

Sie war so ärgerlich, dass sie es Papi morgens nach dem Aufwachen gleich gesagt hatte, doch er winkte ab und wies sie an, sich ganz auf die Arbeit zu konzentrieren, nicht nur in der Schule, sondern auch anschließend auf das Studium. Es sei der einzige Weg, ihn zu befreien.

Neuigkeit am 15. August 1971
Der Einzige, dem ich erlaube, mir nahe zu sein, ist er. In der Finca, die er abgebrannt hat. Er darf es, weil er alles tut, was ich sage. Aber heute passierte etwas Unglaubliches. Er griff mir von hinten in die Rippen und kitzelte mich. Ich schoss herum und schaute ihn glühend an.

»El pulpo gigante«, sagte er und ließ die Hände für einen Moment sinken. »Keiner weiß, wo die Riesenkraken zuerst zuschlagen.«

Ich hob drohend meine Hände, doch er ließ seine so wild durch die Luft fliegen, dass ich sie nicht abwehren konnte. Er packte mich unter den Achselhöhlen. Zuerst wollte ich lachen oder schreien, aber ich schaffte es, die Luft anzuhalten, und nach ein paar Minuten schoss ich ihm einen höllischen Schrei ins Gesicht.

Er sah mich erschrocken an, und ich befahl ihm mit meiner heftigsten Stimme, tot dazuliegen. In Stücke zerrissen. Er warf sich auf den staubigen Boden. Ich legte Steine und Holz und was ich so finden konnte, auf Arme und Beine. Ich legte auch ein Brett auf seinen Hals, als wäre der Kopf abgetrennt.

»Nun siehst du, was du davon hast«, sagte ich und ging davon.

kapitel vierunddreißig

Das helle Licht der Mittagssonne ließ die Mitglieder der Festgemeinde blinzeln, als sie aus der Kirche traten. Diejenigen, die keinen Platz mehr im Innenraum gefunden hatten, applaudierten dem Täufling. Alle schüttelten sich die Hände, wie es der Brauch nach jedem Gottesdienst war.

Campaña umarmte Costa. »Du weißt, dass unsere kleinen Differenzen immer nur beruflicher Natur waren. Ich freue mich, dass Montse dich als Paten gewählt hat.«

Campaña hatte ihn soeben zum ersten Mal geduzt. Ihm war unbehaglich dabei, denn sie würden zwangsläufig wieder als Gegner aufeinander treffen, und dafür erschien ihm die formelle Anrede passender. Er hoffte, Campaña war das Du nur herausgerutscht.

»Danke«, sagte er und vermied es, den Vornamen des Anwalts auszusprechen.

»Toni Costa!« Der große orangefarbene Hut Soledad Valderamas teilte die Menge. »Unterhalte dich nicht zu lange mit diesem Menschen. Er ist von Grund auf schlecht, und ich darf das sagen, denn ich habe seinem Sohn meine Tochter anvertraut. Antoni, *cariño*«, flötete sie in Campañas Richtung, »sollten die Appetithäppchen oder *amuses bouches,* wie ich sie nennen würde, jetzt nicht gereicht werden? Die Mehrzahl der Gäste sieht hungrig aus.« Ihr Schwiegersohn lachte, küsste sie links und rechts auf die Wangen und verschwand. Soledad brachte einen grandiosen Fächer mit der Skyline ihrer Geburtsstadt Caracas zum Vorschein und beugte sich verschwörerisch zu Costa. »Aber geschäftstüchtig ist er schon, kein Zweifel. Genau wie dein Onkel, das alte Schlitzohr.« Sie wandte sich mit einem strahlenden Lächeln an El

Cubano, den sie im Rückspiegel ihrer Intuition gesehen haben musste. »Joan, ich finde, du solltest dich mehr um deinen Neffen kümmern. Warum ist er noch nicht Polizeipräsident? Gibt es nicht irgendeine Tätigkeit, die ihm gestattet, den Sommer über Boot zu fahren, wie es jeder vernünftige Mensch tut?«

Cubano lachte aus vollem Hals. Er schlug Costa mit der einen Hand auf die Schulter – worauf dieser zusammenzuckte, obwohl es die rechte war – und reichte mit der anderen Soledad ein Glas ihres bevorzugten Sektes ›Reserva de la familia‹. »Mein Neffe zieht es vor, sich tyrannisieren zu lassen und Hundeknochen auszugraben. Eine ganz neue Art von Guardia Civil. Wahrscheinlich hat er das in Deutschland gelernt. Ihm fehlt einfach der Blick für das Wesentliche. In seiner Dienststelle nennen sie ihn ›El Alemán‹, und ich glaube nicht, dass das schmeichelhaft gemeint ist.«

Zwei Hände glitten über Costas Rücken. Er drehte sich in der Erwartung um, Karin zu sehen.

Montse küsste ihn auf den Mund. »Vielen Dank für das Geschenk. Klassisch, finde ich.«

»Nicht wahr?«, antwortete Costa und strahlte.

Zum ersten Mal, seit er die Ermittlungen zu diesem Fall aufgenommen hatte, entspannte er sich ein wenig. Eigentlich gab es dazu keinen Anlass, denn von einer Aufklärung war er noch weit entfernt. Trotzdem rückte all dies für einen Moment in den Hintergrund. *Herzlich* war das Wort, das ihm in den Sinn kam. In seinem Beruf hatte er nur mit Lügen, Vertuschung und Falschheit zu tun. Die Zuneigung seiner Familie hingegen – Campaña vielleicht ausgenommen – kam von Herzen. Sogar sein Onkel Cubano, dessen Geschäfte sich meistens am Rand der Legalität bewegten, war ihm gegenüber immer herzlich.

Zufrieden nahm er sich ein paar der kleinen Köstlichkeiten von den herumgereichten Tabletts und schlenderte mit einem Glas Sekt in der Hand von Grüppchen zu Grüppchen. Er wurde überall begrüßt und umarmt, jeder beteuerte, wie schade es sei, dass man sich nicht öfter sehe.

»Aber zur Matanza kommt er jedes Jahr«, dröhnte Cubanos Stimme über den Kirchplatz, »auch wenn er ein so viel beschäftigter *teniente* ist. Toni ist ein guter Junge. Er weiß, was sich gehört und dass die Familie das Wichtigste im Leben ist.«

Costas Vater saß auf den Stufen der Tienda C'an Cosmi und klopfte mit der flachen Hand auf den Stein neben sich, damit Costa sich setzte. »Erzähl, wie geht es deinen Kindern? Kommen sie dich im Herbst besuchen?«

Eigentlich hätten Annalena und Alexander die Sommerferien auf Ibiza verbringen sollen, aber dann hatte sich herausgestellt, dass die Tochter noch einiges nachzuholen hatte, bevor das neue Schuljahr begann. Und Alexander, der seit zwei Jahren aufs Gymnasium ging, steckte offensichtlich mitten in der Pubertät und wollte unbedingt in Hamburg bleiben. Es gebe da ein Mädchen, hatte seine Exfrau Sabine angedeutet. Wenn Costa mit seinem Sohn telefonierte, waren dessen Antworten in letzter Zeit meist knapp und vermieden jede Art von Emotion – gewöhnlich wurde der Hörer schnell an seine Tochter weitergereicht. Immerhin würde Annalena wenigstens in den Herbstferien kommen, das hoffte er jedenfalls.

»Alexander hat wohl eine Freundin«, sagte Costa.

»Er wird jetzt dreizehn, oder?«, fragte sein Vater. »Da geht es los. Als mein Vater und Josefa sich kennen lernten, waren sie zwölf. Das war«, er rechnete kurz, »1926. Und du weißt, was daraus geworden ist. Sechs Jahre später haben sie geheiratet und waren nicht einen Tag getrennt, bis Vater starb.«

Costa nickte ergeben. Jeder in der Verwandtschaft kannte die Geschichte von der Piratin und dem einfachen Schreiner.

Er schielte zu den Mandelbäumen hinüber, wo das Essen vorbereitet wurde. Auf den Schwenkgrills brieten Spanferkel und frisches Gemüse, an großen Stangen drehten sich Zicklein und

Milchlämmer. Die Holztische waren mit den Blüten von Hibiskus, Lavendel und wilden Rosen dekoriert.

Costas Vater deutete auf Karin und forderte ihn auf, sich um sie zu kümmern. Costa kam nun endlich dazu, sie zu begrüßen. Sie erwiderte seinen Kuss, sah aber zu irgendetwas hinter ihm. Er wandte sich um. Drei schwarze Limousinen hielten am Rand des Feldes. Inselrat Jaume Prats war gekommen. Mit dem strahlenden Lächeln, das jeder von den Wahlplakaten der Partido Popular kannte, und mit ausgebreiteten Armen eilte er zu Montserrat und drückte sie an sich. Dann begrüßte er ihren Mann, als Nächstes Campaña und dessen neuen Geschäftspartner Suñer. Costa studierte genau die feinen Graduierungen: Vor Josefa verneigte er sich, ohne sie zu berühren; Cubano schüttelte er kräftig die Hand, beide schlugen sich auf die Schultern; Soledad Valderama gebührte ein perfekt ausgeführter Handkuss; den anderen winkte er zu. Als er vor seiner Stieftochter stand, waren die eingeübten Gesten für einen Moment wie ausgelöscht: Laureana und er sprachen ein paar Worte und schlossen sich lange in die Arme.

Dann traf sein Blick den Costas. Seine Miene war schwer zu deuten, und Costa war gespannt, was nun kommen würde. Die Suche nach *Phönix* hatte ihn wieder eingeholt. Er versuchte, den Bischof irgendwo zu entdecken, doch vergebens.

Prats wandte sich Karin zu. »Es ist mir immer wieder ein Vergnügen, Sie zu sehen, Señora Schäfer.« Er sprach das für Spanier unmögliche S-C-H-Ä akzentfrei aus. »Und das meine ich wörtlich. Sie sehen bezaubernd aus.«

Dann reichte er Costa die Hand. »*Teniente*, wenn Sie da sind, fühle ich mich in sicheren Händen.«

Costa drückte die Hand kurz und hart. »Das denke ich auch. Ihre Leibwächter können Sie getrost nach Hause schicken. Sie werden sich auf einem so intimen Familienfest ohnehin deplatziert fühlen.«

Bevor Prats die Möglichkeit einer Erwiderung hatte, unterbrach Campaña das Gespräch. »Jaume, wenn du so weit bist, können wir anfangen und mit deiner Rede die Tafel eröffnen.«

Prats nickte und wandte sich noch einmal kurz an Costa: »Sie sind noch eine Weile hier, nehme ich an. Wir werden diese interessante Unterhaltung später fortsetzen.«

Costa grinste zustimmend und dachte: Worauf du dich verlassen kannst. Er setzte sich mit Karin und lauschte, wie alle anderen, Prats' Worten, der von der kleinsten Einheit eines funktionierenden Staatswesens sprach. Er meinte die Familie. Dann sprach er von der Verantwortung des Einzelnen für die Allgemeinheit, der Schönheit Ibizas und den schweren Zeiten, die sich wieder in rosige wandeln würden, wenn nur alle an einem Strang zögen.

Costa klaubte eine Olive aus dem Schälchen vor ihm, tunkte Weißbrot in die Knoblauchmayonnaise und überlegte, wie er vorgehen würde, wenn die Befragung der Leibwächter nichts erbracht hatte.

Prats hatte sich von seinem eigentlichen Thema, der Taufe von Montses und Ramóns Kind, weit entfernt. Nicht umsonst seien die Balearen eine der reichsten Regionen Spaniens, erklärte er; die Innovationsfreudigkeit Ibizas liege jedoch weit vor der der großen Schwesterinsel, und was die Familie March für Mallorca geleistet habe, werde die Familie Costa hier bald überbieten.

Über die Mandelbaumfelder lief ein Mann. Als er näher kam, erkannte Costa den Bischof. Ohne Karin zu beachten oder jemanden zu begrüßen, setzte er sich atemlos neben Costa, ein großes Taschentuch in der Hand, mit dem er sich immer wieder über die Stirn wischte. Noch nie hatte Costa seinen Vetter, der sonst immer die Ruhe selbst war, so aufgelöst gesehen. Natürlich fiel sein Auftritt aus dem Rahmen, alle hatten es mitbekommen, aber niemand nahm länger Notiz davon, denn es war bekannt, dass beide bei der Polizei waren, und man nahm an, dass der Bischof ein eben begangenes Verbrechen meldete. Dazu passte es auch, dass er tuschelte.

»Ich warte schon die ganze Zeit auf dich«, sagte Costa ungeduldig. »Hast du etwas aus den Leibwächtern herausquetschen können?«

»Ja, ich denke, wir haben *Phönix*.«

»Wer ist es?«, fragte Costa leise und eindringlich.

»Jaume Prats«, raunte ihm der Bischof zu.

Costa spürte, wie sich sein Magen zusammenkrampfte. Er sah zum Inselrat hinüber, der soeben seine Rede unter lautem Applaus beendet hatte, und fragte: »Was hast du herausgefunden?«

»Die Leibwächter haben mir erzählt, dass der Inselrat am Sonntagabend gegen halb neun im Mercedes die Garage seiner Villa verließ und die lange Allee blinkend und dreimal hupend heruntergefahren kam, um schon von weitem zu signalisieren, dass sie das Tor öffnen sollen. Einer ist dann geblieben, zwei sind dem Inselrat in ihrem Auto gefolgt. Das ist Routine, das läuft immer so ab.«

»Du meinst, immer wenn Prats ausfährt, blinkt er und hupt, damit die das Tor aufmachen, und immer folgt ihm dann ein Wagen mit Bodyguards?«

Der Bischof nickte. »Das ist so vereinbart, wenn er mit Personenschutz ausfahren will. Zwei Angestellte folgen dann in einem zweiten Auto.«

»Und wo fuhr Prats hin?«

»Zum Flughafen. Dort ist er ausgestiegen und gab den Angestellten ein Zeichen, auf ihn zu warten. Das taten sie auch. Sie warteten etwa eine Stunde. Ich hab mir das zeigen lassen, sie führen Buch über ihre Arbeitszeiten. In der Zwischenzeit haben sie dann aus dem Radio von dem Waldbrand erfahren, aber sie konnten den Rauch des Feuers auch vom Flughafen aus sehen. Ungefähr um halb zehn kam Prats zurück und fuhr wieder nach Hause. Sie sind ihm dahin gefolgt.«

»Das beweist ja noch nicht, dass er die Maschine geflogen hat«, wandte Costa mit letztem Zweifel – oder war es mit letzter Hoffnung? – ein.

Der Bischof machte ein bedenkliches Gesicht. »Ich habe sie gefragt, was er anhatte. Er trug die Uniform Ceperos, Kappe und eine Sonnenbrille – genau wie das Flughafenpersonal ihn gesehen hatte. Er hat sich als Cepero verkleidet.«

Costa nickte. »Fahr zu Richter Montaña und besorg dir einen Haftbefehl.«

Der Bischof zog ein Papier aus der Tasche. »Schon geschehen. Deswegen hat es ja so lange gedauert. Elena wartet mit unseren Beamten hinter der Kirche.« Er weitete seinen Kragen mit einem Finger. »Wir sollten das so unauffällig wie möglich hinter uns bringen.«

Costa stimmte ihm zu.

In diesem Augenblick kam Prats geradewegs auf sie zu.

»Rafal Gonzales«, zischte der Inselrat, als er vor dem Bischof stand, »was fällt dir ein, meine Leibwächter zu verhören?« Dann schrie er jenseits aller Selbstbeherrschung: »Wenn du Fettkloß dir einbildest, ich wäre irgend so ein hergelaufener Eierdieb, dann wirst du jetzt deine Lektion bekommen!«

Sämtliche Gespräche verstummten, alle Köpfe drehten sich dem Bischof und Costa zu.

»Was also wirst du jetzt tun?«, brüllte er den Bischof an.

»Sie verhaften«, antwortete Costa an dessen Stelle. »Wegen fünffachen Mordes.«

»Ihr habt es alle gehört.« Prats breitete theatralisch die Arme aus. »Ein Mann, der sich niemals etwas zuschulden kommen ließ, wird auf einer Taufe von einem Mitglied seiner eigenen Familie verhaftet.«

Empört riefen alle durcheinander.

»Machen Sie keinen Aufstand«, sagte Costa, »es wird Ihnen nichts nützen. Ich würde Sie ungern mit Gewalt abführen lassen.« Er suchte mit den Augen nach Karin, die mit El Cubano zusammenstand. Der Vorwurf in ihrem Gesicht galt ihm, Costa, nicht dem Verbrecher. Der gleiche Vorwurf, den er auch bei allen anderen sah. Nur Josefa nickte ihm zu.

El Cubano trat heran und sagte ganz ruhig, doch mit einem kleinen amüsierten Lächeln: »Toni, wenn du dich irrst, bist du fertig.«

Costa empfand plötzlich eine große Entspannung. Die Dinge kommen zu uns, dachte er, und sie gehen von uns. Dennoch hoffte er, dass sie keinen Fehler begangen hatten.

Als sie zusammen die Feier verließen, der Bischof, Prats in der Mitte und Costa, begegnete er Laureanas Blick, und ein Gefühl der Trauer überkam ihn. Lieber hätte er die Feier ohne jeden Zwischenfall wieder mit ihr verlassen.

kapitel fünfunddreißig

Costas Gegenüber wirkte wie ein Manager. Das Wort *eloquent* war für Menschen wie ihn erfunden worden. Der Mann war Ende dreißig, kein Muskelpaket, sondern ein Ausdauersportler. Er trug einen tadellos sitzenden schwarzen Anzug, hatte perfekt manikürte Finger und schwitzte nicht.

Costa begann: »Ich danke Ihnen, dass Sie meiner Bitte um ein Gespräch gleich gefolgt sind.«

»Kein Problem.« Die Antwort kam militärisch knapp.

»Meine Kollegin, Leutnant Navarro, führt zwar Protokoll, aber vielleicht erlauben Sie, dass wir auch das Tonband laufen lassen.«

Kurzes Nicken. »Bitte.«

»Danke. Sie wollen ja möglicherweise auch nicht falsch interpretiert werden.«

»Sicher nicht.«

»Ihr Name ist Cristobal Silva, geboren am 20.3.1968 in Santiago de Chile?«

Silva quittierte die Frage wiederum mit einem knappen Nicken, fügte aber wegen des Tonbands ein »Ja« hinzu.

Costa fuhr fort: »Seit wann sind Sie bei Inselrat Prats beschäftigt?«

»Seit einem halben Jahr.«

»Das ist noch nicht lange. Gab es einen besonderen Grund für die Einstellung?«

»Mir wurde keiner genannt.«

»Wissen Sie, seit wann Ihre Kollegen«, Costa warf einen Blick in seine Unterlagen, »Angulo und Santacruz bei Herrn Inselrat Prats arbeiten?«

»Wir sind alle zugleich engagiert worden.«

»Hatte er vorher keinen Personenschutz?«

»Nicht, dass ich wüsste.«

»Señor Silva, haben Sie eine besondere Ausbildung, die Sie zu dieser Tätigkeit befähigt?«

»Ich bin Security Manager. Ich bezeichne meine Arbeit gerne als ›Hausmeister im Sicherheitsgebäude‹. Planung und Strategie sind meine Aufgabe. Ein Personenschützer, der zuschlägt oder von der Waffe Gebrauch machen muss, hat schon versagt.«

Costa hielt ihm ein Foto von Cayetano Herrera hin:

»Den schon mal gesehen? War er mal im Haus des Inselrats?«

Silva sah sich das Foto genau an und schüttelte den Kopf. »Hässlicher Vogel. Wäre mir aufgefallen.«

Die Tür flog auf, und Santander kam herein.

»Teniente Costa, ich würde Sie gerne einen kurzen Moment sprechen.«

Costa überraschte das nicht. Er hatte Santander von der Verhaftung des Inselrats nicht verständigt, weil er das Einverständnis Santanders dazu niemals erhalten hätte. Er hatte damit gerechnet, dass Santander ihn wutschnaubend zusammenstauchen, aber nicht an dem Verhör Prats' hindern würde. Es war nun mal geschehen, Prats saß in der Arrestzelle und wartete darauf, zum Verhör geholt zu werden, und er wusste, dass Campaña jeden Moment hier erscheinen würde, nachdem er Costa die Chance gegeben hatte, diesen unverzeihlichen Übergriff zu begehen. Das gab ihm die Chance, Costa abzusägen und nach Formentera zu versetzen, was Prats ihm auf dem Weg hierher bereits geschworen hatte. Allen war es also nicht sonderlich eilig, denn alle brauchten einen gravierenden Fehler Costas, um ihn loszuwerden. Bis auf sein Team und den Richter Montaña gab es niemanden, der eine Versetzung Costas ins Nirgendwo bedauert hätte. Aber ein gravierender Fehler braucht eine gewisse zeitliche Ausdehnung. Sonst könnte man einfach sagen, *sorry*, tut mir leid, hier ist mir ein kleiner Fehler unterlaufen, ich entschuldige mich, lasst uns die Lapalie vergessen. Campaña war ein kluger Taktiker, und einen Inselrat auf einer Privatveranstaltung zu verhaften und eine Stunde auf dem Präsidium festzuhalten oder gar in eine Zelle zu sperren war ein gravierender Fehler. Ganz so würde Santander nicht denken; er würde Costa laut und aufgebracht verwarnen, wie er es jetzt gerade vorhatte, ihn dann aber das Verhör für den Fall durchführen lassen, dass an der Anschuldigung doch etwas dran war. Bei einem Fehlschlag Costas würde er den Gegnern ihren Wunsch erfüllen und Costa nach Formentera versetzen. Damit würde er sich die Loyalität von Prats, Campaña und Genossen sichern. El Cubano wiederum hoffte darauf, dass seine Polizeikarriere endlich zu Ende wäre, damit er in das Familienunternehmen einträte und dort der Piratin und ihm nützlich wäre. Das war ja auch Karins Wunsch, und er hätte die Reihe seiner guten Bekannten weiter durchgehen können – alle gaben ihm diese eine Stunde, die dem »gravierenden Fehler« sein rechtes zeitliches Ausmaß gäbe.

Santander war einige Schritte auf dem Flur vorausgegangen, blieb nun stehen und fauchte ihn an, was ihm eingefallen sei, Inselrat Prats zu verhaften. Costa begründete seine Maßnahme so knapp wie möglich, durchstand das Geplänkel, bestätigte, dass er die Verantwortung ganz auf sich nehme, und bedankte sich für die Chance, die ihm Santander – aus Ehrerbietung vor seinem Onkel El Cubano – ausdrücklich einräumte und die darin bestand, Prats' Befragung durchzuführen.

Costa wollte seine eben unterbrochene Arbeit fortsetzen, als Santander ihn noch einmal aufhielt und die Genehmigung zeitlich beschränkte. »Eine Stunde gebe ich Ihnen, Costa. Dann werden Sie Ihre Befragung beenden und mir unmittelbar Bericht erstatten.«

Costa nickte und wollte los, als Santander noch etwas einfiel. »Nur ein Geständnis des Inselrats kann Ihre Haut retten, Costa, das ist Ihnen doch klar, oder?«

Costa nickte und sagte, ein Geständnis oder eine lückenlose Indizienkette.

»Lückenlos? Na ja«, sagte Santander kopfschüttelnd und ging davon.

Als Costa in den Vernehmungsraum zurückkam, fand er Elena und Silva in eine angeregte Unterhaltung über eine Kampfsportart mit dem Namen Inosanto Kali und die Vor- und Nachteile eines Aluminium-Trainingsmessers vertieft.

Costa setzte sich. »Entschuldigen Sie bitte die Unterbrechung. Mich interessiert jetzt eigentlich nur der Tag, an dem wir auf der Insel den Waldbrand hatten, Sonntag, der 5. September. Wann sind Sie an diesem Tag zum Dienst gekommen?«

»Um 16 Uhr. Ich hatte die Abendschicht. Bis 24 Uhr.«

»Und Sie taten Ihren Dienst in der Villa von Inselrat Prats?«

Silva räusperte sich. »Nein. Außer im Gefahrenfall hatte keiner von uns die Befugnis, das Haus des Inselrats zu betreten. Wir alle machten wechselnden Dienst im Wachhaus an der großen Toreinfahrt. Wir kontrollierten, wer hinein- und hinausfährt, wir machten in regelmäßigen 30-Minuten-Abständen auf der Innenseite der Grundstücksmauer Rundgänge, und zwei von uns folgten dem Inselrat unmittelbar in unserem Dienstwagen, sofern er am Steuer seines Mercedes das Grundstück verließ.«

»Rief er Sie dann vorher an?«, hakte Costa nach.

»Nein. Jedenfalls war es nicht die Regel. Er kam mit dem Mercedes angefahren, hatte dann ja bis zum Wachhäuschen dreihundertsechzig Meter vor sich, so dass uns genügend Zeit blieb, ins Auto zu steigen und ihm gleich nach Verlassen des Grundstücks zu folgen. Meistens blinkte und hupte er sowieso, um auf sich aufmerksam zu machen.«

»Wie war es am Abend des 5. September?«

»Seit meinem Dienstantritt war der Inselrat zu Hause. Es gab auch keinerlei besondere Vorkommnisse. Erst um kurz vor halb neun sah ich, wie sein Wagen sich blinkend und hupend dem

Wachhäuschen näherte. Ich fragte meinen Kollegen Angulo, ob er die Tour mit mir macht, dann sprangen wir beide in den Wagen, der immer neben dem Wachhaus geparkt ist, während Santacruz das Tor für den Inselrat öffnete. Er fuhr hinaus, und wir folgten.«

»Es wurde gerade dunkel«, folgerte Costa.

»Ja.«

»Fiel Ihnen irgendetwas Besonderes auf, zum Beispiel, dass den Inselrat jemand begleitete?«

»Nein. Das heißt, ja, ich konnte sehen, dass er alleine war, am Tor war ja das Flutlicht an.«

»Fiel Ihnen irgendetwas an ihm auf?«

Silvas Miene wurde für einen Moment nachdenklich. »Ja, das heißt, bei der Ausfahrt eigentlich noch nicht, erst am Flughafen.«

»Sie fuhren also zum Flughafen?«

»Ja, wir folgten ihm dahin.«

»Und was war dort?«

»Er hielt an der Schranke zum abgeriegelten Flughafengelände. Nur kurz, die haben seine Autonummer und öffnen die Schranke dann immer automatisch. Die haben auch unsere Nummer und lassen uns dann durch. Wie immer fuhr er auf den für ihn reservierten Parkplatz am Zoll, und wir blieben auf dem etwas weiter entfernten Personalparkplatz stehen.«

»Und was passierte dann?«

»Ich stieg aus dem Wagen und wollte ihm folgen, aber er machte mir Zeichen, dass ich zurückbleiben sollte. Das war bislang noch nie passiert, und an sich galt die Abmachung, dass wir ihn stets bis zu seiner Maschine begleiten. Wenn er es wollte, flog einer von uns auch mit.«

»Aber diesmal wollte er es nicht?«

»Nein. Ich verstand das anfangs nicht und ging hinterher, aber er drehte sich immer wieder um und machte dann ziemlich eindeutige Zeichen, ich solle verschwinden.«

»Und haben Sie das gemacht?«

»Nein. Ich war irgendwie ziemlich irritiert. Ich dachte, wenn er nicht will, dass wir ihm folgen, hätte er uns das doch schon zu Hause am Tor sagen können. Es war irgendwie ... seltsam, also ziemlich ungewöhnlich. Ich habe die Kollegen hinterher gefragt, und alle hätten sich genauso verhalten wie ich.«

»Das heißt was?«

»Ich habe dann so getan, als würde ich zurückgehen, habe mich aber versteckt und ihn im Auge behalten.«

»Warum haben Sie das getan?«

»Na ja, eine unserer wichtigsten Aufgaben ist der Schutz vor Geiselnahme. Es besteht immer die Möglichkeit, dass eine der geschützten Personen oder eine Person in deren Umkreis erpresst wird und zu Handlungen gezwungen wird.«

»Und das schien Ihnen hier der Fall zu sein?«

»Irgendwie ja. Die ganze Szene, sein Verhalten, dass er uns nicht ausreichend informiert hat, auch wie er sich bewegte und dass er überhaupt kein Wort zu mir sprach, mir nichts zurief, das alles hatte so etwas Künstliches. Ich dachte also, vielleicht steht der Mann irgendwie unter Druck, da ist es besser, ich habe weiter ein Auge auf ihn. Als ich dann gesehen habe, dass er über das Flugfeld ging zu den Maschinen der Brandschutzeinheit, da hab ich meinem Kollegen durchgesagt, dass ich noch warte, um zu sehen, was da los ist. Und da war noch was.«

»Was war da noch?«

»Die Lederjacke, die er trug, hatte ich noch nie an ihm gesehen. Außerdem zog er sich sonst immer erst in der Maschine um. Aber an diesem Tag hatte er schon im Auto eine Fliegerkappe und eine Sonnenbrille an.«

»Sie meinen also, er hatte all diese Besonderheiten extra inszeniert, damit Ihnen etwas Ungewöhnliches auffällt und Sie sich nicht nach seiner Anweisung richten, zu verschwinden?«

»Ja, das dachte ich in diesem Moment. Ich dachte, er gibt mir unterschwellig zu verstehen, dass er hier unter Druck handelt und ich das merken soll, damit ich ihm weiter auf der Pelle bleibe.«

»Und haben Sie das gemacht?«

»Ja. Ich konnte dann sehen, wie die Treppe herangefahren wurde, wie er in ein Löschflugzeug stieg. Ebenfalls ungewöhnlich. Dann ist er zum Auftanken gerollt und über die kleine Rollbahn abgeflogen. Danach bin ich dann zurück zu meinem Kollegen im Auto, und wir haben gewartet.«

»Wann war das?«

»Kurz vor neun.«

»Als er zurückkam, wann war das?«

Silva warf einen Blick in sein Notizbuch: »Um Viertel nach neun.«

»Meldete er sich da persönlich am Auto?«

»Nein. Offen gestanden haben wir die Sache etwas verpennt, denn im Radio waren die Durchsagen über den Brand gekommen. Wir waren besorgt, wir sahen ja auch, was plötzlich um uns herum los war. Mein Kollege bemerkte ihn dann aber noch rechtzeitig, als er an uns vorbeifuhr. Wir haben uns dann wieder rangehängt, bis wir zu Hause waren.«

»Und dort?«

»Er hat den Wagen wieder in die Tiefgarage gefahren, und wir haben am Wachhaus geparkt, sind ausgestiegen und haben unserem Kollegen die Sache erzählt. Als ich bei Schichtwechsel nach Prats sah, war er im Sessel eingeschlafen.«

Costa bedankte sich bei Silva und ging mit Elena zum Sitzungsraum, wo der Bischof und Xico Palomo bereits warteten.

Er hatte inzwischen die anderen beiden Leibwächter des Inselrats vernommen, aber es war nicht mehr dabei herausgekommen, als Costa bereits von Cristobal Silva erfahren hatte. Costa bat die Kollegen, das Ergebnis noch einmal gemeinsam scharf zu durchdenken, bevor er in das Verhör mit Jaume Prats gehen würde, für das ihm nur eine Stunde eingeräumt worden war. Er hatte beschlossen, diese Stunde genau ab Verhörbeginn zu rechnen. Dennoch stand er unter hohem Druck und drängte auch den Bischof auf schnelles, scharfes Denken und knapp gefasste Einwände.

Der Bischof räusperte sich und begann:

»Prats kannte Keulemans nachweislich seit der UNESCO-Tagung in Marokko im letzten Jahr. Die Auswertung des gesamten Datenmaterials aus Keulemans' Firma Medesign hat ergeben, dass Keulemans sämtliche Telefonnummern des Inselrats schon seit über einem Jahr besaß, inklusive Prats' private Handynummer. Es gibt genug Personen, die Keulemans über Prats kennen gelernt hat. Der Kontakt zu dem Hauseigentümer, von dem Keulemans die Räume für seine Firma gemietet hat, ist zum Beispiel eindeutig durch Prats zustande gekommen.«

Der Surfer hatte all diese Hinweise zu einem Netz verwoben und konnte mit Hilfe einer eigens angefertigten Grafik den Kollegen deutlich machen, dass Keulemans seine Firma hier in Ibiza durch Prats hatte etablieren lassen. Das ging bis hin zu den Kontakten zum Zoll.

»Die Freundin von Ruben Cepero, die Krankenschwester Ana Luz Paez, hat mir selbst erzählt, dass Ruben Cepero im Auftrag von Keulemans mit einer Maschine des Brandschutzkommandos geflogen ist«, sagte Costa. »Das kann nicht ohne Wissen von Prats geschehen sein. Prats kannte Ruben Cepero außerdem, denn er hatte ihn als Piloten bei der Feuerwehr eingestellt, wie ich aus Unterlagen in Ceperos Wohnung weiß. Prats hatte ihn eingestellt, aber Keulemans hatte ihn aus Afrika mitgebracht.«

Sie diskutierten, wie wahrscheinlich es war, dass Prats seine geschäftlichen Verbindungen mit Keulemans zugeben würde. Bis auf den Surfer nahmen alle an, dass er eine Beteiligung an dem verbotenen Medikamentenhandel Keulemans' bestreiten würde. Der Surfer ging davon aus, dass es intelligenter war, Offenkundiges und leicht Nachweisbares nicht zu bestreiten, weil es sonst auf jeden Fall belastend wirken würde. »So dumm ist der Mann nicht«, sagte er.

Der Bischof lachte: »Du kennst die Mentalität hier nicht. Die Leute hier sind keine Computer, die den günstigsten Weg ausrechnen und ihn dann gehen. Prats wird es leugnen, wenn er es nicht sagen will, egal, ob das unklug oder raffiniert ist. Will er es nicht sagen, dann sagt er es nicht. Basta.«

»Wir werden sehen«, sagte Costa und drängte auf Eile.

»Das Entscheidende ist doch«, sagte Elena, »dass wir die unterschriebene und ganz eindeutige Aussage von Cristobal Silva haben. Der hat gesehen, dass Prats als Cepero verkleidet in die Maschine gestiegen ist, die wenig später das Kerosin auf Keulemans ablud, was wiederum von Toni gesehen wurde, das heißt bezeugt und beeidet werden kann. Außerdem wird es nicht schwierig sein, Faserspuren von seiner Hose und Jacke in der Maschine festzustellen.«

»Faserspuren von Ceperos Jacke und Hose, meinst du wohl«, sagte der Surfer. »Und die nutzen uns gar nichts. Was wir brauchen, sind Beweise, dass der werte Herr Inselrat Cayetano Herrera zum Mord an Ruben Cepero und den beiden Schwarzafrikanern angestiftet hat. Denn das ist unsere Annahme, richtig? Hier geht doch wohl keiner davon aus, dass Prats selbst in die Höhle heruntergestiegen ist, um die Leutchen umzulegen. Oder?«

Alle nickten.

»Ich denke, hier wäre ein kleiner Bluff erlaubt. Wir sollten Prats wissen lassen, dass wir Spuren von Cayetano Herrera in der Höhle gefunden haben. Was meint ihr?«

Costa tat so etwas nicht gerne, schwieg aber, weil er keine Zeit hatte, das jetzt zu diskutieren.

»Bueno«, sagte Costa. »Du fährst zu Prats' Haus. Nimm ein paar *cabos* mit und mach eine gründliche Durchsuchung. Sieh unter den Fußleisten nach und in seinem Computer. Ich will wissen, mit was er sich die Zähne putzt und was sich hinter seinen Tape-

ten verbirgt. Alle Fotos im Haus beschlagnahmen. Ruf mich sofort an, wenn du irgendetwas gefunden hast, was zu unserem Fall passen könnte – jeden Hinweis auf eine Verbindung zwischen Cayetano Herrera, Ruben Cepero und Gilles Keulemans. Es wird ohnehin hart werden, ihn festzunageln.«

Ein Beamter trat ein und sagte, Prats verlange, sofort mit Teniente Costa zu sprechen.

»Führen Sie ihn ins Vernehmungszimmer«, sagte Costa, »ich komme.«

Im Neonlicht des kahlen Raumes sehen sie alle gleich aus, dachte Costa, als er sich auf dem Weg zum Verhörraum vorzustellen versuchte, was ihn gleich erwarten würde. »In den Verhörraum bringen sie nur ihre Körper, ihre Kleider und negative Energie mit«, sagte er zu Elena, die neben ihm ging.

»Und wenn einer unschuldig ist?«

Costa ging schnellen Schrittes, aber sie hielt gut mit. »Das ist für ihn eine sehr schwierige Situation. Da ist es wie sonst in schwierigen Situationen. Es kommt darauf an, ob der Betreffende sie akzeptiert«, erklärte Costa lächelnd.

»So nach dem Motto: Alles, was ist, ist gut? Auch wenn ich hier in der Klemme sitze?«, grinste Elena zurück.

»Genau.«

»Meinst du damit deine Karriere, die in einer Stunde beendet sein wird?«, fragte sie und lächelte ihn freundlich an.

»Auch«, sagte Costa, öffnete die Tür und trat als Erster ein.

Jaume Prats saß bleich und ängstlich auf einem verbeulten Stuhl an einem Verhörtisch, dessen Beine im Boden verschraubt waren. Auf Handschellen war verzichtet worden.

Costa spürte sofort Prats' Angst und wunderte sich darüber, denn normalerweise reagieren Repräsentanten der Gesellschaft auf solch harte Attacken wie eine Verhaftung mit heftigen Aggressionen. Vielleicht glaubte Prats, Costa hätte gar nicht gewagt, ihn zu verhaften, hätte er nicht einen todsicheren Beweis. Er war intelligent und erkannte seine Schwachstelle, er wusste, welches dieser Beweis sein könnte. Verhielt es sich so, dann hatte Costa richtig gepokert. Dann würden der Zusammenbruch und das Geständnis nicht lange auf sich warten lassen. Es war niemals vorauszusagen, aber Costa kannte diesen Typ, der jedem Polizisten immer wieder begegnet und der aufgibt, wenn er sein Spiel verloren sieht. So hatten sich schon Täter verhalten, denen gar nichts nachzuweisen war, die aber davon überzeugt waren, dass die Polizei alles wusste.

»Señor Prats«, sagte Costa bewusst siegessicher.

»Wissen Sie, Costa«, sagte Prats mit leiser Stimme, und Costa konnte nicht einschätzen, ob sie tonlos war vor Angst oder ob es doch Ungerührtheit war. Prats wartete, bis sich Costa ihm gegenüber gesetzt hatte. Dann wiederholte er: »Wissen Sie, Costa, warum ich hierher mitgegangen bin?«

Costa war irritiert. Was wollte der Idiot? Er war mitgegangen, weil er verhaftet worden war.

Prats gab im gleichen leisen Ton die Erklärung: »Weil ich all den Leuten damit einen Gefallen tue, die Sie hier nicht mehr sehen wollen. ›El Alemán‹, nicht wahr?«

Costa nickte. »Ich habe nur ein paar Fragen, den Brand am vorigen Sonntag betreffend. Sind Sie bereit, mir die zu beantworten?«

Prats versuchte, auf dem harten Stuhl eine bequemere Sitzhaltung zu finden. »Wenn ich schon hier bin, warum nicht.«

»Haben Sie etwas dagegen, wenn wir ein Tonbandgerät laufen lassen?«

Prats warf einen Blick zu Elena und schüttelte den Kopf. Elena stellte das Gerät an.

Costa begann das Verhör: »Sie kennen Gilles Keulemans?«

»Durch meine Stieftochter Laureana Sanchez«, antwortete Prats. »Wir interessierten uns beide für die Ausgrabungen in der Totenstadt.«

»Sie reisten nach Marokko, wo bei einer Tagung der UNESCO über den Antrag entschieden wurde, die Totenstadt zum Weltkulturerbe zu erklären. Dort lernten Sie Herrn Keulemans kennen, richtig?«

Prats nickte.

»Antworten Sie bitte«, forderte ihn Costa auf. »Das Tonband zeichnet keine Gesten auf.«

»Ich traf Herrn Keulemans dort, ja.«

»Hatten Sie auch geschäftlich mit ihm zu tun?«

»Nein.«

»Wissen Sie, welche Geschäfte Keulemans betrieb?« Auch diese Frage verneinte Prats.

Costa bohrte weiter: »Hatten Sie jemals mit einer Firma namens Medesign oder Barrapharm zu tun?«

Die Antwort kam ohne Zögern: »Nein.«

Prats war dabei, sich in der Haltung des Leugnens einzunisten. Costa entschied sich daher, seine Taktik zu ändern.

»Señor Prats, Sie sind von mehreren Zeugen dabei beobachtet worden, wie Sie am Sonntag um 20.35 Uhr eine Maschine des Brandschutzes bestiegen, in das Brandgebiet flogen, in dessen Zentrum die Villa von Keulemans lag, das Haus genau um 21 Uhr überflogen, die Maschine dann herunterdrückten, um im Tiefflug über dem Pool das von Ihnen vorher in den Wassertank geladene Kerosin auszuschütten. Sie zielten dabei direkt auf Gilles Keulemans, der sich im Pool befand. Das Kerosin fing Feuer und tötete Keulemans. Können Sie uns dazu etwas sagen?«

»Ja.« Prats warf einen Blick zu Elena, die sich voller Spannung aufgerichtet hatte.

Costa war sich nicht sicher, ob auf Prats' Zügen ein leichtes Lächeln lag oder ob das seine Einbildung war. Eine Einbildung aus Angst?

»Ich staune«, sagte Prats, und nun wurde sein Lächeln deutlicher.

So leicht würde Costa nicht aufgeben. »Señor Prats, Sie verbessern Ihre Situation nicht, wenn Sie alles bestreiten. Wir haben vollkommen zuverlässige Zeugen, die beschwören können, dass Sie um 20.35 Uhr in einem Fliegerblouson aus Ziegenleder, basaltgrau, mit Strickkragen und -bündchen und signalrotem Futter in die Beriew BE-200 gestiegen sind. Sie trugen außerdem eine Sonnenbrille Ray Ban Aviator mit Metallrahmen und grünen Mineralgläsern sowie eine Baseballkappe, grauschwarz ohne Aufdruck. Sie tankten die Maschine noch einmal auf, oder besser gesagt, Sie füllten die Wassertanks mit sechs Tonnen Kerosin, denn die Maschine *war* vollgetankt und hoben um 20.58 Uhr auf der dem Meer am nächsten liegenden Startbahn zu dem Flug ab, den ich eben beschrieb. Die Leute, die Sie genau sahen, werden nicht deshalb ihre Aussagen zurückziehen, weil sie Angestellte des Flughafens oder des Brandschutzes sind oder bei Ihnen engagiert sind. Das wäre eine Illusion, denn es geht hier um Mord.«

Prats tat hochinteressiert und sehr gespannt. »Wenn Sie mir vielleicht sagen, wer mich am Sonntagabend am Flughafen gesehen haben will, kann ich Ihnen möglicherweise weiterhelfen, diesen Unsinn aufzuklären. Ich habe den ganzen Abend das Haus nicht verlassen.«

Costa hatte es darauf angelegt, ihn zu schocken durch die überraschende Verhaftung auf der Familienfeier und mit dem Katalog von Fakten, den die Polizei bereits hatte, und ihn so zu einem Geständnis zu bringen. Das war seine Chance, denn die Beweise reichten nicht. Sowie Campaña auftreten würde, wäre diese Gelegenheit ohnehin verspielt. Aber nun musste er einsehen, dass er die erste Runde verloren hatte. Er musste seinen zweiten Trumpf ziehen.

»Wie war Ihre Beziehung zu Cayetano Herrera?«

Prats runzelte die Stirn und schaute ihn einen Moment wie grübelnd an. »Kenne ich nicht«, sagte er dann.

»Es gibt ein Foto, auf dem Sie beide zu sehen sind.«

Prats schüttelte bedauernd den Kopf. »Wissen Sie, Costa, als Politiker ist man mit allen möglichen Leuten auf irgendwelchen

Fotos. Die muss man nicht kennen, man *kann* sie nicht einmal alle kennen.«

Costa warf Elena einen schnellen Blick zu und sah, dass sie auch gerade *Fehlanzeige* dachte.

Doch Costa gab sich noch nicht geschlagen. »Wenn ich da mal ein bisschen nachhelfen darf. Sie erinnern sich an die Leiche, die Sie bei uns in der Gerichtsmedizin sahen?«

Prats nickte.

»Gut. Cayetano Herrera war derjenige, der Ruben Cepero und zwei Afrikaner umbrachte und mit deren Blut *Molk* auf den Opferstein schrieb. Können Sie damit etwas anfangen?«

Prats zeigte eine ganz ungewöhnliche Reaktion. Er lehnte sich zurück und schien vollkommen in sich zu versinken. Es war, als würde er gar nicht mehr bemerken, dass noch jemand mit ihm im Raum war.

Draußen heulte eine Polizeisirene auf und entfernte sich. Dann war wieder Stille, bis der Knopf von Elenas Tonbandgerät schnappte.

»Cayetano Herrera war früher in Ihrer Brandschutzeinheit«, half Costa nach.

Prats hob den Kopf. »Keine Ahnung,« sagte er tonlos. »Ich habe keine Ahnung. Ich weiß gar nicht, wovon Sie reden.«

Costa wusste nun, dass Prats niemals ein Geständnis ablegen würde. Diese Hoffnung konnte er bis an das Ende des Prozesses aufgeben. Prats würde zu den Verurteilten gehören, die niemals aufgeben, ihre Unschuld zu beteuern. Ein Politiker eben. Costa musste sich auf einen harten Zeugen- und Indizienprozess einstellen. Die politischen Kontakte Prats' aber konnten dahin führen, dass ihm das misslingen würde und dass Prats' Drohung auf der Fahrt zum Präsidium wahr werden würde und Costa den Rest seiner beruflichen Laufbahn auf Formentera die Parkplätze vor dem Rathaus bewachen würde.

»Señor Prats, Sie sind am Sonntag um 18.00 Uhr von der

Eröffnungsfeier einer Kooperative für ökologisch angebaute Lebensmittel in San Lorenzo zurückgekommen. Ihr Sicherheitschef Christobal Silva hat ausgesagt, dass das gesamte Personal freihatte, außer den drei Personenschützern, Angulo, Santacruz und ihm selbst. Um 19.30 Uhr sind Sie ein paar Runden im Pool geschwommen und gingen dann wieder ins Haus. Um zwanzig nach acht informierte Sie Brandmeister Ortega telefonisch über den Großbrand in der Gegend von Cala Jondal und befahl den Einsatz der Löschflugzeuge. Das Interessante ist nur, dass er meinte, mit Ruben Cepero zu sprechen, dessen Nummer er gewählt hatte. Der Anruf auf Ihrem Handy hingegen, der unmittelbar darauf erfolgte, blieb unbeantwortet. Sie zogen sich Ceperos Lederjacke an, setzten seine Kappe und Sonnenbrille auf, gingen in die Tiefgarage und verließen um 20.25 Uhr, gefolgt von den beiden Personenschützern Christobal Silva und Carlito Santacruz, das Grundstück in Richtung Flughafen, wo Sie um 20.30 Uhr eintrafen.«

Costa hatte generell Widerspruch erwartet, aber Prats sagte: »Sie haben Recht, ich wäre normalerweise von Ortega über den Brand informiert worden, möglicherweise wäre ich auch sofort zur Brandeinsatzleitung gefahren, und da wären mir auch Silva und Santacruz gefolgt. Tatsache ist aber, ich bin nicht zum Flughafen gefahren. Ich habe gegen acht Uhr eine leichte Mahlzeit eingenommen, nur ein wenig Brot, Schinken, Käse und Tomaten, habe dazu Rotwein getrunken und anschließend ferngesehen. Dabei bin ich im Sessel eingeschlafen und erst gegen vier Uhr morgens wieder erwacht. Ich war ziemlich verwundert darüber, konnte das nicht verstehen. Ich bin dann ins Bett gegangen und habe noch mal bis halb neun geschlafen. Ich schlafe normalerweise nicht so lange. Ich dachte, ich hätte vielleicht eine Grippe oder irgend so etwas.«

»Und? Hatten Sie?«

Prats schüttelte den Kopf.

»Wer also wollte Ihre Leibwächter glauben machen, Sie säßen im Wagen? Und wer wollte das Flughafenpersonal davon überzeugen, es wäre Cepero, der da in seine Maschine stieg?«, fragte Costa. »Wer in aller Welt könnte das getan haben, während Sie vor dem Fernseher im Sessel saßen und schliefen?«

Prats kaute auf den Lippen. Costa war sich mit Elena darüber einig, dass Prats ein ausgezeichneter Schauspieler war, denn er spielte die verschiedenen Rollen immer wieder vollkommen echt und überzeugend. Anfangs schien er verwirrt und ängstlich, dann höhnisch und desinteressiert, schließlich tat er so, als würde Costa mehr und mehr seine Aufmerksamkeit gewinnen, als fände er es sogar spannend, und schließlich war er so bei der Sache, dass er Costa sogar unterbrach und unaufgefordert eigene Beiträge lieferte, wie diese Einschlafgeschichte vor dem Fernseher. Nun wollte er Costa sogar veranlassen, mit ihm alle Möglichkeiten durchzugehen, wer denn an seiner statt zum Flughafen gefahren sein könnte, er sprach sogar Elena an. »Wissen Sie, Señora Navarro, ich werde Ihren polizeilichen Schutz so lange in Anspruch nehmen, bis wir die Frage geklärt haben, wer mir ein Schlafmittel in das Essen oder den Wein tat, in die Tiefgarage ging, meinen Mercedes bestieg und zum Flughafen fuhr. Wer kann das sein, der sogar meine Bodyguards so täuschte, dass sie glaubten, ich wäre es? Señora Navarro, glauben Sie mir, ich habe Angst!«

Costa hätte sich über dies Affentheater geärgert, aber wegen Santanders enger Zeitvorgabe kam ihm dieser lächerliche Einfall des Politikers, ihren polizeilichen Schutz so lange in Anspruch zu nehmen, bis die Frage geklärt wäre, wer ihm ein Schlafmittel in das Essen getan haben könnte, sogar gelegen. Jetzt konnte er ihn weiter in Haft behalten, während er die Nachforschungen gegen ihn vorantreiben würde. »Wenn jemand während der fraglichen Zeit im Haus war, muss er ja zuerest dort eingedrungen sein. Es müssen sich Spuren finden lassen. Wollen Sie uns begleiten, während wir Ihr Haus untersuchen?«

Prats ging gar nicht auf die Frage ein, sondern bat darum, dass ihm vom Flughafen etliche Zeitungen gebracht würden, er wollte hier in der »Schutzhaft« bleiben, wie er sich ausdrückte.

Costa ließ ihn abführen.

kapitel sechsunddreißig

Costa blickte erschöpft aus dem Fenster des Polizeipräsidiums. Kein Wind fing sich in den Fahnen der spanischen Republiken vor dem Gebäude. Ein blassblauer Dunst lag über der Insel. Der Tag hatte klar begonnen, aber dann hatte sich der Himmel immer mehr zugezogen.

Er überlegte, wie er Santander gegenüber das Ergebnis seiner Befragungen formulieren sollte. Eigentlich hatte er einen Kaffee trinken wollen, aber er brauchte jetzt eher ein Beruhigungsmittel als einen Wachmacher. Daher hatte er Elenas Angebot angenommen, eine Tasse von ihrem Tee zu trinken, den sie morgens immer mit ins Büro brachte. Sie kam mit der Thermosflasche herein, als er telefonierte.

Er berichtete Santander von seiner Unterhaltung mit Prats und bemühte sich, Prats' Wunsch, weiterhin in Schutzhaft zu bleiben, möglichst plausibel zu machen.

»Sie wollen mir weismachen, dass Inselrat Prats lieber hier in der Ausnüchterungszelle sitzt als nach Hause zu fahren?«

»Sie können gerne Leutnant Navarro fragen, sie war dabei und steht neben mir.«

»Ja, geben Sie sie mir mal.«

Elena erklärte Santander die Situation, woraufhin er beschloss, selbst hinunter zu den Zellen zu gehen und sich bei Prats für die Missverständnisse und Unannehmlichkeiten zu entschuldigen. Costa höre dann noch von ihm.

Elena setzte sich lächelnd auf das Fensterbrett und stützte sich dabei mit ihrem rechten Fuß an der oberen Schreibtischkante ab.

Er begann, auf und ab zu gehen und seine Gedanken laut zu ordnen.

»Wie schätzt du Prats' Sicherheitschef Christobal Silva ein?«

»Zuverlässig«, sagte Elena und zupfte an ihrem auberginefarbenen Rock. »Trinkst du deinen Tee gar nicht?«

Er trat an den Schreibtisch und nahm einen großen Schluck. Der Tee roch nach Kaktusfeige und hatte ein sehr leichtes Aroma. Er goss sich noch mal ein und schmeckte ihn auf der Zunge, bevor er schluckte.

»Wie findest du ihn?«

»Gegenüber bitterem schwarzen Kaffee wie ein Frühlingstag in einem japanischen Garten«, sagte er lächelnd. »Alles bewusst und fein.« Er war ihr dankbar, dass sie seiner Gereiztheit nicht nachgab. Wie mochte ein privates Zusammenleben mit ihr sein?

Er fragte sie, was sie von Prats' haarsträubender Geschichte halte. Sie glaubte ihm kein Wort.

»Wenn du nicht in Keulemans' Haus gewesen wärst, wäre allerdings niemand dahinter gekommen. Trotzdem – Prats ist Politiker. Er ist gewohnt, sich ein Türchen offen zu halten, die Situation zu seinen Gunsten zu drehen oder einfach wichtige Informationen zurückzuhalten. Teil seiner Strategie für Eventualfälle ist der große Unbekannte, der ihm aus irgendeinem Grund Schlaftabletten eintrichtert, sich dann als Prats verkleidet und – als Beweis – sich so benimmt, wie Prats es nie tun würde. Eine sehr gute Verteidigung könnte da was draus machen.«

Costa nickte nachdenklich. »Könnte Campaña sicher. Das ist seine Spezialität.«

»Der Surfer müsste jetzt in seinem Haus sein. Du wirst sehen, er wird alles auf den Kopf stellen und nicht einen einzigen Anhaltspunkt dafür finden, dass Mister Unbekannt am Sonntagabend in seiner Villa herumgespukt hat, um den Inselrat vor dem Fernseher einzuschläfern. Oder? Sollten wir tatsächlich eine Schlaftablette finden, die zu einer Sorte gehört, die Prats nicht im Haus hat?«

»Wenn er die Spuren so plump platziert, nimmt ihm das keiner ab. Ein bisschen raffinierter müsste es schon sein.«

Elena grinste. »Also ist es gerade umgekehrt? Wenn wir gar keine Spuren bei ihm finden, dann glauben wir ihm die Geschichte?«

Costa liebte diesen schnellen Gedankenwechsel mit ihr. Er hätte dieses logische Scharmützel vorausgedachter Möglichkeiten mit ihr auch weitergetrieben, wenn sie nicht unterbrochen worden wären. Ein Beamter teilte ihm mit, dass Rechtsanwalt Campaña eingetroffen sei, sich mit seinem Mandanten Prats schon besprochen habe und zusammen mit ihm eine Erklärung abgeben möchte.

Costa und Elena sahen sich kurz an. »Wo ist er jetzt?«

»Die beiden Herren wollten in den Verhörraum geführt werden. Sie warten da jetzt.«

»Mit den Mächtigen ist es nicht einfach«, sagte Elena mit einem sarkastischem Lächeln, als sie den Flur zum Verhörraum entlanggingen. »Sie wollen alles selber machen. Sich selbst verhaften, selber die Haft verlängern, sich selbst einschließen und natürlich sich selbst wieder rauslassen, sich selbst in den Verhörraum führen und am besten noch sich selbst verhören.«

»Und selbst ein Geständnis ablegen?«, fragte Costa.

»Das vielleicht nicht«, lachte sie.

»*Hola,* Toni, das ist ja ein schöner Schlamassel, den wir hier haben, und ausgerechnet an Montses schöner Feier.« Campaña war aufgesprungen, um Costa freudig zu begrüßen, so als hätten sie sich eine Ewigkeit nicht gesehen. »Nun, Ramón muss mich halt vertreten. Tut mir leid, dass ich nicht früher gekommen bin, aber Josefa wollte nach Hause, und ich hatte ihr versprochen, sie zu fahren. Eine so alte Dame«, er warf Prats einen Blick zu, der natürlich einsah, dass man der Piratin gegenüber sein Wort nicht brechen konnte. Auch wenn der Inselrat dafür ein wenig länger in der Zelle saß.

»Gar kein Problem, Antoni, wir sind bisher ganz gut ohne dich zurechtgekommen, nicht wahr, Señor Costa?«

Costa nickte und fragte, ob irgendetwas dagegen spreche, wenn seine Kollegin die Erklärung auf Tonband aufnehme, die der Inselrat ja nun in Gegenwart seines Anwalts abgeben wolle.

Es war kein Problem. Elena nahm wieder ihren Platz ein, und Costa fragte, worum es genau gehe.

»Jaume hat mich ins Bild gesetzt und mir erklärt, dass hier ein ziemliches Missverständnis vorliegt.«

Costa sah Elena an. Der Tanz geht los, dachte er. *Vamos a bailar.*

»Wenn es um eine Korrektur seiner Aussage geht, sind wir zu jeder Kooperation bereit«, sagte Costa gleichgültig und dachte: aber zu keinem Kuhhandel. Prats' Wunsch, in Schutzhaft zu bleiben, hatte zwar den ersten Druck von Costa genommen, aber für ihn ging es nicht bloß darum, seine Arbeit zu tun und den Täter einem hoffentlich gerechten Richter zu übergeben, sondern auch darum, die zusätzliche Belastung loszuwerden, dass alle darauf warteten, ob er einen Fehler gemacht hatte.

»Genau, genau darum geht es, um eine Korrektur, der Genauigkeit wegen. Ihr von der Polizei würdet es vielleicht Wahrheit nennen.«

Costa war dies Drumherumgerede leid, und er entschied sich, Campaña etwas härter anzufassen. »Wir gehen fest davon aus, dass Inselrat Prats eines der Löschflugzeuge geflogen hat, in der Absicht, einen unliebsamen Geschäftspartner zu töten. Darüber würden wir gerne mehr erfahren.«

»Um Gottes willen, um Gottes willen, Jaume hat an dem Sonntagabend keine Maschine geflogen! Es geht um sein Verhältnis zu diesem Belgier Gilles Keulemans, das er in diesem Zusammenhang für unwichtig hielt und nicht völlig akkurat beschrieben hat. Jaume, vielleicht kannst du das selbst kurz darstellen.«

Damit übergab er Prats das Wort.

Prats setzte eine konzentrierte Miene auf und begann dann eine Rede, die er im Ton eines Berichterstatters vor einem Sonderausschuss abgab. »Vor anderthalb Jahren erhielt ich einen Anruf von einem Señor Keulemans«, begann er, »in dem er mich um eine geschäftliche Unterredung bat. Er stellte sich als Mitarbeiter der UNESCO vor und sagte, es gehe um ein medizinisches Hilfswerk, in dem er meine Unterstützung als Politiker brauche. Anlässlich einer Geschäftsreise, die mich nach Barcelona führte, trafen wir uns dort im Hotel Reina Sofia, und er erzählte mir von seiner Tätigkeit bei einem Friedenskorps der UNO in Afrika. Dieses Korps begleitete damals den Transport von Medikamenten, die die UNO in den Sudan schickte, insbesondere zur Eindämmung von Aids. Er war mit der gesamten Logistik von der Ankunft der Flugzeuge bis zur Lagerung in den Kühlhäusern vertraut. Er sagte mir, diese Medikamente kämen in großen Containern und er brauche außerhalb von Afrika einen sicheren Standort, um die Mengen in kleine brauchbare Einheiten abzupacken. Er erklärte mir, wie schwierig die Kontrolle über das sehr teure Medikament sei, wenn man es nicht in kleinen, sofort verwendbaren Einheiten über die verschiedenen Hilfs- und Impfstationen verteilte. Mir leuchtete das ein, ich war ihm behilflich, hier eine Firma zu gründen und Räume für diese Firma anzumieten, wo alles auf leicht benutzbare Mengen umgepackt wurde. Um die großen Mengen von einem der UNO-Schiffe irgendwo vor der Nordküste Afrikas herbeizuschaffen, stellte ich ihm eine unserer Brandschutzmaschinen zur Verfügung, sofern sie nicht für einen Einsatz gebraucht wurden. Soweit ich weiß, wurde dann das Esozon in den kleinen abgepackten Einheiten über eine Filiale der UNO in Andorra weiter in den Kongo befördert.«

Costa konnte sich nicht mehr zurückhalten und unterbrach ihn. »Herr Inselrat, Ihnen ist nicht bekannt, dass Barrapharm, eben diese so genannte Firma der UNESCO eine Tarnfirma war, über die Keulemans die Medikamente nicht nach Afrika brachte, sondern auf den europäischen Märkten verkaufte?«

»Nein, davon hatte ich keine Ahnung.«

Campaña kam ihm zu Hilfe und betonte, dass Prats auch niemals in Andorra gewesen sei.

»Wussten Sie, dass die Sendungen von Barrapharm an die Firma Keulemans' hier auf Ibiza nichts weiter als Kalktabletten enthielten?« Und er fügte zynisch hinzu: »Was dem Zoll sicherlich nicht entgangen ist.«

»Die Einfuhr von Kalkpräparaten berührt keine Zollvorschriften«, belehrte in Campaña.

»Als ich dann Keulemans in Marokko traf,« fuhr Prats fort, »nachdem die Totenstadt zum Weltkulturerbe erklärt worden war, sagte er mir, dass er die zuständigen Beamten bei der UNO nun dazu bringen konnte, die für Afrika bestimmten Medikamente doch in der richtigen Dosierung und Abpackung anzuliefern. Er wollte außerdem bei der UNO aufhören und demnächst die Insel verlassen. Ich verstand es als eine abschließende Aktion, dass er eine große Summe für die Ausgrabungsarbeiten in der Totenstadt spendete. Sie waren ja auch auf der Feier, Señor Costa. Zwei Tage später aber rief er mich an, war sehr aufgeregt und berichtete mir, zwei seiner Mitarbeiter seien verschwunden. Wenig später erfuhr ich, dass sie in einer Höhle unterhalb der Totenstadt ermordet worden waren. Verbrannt. Sie hatten bei ihm in der Villa gewohnt, und der Pilot Ruben Cepero, der sie normalerweise nach ihrer Arbeit nach Hause brachte, war ebenfalls verschwunden. Er war daraufhin zur Höhle gefahren, um selbst nachzuschauen, und sah dort zwei Leute, die in Taucheranzügen alles untersuchten. Auf der Museumsfeier erkannte er Sie, Señor Costa, als den Mann aus der Höhle wieder. Er wusste nicht, dass Sie bei der Guardia sind, Sie waren ihm bis dahin noch nicht vorgestellt worden, und er wollte herausfinden, ob Sie etwas mit dem Verschwinden seiner Leute zu tun hatten. Dann verabredeten Sie ein Gespräch mit mir, und ich glaube, dass Sie mein Entsetzen verstehen können, als ich sah, dass die Leiche, die Sie mir präsentierten, niemand anderes als Ruben Cepero war. Von diesem Moment an ging ich davon aus, dass irgendetwas an den Aktivitäten Keulemans' nicht stimmte.

Durch Sie erfuhr ich dann, dass die beiden Afrikaner, die Keulemans beschäftigte und die bei ihm wohnten, auch umgebracht worden waren. Wenig später kam Keulemans selbst ums Leben. Heute erfahre ich von Ihnen, dass er ermordet wurde, mit Kerosin, wie Sie sagen. Von jemandem in einer Verkleidung, die mich belasten würde. Dazu hatte sich derjenige vorher in mein Haus geschlichen und mich betäubt. Man muss ja annehmen, dass er auch all die anderen umbrachte, und Sie werden verstehen, wie mir zumute ist, wenn ich daran denke, dass dieser Killer direkt neben mir stand, in meinem Haus, und es für ihn kein Problem war, mir ein Betäubungsmittel ins Essen zu schmuggeln. Da wurde mir klar, dass alle geopfert wurden, Cepero, Keulemans – vielleicht weil sie wussten, was *Molk* hieß. Und das letzte Opfer soll nun ich sein. Man kann keinen Zweifel daran haben, er könnte mich umbringen, wann immer er will. Trotz meiner Leibwächter.«

»Wissen Sie, was *Molk* bedeutet?«

Prats starrte ihn an, als wäre er ein seltenes Reptil. »Nein. Weiß ich nicht, nein.« Er wartete auf eine Reaktion Costas. »Sollte ich?«

»Ich denke, ja«, antwortete Costa.

Prats ließ sich erschöpft im Stuhl zurücksinken und schüttelte den Kopf.

Normalerweise würde Costa über diesen Versuch lachen, die Wahrheit so zurechtzudrehen. Diesmal aber war er fasziniert von der Geschicklichkeit, mit der Prats das machte. Oder von der Effizienz, mit der es Campaña in seiner kurzen Unterredung mit Prats geschafft hatte, all die Ermittlungsergebnisse, die sie in Keulemans' Firma gefunden hatten und die Partnerschaft zwischen Keulemans und Prats belegten, zu einem neuen Bild zusammenzusetzen, in dem Prats' gesamte Beteiligung legal und harmlos erschien. Was war schon dagegen zu sagen, dass ein Politiker einem Mitarbeiter der UNO half, Medikamente umzupacken, um sie in Krisengebieten effizienter verteilen zu können?

»Haben Sie eine Ahnung, Herr Inselrat, wer die Person sein könnte, die am Sonntag in Ihr Haus eingedrungen ist?«

Prats schüttelte den Kopf, sah Campaña Hilfe suchend an, schüttelte wieder ratlos den Kopf und hob beschwörend die Hände. »Señor Costa, ich vertraue ganz auf Ihre Fähigkeit, Sie müssen ihn finden!«

»Was für ein Schauspieler! Das war bühnenreif«, rief Elena empört, als sie mit Costa allein in seinem Büro war.

»Ist Politik nicht auch Schauspiel?« Costa stellte seinen Kaffeebecher auf den Schreibtisch.

»Als er die Leiche von Cepero gesehen hat, was hat er da gesagt? ›Man kann ja nichts erkennen. Furchtbar. Wer tut einem Menschen so etwas an?‹ Und sein Schauspiel bei der Ehrung der Piloten, wo er doch *wusste*, dass Cepero nicht durch die Tür kommen würde. Und jetzt spielt er uns schon wieder etwas vor. Jaume Prats ist der Inselrat für Dreck am Stecken. Ich glaube ihm kein Wort.«

Costa rührte nachdenklich mit einem Plastikstiel in seinem Pappbecher. »Auf mich wirkte er jetzt nicht wie ein Schauspieler, der alles unter Kontrolle hat. Im Gegenteil. Ich glaube, er hat Todesangst.« Elena sah Costa überrascht an. »Der Mann ist am Ende.«

Elena probierte zum wiederholten Mal, den Surfer zu erreichen. »Er geht nicht ran. Ich versuch's gleich noch mal.« Sie lehnte sich zurück und hob die Arme, um sich zu strecken. »Du liegst völlig falsch. Prats ist ein machtgeiles Schwein. Der geht über Leichen. Panik kennt der nicht. Das war eine Aufführung. Es würde mich nicht wundern, wenn in ein paar Minuten Campaña auftauchen und uns erklären würde, Prats möchte fünfhunderttausend für die Hinterbliebenen der im Dienst gefallenen Polizisten spenden.«

Costa musste zugeben, dass die Schachzüge Campañas und Prats' ungewöhnlich, schnell und überraschend waren. Was würde wohl als Nächstes kommen?

»Wieso hast du Zweifel?«, fragte Elena. »Prats lernt Keulemans kennen und kalkuliert die Schmuggelidee durch. Keulemans hatte die Idee, kann die Medikamente besorgen und hat auch Verbindungen zu den Absatzmärkten. Ihm fehlen die Mittel für die Umetikettierung und den Transport. Die bietet ihm Prats. Darüber hinaus soziale Tarnung hier auf der Insel. Sie brauchen ein Flugzeug. Der Inselrat wird keine Löschflugzeuge bewilligen, deswegen beauftragt Prats Cayetano Herrera, einen Brand zu legen. Herrera ist ein Psycho, ihm wird sowieso nie jemand glauben. Die Sache klappt, die Flugzeuge werden bewilligt, der Schmuggel beginnt. Um Personal, Ablauf und Kontakte zum Zoll kümmert sich Keulemans, Prats bleibt völlig im Hintergrund. Nirgendwo erscheint sein Name. Die ideale Höhle liegt unter der Nekropolis, ein vergessenes Projekt, das Prats immer verhindert hat. Keulemans besorgt den Piloten in Marokko und erklärt ihm, der Job würde darin bestehen, zwischen Tanger und Ibiza hin- und herzufliegen. Drogen? Nein, Medikamente. Welches Flugzeug? Bewirb dich bei der Brandbekämpfung, du wirst den Job kriegen. Dann tarnst du die Flüge als Übungen zur Brandbekämpfung. Wasseraufnahme auf dem Meer. Niemand wird Fragen stellen, dafür ist gesorgt. Cepero ahnt, dass Prats dahinter steckt, trifft ihn aber nie. Alle Befehle und das Geld für die Flüge kommen von Keulemans. Keulemans besticht diesen Monsieur Félix Mohammed Habré aus N'Djamena und besorgt die Medikamente, die mit Lastwagen nach Algerien geschafft werden, wo Cepero sie dann abholen wird. Keulemans kauft eine Firma in Andorra und erzählt seiner Frau, dass er bald seine Auslandstätigkeiten aufgeben wird und zu Hause ein lieber Rentner sein will. Das Ganze läuft ein halbes Jahr reibungslos, dann taucht die Sanchez auf und bringt die Nekropolis in die Medien. Das wird Prats nun zu heiß, und er besteht darauf, die ganze Geschichte zu beenden. Zugleich springt er auf Sanchez' Zug auf und erzählt überall, wie wichtig die Ausgrabungen sind. Keulemans ist damit nicht einverstanden, er will weitermachen und droht Prats. Er hat

Ruben Cepero auf seiner Seite und vielleicht auch noch die beiden Schwarzen als Zeugen. Prats hat sich in die Hand dieser Verbrecher begeben, er muss entweder weitermachen oder alle Zeugen beseitigen. Er entschließt sich für das Letztere. Er benutzt Cayetano Herrera, um die zwei Schwarzen und Ruben Cepero in der Höhle umzubringen, und lässt sich dessen Kleidung bringen. Als die beiden Arbeiter nicht mehr bei Keulemans erscheinen, er auch Cepero nicht mehr erreichen kann, fährt Keulemans selbst zur Höhle, klettert hinunter und sieht uns, wie wir das erste Mal dort sind und den Tatort untersuchen. Du wirst dich erinnern, dass wir diesen Lastwagen hörten, als Keulemans die Klappe am Brunnen öffnete.«

»Klar. Die aufgescheuchten Fledermäuse«, sagte Elena, »wir mussten abhauen.«

Costa nickte. »Wir nahmen schon damals an, dass uns jemand gesehen hat. Keulemans hat dich erkannt, sieht dich auf der Museumsfeier wieder, weiß aber nicht, dass du Polizist bist und geht gleich zu Prats, um ihm das zu berichten. Prats weiß natürlich, wer du bist, klärt Keulemans aber nicht auf, sondern gibt ihm den Auftrag, dich zum Essen einzuladen und herauszufinden, was du weißt. So bist du zu deiner schönen Einladung gekommen und Karin zu ihrem Flirt. Du interessierst dich für das Amulett, das er am Hals trägt, und er sagt, das sei ein Unikat, das gebe es nur einmal. Hätte er von der Kopie gewusst, die wir am Tatort gefunden haben, würde er das nicht gesagt haben. Natürlich wusste Prats, dass er am Tatort Spuren legen musste, die auf Keulemans deuten, also ließ er eine Kopie des Amuletts anfertigen. Aber er plante auch die Beseitigung Keulemans'. Bei ihm konnte er Cayetano Herrera nicht einsetzen, denn Keulemans war ein erfahrener Soldat und im Nahkampf trainiert. Das musste Prats schon selbst erledigen. Seit es aber das Zerwürfnis zwischen ihnen gab und einige Leute schon ermordet worden waren, war es ausgeschlossen, dass Prats Keulemans in irgendeine Falle locken konnte. Er musste ihn schon frontal angreifen, einen wirklich kriegerischen Schlag gegen ihn führen. Ein Tieffliegerangriff mit einer Kerosinbombe. Es hätte keine Rolle gespielt, ob Keulemans im Haus gewesen wäre, im Garten oder im Pool, solange er auf seinem Grundstück war, konnte er Prats nicht entgehen. Für die Brandlegung benutzte Prats wieder Cayetano Herrera, der ja für ihn schon einmal einen Brand gelegt hatte. Nur diesmal will er ihn gleich mit umbringen und schickt ihn in eine die Falle, in der er von der eigenen Bombe vernichtet wird. Prats weiß, dass er nicht ungesehen in die Maschine kommen kann. Also erfindet er den großen Unbekannten, und sicherlich werden wir in seinem Haus irgendwelche raffinierten Spuren finden. Mit dem Tod Keulemans' ist der letzte Belastungszeuge weg. Selbst wenn die Polizei alles über Keulemans' Geschäfte herausfindet, kann man Prats diesen Mord nicht anhängen. Prats hat immer wieder seine Fähigkeit zu großartiger Verstellung gezeigt, und mit Campañas Unterstützung wird man ihm vor Gericht den großen Unbekannten abnehmen. Wir haben keinen Zeugen, der ihn bei seinem Angriff auf Keulemans identifiziert hat. Und selbst wenn du ihn gesehen hättest, würde deine Aussage nicht viel wert sein, denn als Nächstes wird Prats gegen dich eine Diffamierungskampagne starten. Du bist der Einzige, der ihm gefährlich werden kann.«

»Und was sollte Keulemans' Intermezzo mit Karin?«

»Nichts. Er wollte nur herausfinden, ob du weißt, wer seine drei Leute in der Höhle umbrachte.«

»Wieso sollte er glauben, dass er das von ihr herauskriegen kann?«

Elena lächelte kaum merklich. »Wahrscheinlich traute er dir zu, dass du mit deiner Freundin Interna besprichst.«

War das als Vorwurf gemeint?

Elena hatte niemanden, dem sie irgendwelche beruflichen Geheimnisse anvertrauen konnte. Außerdem war sie eine sehr diskrete Person und nahm vermutlich schon lange Anstoß an seiner Offenheit gegenüber Karin, wenn es um berufliche Dinge ging. Bevor er jedoch darauf eingehen konnte, erschien ein Beamter in der Tür. Er salutierte.

»Teniente Costa? Alferez Navarro?«

»Was gibt's?«, fragte Costa.

»Sie möchten bitte noch einmal zum Herrn Inselrat kommen.«

»Na, wer sagt's denn?« Costa stand auf. »*Vamos*, Elena, ein neuer Akt beginnt.«

kapitel *siebenunddreißig*

Überraschenderweise war Campaña immer noch im Verhörraum. Er hatte doch zur Taufe zurückgehen wollen. Vielleicht gefällt es ihm hier besser, höhnte Costas innere Stimme. Der Rechtsanwalt hatte inzwischen einen Stenografen aus seinem Büro herbestellt. Alle drei warteten, und als Costa und Elena hereinkamen, raunzte Campaña: »Einen ungünstigeren Zeitpunkt hättest du dir für dies ganze Theater nicht aussuchen können, Toni. Ich muss wieder zurück, all meine Gäste warten. Aber gut.« Er hob die Hände in demütiger Ergebenheit. »Ich möchte noch einmal betonen, warum ich hier bin. Jaume«, er legte dem Inselrat die Hand auf die Schulter, »ist der Onkel meiner Frau. Du, Toni, bist der Pate meines Enkelkindes. Übrigens noch einmal vielen Dank für diesen Höhepunkt unseres Festes.« Er lehnte sich zurück und ließ seine Worte einen Moment wirken, während Costa Elena einen kurzen Blick zuwarf. Er meinte, in ihren Augen ein verächtliches Glimmen zu sehen. Sie war vom Festland, aus Granada, ihre Eltern hatten sich als Gastarbeiter in Deutschland jeden Pfennig selbst verdienen müssen – ihr war diese Vetternwirtschaft fremd. Und sicher erwartete sie die zwingende Schlussfolgerung, auf die Campaña mit seinem Gerede hinauswollte.

»Den strafrechtlichen Teil könnte jeder meiner Assessoren lösen, so lächerlich waren die Anschuldigungen, die nun ja wohl ausgeräumt sind. Ob die Durchsuchung von Jaumes Haus Hinweise auf die Person erbringt, die ihn betäubt hat, hat für Jaumes Situation keinerlei Bedeutung. Es ist nicht Jaumes Sache, Einbrecher zu verpflichten, Spuren zu hinterlassen.«

Was erwartete Campaña? Sollte Costa jetzt sagen, natürlich, Antoni, mein lieber Kumpel, es war dumm von mir, irgendwas anderes anzunehmen, schließen wir die Akte und gehen wir einen trinken? Er tauschte mit Elena unbemerkt wieder einen Blick aus. Was würde kommen, wenn er darauf nicht einging? Und warum war ein Stenograf hergeholt worden?

»Was ich sagen will«, fuhr der Anwalt fort, »ist, dass es sich hier um eine Familienangelegenheit handelt. Wir alle müssen dafür sorgen, dass der Skandal seiner vermeintlichen Verhaftung und die Bedrohung durch einen wahnsinnigen Verbrecher ausgelöscht werden. Dies war der Punkt, den wir in eurer Abwesenheit diskutiert haben, und der Inselrat hat sich entschlossen, eine hier gemeinsam formulierte Presseerklärung abzugeben. Ihr könnt da die Aufforderung an die Bevölkerung anhängen, alle Hinweise zur Ergreifung des Täters zu melden. Daher habe ich Señor Monterey hergebeten.« Der Stenograf erhob sich und verbeugte sich kurz zu Elena und Costa. Costa kannte ihn aus früheren Fällen. Campaña pflegte ihn mitzubringen, wenn er das Protokoll einer Vernehmung schnell abgeschrieben vor sich haben wollte oder wenn er der Polizei nicht traute. »Señor Monterey ist freiberuflicher Mitarbeiter verschiedener Zeitungen und Zeitschriften und wird für uns die Erklärung, die wir ihm inzwischen diktiert haben, veröffentlichen.« Er sah Costa mit seinen großen grau-blauen Augen strahlend an. »Ich denke, du hast das verstanden, Toni.«

Costa hatte es nicht verstanden, aber Campaña sprach gleich weiter und forderte den Stenografen auf, mit der Verlesung der Erklärung zu beginnen. Señor Monterey hatte einen großen Schreibblock auf den Knien, richtete sich steif auf und hustete gegen den Handrücken.

Elenas und Costas Augen begegneten sich wieder, und Costa war versucht, schallend loszulachen. Er fühlte sich wie als Kind, wenn er mit seiner Mutter eine strenge Tante im Harz besuchte, an deren Tisch jedes Sprechen, Flüstern oder sonst wie auffälliges Gehabe der Kinder verboten war. Er brauchte dann seiner

Cousine Urte nur einmal auf die Nasenspitze zu schauen, und ihr verbissenes Gesicht explodierte in Lachen, gefolgt von dem Gewieher aller anderen Kinder am Tisch. Wer immer mit dem Lachen angefangen hatte, musste sogleich aufstehen, der Tante in das Nebenzimmer folgen, wo er oder sie übers Knie gelegt und versohlt wurde. Costa riss sich zusammen.

Prats hatte den Kragen seines Hemdes gelockert, das Jackett ausgezogen und anscheinend in der Zwischenzeit ein Glas Brandy getrunken. Seine Haltung war völlig verändert.

»Am 5. September wurde bei dem Großbrand hier auf der Insel der Belgier Gilles Keulemans in seinem Haus getötet«, begann der Stenograf. »Es wurde anfangs angenommen, er wäre eines der vierzehn Opfer der Brandkatastrophe. Tatsächlich aber war er das Opfer eines Mordes. Wie Teniente Toni Costa heute Mittag der Presse mitteilte, wurde das Verbrechen mit Hilfe eines Flugzeugs des lokalen Brandschutzes begangen. Der Belgier, ein ehemaliger UNO-Soldat, war, wie Teniente Costa von der Guardia Zivil weiter berichtete, in dubiose Geschäfte mit Medikamenten verwickelt, die bei der UNO unterschlagen worden waren. Keulemans und seine Leute benutzten Terrain unterhalb der Nekropolis, um die auf die Insel geschmuggelten Arzneimittel neu zu etikettieren und zu verpacken. Inselrat Prats, der sich immer wieder für den Erhalt antiker Funde auf der Insel eingesetzt hatte, erfuhr davon und untersagte sofort eine weitere Unterstützung der Firma Medesign, deren sich Keulemans für seine geschäftlichen Aktivitäten bedient hatte. Die Firma, die offiziell eine Verpackungsfirma war, hatte große Summen auf Ibiza investieren wollen und leistete kürzlich eine Spende in Höhe einer Million Euro für die Ausgrabungsarbeiten eines UNESCO-Weltkulturerbe-Projektes. Inselrat Prats hatte anfänglich die Firma unterstützt, zumal Medesign fünfzig Arbeitsplätze schaffen wollte. Außerdem muss auf einer Insel wie Ibiza, die zu neunzig Prozent vom

Tourismus lebt, jede Verbesserung der Infrastruktur gefördert werden.«

Jetzt hatten Campaña und Prats die Schraube so weit überdreht, dass Costa lachend die Hände hob. »Moment, Moment. Alles schön und gut – und ehrlich gesagt, habe ich nichts anderes erwartet. Aber die Anklage wird auf Mord lauten, Mord an Gilles Keulemans, Ruben Cepero, Cayetano Herrera und zwei unbekannten jungen Farbigen. Sie haben kein Alibi, werter Señor Prats, wir aber haben die Aussage der Leibwächter, die sie zum Flughafen begleitet haben. Und alle dort, die meinten, Cepero gesehen zu haben, haben in Wirklichkeit Sie gesehen, denn Sie hatten Ceperos Sachen an. Auf *seinem* Handy erhielten Sie um 20.22 Uhr *seinen* Einsatzbefehl, dem Sie auch folgten, wenn auch mit einer anderen Intention als ein Feuerwehrpilot.«

»Es gibt auf dieser Insel noch mehr Menschen, die eins fünfundsiebzig groß sind und das Gewicht von Señor Prats haben«, fuhr Campaña dazwischen. »Wer auch immer im Wagen und im Flugzeug gesessen hat – wie willst du beweisen, dass es dieser Mann war? Jaume Prats ist ein Mensch mit festen Gewohnheiten. Jeder, der ihn ein wenig näher kennt, weiß, dass er um neun Uhr eine Flasche Rotwein zu trinken pflegt, etwas liest und zu Bett geht, wenn ihn nicht wichtige Verabredungen abhalten. Ich glaube nicht, dass die Leibwächter ihre vorschnelle Aussage vor Gericht aufrechterhalten werden, und selbst dann würde sie keine Bedeutung haben. Was wollen die Angestellten Jaumes gesehen haben? Die Umrisse einer Person in einer Limousine mit getönten Scheiben, die ein Lichtsignal gab.« Er wandte sich an den Inselrat. »Mach dir keine Sorgen. Es wird keine Verurteilung, ja nicht einmal eine Anklage geben. Der Medikamentenhandel war Keulemans' Sache, und die restlichen Anschuldigungen werden in einer Verleumdungsklage enden.« Er ordnete seine Papiere und ließ sie in seinem Aktenkoffer verschwinden.

Campaña machte ein aufgeräumtes Gesicht und schaukelte seine Aktentasche einmal hin und her. »Ich denke, wir sind hier fertig. Es gibt keinen Grund mehr, Jaume hier zu behalten. Also ...« Er machte einige Schritte zur Tür. Auch der Stenograf war aufgesprungen und folgte ihm wie ein Hund. Campaña wandte sich aber noch einmal um. »Weiß eigentlich Coronel Santander von deiner fixen Idee? Wahrscheinlich nicht«, sagte er lächelnd und setzte seinen Weg zur Tür fort, ohne Costas Antwort abzuwarten.

Auch Prats war aufgesprungen und holte ihn mit einigen schnellen Schritten ein.

Costa musste ihn gehen lassen, Campaña hatte natürlich Recht, es gab im Moment keine weitere Möglichkeit, ihn in Untersuchungshaft zu behalten. Costa war von Anfang an klar gewesen, dass er verloren hatte, wenn dieser Überraschungsangriff auf Prats misslang und er zurück in sein Spinnennetz könnte, wo er alles beherrschte und wo ihm so alles möglich war. Für einen Moment sah Costa Karin vor sich: Als er Prats abführte, hatte sie mit El Cubano zusammengestanden. Ausgerechnet mit El Cubano! Seine Arbeit und die seiner Kollegen war die Voraussetzung, dass die Menschen in Sicherheit leben konnten, in Wohlstand und Frieden. Aber alle taten so, als wäre er derjenige, der die Spielregeln verletzte, der das Nest beschmutzte und der auch hier wieder das Fest böswillig verdorben hatte. Nicht irgendein Fest, sondern eine Taufe, den Beginn eines neuen und gottgefälligen Lebens.

Prats hatte Campañas Arm ergriffen, stand nah bei ihm und flüsterte ihm etwas zu. Costa war es nicht entgangen – da, wo seine Hände auf dem Tisch gelegen hatten, waren Schweißflecken.

Er beobachtete die beiden und sah, wie sich die Gesichtszüge des Anwalts veränderten: Widerspruch, Empörung, Resignation. Das, was Prats ihm zuraunte, musste ihn in höchstem Maße irritieren. Er fing sich aber schnell wieder, wandte sich Costa zu und erklärte in einem fast lächerlich offiziösen Ton: »Mein Mandant zieht es vor, in Polizeigewahrsam zu bleiben. Bis ihr den wahren Schuldigen gefasst habt.«

Costa wollte es nicht glauben. Dieser Trick sollte ihn davon überzeugen, dass es den großen Unbekannten wirklich gab, weil niemand sich tagelang in eine Arrestzelle setzen würde, wenn er nicht um sein Leben fürchtete. Gewünschter Rückschluss: Es musste einen Killer geben, den Prats kannte und fürchtete.

Zynisch dachte Costa, er würde sehr zufrieden sein, wenn es diesen Killer gäbe und Prats ihn nennen könnte. »Inselrat Prats muss doch irgendeine Ahnung haben, wer das sein könnte«, sagte er boshaft lächelnd.

Campaña blieb ernst und erwiderte: »Jaume fühlte sich in letzter Zeit bedroht. Deswegen stellte er die Leibwächter an. Aber du wirst verstehen, Toni, das ist kein Leben, ständig unter Bewachung von Bodyguards. Und ständig das Gefühl zu haben, von einem Wahnsinnigen beobachtet zu werden, der nur auf den richtigen Zeitpunkt lauert, Jaume auf ebenso grausame Weise zu massakrieren, wie er es bereits mit den anderen getan hat. Jaume gestand mir vorhin in seiner Zelle – die er zur Sicherheit auch erst einmal nicht verlassen möchte –, dass er, als er die Ehrung der Piloten vorgenommen habe, vor Angst fast gestorben sei. Immer wieder hatte er vor Augen, wie Ruben Cepero zugerichtet worden war.«

»Ich flehe Sie an, finden Sie den Mörder!«, wiederholte der Inselrat.

Als Campaña sah, dass weder Costa noch Elena reagierten, fuhr er fort:

»Jaume Prats ist unschuldig. Alle Behauptungen eurerseits sind hanebüchen. Die Aufgabe der Polizei ist es, diesen Bürger zu schützen. Er hat weder diese Maschine geflogen, noch ein anderes Verbrechen begangen.«

Costa platzte der Kragen. »Und ob er das hat. Vor zwei Jahren hat er Cayetano Herrera angestiftet, einen Waldbrand zu legen, damit er die Flugzeuge bekam, die er dann für seinen Schmuggel mit Keulemans benutzt hat.«

»Beweise?«, fragte Campaña trocken, und Costa dachte an die von Cayetano Herrera in seiner kindlichen Schrift geschriebenen Brandvorbereitungen. Das einzige Indiz, das Costa hatte.

Campaña erhob sich und trat dicht vor Costa. »Ich will dir mal was sagen, Toni: Du bist krank.«

Costa war verblüfft. »So?«

Campaña, ein Genie überraschender Effekte, tippte ihm mit dem Finger gegen die Brust. »Jaume Prats hat von Jugend an den Menschen nur geholfen. Privat wie auch beruflich.«

Das war endgültig zu viel für Costa. Selbst Elena hatte das Tonbandgerät wie aus Protest mit einem lauten Klick ausgeschaltet.

»Und 1969?!«, brüllte Costa. »Das Unglück von Es Culleram?! Wer war damals schuld daran, dass fünf Menschen den Tod fanden? Wer hat Trasilio Sanchez in den Selbstmord getrieben, um seine eigene schuld zu vertuschen? Sie waren immer schon ein Meister darin, Ihre Verbrechen anderen in die Schuhe zu schieben!« Vor Empörung platzte es aus Costa heraus. Wütend und unbedacht. Im nächsten Moment realisierte er, dass er keine Beweise hatte. Er konnte nichts weiter ins Feld führen als das böse Gerücht, Prats habe den Vater Laureanas ins Verderben getrieben, um seine Frau zu heiraten. Aber nicht einmal Laureana hatte das behauptet. Auf der Taufe hatte er sogar gesehen, wie innig sich Laureana und ihr Stiefvater im Arm hielten.

Prats starrte ihn mit offenem Mund an. Campaña ging schnell zu seinem Mandanten und legte ihm die Hand auf den Arm. »Auf den Quatsch brauchst du nicht zu antworten, Jaume.«

»Doch, das werde ich«, sagte Prats mit einer seltsamen und vermutlich für jeden im Raum unverständlichen Entschlossenheit. »Meinen Respekt und meine Verehrung für Doña Josefa. Ich weiß natürlich, wie sehr sie mich verachtet und wie diese Version des schrecklichen Vorfalls damals entstanden ist.« Er wählte seine Worte langsam, mit großem Bedacht. »Sie ist eine schlaue Frau, aber in diesem Fall hat sie, mit Verlaub, keine Ahnung, wovon sie redet. Bis heute ist sie überzeugt, dass ich das Unglück dazu benutzte, einen Unschuldigen in den Selbstmord zu treiben.«

Campaña unterbrach ihn, um noch einmal darauf hinzuweisen, dass es jetzt vollkommen unnötig war, auf diese längst vergangene Geschichte einzugehen, und fügte, zu Costa gewandt, hinzu: »Was auch immer damals passiert oder nicht passiert ist – es wäre sowieso alles verjährt.«

»Darum geht es nicht, Antoni, es geht darum, dass ich nach Meinung der Menschen um mich herum nicht wie jemand dastehen will, der ich nicht bin«, sagte Prats mit Nachdruck.

Campaña machte eine große Bewegung mit seinen Händen, die er dann zu seinem Krawattenknoten führte, um ihn enger zu ziehen. »Also bitte, Jaume, ich habe Zeit.« Er lächelte. »Ich nehme mir die Zeit.« Das war zugleich eine Aufforderung an Costa, Prats zuzuhören und ihn nicht zu unterbrechen.

»Es war im September 1969, ein Dienstag. Ich sehe den ganzen Tag noch genau vor mir, und solange ich lebe, werde ich ihn sicher nie vergessen. Trasilio war einige Tage zuvor in meinem Büro gewesen, um eine Genehmigung für die Sprengung einer Felswand zu holen. Wir waren befreundet, das heißt, soweit man mit Professor Sanchez befreundet sein konnte. Er war ein sehr verschlossener Mann, voller Verachtung für Dümmere, und dazu zählte er jeden. Er wollte mit aller Macht den Einfluss der Karthager auf die damalige Welt nachweisen, ihnen gebührendes Ansehen verschaffen. Ohne den Stützpunkt Ibiza wäre die Eroberung der Mittelmeerländer, die fast zum Untergang Roms geführt hätte, nicht möglich gewesen. Na ja, wie dem auch sei.« Prats verschränkte die Finger wie zum Gebet. »Ich besorgte ihm jedenfalls die Genehmigung, legte das Datum für die Sprengung fest und kümmerte mich persönlich um die Vorbereitungen. Daher war ich auch vor Ort, als die Sache passierte. Wir waren den ganzen Tag über in der Cala San Vincente beschäftigt. Wir mussten das Gebiet absperren, die Löcher für die Dynamitstangen bohren und schwache Seitenstollen abstützen. Die Zündkabel waren gelegt, es war alles fix und fertig, die Höhle musste nur noch geräumt werden und die Sprengung gezündet, als mir eine poröse Gesteinsformation auffiel, die ich zuvor nicht bemerkt hatte und die sich quer durch eine Abstützwand zog.«

»Das heißt?«, unterbrach ihn Costa.

»Die Höhlenwände bestanden aus Sedimentgestein«, antwortete Prats. »Muschelkalk, über Jahrtausende zusammengepresst. Dabei gibt es aber auch lockere Zwischenschichten aus Kiesel oder Sand. Und das schien mir in diesem Fall so zu sein.«

Prats schien zu merken, dass sein Gegenüber ihn nicht verstand. Geduldig holte er weiter aus: »Bei einer Sprengung wie dieser ist es von größter Bedeutung, dass nur ein Teil, in diesem Fall eine Felswand, in sich zusammenfällt, ohne dass die ganze Höhle einstürzt. Die Platzierung des Sprengstoffs setzt eine genaue Berechnung der Statik voraus. Wenn eine Sandader übersehen wurde, die durch eine Wand läuft, die man zum Abstützen des Gewölbes braucht, kann das tödliche Konsequenzen haben.«

Costa nickte, und Prats fuhr fort: »Ich ging also zu Trasilio, der schon an der elektrischen Zündanlage stand und mich fragte, ob ich der Letzte sei. Es kann sein, dass ich nickte, denn es kam gar nicht mehr darauf an, ob sich noch jemand in der Höhle befand. Die Sprengung musste unbedingt verschoben werden. Ich erklärte Trasilio meine Einwände. Und wir wussten beide, dass das einen Aufschub der Sprengung von mindestens vierzehn Tagen bedeutete.

Damit war für mich die Sache erledigt, und ich ging zu meinem Wagen, der in etwa fünfhundert Metern Entfernung auf der

Straße nach Portinatx geparkt war. Ich hatte ihn noch nicht erreicht, da überkam mich so ein komisches Gefühl, und ich rannte zurück. Ich sah Trasilio nicht mehr an der Zündanlage und wollte gerade sichergehen, dass sie wirklich außer Funktion war, als es eine große Erschütterung gab und der Boden bebte. Ich wusste sofort, was geschehen war. Trasilio hatte doch gesprengt. Wütend rannte ich auf den Höhleneingang zu, aber da kam er schon heraus. Unverletzt. »Wo sind die anderen?«, brüllte ich. Er zuckte die Schultern. Da war mir sofort klar, dass die fünf ums Leben gekommen waren. Trasilio war der Alleinverantwortliche vor Ort, er war der Projektleiter, und er hätte sich persönlich davon überzeugen müssen, dass sich niemand mehr in der Gefahrenzone befand, bevor er die Sprengung zündete. Er hatte das unterlassen und musste mit einer Anklage wegen fahrlässiger Tötung rechnen. Natürlich musste ich der Presse eine Erklärung geben. Ich stellte den Fall so dar wie jetzt hier. Das führte dazu, dass es massive Anschuldigungen in den Medien gegen Trasilio Sanchez gab, sein bis dahin untadeliger Ruf als Wissenschaftler war zerstört, und statt Ansehen und Ehre wartete nun ein Gerichtsverfahren auf ihn. Dazu kam es dann nicht mehr, weil er sich das Leben nahm.«

Alle saßen schweigend da und dachten sicherlich wie Costa daran, dass Jaume Prats bereits kurz danach Trasilio Sanchez' Frau heiratete. ›Sie haben nicht einmal das Trauerjahr vergehen lassen‹, hatte Josefa gesagt. Josefa wusste natürlich auch, dass Prats schon seit längerem hinter Trasilios Rücken ein Verhältnis mit Margarita Sanchez hatte. Natürlich hatte sie nicht behauptet, Jaume Prats habe das Unglück vorbereitet und eigentlich Trasilio und nicht die anderen fünf töten wollen, aber man konnte das durchaus so sehen. Trasilio war nach seiner eigenen Darstellung nämlich hineingegangen, um sich die poröse Gesteinsschicht selbst anzuschauen und um die Sprengladungen zu deaktivieren. Stimmte die Erklärung, die

Trasilio abgegeben hatte, befand er sich in dem Vorderteil der Höhle, als die Sprengung ausgelöst wurde. Von Prats ausgelöst wie einige angenommen hatten, denn der war nicht in seinem Auto davongefahren, sondern wieder zur Zündanlage zurückgegangen, gerade als Trasilio in der Höhle war. Die fünf anderen hatten die Höhle bereits verlassen, waren jedoch wieder hineingegangen, weil Prats die Sprengung abgeblasen hatte. Zu dem Zeitpunkt musste Prats also der Meinung gewesen sein, dass die fünf draußen waren und nur Trasilio sich in der Höhle befand, um die Sprengladungen zu deaktivieren. In diesem Moment könnte Prats die Sprengung ausgelöst haben.

Prats holte tief Luft, so, als müsse er Anlauf nehmen. »Wie bereits gesagt, er war mein Freund. Doch damals habe ich erkannt, wie besessen er war. Dennoch habe ich meine Aussage damals vor der Staatsanwaltschaft so eingerichtet, dass keine Anklage gegen ihn erhoben worden wäre. Vielleicht war das ein Fehler, aber ich wollte Margarita und Laureana all dieses Entsetzliche ersparen. Dass er sich erhängen würde, konnte keiner voraussehen.«

»Wie haben Sie davon erfahren?«, fragte Elena.

»Margarita rief mich an, ich fuhr sofort hin, benachrichtigte Arzt und Polizei. Die arme Frau war in seinem Arbeitszimmer. Sie bewahrte das Kind davor, die Leiche zu sehen. Er war auf seinen Schreibtisch gestiegen, hatte ein Seil um den Leuchter verknotet und war gesprungen. Genickbruch. Ich habe ihn mit dem Doktor zusammen abgehängt. Ein erniedrigender Tod.«

Elena schien nicht so leicht zufrieden zu stellen zu sein. »Wenn ich Sie recht verstehe, war Trasilio Sanchez ein gefühlskalter Egomane, der für seine Pläne über Leichen ging.«

»Genau so ist es«, brüllte Prats und schlug mit der flachen Hand auf die Tischplatte. Mit ihrer Skepsis einem honorigen Mann und Inselrat gegenüber hatte Elena mal wieder die Grenze überschritten. »Er hat niemanden geliebt, nur sich selbst. Was seine Frau, ich meine Margarita, betraf, werden Sie mir wohl glauben, dass ich weiß, wovon ich spreche. Und Laureana –« Er wurde wieder ruhig und nachdenklich. »Ich glaube, er sah in ihr eine Art Gefäß, das er mit sich selbst füllen wollte. Manche Menschen wollen auf diese Art Unsterblichkeit zelebrieren.«

Costa war vollkommen überrascht von Prats' Gefühlsausbruch. Den hatte er ihm nicht zugetraut. Campaña offensichtlich auch nicht, das verriet die distanzierte Missbilligung, mit der er die Szene verfolgt hatte.

Sie alle waren so gefesselt von den Ausführungen, dass niemand auf den Stenografen achtete, der eifrig alles mitnotierte. Er saß lässig da, seine Augen unablässig auf den Erzähler gerichtet, während seine Hand gleichmäßig und schnell über den Block glitt, der wie nutzlos auf seinem Schoß lag.

»Zumindest was den Ablauf des Unglücks in Es Culleram damals anbetrifft, können wir noch einmal Nachprüfungen aufnehmen«, sagte Costa und wandte sich an den Stenografen. »Halten Sie fest, dass Inselrat Prats auf seinen ausdrücklichen Wunsch hin in Untersuchungshaft behalten wird.«

Campaña wechselte einen Blick mit Prats, erhob sich und wies den Stenografen an, nur eine kurze Erklärung an die Presse zu geben. »Inselrat Prats hat sich nach einer Morddrohung, deren Hintergründe der Leiter der Guardia Civil Coronel Santander gerade untersuchen lässt, zu seiner eigenen Sicherheit unter polizeilichen Schutz begeben.« Damit nickte er den Beteiligten zu und verließ den Raum. Der Stenograf machte seine Notiz, sprang auf und folgte Campaña eilig.

Prats saß wie erstarrt am Tisch, den er mit beiden Händen festzuhalten schien. Die gepflegte Bräune war aus seinem Gesicht gewichen, es war grau und eingefallen. Hinter seinem Ohr liefen Schweißperlen aus dem Haaransatz in den Kragen seines Hemdes.

»Don Jaume?«, wandte Costa sich besorgt an ihn. »Ist alles in Ordnung mit Ihnen?«

Prats kniff die Augen zusammen, schob seine rechte Hand unter seine Jacke und presste sie gegen sein Herz.

kapitel achtunddreißig

»Glaubst du ihm?«, fragte Costa Elena, während sie in ein Café gegenüber dem Präsidium gingen. Auf der anderen Straßenseite waren im Frühjahr neue Hallen gebaut worden, Großmärkte, die Bäderausstattungen und Baumaterialien verkauften. Schon jetzt hatte das boomende Gewerbeviertel Cana Negreta die Landschaftslücke zwischen Ibiza und San Rafael fast geschlossen. Costa war sich nicht sicher, ob ihm gefiel, was er sah. Andererseits war dieser Streifen schon immer hässlich gewesen.

Das Café war normalerweise überfüllt von Lagerarbeitern und Transporteuren. Sonntags saßen hier nur Beamte der Guardia, die ihre Fälle bei Kaffee mit Brandy diskutierten.

»Ich weiß gar nicht, worum es überhaupt ging, wenn ich ehrlich bin«, antwortete Elena, während sie ihr Mobiltelefon ans Ohr hielt. »Ich wette, er hat das Ding im Auto vergessen. Wie du.«

Costa lehnte sich gegen die Bar und machte dem Wirt ein Zeichen, ihm einen *carajillo* zu bringen. Die Inszenierung mit Campaña war zweifellos gut. Zwei Profis. Aber die Sache mit der Sprengung hatte er schon in zu vielen anderen Versionen gehört. Costa drehte die kleine Tasse in seiner Hand. »Fünf Tote«, murmelte er abwesend.

»Was ist damit?«, fragte Elena.

»Fünf Tote«, wiederholte Costa. »Wir haben fünf Tote.«

»Bislang. Und?«

»Ich würde gerne wissen, wie diese Menschen damals ums Leben gekommen sind. Wurden sie verschüttet? Zerfetzt? Verbrannt?«

»Du willst sagen, Es Culleram war kein Unglück, sondern ein Verbrechen? Und Prats steckte dahinter? Und nun hat er erneut zugeschlagen? Ironie des Schicksals oder Wiederholungszwang eines Wahnsinnigen?«

»Ja.«

»Jetzt verstehe ich.

»Was hast du bislang nicht verstanden?«

»Ich habe nicht verstanden, warum du plötzlich mit so einer alten Geschichte angefangen hast. Ich dachte, es wird schon irgendeinen Sinn haben, besonders weil Prats ja so darauf angesprungen ist. Ich dachte wirklich, gleich kriegt er einen Herzinfarkt. Der Mann ist aalglatt und zielgerichtet«, sagte Elena. »Und er hat dich wundervoll manipuliert, aber ein Psychopath ist er auf keinen Fall.«

»Wir sollten uns die Geschichte auf jeden Fall von einem Augenzeugen schildern lassen«, murmelte Costa.

Elena folgte Costas Vorschlag nur widerstrebend. Sie sagte, er habe sich von der Inszenierung zweier Schlitzohren blenden lassen. Costa ärgerte das, besonders, als sie behauptete, Campaña habe ihn wie vor Gericht mit einem seiner raffinierten Schachzüge ganz bewusst dahin gelockt, den Charakter Prats' zu diskutieren, statt bei den eindeutigen Fakten zu bleiben. »Wahrscheinlich wusste er, dass du mit dieser Es-Culleram-Geschichte kommen würdest, wenn er sagt, Prats hätte seit seiner Jugend immer nur Gutes getan. Campaña kennt die Gerüchte von damals genauso gut wie du. Der wusste, dass du darauf anspringst.«

»So ein Unsinn! Campaña mag clever sein, aber er kann meine Reaktionen nicht voraussehen!« Costas Stimme war scharf und lauter als gewöhnlich. So wie bei einer dieser vertrackten Diskussionen mit Karin. Das ärgerte ihn noch mehr. Und genau wie Karin lachte sie nun höhnisch. Oder bildete er sich das nur ein? Vielleicht war es nur ein Lächeln? Und vielleicht nachsichtig. Oder gar freundlich. Und vielleicht interpretierte er Karin ebenso falsch, wenn er sich ärgerte.

Elena schaffte es, dass er gegen seinen Willen lachen musste. Sie gestikulierte jetzt wie Campaña: »Hör zu, Jaume, ich werde deinen Charakter preisen, das wird dem guten Costa nicht gefallen, und er wird mit der alten Kamelle Es Culleram kommen. Da kennt dich jeder mit schlechtem Charakter, weil du dir gleich die Witwe unter den Nagel gerissen hast, ohne das Trauerjahr abzuwarten, wovon ich dir damals abgeraten hätte.«

»Du machst das wirklich gut, das muss man dir lassen. Aber dennoch – selbst wenn sich die zwei Halunken die Sache so ausgedacht haben, werde ich mir die genauen Ereignisse von damals noch einmal von einem Augenzeugen berichten lassen.«

Sie schüttelte in gespieltem Entsetzen den Kopf: »Wie hält es Karin mit so einem Dickkopf aus?« Und dann mit Nachdruck: »Wir sollten sehen, was bei der Durchsuchung der Prats-Villa herausgekommen ist, und die Erfindung des großen Unbekannten widerlegen. Wir sollten uns nicht in der Vergangenheit verlieren, von der Campaña völlig zu Recht sagt, dass jede Handlung sowieso verjährt ist.« Als er nicht antwortete, nahm sie seine Hand und sprach ihn nachdrücklich an: »Hallo, Toni Costa«, als wolle sie ihn aufwecken.

Er winkte dem Kellner, um zu zahlen, und sagte, er werde jetzt nach San Vincente fahren, sie könne ja von unterwegs den Surfer anrufen, um zu hören, ob sie etwas gefunden hätten.

Auf dem Weg nach San Vincente erzählte er ihr all die Gerüchte, die es um das Unglück von Es Culleram gab.

»Und wer soll das jetzt aufklären, wenn sich die Wahrheit bis heute hinter all den Gerüchten versteckt hat?«, fragte sie.

Als er nicht antwortete, wählte sie zum hundertsten Mal die Nummer von Xico Palomo.

Während er den Wagen konzentriert und schnell durch die engen Serpentinen der Küstenstraße lenkte, beugte sie sich vor und deckte das freie Ohr mit der Hand ab. Costa kurbelte sein Fenster nach oben.

»Du bist sicher, dass es das von Cepero ist?«, fragte sie. Pause. »Verstehe. Das hab ich mir gedacht. Nein, wir sind auf dem Weg nach San Vincente.« Sie kam Costas Frage zuvor: »Er hat das Mobiltelefon von Cepero gefunden. Es lag in der Garage in der Mülltonne. Ist schon unterwegs ins Labor.«

»Und eine Digitalkamera, mit der die Fotos aufgenommen worden sein könnten, die ich bei Herrera gefunden habe?«, fragte Costa.

»Fehlanzeige. Weder Kamera noch Computer.« Elena sprach wieder ins Telefon. »Prats hat uns ein Märchen von einem unbekannten Eindringling aufgetischt, der in der Brandnacht in seine Haut geschlüpft ist. Bitte daraufhin noch mal alles durchwühlen. Nicht zuzuordnende DNA, du weißt schon. Ja, ich weiß, stöhn mir nichts vor. *Hasta pronto.*«

Costa parkte den Pajero vor einer Bar.

Der alte Pep Forn, den Costa Onkel nannte, seit er das Wort aussprechen konnte, war kein wirklicher Verwandter, sondern ein enger Freund seines Großvaters. Pep Forn war immer schon alt gewesen, auch als Costa noch klein war. So alt wie das Meer, nach dem er roch und auf dem er lebte. Pep nahm ihn mit hinaus, und der kleine Junge war stolz, vom besten Fischer der ganzen Südostküste durch sein Morgen-darfst-du-mit-raus geadelt zu werden. Kein Boot zwischen Santa Eulalia und San Vincente hatte jemals den Hafen verlassen, wenn Pep Forn in seiner Stammkneipe Can Gat saß und Suissé trank, denn alle wussten dann, dass das Meer an solchen Tagen keinen Fisch hergeben würde. Wind, Salz und Sonne hatten ihre Geschichten in sein Gesicht geschrieben, und nun sah es aus wie ein Stück trockener Rinderbraten. Doch auch wenn er jetzt weit über siebzig war, hatte er seine Gewohnheiten nie geändert. Dazu gehörte auch, dass er sich erhob, um die Frau in Costas Begleitung zu umarmen und zu küssen, bevor er Costa begrüßte.

»Ich bin Elena«, sagte sie, als er sie nach den Küssen mit weit ausgestreckten Armen festhielt und freundlich betrachtete.

»*Lot, com va tot?*«, sagte er, was Elena nicht verstand.

»Das gilt mir«, erklärte Costa lachend, »und heißt: Junge, wie geht's?«

Pep Forn machte eine einladende Bewegung. »Wir sind lange nicht mehr fischen gegangen. Aber ich verstehe dich. Du gehst lieber mit schönen Frauen aus.« Costa sah Elena an. Bevor er Pep sagte, was er trinken wolle, ließ er seinen Blick auf ihrem Gesicht ruhen. Hohe Wangenknochen, volle Lippen, grüne Augen. Eine Strähne ihres dunkelblonden Haares fiel ihr ins Gesicht. Als sie seinen Blick bemerkte, strich sie sie hinters Ohr. Dabei lächelte sie unerwartet. Sein Pulsschlag ging schneller, und ihm fiel ein, dass er sich heute Morgen nicht rasiert hatte. Sie lächelten, ertappt wie zwei Verliebte, deren Blicke sich zufällig begegnen, und Pep fragte, ob Elena dasselbe nehme. Sie wollte sicherlich einen Kaffee, doch bevor sie es aussprechen konnte, brüllte der Fischer zur Bar hinein: »Bring drei Suissé, aber dalli!«, und raunte: »Kein Mensch spricht mehr Eivissenc. Die Kellner verstehen mich nicht, wenn ich unsere eigene Sprache spreche. Kommen alle aus Murcia.«

»Josefa hat gesagt, du kannst mir etwas über das Unglück von Es Culleram erzählen«, sagte Costa, als der Kellner die Getränke brachte.

»Es Culleram«, wiederholte der Alte in einem Tonfall, als würde er ›Teufel und Weihwasser‹ sagen, »das ist lange her. Sechs waren drin, aber nur einer kam raus: Trasilio Sanchez. Die anderen ...« Er kniff die Augen zusammen und verzog den Mund.

»Können Sie uns sagen, wie die umgekommen sind?«, fragte Elena mit ihrem skeptischen Unterton.

Pep Forn nickte bedächtig. »Damals war die Cala San Vincente noch eine ruhige Fischerbucht. All diese Häuser kamen erst später. Es war ein später Septembernachmittag. Der Sohn von Juanma Curreu holte seine Reusen mit den Langusten und Cigalas ein, die er am Abend im Restaurant verkaufen wollte, und ich reparierte ein Netz, das mir ein Zackenbarsch zerrissen hatte.«

Er umschloss Glas und Zigarette mit den Händen. Außen waren sie runzlig und dunkelbraun gebrannt, innen hell und hart. Wie eine Schuhsohle, hatte Costa als Kind immer gedacht. »Dann gab es einen Knall. Die Leute kamen aus den Häusern, alle liefen aufgeregt durcheinander. Aus der Höhle zog Rauch über die Berge, und wir rannten hin. Trasilio Sanchez stand vor dem Eingang. Er war mit Staub bedeckt und hatte Blut im Gesicht. Jemand schrie, wir sollen helfen, es sind noch Menschen in der Höhle.« Er holte einen Beutel mit ibizenkischem Tabak aus der Hosentasche. »Wir haben gegraben und gegraben. Wir, das heißt alle Einwohner von San Vincente. Später ist dann Hilfe aus der Stadt gekommen, Feuerwehr und Polizei. Sie hatten große Scheinwerfer dabei, denn mittlerweile war es schon dunkel.« Pep steckte sich die Selbstgedrehte in den Mund, ließ das Sturmfeuerzeug aufflammen, sog den Rauch tief ein und blickte ihm nach. »Drei haben wir noch in dieser Nacht gefunden, zwei waren verbrannt, einen hatte die Explosion zerrissen. Später fanden wir einen vierten: Er hatte sich brennend in einen Grundwassertümpel geflüchtet und lebte noch. Aber im Krankenhaus ist auch er gestorben. Die Verbrennungen waren zu stark. Der fünfte war noch verschüttet. Wir konnten hören, wie er schrie, aber wir kamen zu langsam voran. Die Felsblöcke waren so groß wie ein Zimmer. Als wir ihn nach zwei Tagen herausholten, war er tot. Erstickt.«

Pep hob seine Hände und betrachtete sie. »Die Fingerkuppen waren bis auf die Knochen abgeschabt, weil er versucht hatte, sich einen Weg zu graben.«

Er warf ihr einen Blick zu, aber sie schien die Ähnlichkeiten der

Verbrechen nicht zu sehen. Manche Menschen sehen etwas nicht, aber es liegt dicht unter der Oberfläche ihres Bewusstseins. Er hoffte, es würde bei ihr so sein, denn es gab jetzt keine Chance, ihr den Zusammenhang logisch zu erklären.

Elena stellte Pep noch verschiedene Fragen, und ihm fiel eine seltsame Sache ein. Als sie die Verunglückten beerdigten, fehlte bei dem Letzten, bei dem Verschütteten eine Hand. Elena wollte wissen, welche und ob es eine Erklärung dafür gab. Pep schüttelte nachdenklich den Kopf, sagte aber nach einer Weile:« Die Schwurhand.« Ein Lächeln huschte über ihr Gesicht, aber sie fragte gleich weiter. Mehr konnte ihnen der Fischer jedoch nicht sagen. Er wusste nicht, ob es ein Unglück gewesen war oder ein Verbrechen. Er hatte keine Meinung zu den Gerüchten, ob es der krankhafte Ehrgeiz des Professors gewesen war, der den fünf Helfern das Leben gekostet hatte, oder die Gier des Politikers, der die Frau seines Freundes für sich wollte. Pep sprach nur immer wieder von den Leiden der Opfer.

Es war Costas Job, die Wahrheit in der Vergangenheit zu finden, ihre Spuren zu entdecken und sie richtig zu deuten. Er war fasziniert von dem, was er jetzt entdeckt hatte. Noch bevor sie das Auto erreichten, hatte er Elena die Ähnlichkeit der beiden Fälle eindringlich beschrieben. Sie schwieg. Schließlich sagte sie: »Was bringt uns das? Unser Problem liegt auf einer ganz anderen Ebene.«

»Und die wäre?«

»Prats und Campaña sind in die Offensive gegangen. Prats hat den großen Unbekannten erfunden, hat sich selbst in Schutzhaft begeben, Campaña begleitet das durch eine Presseerklärung, in der er unseren guten Santander unter Druck setzt, den Wahnsinnigen zu finden, der als Nächstes Inselrat Prats umbringen wird, während wir in der Gegend herumfahren und uns mit einem Fischer über einen Unfall unterhalten, den es hier vor langer Zeit mal gegeben hat.«

Ärgerlich versuchte Costa, einen VW zu überholen, aber der Gegenverkehr erlaubte es nicht, er musste bremsen und wieder hinter diesem stinkenden Diesel herkriechen. Er nahm das zum Anlass, Elena geduldig zu bitten, die Prämisse zu akzeptieren, dass es sich damals um ein Verbrechen handelte, das entweder von Prats oder von Trasilio Sanchez begangen worden war.

Eine Weile blickte sie schweigend aus dem Fenster. Dann wandte sie sich ihm abrupt zu. »Wenn du so scharf hinter der Isomorphie her bist, wie man das wissenschaftlich nennt, dann müsste sich Prats jetzt wegen der öffentlichen Schuldanklagen in seiner Zelle erhängen.«

»Weil sich Laureanas Vater damals wegen der öffentlichen Beschuldigungen das Leben genommen hatte und nicht aus Schuldgefühl?

»Bei diesen machthungrigen Männern spielt es keine Rolle, ob sie schuld waren oder nicht. Für sie ist nur wichtig, ob ihr Ansehen beschädigt ist.«

Costa sah Prats noch einmal vor sich, wie er sich verkrampft am Tisch festhielt. Vielleicht war seine Verzweiflung doch echt. Und Costa drängte sich das Bild auf, wie Prats auf diesen Tisch steigt, den Kopf in eine Schlinge steckt und springt.

»Wenn Prats weiter auf seiner Schutzhaft besteht, sollten wir ihn ins Untersuchungsgefängnis überführen lassen.«

Elena nickte.

Sein Mobiltelefon. Es war der Surfer. »Xico, was gibt's?«

»Ich bin im Präsidium. Die Routine kriegen die Jungs auch ohne mich hin. Das hier ist wichtiger. Der Notdienst der belgischen Firma hat den Safe aus Keulemans' Haus aufgekriegt.«

»Und? Habt ihr was gefunden?«

»Ja.« Der Surfer unterbrach das Gespräch.

»Hallo«, rief Costa, aber das Gespräch war weg.

Er war sicher, dass sie die Lösung des Falles hatten. Die Stimme des Surfers war schwer und gewichtig gewesen, und das passierte nur, wenn er die Lösung eines Rätsels hatte, an dem sie manchmal seit Wochen knackten.

»Was war?«, fragte Elena.

»Der Surfer. Sie haben Keulemans' Tresor aufbekommen.«

»Und?«

»Er hat ausnahmsweise mal keinen Witz gerissen.«

»Dann haben sie die Lösung.« Sie schlug ihm auf die Schulter, verschränkte die Arme und sah zufrieden aus dem Fenster.

kapitel **neununddreißig**

Elena und Costa trafen den Surfer in dem Gebäudeteil, wo die polizeitechnischen Untersuchungen stattfanden und er ein eigenes kleines Büro hatte. Hierhin war der Tresor aus Keulemans' abgebrannter Villa gebracht worden. Der Techniker der Herstellerfirma, den Elena hatte kommen lassen, war offensichtlich gerade fertig geworden, denn er packte seine Werkzeuge zusammen und verabschiedete sich vom Bischof, der ihm bei der Arbeit zugeschaut hatte.

Er und der Surfer standen an einem groben Holztisch, auf dem sich der Wandsafe befand. Er war von Schmutz und Ruß gesäubert. Die Tür stand auf.

»Achthundert Euro hat der Spaß gekostet, Flug extra.« Der Surfer studierte laut die Rechnung. »Dreiwandige Tür, thermogeschützt, 95 mm, Türblatt 12 mm geöffnet. Notverriegelung entsperrt. Innentresor mit Zylinderschloss geöffnet. Das Ganze hat zehn Minuten gedauert. Den Stundenlohn hätte ich auch gerne.«

»Was ist hier eigentlich los?«, fragte Costa. »Wir waren auf dem Weg zu Prats. Der eine geht nicht ans Telefon und der andere liest mir Rechnungen vor!«

Statt zu antworten, deutete der Surfer auf das, was im Tresor gewesen war.

Das Erste, was Costa sah, war eine undefinierbare, zerlaufene schwarze Masse.

Hundescheiße, dachte er.

»Leonidas-Pralinen, aus Brüssel«, sagte der Bischof, »leider geschmolzen.«

Sein zweiter Blick fiel auf ein Foto. Er nahm es heraus und

musste sich setzen. Was er sah, verschlug ihm den Atem. Ein Foto von Karin und Keulemans. Ein Gedankensturm wirbelte durch sein Gehirn. Keulemans nackt – und Karin auf ihm in Dessous, wie er sie noch nie an ihr gesehen hatte. Sein Magen krampfte sich zusammen.

Der Surfer und sein Vetter hatten das Bild zweifellos gesehen, denn er las Betretenheit und Sprachlosigkeit in ihren Gesichtern. Der Techniker hatte es wahrscheinlich auch eingehend betrachtet. Und Elena? Ohne sich nach ihr umzudrehen, hoffte er, dass sie weit genug entfernt war, um nichts mitzukriegen oder nachzufragen.

Er knickte das Foto in der Mitte zusammen, wollte es am liebsten für alle Zeiten verschließen – Keulemans' Orgasmusgesicht und Karins Beine in Netzstrümpfen mit Highheels. Das Blut strömte durch seine Adern wie aus geplatzten Orangen, und im Nebel seines Hirns sprühten Funken. Ihm war schwindelig.

Um das alles zu verbergen, brüllte er den Surfer an: »Was hat das hier mit dem Fall zu tun?« Er ging auf ihn los. »Bist du total übergeschnappt? Zuerst versiebst du die Überwachung der Finca, und dann unterbrichst du meine Ermittlungen wegen einem Haufen Hundescheiße!«

Der Bischof war ruck, zuck zwischen ihnen. Wenn es darauf ankam, war er schnell wie ein Wiesel. »Es war nichts weiter drin. Wir wollten es dir überlassen, wie du damit umgehst.«

Costa ging zur Tür. »Sieh dich vor, Junge. Meine Geduld hat Grenzen.« Elena befahl er, ihn zu Prats fahren.

Während der Fahrt sprachen sie kein Wort. Costa sah aus dem Fenster. Er versuchte, einen klaren Gedanken zu fassen, doch es gelang ihm nicht. In ihm ein Gestrüpp von Elektrodrähten, zwischen denen es tobte und blitzte. Am Kreisverkehr vor Ibiza sagte er: »Nach links.« Sein Mund war staubtrocken, kaum konnte er die beiden Worte verständlich aussprechen. Elena fragte nicht, natürlich wusste sie, dass es zum Untersuchungsgefängnis, wo Prats jetzt saß, geradeaus ging.

Im Hafen Botafoch stieg er aus und sagte, sie solle warten.

Er rannte besinnungslos die Treppen ins fünfte Stockwerk hinauf. Mit jeder Stufe verwandelte sich sein Schmerz mehr und mehr in blanke Wut.

Als er vor Karins Tür stand, schlug er mit den Fäusten gegen das Holz. Sie öffnete erstaunt.

Er stieß ihr das Foto vors Gesicht.

Stille.

Er wartete auf ein Geständnis. Zugleich fürchtete er, sie könnte alles bestreiten

Blitzschnell hob sie die Hand und gab ihm eine schallende Ohrfeige. Er ließ das Foto sinken. Die Tür vor ihm knallte ins Schloss.

Das war's dann. Er fühlte sich lausig. Seine Anspannung war weg, stattdessen fühlte er sich hohl.

Er saß auf einer Bank am Kai, von dem die Boote nach Formentera ablegten. Nach diesem Fiasko war er nicht imstande, das Verhör mit Prats fortzusetzen, und Elena war allein weitergefahren.

Prats würde ihnen nicht weglaufen – und überdies gefiel ihm die Vorstellung, dass der Inselrat die Nacht auf einer Pritsche verbrachte. Wahrscheinlich war bereits ein Himmelbett in die Zelle gebracht worden. Der Mann würde seine Privilegien schon zu nutzen wissen.

Ein Liebespaar schlenderte an ihm vorbei, blieb am Schalter der Fähren stehen und versank in einen Kuss. Wir beten sie an, und dann sitzen wir in der Falle. Dir wird es nicht anders gehen, dachte er, während die Hände des Jungen abwärts über den Rücken des Mädchens wanderten. Cayetano Herrera fiel ihm ein, wie er schmachtend vor dem Museum auf die Rothaarige wartete, die mit Gewissheit niemals einen Blick an ihn verschwendet hatte. Die Sehnsucht ist zu stark, um den Überblick zu behalten. Überblick. *Überblick* war einer der Begriffe, die er jüngeren Kollegen immer zur Lösung ihrer Fälle empfohlen hatte.

Er schlug den Weg zu seiner Wohnung ein. Es waren vom Hafen nur fünf Minuten zu Fuß. Er brauchte die Bewegung, denn nun kehrten seine Gefühle zurück. Trauer, Verletztheit, Enttäuschung und Wut. Als er vor der Haustür stand, wusste er, dass er die Einsamkeit seiner Zimmer jetzt nicht ertragen konnte.

»Viva Mexico!«, brüllte jemand. Costa fuhr herum. Juanito, der Besitzer des kleinen Restaurants schräg gegenüber, hatte den Sonntag mal wieder zum ›Mexikanischen Tag‹ deklariert. Das war der Tag, an dem er einen verschrammten Holzkaktus vor die Tür stellte, der sein ungenießbares *chili con carne* anpries, fade mehlige *fajitas* und eine Art grau-grüner *guacamole*, die Costa jedes Mal, wenn er sie auf den Tellern der Gäste sah, an Torres' Autopsieberichte erinnerte. Juanito schlüpfte zu diesem Anlass unter einen abgewetzten Poncho, setzte einen Sombrero auf und klebte sich einen Sancho-Pansa-Bart über seine Oberlippe. Dann lief er mit zwei Plastikrasseln die Straße auf und ab und schrie »Viva Mexico!« Jetzt war er stehen geblieben und rief: »Viva Toni!«

Der Surfer behauptete, er habe ihn einmal an einem ›Schweizer Montag‹ erlebt: in einem Kuhkostüm mit Eutern, jodelnd und Alpenglocken schwingend.

Costa winkte zurück und wunderte sich, an was für einen Unsinn er seine Gedanken verschwendete, wo er doch so unglücklich war. Es erschien ihm plötzlich angebracht, seinen Schmerz in angenehmer Umgebung zu ertränken – im Sa Calima. In den letzten zwei Wochen hatte er seine Stammkneipe gemieden, denn er arbeitete zu sehr am Rand seiner körperlichen Leistungsfähigkeit. Im besten Fall mal ein Glas Wein, ansonsten versuchte er, so viel Schlaf wie möglich zu kriegen. Manchmal zweifelte er sogar, ob Träume erholsam wären.

Es war noch früh am Abend. Am Tisch neben der Eingangstür spielten vier alte Männer Karten. Er blieb stehen und lächelte ihnen zu. *›Fi de putes‹* – Hurensöhne – war das ibizenkische Kartenspiel, bei dem die meisten Höfe auf der Insel ihren Besitzer gewechselt hatten. Er begrüßte Bartolo, einen Freund seines Vaters, mit einem Kopfnicken. »Ein fürchterliches Feuer«, sagte der Alte und meinte den Inselbrand. Costa nickte freundlich, legte ihm kurz die Hand auf die Schulter und ging an die Theke.

Pep, der Wirt, entkorkte eine Flasche Rotwein, goss ihm ein Glas ein und stellte die Flasche auf die Theke.

»Wer gewinnt?«, fragte Costa

»Gewinnt und verliert. Sie spielen schon seit Mittag. Und wie läuft's bei dir?«

Costa zuckte die Schultern, trank das Glas leer und schenkte sich ein neues ein.

»Verstehe.« Pep ging zum CD-Player und wechselte die Musik.

Omara Portuondos Stimme füllte den Raum.

»Con que tristeza miramos
un amor que se nos va
Es un pedazo del alma
que se arranca sin piedad ...«

Costa seufzte und schaute Pep zu, wie er Gläser polierte.

»*Mas trifasicos*«, rief Bartolo, und Pep brachte Milchkaffees mit Brandy an den Tisch.

Pep hatte immer die gleichen Sachen an: ein Hemd und eine Schürze, die über seiner blauen, viel zu engen Hose hing. Alles war von undefinierbarer Farbe, weil er stets seine ganze Wäsche in eine einzige Trommel packte. Die Alten waren die einzigen Gäste, aber bevor er ihnen ihren Brandykaffee brachte, band er sich jedes Mal die Schürze ab, ein Ritual, mit dem er sich selbst versicherte, dass das Sa Calima nicht eine der üblichen Spelunken war.

Ab und zu nahm Costa einen Schluck Wein und ermahnte sich jedes Mal, nicht an Karin zu denken, was ihm bei der zweiten Flasche auch gelang.

Die Dekoration hatte Pep seit Eröffnung nie geändert: Neben den Trophäen der lokalen Fußballmannschaften und vergilbten Fotografien längst vergangener Nächte zierten Bilder berühmter Flamencomusiker Regale und Wände: Paco de Lucia, ein musikalisches Genie wie Mozart, der die starren Gerüste des Genres zerbrach und eine Revolution in Gang gesetzt hatte; El Camarón de la Isla, José Monje Cruz, der König des *cante jondo*, der mit acht Jahren schon besser war als alle anderen und mit einundvierzig starb, nachdem er sich sein Gehirn mit einer Dosis Kokain aus der Nase gezogen hatte, die auch einen Ochsen umgebracht hätte. Karin nannte ihn den Mick Jagger der spanischen Volksmusik, als sie – Nein! Er musste aufhören damit.

Pep erzählte ihm von der Absicht der Politiker, die alte Stierkampfarena abzureißen und auf dem Grundstück ein Einkaufscenter zu bauen, aber Costa hatte keine Lust, sich zu unterhalten. Er wollte der Musik lauschen, diesen süßlichen Harmonien, die den Schmerz der Einsamen auf staubigen Landstraßen in dunklen Mollakkorden malten, und von Männern, die ihre Liebste nie mehr wiedersehen würden. Der männliche Teil der Costa-Familie neigt seit jeher zur Schwermütigkeit, hörte er Josefas Stimme.

»Si tu me dices, ven«, sang Costa und erhob sich von seinem Hocker. Die Alten ließen ihre Karten sinken und schauten ihm zu. Er drehte sich und schaffte es, dass die Hocker in seiner Nähe nicht zu Boden fielen. Geraden Schrittes ging er zu Bartolo, legte ihm die Hand auf die Schulter und fischte einen schwarzen Zigarillo aus dessen Hemdtasche. *»Permiso«*, murmelte er und nahm sich ein Feuerzeug vom Tisch. Der Alte nickte, ohne von seinem Blatt aufzusehen.

»Eine Runde für alle!« Das urtümliche Eivissenc der Bauern von Santa Eulalia ging ihm plötzlich wie von selbst über die Lippen. Er hörte Pep lachen. Er drehte sich schwerfällig zu ihm um und sah, dass Pep die Gläser bereits gefüllt und auf ein Tablett gestellt hatte. »Und alle als eine Runde für mich«, benutzte er die höhnische Verkehrung der Trinker. Er setzte sich alleine an einen Tisch, wo Pep ihm diese zweite Runde Absinth auf einem Tablett brachte.

Er nahm die Gläser vom Tablett und baute sie in militärischer Formation vor sich auf. Mit dem Zigarillo in der Hand tippte er dann auf das erste Glas, murmelte etwas wie »Hab Acht« und kippte es herunter. Bei jedem neuen Gedanken kippte er wieder einen Schnaps.

Wie in Zeitlupe sickerten die Fakten in seinen Schädel, rieselten durch die Hohlräume, die er mit Absinth füllte, und sammelten sich in einer Lache auf dem Grund seines Denkens.

Er betrachtete eines der Bilder an der Wand. Camaróns Haar war pechschwarz und bis zur Mitte des Hinterkopfes völlig glatt, um sich dann in unendlich krausen Löckchen zu verlieren, die ihm bis auf die Schultern fielen. Seine Kleidung war die eines Zigeuners aus den siebziger Jahren: ein Hemd mit Rüschen, eine schwarze Samthose mit Schlag, von einem breiten Gürtel mit Silberschnalle gehalten, weiße Stiefel mit hohen Absätzen, eine Kette mit einem Kreuz um den Hals und zwei Ringe an jeder Hand. Camarón erinnerte ihn an Cayetano Herrera, der ihm bei ihrer ersten Begegnung wegen seiner unzeitgemäßen Kleidung und Frisur aufgefallen war.

Pep bemerkte seinen Blick. »Guter Musiker«, rief er ihm zu.

Costa fuhr sich nachdenklich mit dem rechten Daumen über die Augenbrauen, erhob sich und wankte zur Theke, wo Pep ihm einen weiteren Absinth eingoss. Costas Blick war immer noch auf Camaróns Gestalt geheftet. »Er erinnert mich an den Geisteskranken, der den Brand gelegt hat. Diesen Cayetano Herrera. Vielleicht ist er verrückt geworden, weil er nach einer Frau verrückt war. Hörst du, was Omara singt? Mit Wehmut trauern wir einer Liebe nach, die gegangen ist. Hörst du? Es ist ein Stück Seele, das herausgerissen wurde ohne Erbarmen. Na bitte.«

Pep lachte und goss Costa noch ein Glas ein. »Wir sind nicht alle wegen der Frauen verrückt. Herrera hatte von Anfang an einen Sockenschuss.«

»Du kennst ihn?«

»Wir waren zusammen auf der Volksschule«, sagte Pep und hielt prüfend ein Glas gegen das Licht.

»In derselben Klasse?«

»Eine Weile.« Er goss sich selbst auch ein Glas ein und warf die leere Flasche in eine Kiste. »Ich habe ihn dreißig Jahre lang nicht vergessen, und als ich sein Bild vorgestern in der Zeitung gesehen habe in diesem Artikel ›Brandstifter verbrannt‹, habe ich noch gedacht, das wundert mich nicht. Cayetano hat schon als Kind einen Ziegenstall angezündet, da war er neun Jahre alt. Wir sind alle hingerannt, als sie das Feuer löschten. *Hombre,* wie das gestunken hat, das verbrannte Fleisch und die Ziegenpisse. Aber er musste es machen. Hat er behauptet. Wegen eines geheimen Befehls. So was nenn' ich echt verrückt. Seine Mutter musste die Ziegen bezahlen.« Pep brachte den Spielern ein Tablett mit Schnäpsen. Als er zurückkam, stand noch eines auf dem runden Tablett. Er hielt es Costa hin, der es nahm und trank.

»Aber vielleicht hast du Recht, und die Frauen sind doch an allem schuld. Cayetano war immer hinter einem Mädchen her. Es war eine kleine Dürre mit langen Zöpfen. Wenn sie die aufmachte, gingen ihr die Haare bis zum Oberschenkel. Eigentlich passte die ganz gut zu ihm. Keiner wollte sie. Sie sprach mit keinem. Sie hatte immer so hässliche geschnitzte Figuren dabei. Gut möglich, dass er den Stall angezündet hat, weil sie es ihm befohlen hat.« Er lachte. »Ich meine, wenn es ihm überhaupt jemand befohlen hat, dann muss sie es gewesen sein.«

»Passt zu ihm. Er hat schon mal einen Brand im Auftrag gelegt. Wahrscheinlich ist er dafür bezahlt worden. Von einem sauberen Herrn namens Prats.«

»Die Kleine mit den Zöpfen hieß auch Prats.«

Costa ging darauf nicht weiter ein, denn viele auf der Insel hießen Prats oder Tur oder Planells. Oder auch Costa. Er grinste und nickte Pep zu, der Tur hieß.

Pep nickte auch und sagte: »Davor hieß sie Sanchez. Aber ihre Mutter heiratete einen Prats. Ihr erster Mann hat sich, glaube ich, aufgehängt.«

»Laureana Sanchez.« Costa stützte sich auf die Bar. »Sie hatte wunderbare Zöpfe. Schwarz und lang. Gib mir einen Absinth.«

Sein Privatleben und seinen Beruf unter einen Hut bringen, das hatte er gewollt. Und so war es! Er trank und dachte über seinen Fall nach. Was wollte er mehr? Er brauchte nicht wie Zwirbelbart Santander, sein Chef, im Büro zu sitzen, er konnte hier arbeiten. Sie sollten ihm nur die Überstunden bezahlen, dann war alles bestens. Er kippte den grünen Likör in einem Zug und hielt Pep das leere Glas hin.

»Und jetzt ist sie Direktorin des Museums an der Nekropolis. Aber Zöpfe hat sie keine mehr.«

Pep, Cayetano und Laureana waren in einer Schulklasse gewesen. Cayetano hatte Laureana angebetet. Cayetano Herrera hatte nicht auf die Rothaarige gewartet, sondern auf die Frau, nach der er sich schon immer verzehrt hatte – Laureana. Für sie wollte er die Welt in Brand setzen, als wäre sie ein Ziegenstall. Sie war seine verbotene Göttin mit dem Flammenschwert.

Pep setzte sich auf die Kühltruhe hinter der Theke und goss nach. »Da siehst du, wie es ist. Man kann nie sagen, was aus den Kindern wird. Mein Jüngster schmeißt gerade die Schule, weil er unbedingt eine Bar aufmachen will, gleich hier um die Ecke. Für junge Leute, mit Sushi und Karaoke. Da kann ich predigen, was ich will, sechzehn Stunden Arbeit am Tag, der viele Alkohol, die schlechte Luft. Ich sage: Sieh mich an, mach nicht den gleichen Fehler, mach deine Ausbildung zu Ende. Aber nein.« Pep füllte wieder die Gläser. »Na ja, immer noch besser, als wenn er die halbe Insel in Brand steckt.«

»Es hängt alles von den Eltern ab«, sagte Costa, während er sich seinen Sohn Alexander dabei vorstellte, wie er einem albanischen Mafioso die Pistole an den Kopf hielt. Das Sprechen fiel ihm schwerer, seine Lippen sträubten sich, seine Gedanken dem Rest der Welt mitzuteilen. »Hast du eigentlich Zigarren?«, fragte er.

»Du rauchst doch gar nicht«, antwortete Pep.

Nun mühte er sich gegen die Lähmung seiner Gedanken. Cayetano könnte auch neulich den Brand für Laureana gelegt haben. Aus Liebe? Um sie zu beeindrucken?

Oder auf ihren Befehl hin?

Costa griff nach seinem Glas. Es war leer.

Sie hat das Flugzeug geflogen. Wie in großer Leuchtschrift stand es ihm vor Augen. *Sie* hat den Piloten umgebracht, Keulemans, die beiden Jungen und Cayetano, der sie liebte.

Sie hat einen Plan! Nicht Prats will, dass sich jemand aufhängt, sondern sie will, dass Prats sich aufhängt. Dann ist das Bild vollkommen. Er hängte sich auf. Ihr Vater wurde dazu getrieben, und jetzt treibt sie Prats dazu.

»Mit wem sprichst du?« Pep stand vor ihm und füllte die Gläser.

»Mit der grünen Fee.« Costa grinste Pep an und hielt den grünen Likör ins Licht.

»Wann hat ihr Wahnsinn begonnen? Mit dem Tod ihres Vaters, den sie so sehr geliebt hat, dass alle dafür büßen sollen, die ihm Unrecht taten? Mit ihrem Stiefvater? Ihr Gefühl für ihn war ebenso stark, aber es war nicht Liebe, sondern Hass.«

Ein bleierner Schwindel kroch ihm aus dem Magen empor.

Man kann sich auch nüchtern trinken, hauchte die grüne Fee ihm ins Gehirn. *Ich werde dir dabei helfen.* Costa wankte hinter die Bar und griff sich eine Flasche, ohne auf Pep oder Elena Navarro zu achten, die seit einer Stunde an der Theke saß und ihn nicht aus den Augen ließ.

»Wie lange hatte Señora Sanchez diesen Plan schon?« Er schwankte und hielt sich an der Bar fest. »Der Plan hat sie am Leben gehalten, seit sie ein Kind war.«

»Toni, sollten wir nicht nach Hause gehen?«, fragte Elena freundlich.

»Ja, die Figuren«, antwortete er. »Die hässlichen Figuren.«

»Vielleicht machen Sie mal die Rechnung klar«, sagte Elena.

»Ist schon erledigt«, antwortete Pep.

Costa starrte auf die leeren Gläser. »Ich baue sie vor mir auf, und ich weiß, dass Trasilio mir zusieht, sagt die eine Figur. Die andere Figur lächelt: Wenn er tot ist, wird alles gut. Jaume Prats muss hängen, damit er weiß, was er mir angetan hat. Er hat meine Arbeit unterbrochen, aber du hast sie fortgesetzt. Dir können sie nichts tun, meine geliebte Tochter. Du bist unberührbar – deinetwegen muss ich mir keine Sorgen machen.« Costa wechselte den Ton. »Das könnte ein Irrtum sein«, sagte er hart und zynisch.

Ein Glas fiel von der Theke.

Pep kehrte die Glasscherben zusammen.

»Erst eins, dann zwei«, lallte Costa und warf wieder ein Glas auf den Boden. »Am Schluss sind es fünf.«

»Jeder amüsiert sich auf seine Weise«, sagte Elena und nahm Pep den Handfeger ab.

kapitel vierzig

»Don-Fede-ri-co perdí-un-ojo
para-casar-se-con-un-pi-ojo …«

Nicht die Augen öffnen. Nicht den Kopf heben.

Er wälzte sich auf die andere Seite und stöhnte. Vielleicht kann ich weiterschlafen. *»Don-Fede-ri-co …«* Bis das Bett aufhört zu schwanken. *»… para-casar-se …«* Ein Sonnenstrahl brannte sich in seine geschlossenen Lider. Er vergrub den Kopf unter dem Kissen. Als er seinen Atem roch, wurde ihm schlecht.

»… con-un-pi-no-jo …«

Ich bin nur halb wach, dachte er. Ich kann wieder einschlafen. Einschlafen. Don Federico hat ein Auge verloren, um einen Floh zu heiraten.

Costa öffnete ein Auge. Durch die Höhlung des Kissens sah er ein Bein, ein Frauenbein in einer schwarzen Hose. Karin. Bruchstücke von Erinnerungen tauchten in ihm auf. Das Foto Karins mit Keulemans. Die Taufe. Das Haus von Cayetano Herrera. Prats, wie er sich am Tisch festhält.

Die Kinder im Hof hatten aufgehört zu spielen. Es war still im Zimmer.

»Meinst du, ein Kaffee würde helfen? Oder soll ich lieber einen Eimer holen?« Nicht Karins, sondern Elenas Stimme.

Er schob das Kissen auf seinem Gesicht zur Seite und richtete sich auf. Elena saß auf einem Küchenstuhl und schaute ihn erwartungsvoll an. Für einen Moment hatte er die Vision, er sei im Büro ohnmächtig geworden, aber als er vorsichtig mit den Händen herumtastete, war es klar: Er lag zu Hause im Bett. Hoffentlich hatte er sich nicht daneben benommen. Das Letzte, woran er sich erinnerte, war: Viva Toni, die Kartenspieler und die vielen Absinthgläser vor ihm. Er hatte im Sa Calima gesoffen, gut, aber wie war Elena hierher gekommen? Eine Frau bei ihm im Zimmer nach einer durchzechten Nacht. Was war zwischen ihnen passiert?

»Wie spät?«, fragte er und wollte sich aufrichten, aber der Kopfschmerz traf ihn wie ein Schlag auf den Schädel.

Elena sah auf die Uhr. »Halb elf.«

Er überlegte, ob er Aspirin im Hause hätte. »Ich habe keine Ahnung, wie ich nach Hause gekommen bin.« Er sagte diesen Satz als kleinen Versuchsballon. Würde sie nun gleich protestieren? – Tu doch nicht so, Toni! Waren sie etwa zusammen im Bett gewesen? Wollte sie nun gerade ins Büro gehen, wo die anderen warteten?

»Weißt du denn, dass du den Fall gelöst hast?«

Er sah sie misstrauisch an. Hohn würde er jetzt nicht ertragen. »Was meinst du?« Es konnte die Absicht hinter der Bemerkung nicht erkennen. Ihr Ausdruck war ernst, aber freundlich, doch ihre Ernsthaftigkeit wie auch ihre Freundlichkeit waren neutral. Man konnte nichts daraus schließen. Selbst wenn er Ironie oder Hohn vermutete, war es ein Irrtum; in Wahrheit spiegelten sich in ihren Augen und auf ihrem gleichmäßig geschnittenen Mund nur seine eigenen Vermutungen. Er hatte einen zynischen Gedanken, und wie ein kurzer Lichtstrahl, wenn die Wolken sich verschieben, glitt er über ihr ebenmäßiges Gesicht.

»Du hast allein am Tisch gesessen, fünf leere Gläser vor dir. Mit denen hast du dich dauernd über den Fall unterhalten.« Sie lächelte milde und schien nur freundliche Gefühle für jemanden zu haben, der sich mit leeren Gläsern unterhielt.

»Über das Höhlenunglück, von dem uns Prats erzählt hatte?«, fragte er und spürte schmerzlich die Vibrationen in seinem Kopf.

»Das auch. Alles. Aus allen Fakten hast eine Gerichtsverhandlung gemacht.«

»Ehrlich?« Er hatte keine Ahnung, wie sie in seine Stammkneipe gekommen war. Und warum?

»Du warst der Staatsanwalt.«

»Wovon, um Gottes willen, sprichst du?«

»Sie hatte einen Plan, hast du immer wieder gesagt.«

Karin? War er betrunken der Meinung gewesen, dass Karin von Anfang an ihr Verhältnis mit Keulemans geplant hatte? War sie gleich so in den schönen Belgier verliebt gewesen, dass sie nichts dem Zufall hatte überlassen wollen? Eine Gerichtspsychologin hatte einmal nach einem Prozess zu ihm gesagt: Männer planen ihren Beruf, Frauen ihre Beziehungen. Bei diesen heftigen Kopfschmerzen hatte er kein Problem damit, ihr das zu verzeihen. Das Pornofoto mit Keulemans war ein derartiger Schock für ihn gewesen – das musste einen Mann, der eine Frau liebte, in den Zustand der Unzurechnungsfähigkeit versetzen.

»Der Plan einer Wahnsinnigen, hast du immer wieder gesagt.« Sie sah ihm sein Unverständnis an und fügte hinzu: »Diese Worte – oder der Gedanke dahinter – haben dich total fasziniert. Nicht Prats will, dass sich jemand aufhängt, hast du gesagt, sondern *sie* will, dass Prats sich aufhängt.«

»Wer zum Teufel hat einen Plan? Und wer ist s-i-e?«, brummte er und bereute sein Besäufnis.

»Laureana Sanchez! Du musst ja eine Alkoholvergiftung haben, wenn du nichts mehr weißt.«

Also nicht Karin. Karin hatte keinen Plan gehabt, sondern Laureana. – Er starrte an die Decke. Laureana hatte einen Plan oder hat einen Plan, gut. Na und? Zu den Stichworten *Laureana* und *Plan* fiel ihm nichts weiter ein; ihm fielen nur die Wirkungen von Absinth ein, vor denen immer gewarnt wurde: Gedächtnisverlust, Ich-Ausgrenzung und Halluzinationen.

»Deine fünf Schnapsgläser waren unsere fünf Opfer, die in deiner alkoholsichtigen Version planvoll von der Museumsdirektorin umgebracht wurden. Wir mussten dich immer wieder davon abhalten, dich nicht gleich auf den Weg zu Prats zu machen, damit er sich nicht aufhängt.« Ein Lächeln huschte über ihre Züge. »Dein Wunsch, dass Prats sich aufhängt, war so stark, dass du einen Gegenimpuls aktivieren musstest, um ihn in Schach zu halten.«

Costa musterte sie, es fiel ihm schwer, sich nicht auf den Arm genommen zu fühlen. »Würde dir auch noch 'ne andere Erklärung einfallen?«

Sie lächelte amüsiert und sagte ohne Zögern: »Ja. Deine Wut auf Karin war so groß, dass dir nur der Angriff auf eine Frau Erleichterung verschaffen konnte. Also Laureana statt Prats.«

Er war verblüfft. Das, was andere Intuition nannten, löste sich bei ihr in psychologischer Beliebigkeit auf. *Anything goes.* »Und? Ist das schon alles?« Er wehrte sich mit Sarkasmus.

»Nein. Hier die beste Variante: Deine Aggressionsblockade Frauen gegenüber hinderte dich, Laureana frühzeitig als Täterin zu erkennen. Aber das von Karin begangene Sakrileg gestern löste die Blockade, und nun konntest du das Böse an Laureana erkennen und benennen.«

»Aha. Und wieso habe ich eine Aggressionsblockade Frauen gegenüber?«

Mit einem strahlenden Lächeln sagte sie: »Eine Variation des Sextabus gegenüber der Mutter.«

Schweiß lief ihm über Stirn und Nacken. »Jetzt muss ich doch mal fragen: Verarschst du mich hier die ganze Zeit?«

Er ließ sich zurück in die Kissen sinken und versuchte, seine Anspannungen zu lösen. Er musste sich einfach einlassen auf die Fakten, die sie ihm da präsentierte. Er hatte offensichtlich in der Kneipe gestanden und dargelegt, dass Dr. Laureana Sanchez, unser Star, der die Insel gerade als Hort antiker Heiligtümer weltberühmt gemacht hatte, einem *Plan* folgend, kaltblütig fünf Menschen auf grausamste Art ermordet hatte.

»Ich habe also Laureana Sanchez beschuldigt, *Phönix* zu sein?«, fragte er in der Hoffnung, sich verhört zu haben. Er würde sich seiner Kollegin ungern als Absinthopfer mit Geistesstörungen präsentieren. Und in diesem Fall kam noch einiges hinzu. Erstens war es sicherlich keine charakterliche Empfehlung, dass seine Kollegen seine Lebensgefährtin in pornografischen Verstrickungen mit einem der Opfer entdeckt hatten, und zweitens, dass er sich gleich anschließend im Dienstwagen zu dieser sexuell aktiven Lebensgefährtin fahren ließ, um drittens kurz darauf vorzeitig den Dienst zu beenden und sich stattdessen in seiner Stammkneipe zu besaufen und dort dann viertens mit Berufsgeheimnissen herumzuprahlen. Der Gipfel aber wäre, eine hoch geachtete Wissenschaftlerin ohne jeden Beweis abscheulicher Taten zu beschuldigen.

Er hatte sich in diesen unangenehmen Gedanken verloren und musste Elena fragen, wovon sie als Letztes gesprochen hatten.

»Du wolltest wissen, ob du Laureana Sanchez beschuldigt hast, *Phönix* zu sein«, sagte sie.

»Und deine Antwort?«

»Du hast es sehr überzeugend vorgetragen. Soll ich es dir noch einmal vormachen?«

Er wollte abwehrend die Hände heben, wurde aber von dem stechenden Schmerz im Kopf bei jeder kleinsten Bewegung abgelenkt. »Nein, nein, bitte nicht«, sagte er und presste die Finger an die Schläfen. »Glaubst du das denn?« Er sagte es nur als rhetorische Frage, damit sie weitersprach und er beim Zuhören vor sich hindämmern konnte.

»Ich denke nicht, dass ich das glauben sollte. Für mich hängt es eher mit deiner Vorliebe für das Unglück in Es Culleram zusammen. Es ist die ideale Verknüpfung beider Fälle, von der du ja gestern schon so fasziniert warst.«

Costa bedeckte seine Stirn mit dem Kopfkissen und schützte so die Augen vor hellem Licht. »Wie würde sich denn meine Version von gestern anhören? Nüchtern vorgetragen, meine ich.«

»Etwa so: Laureana liebt ihren Vater schon als kleines Mädchen abgöttisch. Von ihm hat sie Charakter und Talent geerbt. Ihrer Mutter gegenüber ist sie Konkurrentin im Freud'schen Sinne: Sie wünscht sich ihren Tod, damit sie den Vater ganz für sich hat. Die Mutter aber begeht das unvorstellbare Verbrechen, den Göttergatten mit dem scheußlichen Politiker Jaume Prats zu betrügen. Doch damit nicht genug – Prats nutzt die gefährlichen Sprengungsarbeiten in Es Culleram, um seinen Nebenbuhler auf raffinierte Weise zu beseitigen. Der Anschlag auf Trasilio Sanchez geht fehl, stattdessen kommen fünf Mitarbeiter ums Leben. Der geschickte Politiker versteht es, Laureanas Vater als den Schuldigen für dieses Unglück in der Öffentlichkeit darzustellen, so dass sich der Vater, seines guten Rufes beraubt, das Leben nimmt. Bevor er das tut, erzählt er seiner Tochter, wie Prats bei seinem Attentat im Einzelnen vorgegangen ist, und lässt sie dann schwören, sein Lebenswerk, die Ausgrabungsarbeiten in der Totenstadt, fortzusetzen. Sie tut das sehr erfolgreich, sieht aber hierin nicht den eigentlichen Inhalt des väterlichen Auftrags. Im Gegenteil, es ist nur die Voraussetzung. Die Erfüllung ihres Schwures besteht darin, den bösen Menschen Prats, der ihre Mutter nach dem Tod des Vaters geheiratet hat, dasselbe erleiden zu lassen, was ihr Vater erleiden musste. Auch er soll öffentlich angeklagt werden, fünf Menschen das Leben genommen zu haben, auch er soll unschuldig sein, aber seine Unschuld nicht beweisen können, auch er soll der Vernichtung seiner Karriere, all der Schmach und Schande, den Freitod vorziehen. Teniente Costa soll Erfolg haben mit seiner erdrückenden Anklage. Sie wird es sein, die ihm die letzten Beweise in die Hände spielt. So wird des Inselrats Schutzhaft sich in echte Haft verwandeln, Campaña wird mit seiner Verteidigung unterliegen, und bevor das Gericht das Urteil verkündet, wird sich Jaume Prats in seiner Zelle erhängen. Oder früher. Viel früher, vielleicht schon gestern Nacht in seiner Zelle. Daher wolltest du dauernd hin zu ihm, um ihm Schnürsenkel, Hemden und Bettzeug abzunehmen, aus dem er sich hätte Stricke flechten können.« Sie brach abrupt ab, und es herrschte völlige Stille.

Costa wusste nicht, was er dazu sagen sollte, aber er fühlte sich, wie er es einmal auf einer Abbildung über mittelalterliche Folter gesehen hatte: Ein Mann liegt flach in einem hölzernen Bett, auf ihm ein dickes Eichenbrett, mit Steinen belastet, zu denen von Zeit zu Zeit immer schwerere hinzukommen. *Bett der Ruhe* nannte sich diese Pein.

Er schob Kopfkissen und Bettdecke beiseite und quälte sich aus dem Bett. »Ich sollte erst mal eine kalte Dusche nehmen.«

Er öffnete alle Fenster. Eine Hitzewelle schlug ihm entgegen. Ihm wurde schwindlig, und er schlurfte unter die Dusche.

Das Wasser lief ihm über Kopf und Nacken, aber kalt war es nicht. Immerhin beruhigte die gleichmäßige Massage seinen Kreislauf.

»Warum warst du eigentlich gestern im Calima?«, rief er durch den Vorhang.

Elena lehnte am Rahmen der Badezimmertür. »Ich wollte mit dir etwas besprechen. Ich rief dich auf dem Handy an, und du hast gesagt, ich soll dahin kommen.«

»Und was wolltest du besprechen?«

»Karin hat mich gestern wegen des Fotos angerufen, das du ihr gezeigt hast.«

»Und?«

»Sie war sehr besorgt, dass dir etwas zustößt.«

»Was zustoßen?«

»Sie sagte, wenn du eine Fotomontage nicht von der Wirklichkeit unterscheiden kannst, muss dein Zustand wohl ziemlich ernst sein.«

Er erwiderte nichts. Das Bild eine Fotomontage?

»Bist du unter der Dusche ertrunken?«, fragte sie nach einer Weile.

Er stellte das Wasser ab und band sich ein Handtuch um. Ungeachtet der Pfützen, die seine Füße hinterließen, ging er ins Schlafzimmer.

Neben dem Bett, unter seinem Hemd und seiner Hose, lag die zusammengefaltete Fotografie.

»Sie sagte, Keulemans hat das Foto gemacht, als ihr bei ihm zum Essen wart. Du hättest das eigentlich erkennen müssen.« Elenas Ton war kühl und sachlich.

Richtig, Costa erinnerte sich, als sie ins Haus gekommen waren, hatte er einen Schnappschuss für sein Gästebuch gemacht.

»Ich weiß ja nicht, was drauf ist, aber ich weiß, dass jede Art von Montage heutzutage ein Kinderspiel ist«, sagte Elena, die ihn beobachtete. »Man schneidet die Köpfe aus, stellt sie frei und klebt sie auf andere Körper. Das Internet ist voll von solchen Scherzen.«

Costa spürte wieder seine Wut. Er betrachtete die Szene genauer.

Ein Messingbett, Chintztapeten, ein Fenster im Hintergrund. Und im winzigen Ausschnitt dieses Fensters die Häuser einer Stadt und der Eiffelturm.

Eine Montage. Mein Gott, wie hatte er das übersehen können?

Sie saßen zusammen in seinem Büro. Sein Magen sträubte sich noch gegen den Kaffee, den der Bischof gebraut hatte, aber er trank ihn aus. Wer säuft, muss auch arbeiten können, hörte er seine eigne Stimme.

Er wollte die Entscheidung gemeinsam mit dem Team treffen. Das, was zwischen Karin und ihm lief, hatte ihn so verunsichert, dass er eine objektive Plattform brauchte, auf der er die ganze Situation noch einmal in Ruhe besprechen konnte. Laureana Sanchez war inzwischen zur bekanntesten Persönlichkeit des Jahres aufgestiegen, und von Tag zu Tag machte sie die Insel als einen Hort antiker Heiligtümer berühmter. Journalisten aus aller

Welt trafen in regelmäßigen Abständen ein. So jemanden beschuldigt niemand gerne, fünf Menschen ermordet zu haben.

»Angenommen, Prats ist unschuldig«, sagte der Bischof.

»Wenn Prats der gute Mensch ist, als den er sich beschrieben hat, dann ist Laureana verrückt«, sagte Elena.

Dem Surfer, der aus Madrid stammte, waren die Rücksichtnahmen auf der Insel fremd, und mit einem spöttischen Leuchten in den Augen attackierte er den Unterton von Besorgnis, der besonders beim Bischof nicht zu überhören war. »Und wenn er der böse Mensch ist, der Laureanas geliebten Vater umgebracht hat?«

»Dann ist er auch der Verbrecher«, erwiderte Elena schnell, »der den riesigen Gewinn aus den Geschäften mit Keulemans allein kassieren wollte, alle Mitwisser wegen seiner politischen Karriere beseitigte und der auch dich töten wollte, Costa.«

»Und du meinst, wir sollten jetzt zu Laureana fahren und sie fragen: Ist dein Stiefvater ein mehrfacher Mörder oder bist du verrückt?«, fragte Costa.

»Wir haben keine Beweise, was bleibt dir anderes übrig? Du solltest sie genauso konfrontieren wie Prats. Du bist da ziemlich gut. Man weiß nicht, wovon du sprichst, allmählich zieht sich das Netz zusammen, und erst wenn es zu spät ist, bemerkt man, dass es die eigenen Ängste waren, die einen verrieten.«

Als sie Costa zu seinem Dienstwagen begleitete, nahm er an, sie würde mit einsteigen, aber sie sagte, sie sei immer gerne dabei, wenn er seine Befragungen durchziehe, aber diesmal nicht. Ihre Anwesenheit würde die Chancen nur geringer machen.

»Nach dieser Voraussage kann ja nichts mehr schief gehen.«, sagte er, als er den Wagen aufschloss.

Sie streifte seine Hand, als sie ihm die Tür aufhielt. »Hast du deine Waffe dabei?«

Costa ließ den Motor anspringen und sah zu ihr empor. »Meinen Verstand?«

»Nein. Deine Beretta mit den 9-mm-Parabellumgeschossen.«

kapitel einundvierzig

Am Sonntag, als die Mutter mit Jaume Prats in der Kirche war, gelang es ihr, in die alte Wohnung in der Via Romana 38 einzudringen. Sie hatte den Schlüssel in der Handtasche der Mutter gefunden, weil die sich im letzten Moment entschlossen hatte, ganz ohne Tasche zu gehen. Sie hatte das bemerkt und durchsuchte die Tasche sofort, nachdem die beiden das Haus verlassen hatten. Sie fand den Schlüssel, wusste aber, dass sie ihn zurücklegen musste, bevor die Mutter wieder zu Hause war.

In der Via Romana ging sie sofort in Papis Büro, das mit all seinen Sachen vollkommen zugestellt war. Sie musste sich an Gerätschaften, Bücherkisten, Zeichenbrettern, einer riesigen Werkzeugkiste, hingeworfenen Kleidungsstücken und anderem Zeugs vorbeiarbeiten, um die Schuhe unter dem großen Globus zu finden. Die Zahnspange steckte im rechten Schuh. Sie nahm sie und schob sie in den Mund, aber sie passte nicht mehr.

Sie durchstöberte auch das Zimmer der Mutter und fand in einem der Bücher ein Foto von ihr, auf dem sie fünfundzwanzig war. Sie schaute direkt in die Kamera, was sie wegen ihrer langen Nase bei Fotos immer tat, und sah sehr schön aus. Sie betrachtete das Bild eine Weile. Das strahlende Lachen und die weißen Zähne. Die Mutter trug ein kurzes Jackett mit hohen, gepolsterten Schultern und einem andersfarbigen, aber gut abgestimmten Faltenrock; dazu eine weiße Bluse mit großem V-Ausschnitt. Den Hemdkragen hatte sie über das Jackett geschlagen, mit der rechten Hand hielt sie einen Veilchenstrauß gegen den Bauch gedrückt, und mit der anderen hakte sie sich bei dem Mann auf dem Foto unter. Um sich kleiner zu machen, lehnte sie sich bei ihm an, überragte ihn aber trotzdem um Kopfeslänge. In einem gestreiften Doppelreiher stand er da neben ihr, schmal und unbedeutend mit einem Hut in unternehmungslustiger Schräglage. Sein Arm war angewinkelt, und in der Hand hielt er ein Paar Lederhandschuhe. In der anderen eine Zigarre – etwas angehoben, weil er wohl gerade nach seinem Hut greifen wollte, den sie bei dem Versuch, sich anzulehnen, verschoben hatte.

Der Mann war Onkel Jaume.

Sie versah diese Feststellung in ihrem Tagebuch mit mehreren Ausrufezeichen und fügte hinzu, die Dauerwelle auf dem Foto habe der Mutter überhaupt nicht gestanden. *Sie verzauberte sie in einen französischen König mit einer schwarzen Lockenperücke. Und dann noch die lange Königsnase!*

Indem sie die Aufmerksamkeit auf die Kritik an der Frisur der Mutter lenkte, versuchte sie der schmerzlichen Sensation zu entkommen, die diese Entdeckung – *Onkel Jaume!* – für sie bedeutete. Immer wieder starrte sie auf das Paar, dessen unbekümmerte Verliebtheit belegte, dass das Foto nicht auf Ibiza aufgenommen worden war, sondern irgendwo, wo sie nicht entdeckt werden konnten. Das jedenfalls meinte sie und suchte das Foto genau mit den Augen ab, ob sie irgendwo einen Hinweis fände, wo diese Aufnahme gemacht worden war. In Madrid? In Barcelona, London oder Paris?

Vor allem wunderte es sie, dass sich in den Zügen der beiden, in ihrer Haltung und in ihren Augen nichts von der Energie des Bösen finden ließ, von der sie so vollkommen beherrscht wurden und die sie von Anfang an zusammengeführt hatte, wie sie glaubte, um dann das Leben der Familie mit ihrem Papi zu zerstören.

Von diesem Moment an hasste sie Fotografien; sie argwöhnte, dass es die Unvoreingenommenheit der Fotografie wäre, die den in einem winzigen Moment festgehaltenen Menschen eine solche vollkommene Ahnungslosigkeit und Naivität verlieh. Noch scheinen sie an der Zukunft unschuldig zu sein, auch wenn die Mutter in ihrer weißen Bluse, mit dem Veilchenstrauß in der Hand und Onkel Jaume am Arm, unschuldig lächelnd, wusste, dass sie ihren Papi vernichten würden. *Man sieht es ihnen auf diesem Foto nicht an*, schrieb sie in ihr Tagebuch.

Wie wird bloß alles enden?

Diese Frage beschäftigte sie den ganzen Heimweg über.

Als sie den Schlüssel in die Handtasche zurücksteckte, riss sie ein winziges Eckchen von dem Foto ab und ließ es mit hineinfallen.

Weil sie in der darauf folgenden Nacht aufpasste, dass die Glühbirnen um den Spiegel an ihrem Kleiderschrank leuchteten, damit ihr Papi jederzeit zu ihr kommen konnte, wachte sie am Morgen erst spät auf, durstig und verschwitzt. Als sie sich aus dem Bett lehnte, um die Flasche Orangensaft zu nehmen, die sie abends neben das Kopfende auf die Erde gestellt hatte, flogen ihr fünf Fliegen ums Gesicht. Also war wieder jemand in ihrem Zimmer gewesen, und sie hatte es nicht bemerkt! Sie tastete den Boden ab und sah, dass er mit etwas Gelbem und Klebrigem bedeckt war. Jemand hatte von ihrem Orangensaft getrunken und etwas verschüttet. Nicht nur etwas, denn die Flasche war fast leer.

Sie nahm ihr Notizheft, um ihre Beobachtung zu notieren, als ihre Mutter hereinkam. Sie klappte das Buch schnell zu und steckte es unter die Decke.

Die Mutter verzog ihren dunkelroten Mund und setzte sich auf die Bettkante.

»Was machst du?« Sie starrte auf die Bettdecke, dort, wo das Notizheft war.

»Nichts«, sagte sie und presste mit beiden Händen das Heft gegen ihren Bauch.

»Was schreibst du?« Sie seufzte und sah aus dem Fenster. Sie trug jetzt ein weißes breites Band um ihren Haaransatz, weil er ausgedünnt war.

Seitdem ich ihre Pillen ausgetauscht habe, isst sie kaum etwas.

»Nichts. Ich schreib bloß.«

Die Mutter riss ihr das Laken weg, warf sich mit dem Oberkörper auf sie, packte das Schreibheft und entriss es ihr. Sie setzte sich wieder auf und drehte ihr den Rücken zu. Sie blätterte im Heft und las darin.

Der Überfall hatte ihr Herz heftig schlagen lassen, aber als sie hinter dem Rücken ihrer Mutter lag, wurde sie ganz ruhig. Sie verschränkte die Hände hinter ihrem Kopf, streckte sich aus und sah gelangweilt zur Decke.

Nach einer Weile sagte die Mutter: »Er hat sich umgebracht.« Sie stand auf und riss einige Seiten aus dem Heft, sah ihre Tochter kopfschüttelnd an und sagte: »Wir haben ihn nicht ermordet.« Dabei betonte und dehnte sie das letzte Wort. Sie warf ihr das Heft an den Kopf und verließ das Zimmer.

Die Mutter starb am Samstag, den 12. November 1974, fast auf den Tag genau fünf Jahre nach dem Tod ihres ersten Mannes. Sie wurde nicht neben ihm beigesetzt, sondern in der Familiengrabstätte der Prats. Auf der anschließenden Feier lagen Jugendfotos von ihr aus. Welch tief greifende Wandlung sie durchgemacht hatte! In ihrer Kindheit war ihr Gesicht glatt und rund, fast pausbäckig gewesen, in der Totenmaske erschien es jetzt lang und oval. Besonders in der letzten Zeit hatten sich Runzeln wie Unkraut vom Kinn bis zum Haaransatz entfaltet.

Die Tochter notierte das in ihrem Tagebuch und versah die Beobachtung mit der Frage, ob ihre Mutter vielleicht zu oft in der Sonne gewesen sei. Oder ob wilde Lust solche Veränderungen bewirken würde. *Das Gift des Bösen vielleicht, das Herz und Haut zerfrisst. Auf jeden Fall hat es viel länger gedauert, als ich gedacht habe.*

Immer wieder brütete sie darüber nach, ob das *Gift des Bösen* vielleicht sogar in die Knochen schießen könnte, um sie dazu zu bringen, dass sie sich streckten oder den Mensch beugten, bis er zur bösen Hexe würde.

Die Totenmaske, die Onkel Jaume anfertigen ließ, wirkte auf mich bedrückend. Düster und bedrohlich. Noch bevor der Bildhauer kam, hat sie alles dämonisch aufgesaugt. Vermutlich hält sie es für Stärke, die sie braucht, wenn sie Papi wieder begegnet, diesen kurzen Moment, bevor sie endgültig in das Totenreich entschwindet. Zu Mot, mit dem sie ihr Schicksal teilen wird.

kapitel zweiundvierzig

Elena hatte Recht, er würde es nicht schaffen, Karin aus seinen Gedanken zu verbannen. Gerade jetzt vor dem schwierigen Gespräch mit Laureana sollte er die Angelegenheit klären. Entschlossen griff er zum Mobiltelefon. Er fuhr auf der Schnellstraße nach Ibiza-Stadt, und während er wartete, dass sie abhob, blieb er auf der rechten Spur und überholte nicht. Es dauerte eine Weile, bis sie sich meldete. Es kam nur ein knappes »Hallo«. Sofort bereute er seine Spontaneität. Er hatte sich nette Varianten einer Begrüßung vorgestellt: freudige Überraschtheit (»Oh, wie schön, dass du dich überwunden hast!«) oder schnelles Verstehen (»Ich wusste es! Ich habe das Handy extra bei mir.«) oder liebevolle Offenheit (»Oh, wie schön, ich hätte dich auch gleich angerufen.«) oder ein entspanntes Willkommen (»Wie wär's, wenn wir heute zusammen essen gehen?«). Nichts davon. Nun dieses scharfe »Hallo«, mehr nicht.

»Wo bist du?«

»Ich bin bei Laureana Sanchez, im Interview. Tut mir leid.« Es klickte, und das Gespräch war beendet.

Das war die schlechteste aller Möglichkeiten. Er würde sie bei Laureana treffen. Das alles lief gegen seine Erwartungen. Für das Gespräch mit Laureana brauchte er seine ganze Konzentration. Er wollte sie alleine vor sich haben. Diese beruflichen Überkreuzungen waren fatal. Und wieder ärgerte er sich darüber. Er stierte durch die Windschutzscheibe. Warum musste Karin ausgerechnet Personen fotografieren und interviewen, die in seinen Mordfall verwickelt waren? Vor ihm bremste ein Wagen, und erst im letzten Moment reagierte er. Das fehlte gerade noch, jetzt ein Unfall. *Costa, beruhige dich, hör auf, in deinem Ärger zu brüten. Du kannst es nicht ändern. Konzentration.* War doch gut, dass er Karin angerufen hatte, so würde er nicht überrascht sein, sie bei Laureana anzutreffen.

Und er konnte das Gespräch mit Laureana nicht verschieben. Elena und das Team warteten auf das Ergebnis, und Prats könnte seine Taktik wechseln, die Schutzhaft verlassen und seine nächsten Schachzüge ausführen. Das Spiel wäre verloren, denn gegen einen Politiker vom Format eines Jaume Prats würden sie nicht ankommen.

Er musste handeln, er konnte auf seine privaten Probleme keine Rücksicht nehmen.

Mit Elena war ausgemacht, dass er sie in einer Stunde anrufen würde. Wenn nicht, würde sie einen Kontrollanruf machen und, falls er sich nicht melden würde, das Museum mit einem Einsatzkommando stürmen.

Der Verkehr während der Siesta war gering, und zwölf Minuten nach dem Anruf bei Karin erreichte Costa die Innenstadt. Das Schrankenhäuschen war besetzt, und er konnte durchfahren. Er parkte den Pajero auf der Plaça de la Universidad direkt vor dem archäologischen Museum, nahm die Waffe aus dem Handschuhfach, überprüfte sie und steckte sie in eine helle Stofftasche. Er trug nur eine Leinenhose und ein kurzärmeliges Jeanshemd, so konnte er die Waffe nicht am Körper unterbringen.

Diesmal standen die hohen Flügel der Eingangstür offen, aber einladend wirkten sie nicht. Costa empfand die Stille im Innern des Museums wie den Sog eines Vakuums, ein schwarzes Loch, das den Lärm der Stadt absorbierte. Er liebte Stille, aber hier empfand er sie als Abwesenheit jeden Lebens. Auch die Architektur kam ihm wie gefrorene Musik vor. Eine steingewordene, schwermütige Sonate.

Er nahm die geschwungene Treppe mit schnellen Schritten, während seine Hand dem kühlen Stein des Geländers folgte.

Die große Halle lag im Halbschatten der Dämmerung.

Laureana Sanchez stand am Schreibtisch vor dem Fenster. Sie hatte ihm den Rücken zugewandt und sprach mit jemandem. Costa meinte, sie telefoniere und benütze ein um den Hals gehängtes Mikrofon. Sie machte aber keine Pausen, um zuzuhören, sondern rezitierte etwas, Texte in einer Sprache, die Costa nicht verstand. Es klang wie raues Italienisch, angereichert mit arabischen Kehllauten. Sie schien ihn noch nicht bemerkt zu haben. Ihr Haar war straff hinter dem Kopf zusammengerafft, die »Frisur der Heiligen Isabella von Kastilien«, wie Karin es in einem Artikel genannt hatte.

Als sie ihn bemerkte, lächelte sie ihn an wie ein Kind, das von den Eltern beim heimlichen Singen ertappt wurde.

»Ich habe Sie gar nicht hereinkommen hören.« Sie deutete auf die Schriftrollen, die vor ihr lagen. »Diese Fragmente enthielten den Schlüssel, der meinen Vater nach Es Culleram geführt hat. Man sagt, sie stammen von der gesunkenen Galeere vor Isla de la Conejera, auf der Hannibals Mutter ihren Sohn gebar.«

Sie hob die Schriftstücke vorsichtig vom Schreibtisch und verstaute sie in festen Plastikfolien. »Ibiza ist älter als alles, was du siehst.«

Sie öffnete die Schublade des Tischs und nahm wie beiläufig etwas heraus. Da Costa der Überzeugung war, dass sie niemals etwas beiläufig tun würde, sah er genau hin und erkannte einen jener berüchtigten Krummdolche in ihrer Hand, die die Ibizenker *cuchilla* nannten.

»Es ist doch interessant, nicht wahr? Körperliche Krankheiten können heilen, nicht aber unsere inneren Wunden.« Sie griff nach einem Stück Holz und begann zu schnitzen. »Was also, Señor Costa, könnte der Grund Ihres Besuches sein? Die Verhaftung meines Stiefvaters? Falls Sie mich trösten wollen, das ist nicht nötig.«

Costa ließ ihre Hände nicht aus den Augen. »Ich will Sie nicht trösten. Sie hatten Recht. Die Verhaftung Ihres Stiefvaters war ein Fehler.«

»Ich habe immer Recht«, sagte sie lächelnd.

»Sie meinen, weil Sie wussten, wer der Mörder dieser fünf Menschen ist?«

»Wenn ich das wüsste, hätte ich ihn dir schon längst genannt, Toni.«

Sie duzte ihn. Sie hatte es zwar schon einmal getan. Was würde nun kommen?

Span um Span fiel zu Boden. Aus dem Holzstück schälten sich Konturen, und er fragte sich, wann der Strick um den Hals der kleinen Figur erkennbar sein würde.

»Dann sind Sie also hier, um die fragwürdigen Thesen, die Sie mir während unserer Autofahrt vorgetragen haben, mit einer neuen Schlussfolgerung zu krönen«, fuhr sie fort. »Wen haben Sie jetzt im Visier, Teniente Costa?«

»Sie.«

Costa sagte es nicht sehr laut, aber die Stille im Raum verlieh der einen Silbe mehr Resonanz, als ihm lieb war.

Er wusste nicht genau, was er erwartet hatte, auf jeden Fall kein genießerisches Schmunzeln.

Dann schüttelte sich ihr Körper, der Dolch blitzte in ihrer Hand, sie warf den Kopf zurück und lachte. »Toni, oh Tonilein, was erzählst du nur? Willst du mir Angst machen? Wie einst mit der Geschichte von den fünf Fischern, die bei einem Sturm über Bord gegangen sind? Wer hat dich auf so einen Schwachsinn gebracht? Mein Stiefvater etwa? Oder sein Anwalt, Monsieur Campaña?«

Sie warf sich in Pose. »Hohes Gericht, Dr. Laureana Sanchez, die bekannteste Archäologin Spaniens, weltweit anerkannte Expertin auf dem Gebiet der iberischen Frühgeschichte, hat während ihrer ausgefüllten Arbeitstage dennoch Zeit gefunden, unter ihrer Ausgrabungsstätte auf Ibiza drei Menschen grausam zu töten, die halbe Insel in Brand zu stecken, mit einem Löschflugzeug Kerosin abzuwerfen und ihren geisteskranken Handlanger in die

Luft zu sprengen.« Ihre Campaña-Parodie gab seine abgezirkelten Handbewegungen wieder, bei denen ihr Messer die Luft durchschnitt; das Hervorschnellen seines Kopfes, als wäre er ein Raubvogel, der ein Stück Fleisch aus der Beute hackt, und die pathetischen Melodien seiner Sätze. »Natürlich haben wir keinen Beweis gegen sie, verehrtes Gericht, kein Indiz, das auf sie deutet, nicht einmal einen Fingerabdruck, geschweige denn ein Motiv, aber dennoch werden Sie meiner Fantasie Glauben schenken.« Sie brach in höhnisches Lachen aus. »Würde ich so arbeiten wie Sie, wären jetzt auf dem Gelände hier drei Supermärkte.«

Er kam sich lächerlich und abgekanzelt vor. Sie hatte in allem Recht, was aber nicht hieß, dass sie nicht die Person war, die er suchte. Er wollte sie gerade nach ihrer Beziehung zu Cayetano Herrera fragen, als sein Mobiltelefon klingelte.

Es war Elena.

»Ich hatte gerade einen Anruf aus dem Untersuchungsgefängnis«, hörte er ihre Stimme. »Jaume Prats hat sich in seiner Zelle erhängt.«

Costa glaubte, sich verhört zu haben. »Prats hat sich erhängt?«

»Vor einer Stunde haben sie ihn gefunden.«

Costa konnte es nicht fassen und wollte die Einzelheiten wissen. Laureana Sanchez hatte die Arme sinken lassen, in der einen Hand das Messer und in der anderen die Figur. Sie stand völlig regungslos.

Für eine Sekunde brannte sich ihr Blick in seine Augen. Die Racheengel des Alten Testaments mochten diesen Ausdruck gehabt haben, wenn sie auf göttliches Geheiß den Feuersturm der Vernichtung über die Welt brachten, dachte er. Eine Welt ohne Vergebung und Erbarmen.

Dann legte sie das Messer beiseite, öffnete den Knoten, in den sie ihr Haar gezwungen hatte. Bis über die Hüften umhüllte es ihren Körper, und sie verwandelte sich in ein kleines glückliches Mädchen, das ihren Vater erlöst hatte. Glücklich lachte sie Costa an, hob schelmisch die Figur, an der sie geschnitzt hatte, und warf sie in den Papierkorb.

»Haben Sie jetzt das Versprechen eingelöst, das Sie Ihrem Vater gaben?«, fragte er.

»Ich halte meine Versprechen immer.«

»War es das wert, weitere fünf Unschuldige sterben zu lassen?«

»Unschuldig war nur Papi.«

In diesem Moment kam die Rothaarige herein und sagte, mit einem hinreißenden Lächeln zu Costa, auf die Direktorin warte ein dringender Anruf, es sei jemand von der UNESCO, aber das Gespräch lasse sich nicht durchstellen, irgendetwas an der Anlage sei wieder defekt.

Costa ahnte Unheil, ging schnell auf sie zu, schob sie hinaus und zischte ihr zu, sie möge sofort ans Telefon gehen und die Polizei anrufen, es sei ein Mord passiert.

Er hatte Recht, sie gehorchte ohne Widerworte und verschwand.

Als er sich wieder Laureana Sanchez zuwandte, war sie verschwunden. Ihm war, als würde er den Abdruck ihrer Energie in dem Raum noch wahrnehmen, aber ihr Körper war weg.

Das Zimmer, in das sie geflüchtet war, diente als Besprechungsraum. In der Mitte stand ein langer Holztisch, umgeben von zwölf Stühlen mit hellen Leinenbezügen und einer großen Vase, die umgestürzt war. Karin saß auf dem römischen Sofa an der Längswand und hatte darauf gewartet, dass die Sanchez zurückkäme, um das Interview fortzusetzen. Diese saß an ihrer rechten Seite und hatte das Messer gezückt, das sie Karin jetzt an die Kehle hielt. Auf der anderen Seite lag Karins kleines Diktiergerät.

Im Raum herrschte vollkommene Stille. Costa sagte so freundlich wie möglich: »Señora Sanchez, ich würde gerne mit Ihnen alleine sprechen.« Er machte einige Schritte von der Tür um den Holztisch herum, aber sie verlangte, dass er nicht näher komme.

Er stand nun am Kopfende, die großen Fenster zum Garten hinter sich, so dass das Licht auf die beiden Frauen fiel und sie von ihm nur die Silhouette sahen.

Karin wagte nichts zu sagen und rührte sich nicht. Sie trug ein weiß-gelbes Sommerkleid, weit ausgeschnitten am Hals und mit sehr kurzen Ärmeln. Ihre Haut war goldbraun, die von der Sanchez grau-weiß, und beide bildeten ein Figurenensemble, als ob sie gerade einem Maler Portrait saßen. Blödsinnigerweise fiel Costa dazu sogar ein möglicher Titel ein – *Aufrecht sitzendes Liebespaar vor weißer Wand.* Neben dem römischen Sofa stand eine große Vase mit blutroten Amaryllis, und das altblaue Baumwolljackett der Sanchez schien von dem imaginären Maler für diesen Komplementäreffekt speziell ausgesucht. Dazu trug sie hautenge Jeans unter grauen Lederstiefeln. Sie hatte das rechte Bein übergeschlagen und sich zu Karin hingewandt, um besser den Schnitt oder Stich mit dem Messer ausführen zu können. Karin hatte die Hände auf die Knie gelegt, ihr ganzer Körper drückte Anspannung aus. Den Kopf hielt sie in die Höhe gereckt, so als könnte sie dadurch dem Tod entgehen.

»Señora Sanchez, Sie brauchen Karin nicht, Sie können alles mit mir besprechen und regeln.«

»Ich werde Ihre Freundin jetzt mitnehmen, und wir werden beide die Insel verlassen.« Ihre Hände zitterten, und Costa sah Schweiß auf ihrer Stirn. Er konnte den Geruch von Furcht im Raum wahrnehmen. Vielleicht war es die Ausdünstung seiner eigenen Angst, denn ihm fiel ein, dass in ihrer Biografie alles von Tatkraft zeugte. Was immer sie sich vorgenommen hatte, würde geschehen. Aus ihrer Sicht war er nur eine Figur in einem Spiel, doch eine Figur des Gegners, gegen den sie spielte, eine Figur des bösen Gottes Mot, der in diesem Spiel auch Prats heißen könnte.

Mot herrschte über die Unterwelt. In Zeiten der Dürre gehörte das ganze Land ihm. Die Speise des Todes war Schlamm, und

Schlamm wurde Mot geopfert. Er wurde von Atargatis getötet, weil er ihren Bruder und Gemahl (Vater und Gemahl – was ist schon der Unterschied?) hinterlistig getötet hatte, indem er ihn, Baal Hammon, in seine Unterwelt hinabgelockt und gezwungen hatte, Schlamm zu essen. Aus Rache, weil Baal Hammon ihm seine Frau nicht überlassen wollte – oder: weil Trasilio seinem Freund Jaume nicht die Frau hatte überlassen wollen. Als Mot sich weigerte, Baal Hammon wieder zum Leben zu erwecken, tötete Atargatis ihn in einem rituellen Blutbad. Nach Mots Tod regnete es Öl vom Himmel. »Da wusste Atargatis, dass Baal Hammon zurückgekehrt war«, sagte Costa laut.

»Oh, du verstehst, mein guter Freund. Aber du verstehst nicht, dass dies für Atargatis keine Rolle spielt. Sie untersteht einer höheren Ordnung, in der nur Gesetze vollzogen werden.«

Er begriff, je nachdem in welche Richtung der böse Mot ihn, Costa, wie eine Schachfigur schieben würde, würde sie reagieren. Vermutlich gefährdete er Karins Leben am wenigsten, wenn er alles tat, was sie sagte, obwohl sie ihm das natürlich nicht glauben könnte. Warum sollte der gegnerische Gott ihren Befehlen folgen? Sie dachte nicht in Kategorien der Liebe. Für sie wäre es unvorstellbar, dass er es aus Liebe zu Karin täte.

»Was soll ich tun?«, fragte er dennoch.

»Ich will, dass du dein Hemd und deine Hose ausziehst und hierher wirfst.« Ihre Stimme war angespannt.

Er zog sich aus und warf ihr die Klamotten vor die Füße. Sie wollte sehen, ob er eine Waffe bei sich hatte. Bevor er die Hose auszog, hatte er sich auf den Boden gesetzt, um die Schuhe abzustreifen. Er war dann sitzen geblieben, die Stofftasche mit der Waffe links neben sich. Der Holztisch verdeckte von ihr aus die Sicht darauf. Natürlich hatte sie die Leinentasche gesehen, als er in ihr Büro gekommen war, er hatte sie aber gleich auf den Stuhl neben der Tür gelegt.

Auch seine linke Hand war verdeckt durch den Tisch. Er konnte also versuchen, die Waffe mit der linken Hand aus dem Beutel zu holen, wenn er sich dabei nicht auffällig bewegen müsste. Allerdings würde er nicht wagen, mit links zu schießen, es hätte für Karin eine zu große Gefahr bedeutet.

Die beiden Frauen saßen immer noch da wie auf einem Picasso-Gemälde aus der Blauen Periode, eng aneinander geschmiegt, und Costa begann, die Tasche langsam heranzuziehen.

»Papi ist frei«, sagte sie und lächelte.

Nachdem Atagartis Mot getötet hatte, konnte Baal Hammon zurückkehren. Oder anders: Nachdem Laureana Prats getötet hatte, konnte Trasilio Sanchez zurückkehren. Er musste sie ablenken – und versuchte es blindlings. »Atagartis hat ihn befreit. Mot ist tot.« Er hatte jetzt die Fingerspitzen in der Tasche.

»Obwohl du gekommen bist, muss ich Papis Werk vollenden.«

Sie hatte seine Andeutung über die Rache an Mot, der für sie ihr Stiefvater war, angenommen. »Ja, das ist schade«, sagte er, und seine Finger krochen in die Tasche hinein.

Sie lächelte. »Mit ihrer Sichel zerteilte sie ihn, mit ihrer Geißel schlug sie ihn, mit Feuer verbrannte sie ihn, mit Mühlsteinen zermahlte sie ihn, auf die Felder verstreute sie ihn.«

»Ja. Nur verstehe ich nicht, warum der Pilot, die zwei Schwarzafrikaner und Gilles Keulemans sterben mussten. Du hättest doch einfach Mot hinrichten können.«

Sie schüttelte den Kopf. »Papi musste durch die gleiche Konstellation erlöst werden, durch die er in die Zwischenwelt geraten war.«

»Zwischenwelt?«

»Er konnte nicht beerdigt werden. Er war nicht im Sarg. Selbst im Katholizismus kann ein Selbstmörder nicht zu Gott. Jetzt, da Jaume sich auf die gleiche Weise gerichtet hat, ist Papi erlöst. Er wird zu mir zurückkommen, in welcher Gestalt auch immer.«

»Du hast ihn erlöst, du warst wichtig.«

»Ja, das bin ich.«

»Wie konnte eine so wichtige Person es riskieren, ein Flugzeug zu einem Sturzflug zu lenken, wo du eine so schlechte Fliegerin bist?«

»Eine kleine Lüge. Ich habe alle Rennen gegen Onkel Jaume gewonnen. Ich habe immer gegen ihn gewonnen, er hatte nie eine Chance.« Das Lächeln eines kleinen schamhaften Mädchens: »Na ja, eigentlich bin ich ja nicht die große Heldin. Papi sagt mir alles. Von ihm war auch die Idee, Onkel Jaume die Frau wegzunehmen, um deretwillen er Papi ins Verderben gestoßen hat.«

»Quatsch«, sagte Costa. »Sie war krank. Jeder wusste, dass sie sterben würde.«

Mit der absoluten Überzeugung eines Kindes, das alles weiß, und dem Lächeln eines boshaften Kindes sagte sie: »Nur, wenn sie ihre Medizin nicht mehr haben würde.«

Sie hatte auch ihre Mutter umgebracht.

Costa hatte jetzt die Waffe in der linken Hand. Er musste erreichen, dass die Unterhaltung weiterlief. Doch wie sollte er zum Schuss mit der rechten Hand kommen? Aus welchem plausiblen Grund könnte er sich aufregen, so dass sie ihm die plötzliche Bewegung abnähme?

Obgleich es relativ kühl im Raum war, lief ihm der Schweiß über den Rücken. Sollte er versuchen, die Situation in die Länge zu ziehen? Oder jetzt handeln?

»Warum musste Keulemans sterben?«

»Vier mussten es sein, auf die gleiche Weise wie die vier Ausgrabungshelfer von Papi. Ich flog die Maschine, denn Prats musste unschuldig sein. So wie Papi. Und die öffentlichen Anklagen mussten Jaume in den Selbstmord treiben. Es war schwierig, aber Papi kannte sich aus. Jedes einzelne Detail hat er genau berechnet.«

Karin rollte mit den Augen. Sie wollte ihm irgendetwas sagen, aber er hatte keine Ahnung, was ihre Signale bedeuteten.

Laureana Sanchez schien etwas zu merken. »Wenn Sie uns jetzt entschuldigen würden.« Dabei erhob sie sich und zwang Karin durch den Druck des Messers, sich mit ihr zu erheben. Die Klinge schnitt in ihren Hals, und sie keuchte. Für einen kurzen Moment fesselte es Laureanas Aufmerksamkeit.

Costa hatte die Waffe inzwischen gegriffen und mit dem Daumen entsichert. Er bewegte nun seinen Oberkörper, als wäre er über Karins Verletzung erschrocken, wobei er die Pistole in die rechte Hand wechseln konnte und zugleich näher hinter den Tisch rückte. »Sie blutet! Sie blutet, bitte verletzen Sie sie nicht!«, jammerte er. Er wollte keinesfalls den Eindruck erwecken, dass er zu einem Angriff imstande wäre.

»Steh auf!«, schrie die Sanchez plötzlich. »Komm hinter dem Tisch hervor!«

»Mach ich ja schon«, murmelte er und versuchte, verwirrt zu klingen. Mühsam richtete er sich auf und feuerte sofort, als er stand.

Er hatte auf ihre linke Seite gezielt, weg von Karin. Die Sanchez sackte zusammen.

Er sprang zu ihr und hielt sie im Arm.

»Ich dachte, du hättest nicht den Mut ...« Blut lief ihr über die Lippen, und sie unterdrückte ein Husten.

Er musste sie bei Bewusstsein halten, bis ein Arzt käme. »Was sagst du?«

»Krebse zu fangen«, setzte sie ihren Satz fort.

»Ruf einen Arzt«, zischte er Karin zu.

Sie rührte sich nicht. Ihre Augen waren starr auf die tote Sanchez gerichtet.

Er erhob sich und machte einen Schritt auf Karin zu. Sie zeigte mit ausgestrecktem Finger auf die Pistole.

Er hatte die Waffe vergessen, hielt sie immer noch in der Hand, sagte »Oh« und legte sie auf den Tisch. Vielleicht hatte sie auch nicht die Waffe gemeint, sondern seine Shorts. Vielleicht sollte er sich seine Hosen wieder anziehen.

»Ich bin mitten im Interview, du wusstest das, aber du nimmst keine Rücksicht, du kommst hierher und erschießt meine Interviewpartnerin!«

»Entschuldige«, sagte er leise.

In einer Welt, wie er sie sich vorstellte, wäre dies der Moment gewesen, in dem Karin und er hätten aufeinander zugehen und sich unter Küssen, Tränen, Worten und Formeln der Beruhigung und des Trostes in die Arme schließen müssen. Er hätte sie hinausgeführt, den Arm um ihre Schultern, und er würde das Team verständigt haben, nachdem sie sich von ihrer Todesangst erholt hätte. Während er alles Elena überlassen hätte, würde er sie nach Hause gefahren haben, sie hätten in der Küche gesessen und kalten Tee mit Zitrone getrunken, zwei Stunden geredet, um sich alles zu erklären und ihre alltägliche Orientierung wiederzufinden, wären dann vielleicht ins Bett gegangen und hätten lange Arm in Arm gelegen.

Aber so war nur die Welt seiner Vorstellungen. Das begriff er, als er Karins Gesichtsausdruck sah, mit dem sie auf die Pistole starrte. Es war nicht nur das Entsetzen, dass die Kugel sie um ein Haar hätte treffen können, sondern es war auch Abscheu.

In ihm stieg die Ahnung auf, dass es tatsächlich aus war zwischen ihnen.

»Was meinst du?«, fragte er heiser.

Sie schrie plötzlich, so laut sie konnte: »Und dann stehst du vor mir, barfuß, in dieser entsetzlichen Unterhose!«

»Die hast du mir doch geschenkt.«

Sie brach in lautes Schluchzen aus.

Er begriff, dass sie unter Schock stand, und nahm sie in den Arm. Er zwang sie sanft, sich aufs Sofa zu setzen, und nahm neben ihr Platz. Sein Mobiltelefon klingelte, und er unterrichtete

Elena kurz. So saßen sie genau wie zuvor die beiden Frauen, eng nebeneinander, seine Hand an ihrer Kehle, um mit seinem Hemd das Blut zu stoppen. Sein rechtes Bein war übergeschlagen, um ihr zugewandt zu sein, den anderen Arm hatte er um ihre Schulter gelegt.

So saßen sie noch, als Elena mit zwölf Kollegen hereinstürmte.

epilog

Die untergehende Sonne schien wie durch Reispapier und beleuchtete die Berge hinter der Playa d'en Bossa. Langsam verblassten die Farben, und der Abend senkte sich herab.

Costa stand einen Moment versunken in das Lichtspiel. Dann kettete er sein Fahrrad an der Strandhütte an. Nachdem er seinen Bauch im Spiegel betrachtet und seinen Hintern abgetastet hatte, war er zu dem Entschluss gekommen, dass er in Zukunft wieder mehr Fahrrad fahren würde. Er brauchte kein neues Auto, der Dienstwagen hatte sich als praktisch erwiesen.

Der Strand von Figueretas war voller Menschen, alle tranken, sangen, lachten, tanzten und sprangen zu den Klängen der Kastagnetten und Tamboure im Sand .

Immer mehr Fackeln wurden entzündet.

Bevor er das Präsidium verlassen hatte, war er von Santander in sein Büro bestellt worden, der ihm zur Aufklärung des Falles gratuliert hatte. »Ich nahm von Anfang an an«, waren seine Worte gewesen, »dass ein Geisteskranker dahinter steckt.«

Es war das Fest zum Ende der erfolgreichen Saison, die *fiesta de la buena temporada.* Die Einheimischen feierten die Rückeroberung der Insel. Er hatte es mit Karin feiern wollen.

»Auf dieser armen Insel«, sangen die Feiernden, »schneiden sich die Reichen die besten Stücke ab, sie feiern Feste in Madrid, die Generäle in Granada, die Abgeordneten in Sevilla, und die Armen sterben, ohne einen freien Tag gehabt zu haben.«

»Auf dieser armen Insel«, lachte Elena. »Lange her.«

Es waren Karins Worte gewesen; lange her, hatte sie gesagt, als er sie zu Hause besuchte, nachdem er seinen Bericht bei Staatsanwalt Segundo abgegeben hatte.

Sie zogen die Schuhe aus und gruben mit den Zehen im Sand, der noch warm von der Sonne war.

»Was mag für sie der Auslöser gewesen sein? Nach dreißig Jahren?«

Costa sah auf das dunkle Meer hinaus. Der Vollmond stieg über die kleinen Inseln vor der Burg und zog auf den Wogen eine silbrige Straße bis zum Horizont. »Vielleicht die günstige Gelegenheit. Sie hat ihren Stiefvater beobachtet, seit sie nach Ibiza zurückkam. Ich denke, der Plan, ihren Vater zu rächen, lief auf zwei Ebenen ab. Auf der einen lebte sie mit der Verpflichtung, den Traum ihres Vaters zu Ende zu bringen, der ibizenkischen Geschichte ihren Platz im Bewusstsein der Welt zu sichern. Dieser Teil war mit der Ernennung zum Weltkulturerbe erfüllt. Der andere Teil war die Wiederholung der Geschichte von Es Culleram, nur dass diesmal am Ende der Richtige hängen würde: Jaume Prats. Als sie im Frühjahr hinter den Schmuggel kam, den Prats und Keulemans in der untersten Etage ihrer Totenstadt durchzogen, erkannte sie die Chance.«

»Wie ist sie darauf gekommen?«

»Nun, sie arbeitet nachts oft in ihrem Büro. Die Finca konnte man von dort aus gut sehen. Wahrscheinlich sind ihr die beiden Farbigen aufgefallen, die die Medikamente in die Firma an der Calle Luci Oculaci transportierten. Nachdem sie den Zugang gefunden hatte, wird sie die tägliche Routine von Keulemans' Truppe beobachtet und die Höhle, die sie von Kind an kannte, untersucht haben. Sie hatte also bald raus, was da unten lief. Ich habe ein Foto bei Cayetano Herrera gefunden, das sie mit ihrer Kamera aufgenommen hat. Cayetano Herrera war jemand, der hier auf der Insel die Dreckarbeit für andere machte, aber ihr war er verfallen. Sie war die Göttin für ihn, schon seit der Kindheit. Für ihn war es kein Problem, die drei dort in der Höhle umzubringen, wenn sie es wünschte. Am Samstag kletterte er nach Einbruch der Dunkelheit durch die Zisterne in die Höhle. Er hatte alle Infos von Laureana, und er wusste, der Pilot würde die beiden gegen 23.30 Uhr abholen. Er wartete, bis beide in der Kammer mit dem Trockeneis waren, und schloss die Tür. Als sie erstickt waren, hat er sie zum Opferstein geschleppt, mit Paraffin übergossen und verbrannt. Auftritt Ruben Cepero: Er kommt in die Höhle, um die Farbigen abzuholen, die er in die Villa von Keulemans bringen wollte. Es stinkt nach verbranntem Fleisch. Cepero will wissen, was los ist. Er nimmt seine Stablampe in die Hand und geht in den Kühlraum. Niemand da. Hinter ihm schließt sich die Tür. *Was soll das?,* schreit er, hämmert und wirft sich gegen die Tür, reißt sich das Fleisch von den Fingerkuppen, bis er durch die Trockeneisdämpfe erstickt. Herrera zieht ihn aus und legt ihn auf das Trockeneis. Die Klamotten und das Handy gibt er der Sanchez. Wahrscheinlich sollte er ihn dann ins Wasser werfen, damit wir ihn finden. Aber der Sturm nahm ihm die Arbeit ab. Jetzt musste sie für uns die Spur zu Keulemans legen. Sie kletterte in die Höhle, bevor wir da waren, und platzierte das Imitat, das sie von Keulemans' Amulett angefertigt hatte, auf dem Opferstein. Sie wusste, dass ich der Chef der Mordkommission bin, und rechnete damit, dass wir der Strömung nachgehen und die Höhle finden würden. Als Nächstes wies sie mich auf den oberirdischen Zugang hin, den ich natürlich sehen sollte, bevor Prats die Finca abreißen ließ. Am Abend der Museumsfeier führt sie mir Keulemans vor. Sie wusste, dass ich ihn nach dem Amulett fragen würde. Er würde mir die Wahrheit sagen: ein Einzelstück. Und ich würde ihm nicht glauben. Auch meinen nächsten Schritt hat sie vorausgesehen.«

Elena nickte. »Die Firma.«

»Sie beobachtete die Firma, die sie vom Museum aus sehen konnte. Als ich nach dem Essen Keulemans' Geschäftsräume durchsuchte, benachrichtigte sie Cayetano Herrera. Ich sollte denken, Keulemans hätte ihn geschickt.«

»Hat aber nicht geklappt.«

»Doch. Ich bin immer weiter den Spuren nachgelaufen, die sie mir legte. Während ich außer mir vor Wut zu Keulemans fuhr, ließ sie sein Haus von Cayetano Herrera mit drei Brandsätzen vom Feuer einschließen. Er war ihr hörig, und sie hat ihn genau instruiert: die drei Kreuze auf der Landkarte, drei Tontöpfe mit *Griechischem Feuer*, nur dass der letzte eine Phosphorbombe war, die Herrera selbst ins Gesicht flog. Zu diesem Zeitpunkt war sie bereits unterwegs zum Haus ihres Stiefvaters. Sie kannte den unterirdischen Gang von der Finca-Ruine aus bis in Prats' Park schon seit ihrer Kindheit. Sie hat ja nach dem Tod ihres Vaters und der Heirat ihrer Mutter mit Prats in der Villa gelebt. Sie kannte jeden Stein, jeden Winkel und jede seiner Gewohnheiten. Sie hatte Ceperos Handy, über das sie den Einsatzbefehl erfahren würde. Wir haben DNA von ihr in der Sprechmuschel gefunden. In der Uniform des Toten steigt sie in Prats' Limousine, sie hat ihm Knock-out-Tropfen in den Wein getan und weiß, er schläft um diese Zeit, suggeriert seinen Wachleuten, sie wäre Prats, fliegt das Löschflugzeug zu Keulemans' Haus und wirft das Kerosin ab. Sie hat alles exakt so geplant, dass wir gar nicht anders konnten, als auf Prats loszugehen.«

Costa ging zur Strandhütte, um Wein zu holen. Der farbige Schmuckverkäufer sah von seinem Bier auf und grinste. Außer ein paar besonders misslungenen Fälschungen hatte er sein gesamtes Sortiment verkauft. Als Costa zurückkam, stellte er die Flasche auf den Tisch und füllte die Gläser.

Elena lächelte. »Unser erster Schluck Wein zusammen.«

Er sah sie einen Moment an. Er erinnerte sich daran, wie sie nach dem Abtransport der Sanchez im Präsidium mit dem Team zusammengesessen hatten und er sie fragte, woher sie gewusst habe, dass Prats sich erhängt hatte.

»Ich wusste es nicht«, hatte sie lachend geantwortet.

»Du wusstest es nicht?« Nicht nur Costa war erstaunt.

»Ich konnte es nicht wissen, weil er sich nicht erhängt hat.«

»Du hast die Nachricht erfunden?«

»Ich wusste, du würdest geschockt sein und es laut aussprechen.«

»Und du dachtest, die Sanchez würde dann so reagieren?«

»Das war doch deine Theorie. Du hast es in deinem Suff so dargestellt. Ich dachte, vielleicht hat er Recht. Probieren wir es aus. Sie müsste ja ganz glücklich werden, wenn sie hört, dass sich ihr Plan vollkommen erfüllt hat.«

Er war sich nicht sicher gewesen, ob das Wort *glücklich* im Zusammenhang mit Laureana gut gewählt war, aber es spielte auch keine Rolle mehr, alle brachen in lautes Gelächter aus, und der Bischof applaudierte laut.

»Gratuliere. Dafür lade ich dich zur *buena temporada* ein.«

Da saßen sie nun, und er hob sein Glas. Sie stießen an. Sie lächelte, aber in ihrem Lächeln spiegelte sich keine Erwartung, es war heiter und klar. Es war ein schöner Abend, aber er wurde die Trauer nicht los.

Am nächsten Tag hatte er frei. Er machte sich Frühstück, obwohl er keinen Hunger hatte. Er trank drei Tassen Kaffee und fuhr dann an den Strand. Eine innere Stimme warnte ihn, sich nicht die Sanddüne auszusuchen, in der er mit Karin gelegen hatte, aber schließlich landete er genau dort. Er versuchte nicht an das Bild zu denken, wie Laureana Sanchez und Karin zusammen auf dem Sofa gesessen hatten, merkte aber, wie sehr er Karin vermisste, ihre Begegnungen, ihre Zärtlichkeiten, sogar die Streitereien.

Der Tag wurde allmählich heißer. Langsam ging der Schmuckverkäufer am Wasserrand entlang. Costa sah aufs Meer hinaus und suchte den Horizont nach einem Schiff ab. Eine Kindergruppe rannte kreischend zu der Bude, an der die Eisfahne wehte. Bald würde auch der Strand menschenleer sein, bis zum nächsten Frühjahr. Costa sah wieder in die Ferne, wo das Meer mit dem Himmel in einem milchigen Blau zusammenfloss.

dank

Mein Dank gilt Professor Alonso Esteban Martinez, ohne dessen Detailkenntnisse und genaue Beschreibungen der bisher noch nicht zugänglichen Gräber ich die Vision der Totenstadt nicht hätte entwickeln können.

Dank auch an José Mańa, der während seiner Amtszeit als Leiter des monografischen Museums Puig des Molins die ersten Hypogäen entdeckte und der Öffentlichkeit zugänglich machte.